Stranger
Shores

库切
文集

J.M.Coetzee

[南非] J.M.库切　著　　汪洪章　译

异乡人的
国度

人民文学出版社

图书在版编目（CIP）数据

异乡人的国度／（南非）J. M. 库切著；汪洪章译. —北京：人民文学出版社，2022
　（库切文集）
　ISBN 978-7-02-015743-3

　Ⅰ.①异… Ⅱ.①J… ②汪… Ⅲ.①世界文学—文学评论—文集 Ⅳ.①I106-53

中国版本图书馆 CIP 数据核字（2022）第 035459 号

责任编辑　马　博
责任校对　李思安
责任印制　苏文强

出版发行　人民文学出版社
社　　址　北京市朝内大街 166 号
邮政编码　100705

印　　刷　三河市中晟雅豪印务有限公司
经　　销　全国新华书店等

字　　数　276 千字
开　　本　850 毫米×1168 毫米　1/32
印　　张　13.875　插页 1
印　　数　1—3000
版　　次　2022 年 4 月北京第 1 版
印　　次　2022 年 4 月第 1 次印刷

书　　号　978-7-02-015743-3
定　　价　83.00 元

如有印装质量问题，请与本社图书销售中心调换。电话：010-65233595

目　录

何为经典？——一场演讲

1

1944 年 10 月，盟军正在欧洲大陆作战，德国人的火箭也正在伦敦从天而降。也就在本月，五十六岁的 T. S. 艾略特在伦敦维吉尔学会发表就职演讲。① 演讲时，艾略特不谈战时的形势发展，仅有一次提到"目前的意外事故"，称当时准备演讲稿，参考书籍颇不易得。说此话时，艾略特不乏英国人的风度，而且似乎在提醒听众，当时的战争，不管其规模如何之大，只能看作是欧洲人生活中所打的一个响嗝而已。

艾略特当时的演讲题目叫"何为经典？"。演讲的目的是要进一步强调艾氏长期以来所坚持的一个观点，即：西欧文明是个单一的文明，该文明是通过罗马——罗马教会以及神圣罗马帝国，才得以传承至今的；因此，该文明的原始

① 维吉尔学会（The Virgi Society），成立于 1943 年，首任会长为艾略特。艾略特发表就职演讲的具体日期是 1944 年 10 月 16 日。

经典一定就是罗马史诗——维吉尔的《埃涅阿斯纪》。[1]
此种观点每次加以重新论证时,作为论证人的艾略特,其公信度都在与日俱增。到了1944年,艾略特一身数任,他既是诗人、戏剧家,又是批评家、出版商、文化评论家,可说是英国文坛的盟主。他将伦敦视为英语世界的大都会。他战战兢兢,然而矢志不渝,默默潜行,终于成功跻身这一大都会中可从容发号施令者的行列。此时的艾略特为维吉尔正名,将维吉尔视为从超越民族和地域界限的罗马帝国所发出的主要声音。然而,这样的罗马,其尊严仅可以超验的方式来加以意会,恐怕连维吉尔本人都理解不了。

"何为经典?"不是艾略特最好的批评文字。这种居高临下式的演讲,二十世纪二十年代的艾略特用得炉火纯青,颇能表达他对伦敦文坛的个人偏爱;然而此时,这种演讲却变得颇为做作。况且,这篇演讲的散文风格亦颇陈腐。尽管如此,这篇演讲仍不乏才情;而且,若考虑到当时的写作背景,我们甚至可以说它文从字顺、条理清楚。这些都是人们初读时所不易察觉的。此外,演讲的背后有着这样一种意识,即:二战的结束必将带来一种新的文化秩序,其中既有新的机遇,也有新的威胁和挑战。我本人在准备这次演讲时又重读了艾略特的演讲,心里颇有感触:艾略特竟只字不提自己的美国人身份,甚至不提自己的美国出身,却偏偏以多少有点怪异的视角,对一帮欧洲的听众盛赞一位欧洲的诗人。

这里我用"欧洲"一词时,当然没有考虑到这样一个事实,即:艾略特发表演讲时,他的英国听众的欧洲人身份,本身就是个问题,就像说英国文学是由继承罗马文学而来的一样,同样十分可疑。艾略特声称自己准备演讲稿时未能重读的作家之一是圣伯夫。其实,圣伯夫本人曾在关于维吉尔的演讲中称维吉尔是"整个拉丁世界的诗人"。[2]也就是说,维吉尔是法兰西、西班牙和意大利的诗人,而不是整个欧洲的诗人。因此,艾略特如要声称自己与维吉尔之间有传承关系的话,那他必须首先为维吉尔弄到一个完全彻底的欧洲身份,同时也为英国弄到一个欧洲身份。我们知道,欧洲人有时并不乐意将欧洲身份颁给英国,而英国也从不急于接受这一身份。[3]艾略特试图将维吉尔时代的罗马和二十世纪四十年代的英国联系起来的动机,在此就不细说了。我只想问艾略特,他是如何并且为什么会成为一个十足的英国人,以至上列这一问题对他是那样的重要?[4]

艾略特到底为什么要"成为"英国人呢?我觉得他起初的动机颇为复杂:热爱英国;认同英国中产阶级知识分子;或者因为美国文化粗鄙,因而自觉尴尬,而入英国籍恰可文过饰非;或者入英国籍对艾略特来说只是个戏拟模仿的举动,他毕竟曾经是个特别爱好演戏的人(演戏时常爱扮演英国人,这一举动就像积习一样,要想戒掉,当然不易)。以上这些,都可能是部分的原因。但我本人觉得,艾略特入英国籍的内在逻辑应该是先定居伦敦(不只是英国),然后获取伦敦的社交身份,然后对文化身份做一系列具体的思考,以便最终使自己获得欧洲和罗马的身份。而伦敦身份、英国身份只是欧洲和罗马身份下面的细目而已,都是可以超越的。[5]

到了 1944 年,这种身份投资已经完成。艾略特早就成了一个英国人;不过,至少在他自己的心目中,他是个罗马式样的英国人。他刚完成一个系列的诗歌作品,在这些诗歌作品中,他认祖归宗,再次声称艾利奥特(the Elyots)家族世代所居的英格兰萨默塞特郡的东科克就是自己祖先的发源地。"家是人出发的地方,"艾略特写道,"我的人生终点就在起点。""你所拥有的东西恰恰是你所没有的东西",或者换句话说,你所没有的东西正是你所拥有的东西。[6]此时的艾略特坚信自己已深深地扎根于欧洲文化的土壤,这对他理解文化十分重要;同时,他还用一种历史理论将自己武装起来,根据这种理论,英国和美国都是永恒的大都会——罗马——的行省。

这样一来,1944 年艾略特在向维吉尔学会发表演讲时,也就没有必要把自己看作是外人,他无须把自己看作是个美国人在向英国人发表演讲。那么,在那场演讲中,艾略特是如何表现自己的呢?

尽管少壮时期的艾略特奉无我为圭臬,并将无我论引入诗歌批评,甚为成功,但他本人的诗歌中自我个性的成分多得惊人,更不用说其中的自传成分了。[7]因此,难怪我们在读他的维吉尔演讲时,可以发现其中包含着一个潜文本,而这个潜文本所诉说的正是艾略特本人。我们也许会以为,在这篇演讲中,艾略特个人的影子可在维吉尔身上找到,其实不然,他的身影应该到埃涅阿斯身上去找。艾略特把埃涅阿斯理解成,或者毋宁说是以其独特的方式转化成一个身心疲惫、意志消沉的中年人。这个中年人"原本想待在特洛伊,但最终还是流亡海外……流亡的目的之大,他并不十分清楚,但或多或少有所体认"。"作为一个人而言,他算不得幸福或成功",他所获得的"奖赏也就是那么一块滩头阵地和一场政治婚姻,况且其时人已中年,青春已一去不返"。(*WIC*,第28、28、32页)

埃涅阿斯与迦太基女王狄多的爱情故事最后以狄多自杀而告终,这是埃涅阿斯一生中主要的具有浪漫意味的情节。艾略特既不提这一情节中两位恋人的激情,也不提狄多如何痴情,而偏偏提到两人后来在下界再次见面时所谓的"文明举动",同时还说到下列事实:"埃涅阿斯没法原谅自己……尽管自己所做的一切都是命运安排的。"(*WIC*,第21页)我们不难看出,艾略特所叙述的那对恋人间的故事和艾略特本人不幸的第一次婚姻故事,其间有着很大的相似之处。[8]

不仅不是无我,恰恰相反,我认为倒是一种自我情不自禁的成分,使得艾略特在那篇演讲中将埃涅阿斯的故事当作自己人生的寓言,向自己的听众诉说。关于这一点,我在此不想多说。我要强调的是,艾略特那样解读《埃涅阿斯纪》,目的不仅是想利用史诗中流亡并新建家园——"我的人生终点就在起点"——这一寓言,以此作为自己由美国移居欧洲的榜样,而且还想借重史诗的文化影响力来给自己撑腰。艾略特移居欧洲不能算是浪迹天涯,他那么用心地为埃涅阿斯那受命运驱使的人生印迹提供论证,证明其合法,而颇为贬抑奥德修斯那闲散、曲折的流浪经历,也恰好说明了这一点。

从艾略特放在我们面前的这张羊皮纸上,我们可以看到,原有的文字已经刮去,新的文字已经写成。从中可以看出,他艾略特不仅是维吉尔笔下尽忠尽责的埃涅阿斯,同时也是创造了埃涅阿斯的维吉尔。说他是埃涅阿斯,因为他也离开了生他养他的大陆,到欧洲建立起了一个滩头堡("滩头堡"一词若在 1944 年 10 月用的话,难免会让人想到几个月前盟军在诺曼底的登陆以及 1943 年在意大利的登陆)。如果说埃涅阿斯已经被写成了一个艾略特式的英雄,那么,维吉尔则被描写成了一个和艾略特一样的"学识渊博的作家",这位作家的任务在艾略特看来,就是"重写拉丁诗歌"(用艾略特本人喜欢的说法,那就是"纯洁该族的方言")。(*WIC*,第 21 页)

当然,我说这些话要是给人如下印象,以为艾略特头脑简单地认为自己就是维吉尔的灵魂转世,那我就很有可能违背了艾略特的原意。其实,艾略特关于历史的理论以及他关于经典的观念,要远为复杂。对艾略特来说,只能有一个维吉尔,正如只有一个耶稣,只有一个教会,只有一个罗马,只有一个西方基督教文明,而罗马-基督教文明中也只能有一部原始性质的经典。艾略特虽然没有离谱太远,以至对《埃涅阿斯纪》也做所谓耶稣再生论式的解释——即以为维吉尔预言到了基督教时代的到来,但他的解读确实会让人以为:有个比维吉尔还要伟大的人正在阅读、阐释着维吉尔,此人做此阅读和阐释的目的也是维吉尔所意识不到的——也就是说,从欧洲历史的更大范围来说,只有这样的人才有可能担当起类似预言家的角色。[9]

深入地分析起来,艾略特的演讲就是企图重新确认《埃涅阿斯纪》的经典地位,而且,这部经典还不只是贺拉斯所谓的经典——即一部历史久远的著作——从一定的意义上来说,它还是一部经得起解读的著作,从而可以被赋予艾略特自己时代的意义。所谓艾略特的时代意义,不仅喻指埃涅阿斯这位悲伤、历经磨难的中年鳏夫英雄,而且还喻指维吉尔,一个在《四个四重奏》中出现的维吉尔,这位身份多重的"已故大师"对置身伦敦废墟、俨然是个消防队长的艾略特开口说话。与但丁相比,维吉尔对艾略特显得更为重要,没有他,艾略特就不成其为艾略特了。而从表面看,如果我们不加以同情的理解来阅读艾略特的演讲,那么,这篇演讲可说是企图支持欧洲的一项特别保守的政治计划,这项计划由于战争即将结束,人们将面临重建的挑战而突显出来。简单地说来,这一计划中的欧洲仍由民族国家组成,但将采取一切措施将民众固着在土地上,鼓励民族文化的发展,并保持其整体上的基督教性质——实际上,在这样的一个欧洲中,天主教会将成为主要的超国家组织。

如果我们继续做这样的表面阅读,并仍以个人的但不带同情的方式来阅读,那么,艾略特所做的关于维吉尔的演讲,其题旨与艾略特数十年来始终一贯的一个计划颇为吻合。这一计划试图重新界定、重新定位所谓民族,从而使艾略特不至于被人看作是个美国来的文化上的暴发户,以致遭人喝退;相反,他可以从从容容地对着英国人或欧洲人,大谈特谈英国人或欧洲人自己的文化遗产,并且苦口婆心地奉劝别人要对得起这笔遗产——这也是艾略特曾经的合作者埃兹拉·庞德常耍的一个伎俩,因此并不新鲜。更为一般地来说,他的这篇演讲无非就是要为西欧基督教世界寻求一种文化和历史的统一性,在这样一个世界里,各民族国家就像罗马的行省,其各自的文化只是更大文化整体的构成部分。

这样一种计划当然不是战后即将出现的新的北大西洋组织所奉行的,因为导致北大西洋组织迅速成立的一些后发事件,是1944年的艾略特所无法预见的。艾略特错就错在他没有能够预见到,后来给北约发号施令的既不是伦敦,当然也不是罗马,而是华盛顿。再往前看一点,艾略特对西欧实际发展成了什么样子当然会感到失望,因为后来西欧的发展趋向于形成经济共同体,而文化上则向同质的方向发展。[10]

以上根据艾略特的演讲加以推测所做的描述,揭示了这样一个十分引人注目的过程:一个试图创造新的身份的作家为达到目的,不是或不仅像别人一样移居国外、定居下来、归化入籍、适应新文化(艾略特以其典型的韧性一一做到了这些),而是通过为我所用地界定所谓民族或民族性,继而运用自己所积累的一切文化权力,把自己关于民族的定义强加给知识界,以左右其舆论。他还将民族重新定位于一种特定的(主要是天主教的)国际主义或曰世界主义,借此,他就可以以先驱者或先知的身份,而不是以后来者的身份出现。这样一种身份诉求更可以使艾略特获得一种崭新的不易为人察觉的创始人的身份,而其世系就不仅仅来源于新英格兰和(或)萨默塞特的艾略特家族,而更多地来源于维吉尔和但丁,或者至少可以说,艾略特家族是维吉尔、但丁一系的旁出支系。

"生于一个半野蛮国度,这个国度完全不合时宜。"庞德在提到自己的出生地休·西尔文·毛伯莱时如是说。不合时宜的感觉,生不逢时的感觉,以及活得很不自然、捉襟见肘的感觉,所有这些,在艾略特的早期诗歌中都随处可见,从《普鲁弗洛克的恋歌》到《枯叟》,无不如此。试图理解这种感觉,或曰这种命运,从而赋予其以意义,恰好构成艾略特诗歌创作和批评事业的一部分。这种对自我的感觉在殖民地民众(艾略特概称为外省民众)的心目中是十分普遍的。年轻的殖民地民众每每努力将他们所继承来的欧洲文化,运用于其日常经验的世界中,在他们的心目中,这种感觉尤为普遍。

对这些青年人来说,大都会的高雅文化也许能以强有力的体验形式出现;然而,这些强有力的体验,不会以任何显而易见的方式植根于自己的生活中,因此似乎只能存在于某种超验的领域。在极端的情况下,这些青年人会受人影响,责备自身所处的环境缺乏艺术性,并因而会投身艺术世界。这是外省人的一种命运。古斯塔夫·福楼拜曾在爱玛·包法利的身上看到了这一点,因此他给自己的个案研究起了个副标题,叫做"外省风俗"。对艾略特说来,这种外省人的命运实际就是一种殖民地民众的命运,这些殖民地民众在通常所谓的母国文化中成长起来,这种文化在此特定语境中实际上应该称为父国文化。

艾略特这个人，审美经验和实际生活经验都十分丰富，年轻时尤其如此。他既易受经验的暗示，也易受经验的伤害。他的诗从许多方面来说，就是对经验的沉思和与经验的搏斗。在把经验写入诗的时候，他脱胎换骨，成了个新人。这些经验也许不能直接说成是宗教经验，但与宗教经验相差不是太远。

要理解类似艾略特这样的人的事业心和进取心，方法有多种。我这儿只谈两种。一是完全同情的理解，即把超越的人生体验看作是其人生的起点，而将其后来一生的事业追求都用这些超越的人生体验来加以验证、衡量。如用这样一种方法，人们就得严肃地看待来自维吉尔的召唤，这一召唤似乎横跨了那么多世纪才抵达艾略特。而为响应这一召唤，艾略特如何塑造自我的过程也是应该加以探究的，因为这一过程是其后来诗歌生涯的一部分。也就是说，运用这样一种方式来阅读艾略特，我们就得将其置于他自己的框架中。这是他自己选定的框架，并以此将传统界定为一种无人可以逃脱的秩序。在这一秩序中，你可以找到自己的位置，但你的位置又会被世世代代的后来人加以界定和不断地被重新界定。因此，这实际上是个完全超个人的秩序，也就是说，是个人无法控制的秩序。

理解艾略特的另一种方法与上述方法完全相反，即不取同情的理解，而取社会文化的方法。对此，我在前面已简单地做过介绍。运用社会文化分析的方法，我们就得把艾略特看作是一个试图重新界定自己周围世界——美国、欧洲——的人，这个人所终生为之奋斗的事业本质上充满神奇色彩,他不会仅仅满足于面对现实。因为,在现实中,他的社会地位平平,所受教育也仅限于学术一线,而且以欧洲学术为主,这样的人,也只能在新英格兰的某一象牙塔内过一个保守知识分子的生活。

2

我想进一步探讨一下上述两种阅读法,即超验的、诗意的阅读法和社会文化阅读法,使其更加贴近我们的时代,我想以我个人经历为例,这样做也许在方法上会显得不够谨慎,但颇能生动地说明一些问题。

1955 年,我十五岁。这年夏天的一个星期天下午,我正在位于开普敦郊区的我们家后院里闲荡,当时不知做什么好,内心烦闷是当时的主要问题。可就在我闲荡时,突然听到从隔壁人家传来的音乐,这音乐勾魂摄魄,直到曲终,我都待在原地,不敢呼吸。音乐如此打动我,这还是我平生以来从未有过的事情。

我当时听到的录音是用羽管键琴演奏的巴赫的《平均律钢琴曲集》中的一首。我是后来比较熟悉古典音乐时才知道乐曲的名字的,而当时,十五岁的我对所谓"古典音乐"多少持有怀疑甚至敌视的态度,所以乍听时,只知是"古典音乐",具体名字当时并不知道。隔壁人家住着一些流动性很大的学生,那位播放巴赫唱片的学生后来一定是搬了出去,要不就是不再喜欢巴赫了,因为后来再也没有听到过,尽管我有时竖着耳朵听也听不到。

我不是出身于音乐世家,我所就读过的学校也不提供音乐教育课程,即使提供的话,我也不会去选,因为在殖民地,古典音乐总显得有点娘娘腔。我当时可以听得出哈恰图良的《马刀舞曲》、罗西尼的歌剧《威廉·退尔》的序曲、里姆斯基-科萨科夫的《野蜂飞舞》——我当时的音乐知识水平仅此而已。我们家没有乐器,也没有唱机。广播里成天播放无精打采的美国流行音乐(乔治·梅拉克里诺和他的弦乐曲①),但对我的影响不大。

我在这里所描述的是艾森豪威尔时代的中产阶级的音乐文化。这种音乐文化在当时英国前殖民地国家中均可找到,而这些殖民地国家当时正迅速成为美国的文化行省。这种音乐文化的古典成分也许来自欧洲,但其中的欧洲成分,由于波士顿流行音乐人的介入,某种意义上已成为改编过了的东西。

下面接着说那天下午我在我家后院所听到的巴赫音乐,因为从那以后一切都变了。那是我获得启示的一刻。我不想说这种启示与艾略特所获得的启示有所相同——因为我怕这样说会有辱艾略特在其诗作中所盛赞的神启时刻——不过那种启示对我来说的确意义重大,我平生还是第一次经历经典的震撼。

巴赫的音乐一点也不晦涩,其中绝无哪种音步会神奇到无法模仿的地步。然而,当其音乐的音符在时间中展开

---

① 乔治·梅拉克里诺(George Melachrino,1909—1976),生于伦敦,善于演奏小提琴、双簧管、单簧管和萨克斯管。二战后常在英国广播公司和美军电台合作广播演出,尤以轻音乐著名,略与曼托瓦尼齐名。

时,你会突然觉得其构成过程已不仅仅是部分与部分的简单联结,其不同部分似乎已构成更高性质的整体,这一整体,我只能以类比的方法来加以描述,其起承转合的思想表达已经逸出了音乐的范围。巴赫在音乐中思考,而音乐则通过巴赫来思考自身。

我在我家后院中所获得的启示,是我成长过程中的一件大事。现在我想重新审视一下那一重大时刻,我将把我在上面关于艾略特所说的话作为审视自我的参考框架,把作为外省人的艾略特看作是我自己的榜样和影子。同时,我在重新检讨那一时刻时,将以更加怀疑的心态,涉及当代文化分析所常谈到的有关文化和文化理想的问题。

我想问自己一个不够成熟的问题:假如我说,是巴赫的灵魂越过两个多世纪,漂洋过海,将某些理想放在我的面前;或者说,我那重大时刻来临之际所发生的一切,恰恰就是我象征性地选择了欧洲高雅文化,并掌握了这种文化的代码,从而使自己走上了一条道路,这条道路将我带出了我在南非白人社会所属的阶级地位,并最终使我走出了一条历史的死胡同(以我个人当时的感觉,一定会以为自己正身处这样的死胡同)——不管这样的内心感觉当时有多模糊而说不清——这条道路领着我,最终同样具有象征意义地使我登上了这个讲台,面对一批来自不同国家的听众,谈论巴赫,谈论 T. S. 艾略特,谈论何为经典等问题。假如我如是说,真的就不是废话连篇、毫无意义吗?换句话说,我那经历真的就是自己当时所理解的东西吗?真的就是毫无利害关系、某种意义上是无我的审美体验?会不会是某种物质利益羞羞答答的表达？

这类问题人们常常会以为只有当事人自己才能回答，然而，这并不意味着别人就不能问这样的问题。要问这样的问题就得问到点子上，问得尽可能清楚些，充分些。现在，为了把问题问得清楚些，就让我在此问一下：我在谈到经典跨越两个多世纪仍使我激动不已时，我究竟想说什么？

在以下三层意思的两层上，巴赫的音乐可说是经典。第一层意思：经典不受时间约束，它对后代来说仍有意义，也就是说，它是"不朽的"。第二层意思：巴赫的部分音乐作品属于通常所谓的"经典"，它们构成欧洲音乐宝藏中至今仍被广泛演奏的一部分，即使演奏的场次和听众人数都不一定特别多。第三层意思是巴赫未能满足的，因为他与十八世纪第二个二十五年欧洲艺术中所谓古典价值的复兴毫不相干。

对新古典主义运动来说，巴赫不仅年纪太大，未免过时，他的知识渊源和整个音乐趣味也都属于一个即将消逝的世界。根据常人略带浪漫色彩的描述，巴赫活着的时候，尤其是在晚年，声名不彰；死后更是完全被人遗忘。八十年以后，主要是由于费利克斯·门德尔松的热烈颂扬，巴赫的声名才得以复活。此外，据说在其后的几代人中，巴赫的作品几乎根本算不上经典：他不仅算不上新古典主义者，而且，他的作品在后来几代人中也引不起共鸣。他的音乐作品未曾出版，也很少被人演奏。他部分地属于音乐史，他只是一本书中的一条脚注所提到的名字，仅此而已。[11]

人们对巴赫寂寞无闻的一生充满误解，这段非古典化的历史是真是假暂且不论,但无论如何,它也是历史障眼法之一种,足可掩盖历史记录。我在此希望特别强调的,正是这种历史,因为它所质疑的正是人们头脑中的那些简单观念:以为经典是没有时间性的,经典无疑会超越一切界限,感动所有人。我想提请大家注意的是:作为经典的巴赫是历史地构成的,他是由可见的历史发展力量,并且在特定的历史情境中构成的。只有承认这一点,我们才能进一步问下列更难回答的问题:经典历史相对化这一过程究竟有哪些缺陷?经典被历史化以后,到底剩下了什么东西,使它仍能感动后人?

1737 年,正值巴赫职业音乐生涯第三期中段,有人在一份著名的音乐杂志上撰文讨论巴赫。文章作者曾是巴赫的学生,名叫约翰·阿道尔夫·舍伯。舍伯在文章中攻击巴赫的音乐,说巴赫的音乐"矫揉造作、华而不实","缺乏清新而自然的气息",他还说巴赫刻鹄类鹜,追求"崇高"风格,却仅落得"阴暗忧郁","钻励过分"是其作品的通病。[12]

作为年轻人对年老人的攻击,舍伯的文章可说是一种新音乐的宣言。这种音乐以启蒙运动的情感和理性价值观为基础,驳斥巴赫音乐背后所隐含着的思想遗产(经院的)和音乐遗产(复调的)。舍伯重视旋律,不怎么看重对位法,亦不甚强调连贯、简捷、清晰等风格;提倡适度,反对构造繁复;重情感轻思想。他为勃兴的新时代代言的同时,也使巴赫及其整个复调传统成了明日黄花,并最终将其打入已经故去的中世纪,任其苟延残喘。

舍伯的言辞也许过于激愤,但我们不应忘记,1737 年时,海顿才只有五岁,而莫扎特还没有出生。由此看来,对历史究竟向何处发展,舍伯的感觉是准确的。[13] 舍伯的判断就是时代的判断。巴赫晚年老气横秋,不合时宜。他的名气主要来自他四十岁前创作的作品。

总之,不是巴赫死后其音乐被人遗忘,而是他活着时在世人的意识中就没有什么地位。因此,如果说巴赫复兴之前的巴赫是经典的话,那么,他也只是一部既看不见也听不见的经典,他只是纸上的记号而已,在社会上,他没有地位。他不仅不是经典的,而且也不是公众的。那么,巴赫是何以成其为巴赫的呢?

我们可以说,巴赫之所以成其为巴赫,不是由于其音乐品质纯净而明快的缘故,至少在其音乐加以适当的包装然后推出之前不是如此。巴赫的名字和巴赫的音乐首先必须成为一项事业的一部分,而这项事业就是因反抗拿破仑而兴起的德国民族主义和随之而来的清教复兴。巴赫的形象成了宣传德国民族主义和清教主义的工具之一;与此同时,以德国和清教主义的名义,巴赫被推为经典。反对理性主义的浪漫主义运动对此推波助澜;此外,对音乐的狂热使人以为只有音乐艺术才能使人们直接用心灵进行相互交流。以上这些都是所谓巴赫复兴的原因。

讨论研究巴赫的第一本书出版于 1802 年,该书颇能说明相关问题。这本书的书名叫《约·塞·巴赫的生平、艺术及作品:为热爱真正音乐艺术的爱国人士而作》。作者在该书的导言中说:"这位伟人……是个德国人。祖国,为他而自豪吧！……他的作品是一笔无价的遗产，其他任何国家都是无法与之媲美的。"[14]在其后的一片褒扬声中，我们同样可以发现，好事者所强调的主要是巴赫作品中的德国性，甚至北欧性。巴赫其人、其音乐都成了构建德国乃至所谓日耳曼种族的一部分。

巴赫寂寞一生到死后才暴得大名，其转折点在人们经常提及的1829年于柏林频繁上演的《马太受难曲》中可见一斑，这些演出的指挥均为门德尔松。但是，我们不能天真地以为巴赫在这些演出中是自己起死回生，重返了历史。门德尔松改编巴赫的乐谱，根据的是他所指挥的乐队的阵容，他也熟悉当时的柏林听众，了解什么音乐正在成为过去，知道听众对韦伯《自由射手》中浪漫的民族主义情绪反应热烈。只有柏林才需要重复上演《马太受难曲》。而康德的故乡柯尼斯堡当时仍是理性主义的重镇，在那里《马太受难曲》所遭遇的情形截然相反，演出遭到惨败，批评家们说这部乐曲"不合时宜，纯粹是垃圾"。[15]

我在此无意批评门德尔松，说他指挥演出的巴赫不是"真正的巴赫"。我想说的东西其实很简单：巴赫作品在柏林的重复演出以及整个巴赫复兴计划，都有着巨大的历史原因，连在幕后操纵的人对这些原因也未必十分清楚。此外，有一件事是可以肯定的，我们在理解、演奏巴赫作品时，即使动机纯正（也许正因为动机纯正），也会受到历史的限制，而个中缘由都是我们所不甚了了的。我个人现在发表的关于历史和历史局限性的观点，其情形亦复如此。

我这样说，并不是要重新跌回到一种令人感到无助的相对论。浪漫的巴赫只不过是那些被一种不熟悉的音乐所打动的男男女女所带来的产物,这些男男女女被打动的程度和我1955年在南非被打动的程度不无类似之处。同时,浪漫的巴赫还是一种共通的感情潮流的产物,这种感情的潮流在巴赫的身上找到了表达方式。如今,那一缕缕情感,伴随其审美情感论和民族主义狂热,都已随风而逝,我们现在演奏巴赫时也已不再编织这些如梦的情感。门德尔松以来的巴赫研究使我们认识了一个完全不同的巴赫,因此,我们现在所看到的巴赫的种种特征,是致力于巴赫复兴的那一代人——如号称老到的路德派经院主义者——所看不到的,因为巴赫本人正是在路德经院主义氛围中从事创作的。

承认这些恰恰使我们在历史的理解中迈出了踏踏实实的一步。历史的理解要求我们在理解过去时将其看作是对现在的一种影响。只要这种影响对我们的生活还是看得见摸得着的,那么,历史的理解就仍然是现在的一部分。我们的历史存在是我们现在的一个部分,而我们现在的这一部分就是属于历史的那一部分。而我们所无法完全理解的恰恰就是这一部分,因为,要想理解这一部分,我们就得在理解自己时,不仅将自己看作是历史种种作用的对象和客体,而且将自己看作是历史的自我理解的主体。

正是在自己目前加以简单说明的这种悖谬而不可能的语境中,我问自己这样一个问题:我在时间和身份上距离1955年究竟有多远,从而使我现在可以以历史的方式开始理解自己初次遭遇经典(即遭遇巴赫)时的经历?我对大家说自己在1955年曾被经典感动过,我说我在问上列问题的同时又承认经典——更不用提自我——是历史地构成的,当我在说这些话的时候,我究竟想表达什么意思?对门德尔松1829年的柏林听众来说,巴赫只不过提供了一个机会,使柏林听众在记忆和重新演奏巴赫时得以再现、表达自己内心的渴望、情感,使其可以确认自己,其结果都是我们可以加以指认、分析、命名的,也是可以预料到的。那么,在1955年的南非,巴赫的出现,或确切地说,巴赫作为经典而出现,原因又究竟何在呢? 如果经典是超越时间的这一观念可以通过对巴赫的接受作完全历史性的解释而加以解构的话,那么,我在我家后院里的那一刻是否也因此而被解构了?(我经历的那一刻与艾略特经历过的相类似,不过,艾略特所经历的无疑要神秘而强烈得多,而且他还将其写进了诗歌里。)对所谓超越世纪的感动,今天的我们还能不能把它当真?

为了回答这一问题,而且为了努力对这一问题给出否定的答案,看看在人们关于经典的观念中究竟还有什么东西可用,让我重返只讲了一半的巴赫话题。

先提个简单的问题:如果巴赫在世时是个默默无闻的作曲家,那么,门德尔松又是如何知道巴赫的音乐作品的呢?

如果我们进一步紧密跟踪巴赫死后其音乐作品的命运,只关心其作品的上演而不关心作曲家本人的声誉,那么,我们可以发现,巴赫在世时虽然声名不怎么显赫,但他并未被人完全忘却,这和巴赫复兴史给人的印象有所不同。巴赫死后二十年,柏林有一批音乐家私下里定期演奏巴赫的器乐作品,只为自娱自乐,对外秘而不宣。奥地利驻普鲁士大使也曾经是圈子里的人,数年不辍。他回国时把巴赫的乐谱带回了维也纳,并在家中举办巴赫作品演奏会。莫扎特也是这批音乐家中的一员,他曾手抄巴赫作品,悉心研究过巴赫的《赋格的艺术》。此外,海顿也是这个音乐圈子里的人。

因此,在柏林本来就有一种圈子不大的巴赫传统存在,根本谈不上是复兴,因为这一传统在巴赫生前和死后从来就未中断过。后来,这一传统又延展到了维也纳,在职业音乐家和颇为认真的业余爱好者中流传,尽管其间未曾公演过巴赫的作品。

至于巴赫的合唱音乐,其好大一部分也是职业音乐家们所熟悉的,这些音乐家中包括柏林歌唱学院院长 C. F. 柴尔特,柴尔特本人是门德尔松父亲的一个朋友。正是在柏林歌唱学院,年轻的费利克斯·门德尔松初次接触到了合唱音乐。柴尔特认为巴赫创作的受难曲不适合演出,仅可供专业圈内欣赏,因此,总是不与门德尔松合作。门德尔松不买账,偏偏让人抄录了一份《马太受难曲》,并全心投入公演前的改编工作。

我上面说到仅可供专业圈内欣赏。这一说法好比一个点,在此,文学与音乐之间以及文学经典与音乐经典之间的平行关系开始打破;在此,音乐结构及其实践以比文学结构及其实践更加健康的姿态出现。因为,音乐这一职业有办法使自己认为有价值的东西保持生命力,这与文学有着质的区别,文学机构只能使那些起初被埋没但后来受到重视的作家保持生命力。

无论是在西方文化传统中还是在世界其他主要传统中，要想做个音乐家，不管是演奏、歌唱还是作曲，你都必须经过长期训练和学习。训练本身就意味着不断重复演奏给别人听，让别人细心甄别并做出实际评判。这对演奏者来说，必然包含有一个博闻强记的过程。同时，一系列不同的演奏都已经成为制度化的，你得演奏给老师听，给班级同学听，乃至给不同的公众听。由于以上这些原因，人们可以使音乐保持生命力，使其在职业音乐家中代代相传，而一般人，甚至受过良好教育的人，对此则可能没有什么意识。

假如有什么东西能使人坚信巴赫的经典地位的话，那就是巴赫在职业圈内所经受的考验过程，这个从小城中走出来的宗教神秘主义者，其声望不仅超越了启蒙运动的理性偏执，走向了大都会，而且虽然在十九世纪巴赫音乐复兴中作为日耳曼大地之子得到推崇，但复兴热潮过后，他并未成为过眼烟云，销声匿迹。今天，每当一位初学音乐者跌跌撞撞学完巴赫的"四十八首前奏曲和赋格曲"的第一首前奏曲时，我们就可以说巴赫又在职业圈内经受了一次考验。经受得住日复一日的考验，仍然无懈可击，这大概就可以称得上音乐的经典了吧？

经得住考验而幸存下来，这只不过是一个实用的最低的贺拉斯式标准（贺拉斯曾说，一部作品写出来一百年后仍未被人遗忘，那它必定是一部经典），这一标准同时还表达一种对考验这一传统的信念，有着这一信念的一代又一代的职业音乐人,不会因为某些音乐作品的生命已经枯竭而枉费心机地去刻意加以保存。

也正是这种信念使我颇为乐观地在这篇演讲中,谈到了我个人生命中的一段插曲,并且对这一插曲作了正反两方面的分析。对于我个人在 1955 年对巴赫作品的反应,我曾扪心自问,我的反应是否真的是对那部作品中某种内在艺术品质的反应,抑或我的反应只不过是象征性地选择了欧洲高雅文化,以使自己从身处其中的社会历史的死胡同中摆脱出来?这种不无怀疑的自问,其实质就在于,借巴赫之名充其量不过是为行反欧洲高雅文化之实,巴赫或巴赫之名于我均无自身价值——"自身价值"这一说法本身就该受到质疑。

我在这里既不为"自身价值"作理想主义的正名,也不想从经典中孤立某种品质或本质,虽然经受住考验的作品都有类似品质;但愿我对巴赫、经典的阐释已使其带有了自身价值,即使这种价值首先是职业性的,其次才是社会性的。至于我十五岁时是否真的懂得自己所听到的东西,不是这里所要讨论的问题:巴赫就好比一块试金石,因为在我接触到他之前,他已成功地通过了成千上万才颖之士的检验。

历经时间检验而未被淘汰的东西必定是经典。这话说白了到底是什么意思?这样一种关于经典的观念是如何体现在人们的生活中的?

为对这一问题做出最为严肃认真的回答,我们或许只能以我们当代经典中的伟大诗人——波兰诗人齐别根纽·赫伯特①为例。在赫伯特看来,经典的反面不是浪漫而是粗鄙野蛮;而且,经典的东西与粗鄙野蛮的东西之间,与其说是势不两立的关系,倒不如说是相反相成的关系。赫伯特以波兰历史为借镜来从事写作。波兰这个国家为西方文化所包围,历史上曾被野蛮的邻国所侵凌。在赫伯特看来,经典虽遭受野蛮浩劫,但仍能劫后幸存,之所以能如此,不是因为其所谓的内在品质。相反,历经最野蛮的浩劫而仍能存留下来的东西之所以能幸存下来,是因为世世代代的人民不愿舍弃它,是因为人们不惜一切代价保护它。所谓经典仅此而已。

这样一来,我们就面临着一个似非而是的局面。经典能活着延续下来而获得人们的认可,因此,对经典的质疑不管如何充满敌意,总是经典自身历史的一部分,这种质疑不仅不可避免,甚至还是应该受到欢迎的。因为,只要经典在遭受到攻击时还需要人们为之辩护,那它证明自己是否真的是经典的努力就不会有尽头。

人们甚至可以大胆地说,批评的功能是由经典来界定的:批评必须担当起考量、质疑经典的责任。因此,没有必要担心经典是否能够经得起批评的种种解构行为;恰恰相反,批评不仅不是经典的敌人,而且实际上,最具质疑精神的批评恰恰是经典用以界定自身、从而得以继续存在下去的东西。这个意义上的批评也许是狡黠的历史得以延续的

---

① 齐别根纽·赫伯特(Zbigniew Herbert,1924— 1998),生于波兰东部的洛芙,曾在华沙学习法律和哲学,为波兰当代著名诗人、散文家、剧作家,其诗作具有深厚的文化、历史内涵。

手段之一。

原注

[1] 《何为经典？》(伦敦：费伯出版公司，1945)。以下征引此书，
简称 *WIC*。

[2] 转引自法兰克·柯默德《经典》(伦敦：费伯出版公司，1975)，
第 16 页。圣伯夫的系列演讲曾以《维吉尔研究》为题于 1857
年出版。

[3] 1926 年出版的《批评的标准》中有一篇文章，在该文中，艾略
特说英国是"西欧共同文化"的一部分。可是，问题在于："英
国究竟有多少人相信欧洲文化和罗马的遗产？究竟有多少
人相信英国在这种文化中的地位？"两年后，艾略特又给英国
分配了一个在欧洲和世界其他地区之间从事居间调停的角
色："在欧洲共同体各成员国中，只有英国曾经缔造过一个真
正的帝国——也就是说，是个像罗马帝国那样的世界性帝
国，这个帝国不只是欧洲性质的，她还是联结欧洲和整个世
界的纽带。"转引自加莱斯·里弗斯《T. S. 艾略特：一个维吉
尔式的诗人》(伦敦：麦克米兰出版公司，1989)，第 111、
85 页。

[4] 艾略特离开哈佛到德国留学，战争爆发后转到牛津大学，在
那儿娶了一位英国妇女，后曾试图回哈佛大学参加博士论文
答辩(但他已订了舱位的那艘轮船没有起航)，后来亦曾试图
到美国海军谋个职位，亦告失败，再后来他好像死了心，决定
待在英国，最终成了英国公民。假如抛向空中的骰子以另一
种方式落下，艾略特很可能在拿到博士学位后，接受向他招
手的哈佛教授席位，继续其美国人的生活。

[5] 对自己为何离开美国，艾略特一直讳莫如深。然而，他在

24

1928 年致赫伯特·里德的一封信中,不无痛苦地坦陈了在出生国自己心中所具有的无根感:"将来我想写一篇文章,谈谈一个不是美国人的美国人的观点,这个人出生在南方,很小的时候就到新英格兰去受教育,当时说起话来还略带南方黑人常有的拖腔。然而,他也算不得是个南方的南方人,因为他生长在一个南北交汇的州,其地的居民都是北方人,他们瞧不起南方人和弗吉尼亚人。因此,这个人到哪儿都觉得格格不入,以为自己更像一个法国人而不像一个美国人,更像一个英国人而不像法国人,但同时又觉得,直到一百年前的美国仍然是欧洲的家族分支一样。"见《T. S. 艾略特——一篇回忆》,载艾伦·泰特编《T. S. 艾略特:其人、其作品》(纽约:德拉科尔特,1966),第 15 页。

三年以后,在《批评的标准》中,艾略特又将美国知识分子的苦恼描述如下:"当今的美国知识分子在生于斯长于斯的故乡土地上,在祖先筚路蓝缕所开创的环境中,几乎无法继续不断地发展。他必须客居他乡:要么在地方性大学中熬时光,要么移居他乡,而最为彻底的移居,就是到纽约去。"转引自威廉·M. 蔡斯《埃兹拉·庞德和艾略特的政治身份》(斯坦福:斯坦福大学出版社,1973),第 155 页。然而,艾略特确实承认,这种迫不得已的离乡背井绝非美国人所独有,而实在是整个现代人生活的一个特征。

[6] 《东科克》,载《四个四重奏》(伦敦:费伯出版公司,1944),第 22、15、20 页。

[7] "诗歌不是感情的放纵,而是感情的脱离;诗歌不是个性的表现,而是个性的脱离。"《传统与个人才能》(1919),见约翰·海沃德编《文选》(哈蒙兹沃斯:企鹅出版社,1953),第 30 页。

[8] 里弗斯引述库米城女寓言家对埃涅阿斯所说的话(《埃涅阿

斯纪》第6卷第93—94行）："特洛伊所有的灾难都将再次由一个外国来的新娘所引起，由一场涉外婚姻所引起。"给特洛伊带来灾难的外国来的新娘指墨涅拉俄斯的妻子海伦、腓尼基人狄多和拉丁人拉维尼亚。里弗斯写道："艾略特娶了英国女人维维安，一个外国的新娘，不也至少部分地构成了他的烦恼？"（第47页）

艾略特特地把狄多和埃涅阿斯在下界相见说成是"文明的"，这使人感到莫名其妙。埃涅阿斯向狄多发话，她——

眼睛紧盯着地面。

听到他说话，她的形容不为所动

就像顽石或马比西亚的大理石。

她随后迅速离开，逃回阴暗的丛林，

仍然怀恨在心。

（《埃涅阿斯纪》第6卷第469—473行。L. R. 林德译［布卢明顿：印第安那大学出版社，1963］，第117页。）

[9] 在《维吉尔和基督教世界》（1951）一文中，艾略特将维吉尔"有意识的思想"与其思想的另一个方面区分开来。出于谨慎，艾略特对维吉尔思想的这一方面未予命名，但这一思想似乎是对某种更高启示的回应。《论诗和诗人》（伦敦：费伯出版公司，1957），第129页。另参看里弗斯《T. S. 艾略特：一个维吉尔式的诗人》，第102页。

[10]《文化杂论》完成于1948年，该书实际是为了回应卡尔·曼海姆而作。曼海姆在《重建时代的人与社会》中声称，未来工业化欧洲的各种问题要想得到解决，必须进行有意识的社会规划，并广泛地鼓励新的思维方式。而方针则必须由精英阶层来制定，因为只有精英阶层才能超脱阶级局限。

艾略特反对社会设计，反对未来计划，反对一切形式的社会统制。他预见到了，培养精英分子可以促进阶级地位的升迁和社会转型。他说："过去绝大多数人在哪儿出生就在哪儿生活。"这当然更好。曼海姆所预见到的自我意识，应该说仍是某种形式的贵族或统治阶层所拥有的一种能力。（转引自蔡斯《埃兹拉·庞德和艾略特的政治身份》，第197页。）艾略特对1948年的海牙会议（这次会议曾讨论过成立欧洲议会的想法）和1949年成立的欧洲会议组织的反应，表达在他于1951年发表的一封公开信中。在这封信中，艾略特将文化问题与政治决策区分开来，主张长期努力，力图说服西欧人民尊奉共同文化，同时保护和发展不同地区、不同种族、不同语言，各尽"所能"，协调发展。另参看艾略特《文人与欧洲的未来》（1944），转引自罗杰·柯杰基《T. S.艾略特的社会批评》（伦敦：费伯出版公司，1971），第202页。

[11] 巴赫有几部作品确实曾成功跻身特别上演节目单——比如，他创作的几部经文歌就保留在莱比锡托马斯教堂的节目单中，莫扎特曾于1789年在该教堂听过巴赫创作的《为上帝唱一首新歌》。

[12] 弗里德里克·布卢姆《两个世纪以来的巴赫》，斯坦利·高德曼译（伦敦：牛津大学出版社，1950），第12页。我对高德曼的译文略微做了点改动。

[13] 巴赫音乐的其他门徒，如威廉·弗雷德曼、卡尔·菲力普·艾曼纽尔和约翰·克利斯克等人的历史感也是准确的：这些人在巴赫死后没有宣传巴赫的音乐，任其消亡；不仅如此，他们都很快成为新音乐的代言人，宣传理性和情感。

　　巴赫晚年是在莱比锡度过的。在人们的眼里，晚年的巴赫，就像布卢姆所说的，"是个脾气古怪而可笑的老顽固"。巴赫曾任莱比锡圣托马斯教堂唱诗班主领唱，巴赫死时，该教堂管理层大大地松了口气,因为他们终于可以录用与时代更为合拍的年轻人。与巴赫同时代的两位名人,一个(台勒曼)断言说,巴赫培养的学生,特别是卡尔·菲力普·艾曼纽尔,是他给世界最大的馈赠;而另一个(亨德尔)对艾曼纽尔从来就没有注意过。参看布卢姆《两个世纪以来的巴赫》,第15—16、23、25—26页。

[14] 该书作者名为J. N. 弗克尔,哥廷根大学音乐总监。转引自布卢姆《两个世纪以来的巴赫》,第38页。

[15] 布卢姆《两个世纪以来的巴赫》,第52—53、56页。

丹尼尔·笛福的《鲁滨逊漂流记》

就像奥德修斯为回故乡伊萨卡而四处漂泊,就像堂吉诃德乘上自己的坐骑驽骍难得,鲁滨逊·克鲁索身带鹦鹉和雨伞,成了西方集体意识中的一个人物,但他超越了盛赞自己冒险经历的书本——这本书版本很多,外文译本无数,模仿、改编之作亦不在少数,简直成了鲁滨逊产业。

他那编造的所谓历史——《约克郡航海家鲁滨逊·克鲁索自撰生平及奇异历险记》——于1719年问世,销路可观。四个月后,续集随即推出,名为《鲁滨逊再度历险纪实》,一年后又出《鲁滨逊沉思录》。尽管第二个续集随初集之后,也曾赢得一些读者,但我们现在提到的《鲁滨逊漂流记》,指的主要是第一部。

在《鲁滨逊沉思录》中,作者觉得有必要为自己辩护几句,因为当时有读者指控作者编造了事实,说他写的书不是什么历史,只是传奇而已,说鲁滨逊这个人根本不存在。"我叫鲁滨逊·克鲁索,"作者在《沉思录》序言中写道,"我在此保证,本人写的故事尽管有寓言味道,但也不无历史意义。……何况,写书的人还活着,而且名声还不错,他平生所历之险恰好构成这三部书的主要内容。也就是说,三部书中所述故事讲的全部或主要是他……这个人就是我。"随后,作者不乏塞万提斯式的勇气,竟然签下鲁滨逊·克鲁索之大名。

作者说上述这番话时,仍然坚持说"鲁滨逊·克鲁索"人还健在。其实此时《鲁滨逊漂流记》真实作者之谜已经露出水面,那么,作者还坚持如此说的用意究竟何在呢?一个显然不过的解释就是,人人都像克鲁索。和克鲁索一样,每个人都是一座孤岛;每个人的生活如用寓言的方式来打量的话,都是在上帝眷顾下所过的孤立生活。至少在具有同情心态的当时人的心目中,尤其对那些在尊奉国教的宗教传统中长大的人来说,这种解释显然是说得通的。

不过,《鲁滨逊沉思录》的序言似乎还触及了一个个人甚或自白层面的问题:"我敢保证,我写目前这本书时,我虽身处伦敦这一世界上人口最为众多的城市,心中却备感孤独,而且孤独的程度要远远大于我在孤岛二十八年的与世隔绝生活。"一个因遇海难而被困孤岛的人,晚年才得以返还曾经生养过他的祖国,此时似乎和一个名叫丹尼尔·笛福的伦敦人合二为一,而前者恰恰是从后者的脑中诞生的。

艾德加·爱伦·坡曾经写道:"阅读《鲁滨逊漂流记》时,以为写作此书需要天才或者哪怕是一般才能的人,恐怕十个人,不,五百个人中,都很难有一个!人们压根儿就不会把它当作文学作品来读,笛福写此书时恐怕也根本没想到什么文学,他脑子里所有的,仅仅是鲁滨逊。"[1]

尽管爱伦·坡的话不无讽刺挖苦之意,但说一个作家的名气竟不如他自己所创造的某个人物的名气大，这应该说是对作家的褒扬。文学中的现实主义，至少某种形式的现实主义，往往掩饰自身的文学本质。笛福常被人推举为现实主义的先驱，人们说他和菲尔丁、理查森一道开创了英国现实主义小说传统。但是，如果说笛福是现实主义者，那么，人们就会很难看出他的现实主义与菲尔丁的现实主义之间究竟有何关系，就会混淆体裁、话语、风俗以及社会阶层的雅俗之分。此外，说笛福是现实主义者，人们也就很难看出他的现实主义与理查森的现实主义之间究竟有何关系，这就等于宣称资产阶级的习惯和标准，等于放弃传奇中的超自然手法，而仅仅以散文叙事形式来利用传奇所曾经具有的迷人魅力，虽不用诗的形式，却仍能取得高雅戏剧艺术的感人力量。

笛福与下一世纪欧洲的一些大小说家之间，更没有什么可比性。对下一世纪的所谓现实主义流派的小说家们来说，"现实主义"之名恐怕仅有教条、标签的意味。《包法利夫人》并未宣称书中说的做的都是道特镇的爱玛·包法利所为，也未说这本书是爱玛写的。十九世纪现实主义小说兴盛的根本原因在于，作家和读者在事关如何表现"真实"的问题上，有着一些双方都承认的默契。而对笛福来说，当时并无这样的默契。在笛福写作的时代氛围里，毫不带有教谕意图而去表现日常生活，这一想法可能会显得奇怪而可疑；而且，笛福本人内心里很大程度上是个孤独的人（在这点上，他与菲尔丁的区别是再明显不过了），他不至于相信人与人之间有什么默契。

确切地说,如果我们说笛福是个现实主义者,那也仅仅意味着:他是个经验主义者。经验主义是构成所谓现实主义小说的一条基本原则。实际上,笛福的情况要简单得多。他是个善于模仿装扮别人的人,也像个精通腹语的人,他甚至还是个善于伪造的人(其《瘟疫年纪事》伪造得是那样的精到,酷似一份真实的历史文件,竟让人觉得毫无玩弄笔墨纸张而作假的痕迹)。他写的所谓"小说"(当然,笛福本人从未用过"小说"这一术语)摹写的实际上都是男女主人公实实在在的生活,给人的印象好像这些男男女女都是真人似的。他的小说就像自传,深受临终忏悔和精神自传等文体的影响。

在《鲁滨逊漂流记》中,人们可以看到,笛福有意使历险者的故事迎合自己的需要,以便描写叛逆、惩罚、忏悔和救赎等主题,其形式就像《圣经》中的一样。当然,笛福这样做的时候,并不是十分成功。书一开始,我们看到,父亲给儿子克鲁索一番忠告,要他全心全意经商,要他乐天知命,在中产阶级的小康生活中"清静安闲地过上一辈子"。可克鲁索听不进父亲的这番忠告,偏偏要冒险出海去远航,结果被卖为奴隶,后逃出,在巴西开办一家种植园,还亲自冒险从事奴隶贸易,遭遇海难而被抛荒岛。在岛上过了半辈子,其间打败野人和海盗,终于成为一个殖民地的开拓者和种植园主,其财富(名声就更不用说了)之巨,当然可以想象。反正,要是他听了父亲劝告,老实待在家乡,所获财富肯定无法与之相比。

稍微做点变通,上面的讨论同样适用于笛福所写的假自传中的其他男女主人公:摩尔·弗兰德斯、杰克上校、罗克萨娜,他们当中,没有一个人愿意清静安闲地过上一辈子,否则,他们的生平中就不会有什么值得称道的了。克鲁索说叛逆是他的原罪,其实,叛逆也是他所讲的故事之所以有趣的一个先决条件。唯命是听的子孙是没什么有趣故事好讲的。

《鲁滨逊漂流记》是笛福长篇散文小说的第一次尝试,但并非他的最好作品:《摩尔·弗兰德斯》写得要更为连贯有序些;而《罗克萨娜》文体虽有失平衡,但成就更高。《鲁滨逊漂流记》的毛病在于写得过于草率仓促而修改润色不够,书中的道德寓意亦颇混乱。书的后面四分之一部分以及克鲁索早些时候的冒险经历,任何一个有能力的作家也都能写得出来。

再说,书中对情感的处理尽管不时地闪现出力量的光辉——比如当写到克鲁索几乎为沮丧和孤独所屈服时——然而,笛福对灵魂及其活动的分析太过接近于理想的基督教精神疗法,因而显得不够现代。在初次尝试写作这部长篇小说时,作者未能预料到后来的现实主义。后来的现实主义在揭示人类内心生活时,用的是无意识暗示手法,人物的言语、行为之意义,人物自己是不知道的。

尽管如此,《鲁滨逊漂流记》的核心部分——克鲁索在岛上的经历——仍可说是笛福精心结构之作。在表现这个因海难而困于孤岛的人之痛苦时,作者用的是完全经验主义的描写法,然而这种方法却神奇地有意义:"至于我的那些同伴,我后来从未见到过他们,连个影子也未见过,只见过三顶高帮有边帽和一顶无边帽以及两只配不成对的鞋子。"克鲁索为把失事船上的东西挪到岸上,为用泥土垒一个锅灶,不得不解决数不清的很为实际的小问题,作者能将这些写得快速有效,而且栩栩如生,十分生动感人。读者一页一页地读下去,看到主人公为了活下去,一件事接一件事地忙碌着,作者将这些事描写得细腻非凡,很有条理。要做到这一点,需要作家全神贯注,整个投入到小说世界中去,并能随机应变。唯其如此,作者才能将这个世界写得那样地逼真,那样地高尚。笛福是个伟大的作家,是我们所拥有的最为纯粹的作家之一。我想,这一点也是坡、弗吉尼亚·伍尔夫等人所承认的。激赏笛福的人不计其数,而能与之媲美的人则寥寥无几。

克鲁索在和星期五一起获救时,他当然不会抛弃自己的岛,他让叛变分子和遭遇海难的人到这岛上去殖民;尽管他后来又回到了英国,但他为人精明机敏,在自己所开拓的殖民地仍保留一个稳固的落脚点。《鲁滨逊漂流记》大张旗鼓地宣传英国商业势力在新世界的扩展,宣传英国新殖民地的创设,作者对此从不感到羞羞答答。至于南北美洲当地的原住民以及原住民所代表的障碍,可以说,笛福全部是将其作为食人肉的野蛮人来描写的,克鲁索处置他们的方式,也同样是野蛮而残忍的。

当然,唯一的例外就是克鲁索对待野人星期五的做法。克鲁索救了他:"我教他知道自己的名字叫星期五。……我还教会他说'主人'这个词,后来又让他知道'主人'就是我的名字。"我们无法把星期五和克鲁索分开,在多种意义上,星期五是克鲁索的影子。有时他扮演的角色就像桑丘·潘沙,如果说克鲁索是堂吉诃德的话;有的时候,他也可以表达一些平常的意见,比如,对基督教信仰中那些令人感到头疼的特征,主人会允许他谈点一般的看法。至于别的,就只能通过其主人克鲁索的眼睛来看了,星期五只能听由主人随心所欲的家长作风摆布了。

由于缺乏自主权,星期五是没有个性的。在笛福写的以我为中心的小说中,所有的次要人物都是无足轻重的,但是,星期五的心地善良虽然不证自明,克鲁索并未因此思考过基督教的教条对美洲而言,究竟有何相干,也未因此思考过西方殖民主义究竟有何根本理由非要到美洲去殖民,难道就是为了到那儿去传播福音?克鲁索心里琢磨着,要是人类是由上帝两次并且分别创造的——一个在旧世界,一个在新世界——要是在新世界根本就没有反叛上帝的历史,那么,他们到美洲那里去究竟为什么呢?要是星期五和他的同胞们不是堕落的族类,因而不需要什么救赎,那又该怎么办呢?

这样的问题,思想较为开明的西班牙传教士在征服美洲初期就曾经问过。而笛福笔下的美洲印第安人却被写成了野人,因此而被排除在人的范围之外,这使笛福不仅没有能够正面回答这一问题,而且还模糊了这一问题。

然而,承认二次创造说,并因而承认救赎的福音与新世界毫不相干,不一定对美洲各原住民族有利。我们不应忘记,二次创造说以人类学为幌子,推行多元创生论,而多元创生论恰恰成了将人类分为高等民族和低等民族的依据,从而使种族歧视披上了科学的外衣。

> 笛福就像一名勇敢的、默默无闻而被人利用的士
> 兵,他饥肠辘辘,肩抗辎重,脚踩烂泥,口袋里一文不
> 名,履行着一个军人的职责。他一整天遭到敌人炮火
> 的攻击……牺牲时还只是个中士。……[他]的思想
> 适合干这种苦差事,坚实、精确,绝没有半点矫情,缺乏
> 热情,也谈不上可爱。他的想象力只适宜经商,不适宜
> 从事艺术创作。[2]

上面是伊波利特·丹纳在其影响颇大的《英国文学
史》中说的一段话。从这段话中,我们可以看到丹纳的用
意究竟何在。他的每一项指责的确有其道理,然而,从整体
上看来,丹纳的上述断言大谬不然。如果说笛福具有军人
的果敢刚毅品质,那也只是因为他靠写作为生,多写一页文
字就能多挣一些钱,绝无贵人襄助。不错,笛福谈不上是个
艺术家,至少不是丹纳头脑中所想象的那种艺术家;然而,
笛福也压根儿没想让别人把他看成这样的艺术家。正如丹
纳所说,笛福是个地道的商人;但他经营的却是文字和思
想,他有着商人的精明,知道一字一句表达着什么样的思
想,每一思想又有着多重的分量,能值几个钱。作为思想
家,笛福可能谈不上有什么独创之处,然而,他的思想却敏
锐犀利,对生活的方方面面充满了好奇。他一生干过各种
各样的事情,而且都干得卓有成效,也不乏趣味。他创作的
东西都很有思想,老年时所创作的小说涉及题材众多——
犯罪、征服、野心、孤独,这些小说即使在今天读来,也和三

百年前一样地让人感到生动而有趣。

原注

[1]　《碎语集》,伯顿·R.柏林编(纽约:高店出版社,1985),第
　　　　547 页。

[2]　《英国文学史》,亨利·范隆译(伦敦:殖民出版社,1900),第 2
　　　　卷第 404 页。

塞缪尔·理查森的《克拉丽莎》

美

过去的十年中,关于塞缪尔·理查森的《克拉丽莎》,人们争议颇多。争议大部分是由于其中所涉及的强奸话题而引起的,对此人们颇为关注。人们通常把《克拉丽莎》当作小说读,认为这部小说写到了性侵犯而且易侵犯的问题,写到了自我决定命运的权利问题。

我则打算从不同角度来研究《克拉丽莎》。有好几年的时间,我曾脑中盘算着把《克拉丽莎》改编成电影,或者改编成一部长度约两小时的电影,或者更为现实可行地将其改编成四至五小时的电视连续剧。这一野心看上去颇令人感到无聊。说它无聊是因为我从未踏踏实实地开始写作,甚至脑中也从未认认真真地考虑过这样一个基本问题:那么一帮人坐在那儿,相互给对方不停地写信,你如何生动地表现这帮人的行动?

因此,当我听说英国广播公司已经播出了根据《克拉丽莎》改编的电影时,心里颇不是滋味。所以,我特地把它找来看了一遍,心里很感不悦,主要是因为这个改编本太过小气,也显得不很庄重。我认为还可改编成另一个本子,以示对理查森原著的尊重。

英国广播公司播出的那部电影的缺陷之一在于,演女主角的那个演员相貌平平,一点也谈不上漂亮。她看上去有十七岁的样子,正是理查森作品中的克拉丽莎应该有的年龄。这个女演员虽说还算可爱、体面,是个文静的中产阶级姑娘,但她演这个角色时,仅仅将女主人公表现成了一个迫于勒夫莱斯淫威的受害者,默默承受着内心的痛苦,尽管不乏尊严。

我并不怀疑电影制作人曾经用心考虑过出演主角的人选问题,也不怀疑主角演得那样文静可能表明制片人对原著的一种刻意读法,兴许是一种二十世纪末期的读法。以这样的读法,克拉丽莎的形象当然显得很特别,因为她可以代表任何一位或所有父权制度下的牺牲品。

要是我来做制片人,我可能会录用一个完全不同的女演员来出演女主角,以表达我对主角的不同理解。我可能选用的女演员不仅应该更漂亮迷人些,而且应该具有勒夫莱斯所说的那种"凄迷之美"。[1]

"美丽"和"迷人",这两个形容词并不是同义词。美有好多意思,大可扩展至美学领域,甚至可延伸至柏拉图的形而上学领域。美并非专属于活着的生物;但迷人的魅力一定是活着的生物,如人,才能拥有。用到人的身上,"美丽"这个形容词在心理层面上可能带有某种自恋或自闭的意味,也许很迷人,甚至能刺激性欲,但并非是由美丽的东西

39

所具有的性生物学因素导致的。

我想,在出演主角克拉丽莎的人选问题上,英国广播公司的制片团队也曾在迷人和比较迷人之间做过选择。但我认为他们并未认真考虑过让克拉丽莎具有凄迷之美。

美是绝对的,它与观赏者或观赏主体的欲望无关。实际上,一切把美作功利关系处理的努力都将在美的面前显得黯然失色。在二十世纪九十年代,人们是否能创造出绝对的美来,让其在电影里、在大街上或在任何一个地方现身,这是个颇为有趣、可以一直讨论下去的问题。而在十八世纪四十年代前后,当理查森写作之时,人们对美的信念要坚实得多,甚至还很鲜活(至于理查森是否认为天生丽质是一种福分,这是另一性质的问题)。

勒夫莱斯有野心,作为主人,他对克拉丽莎心存图谋,而这一切皆视克拉丽莎的色相如何而定。时下有一种颇具影响力的阅读方法,把勒夫莱斯看成是一个日趋衰落阶级的价值之代表,这一阶级就是王政复辟后的贵族阶级,它十分憎恨正在兴起的拥有土地的乡绅阶层,这一阶层以哈娄一家为代表,被人认为有野心要用金钱来运作,好让本阶层跻身贵族行列。根据这一读法,勒夫莱斯之所以勾引、诱拐、强奸克拉丽莎,是因为他想教训一下哈娄这一正在崛起的家族。

如此读法自然会把勒夫莱斯看成是一个流氓,这个流氓代表的男人对女人的立场随后很快就过时了,其实这在很大程度上正是理查森的企图。这个流氓代表将被注重情感、略带女性化的男性代表所取而代之。

这样来理解勒夫莱斯,当然可以在小说文本中找到许多佐证,然而却不是我本人的解读方法。在写给同样具有流氓行径的那帮朋友的信中,勒夫莱斯用心将自己打扮成一个对女性一向始乱终弃的人,中产阶级出身的女仆更是他的猎获对象,因为中产阶级出身的女仆,其父亲、兄弟没有受过训练,不会使用武器,当情况真的变得严峻时,他们也没有相应的政治关系可以利用,以便实行报复。根据这种读法,只要征服克拉丽莎也就征服了他所面临的最大挑战:这样的姑娘,有着无可挑剔的贞洁,特别懂得自重,家庭虽无久远的世系可以炫耀,然而却一样地强大有力。使这样的姑娘丢脸就是使其家庭丢脸,就可以教训它一下。这样做还可证明一下一般女人坚守贞洁的意志算不得什么,并不能证明她们有能力控制得住一个风月老手在她们身上所激起的性欲。女人的灵魂或精神是不甚发达的。在风月老手的眼里,女人只有肉体,没有灵魂。

这就是勒夫莱斯在给朋友的信中说得堂而皇之的话,他向克拉丽莎求爱只是他针对哈娄家族以及哈娄家族所代表的阶层而计划实施的阴谋的一个步骤,当然,这个阴谋本身也是针对女人的。如此读法,勒夫莱斯就成了一个有着充分个人意识的人,他所做的一切,他自己心里是一清二楚的。

清楚地知道自己在做什么,在他看来,也就意味着清楚地知道自己在反对什么。这当然是他犯的最大的错误。在克拉丽莎身上,他所要攻破的就是她那坚如磐石的贞操。由于搬不动这块磐石,他最终就不得不施以暴力。当然,他心里也明白,施用暴力实际就等于承认自己的失败。但是,起初,他确实有办法为自己的强奸行为辩护,有办法将强奸行为纳入自己的意识形态计划中。在民间流传的流氓故事中,男人的阴茎很有神奇力量,姑娘只要碰到,哪怕是非自愿地碰到,也足以激起姑娘的性欲。

勒夫莱斯善于打猎,他在谈论女人时也把她们说成是自己的亵玩之"猎物"。不用说,理查森在把打猎说成是一项游戏玩乐的运动时,比喻得并不准确,他在书中把勒夫莱斯及其行事准则处理得也未必允当。不管勒夫莱斯是否能够算得上本阶级的代表,他还是可以让人想到他那阶层的行为准则的。这个贵族阶层,在个人主义盛行之前,古风犹存,不乏阳刚之气,骁勇善战,精通畋猎。其行为准则所提的要求不可违逆,否则有损男子气概,甚至可以使人显得像个奴隶或女人。理查森不喜欢这套行为准则,故对这套准则颇为珍视的价值体系加以污蔑和攻击;与此同时,他提倡一套相反的价值体系,这套新的价值体系能变弱为强,以柔克刚。

与勒夫莱斯截然不同的是克拉丽莎。有一种很有影响力的阅读方法,认为克拉丽莎并不完全了解自己。她在与勒夫莱斯交往过程中所犯的错误,特别是与后者私奔,是由于她确实被勒夫莱斯所吸引,但又颇费周折地不承认。她虽然有着良好的个人判断能力,但却又希望勒夫莱斯最终可以变成她所希望的那种人,也就是说,成为一个温柔、专一的情人或者丈夫。

是否可以驯服一个像勒夫莱斯这样的流氓,一个专好玩弄女人的人,而又不至于损毁其身上有趣甚至迷人的品质,这一问题克拉丽莎并未好好考虑过,而理查森却暗中给了这个问题一个否定的回答。(书中有个原来和勒夫莱斯一样喜欢玩弄女人的人,但他后来却被驯服、改造——此人就是勒夫莱斯的朋友贝尔福德——而克拉丽莎和贝尔福德结婚,至少从理论上说来,是小说情节发展的走向之一。贝尔福德是个非常讨人喜欢的人,但为了接近克拉丽莎,他必须放下男人的架子,不把克拉丽莎当女人而当作天使来看;也就是说,把她看作没有性别特征而臻入更高境界的尤物。)

我不想征引太多小说原文,仅说说我对勒夫莱斯的理解。我的理解可能与别人不同:勒夫莱斯这个人,为女人的美所倾倒,他在他的同伴面前其实是戴着面具的,他想掩饰自己的真实情感。他为情所动,这份情,当然是因克拉丽莎而起的,但他本人对这份情感未必十分清楚。不过,这份情感无疑包括了令他感到困惑的愤怒,而这愤怒皆因看不透女人的心思而起。

对勒夫莱斯来说,女人身上那看不透的神秘性是理解克拉丽莎的一个关键性概念,抑或只是理解勒夫莱斯心目中的克拉丽莎的关键。对神秘而自我封闭的美,你除了从外部对它加以打量,还能有什么作为呢?在此,我想引用佛罗伦萨的柏拉图主义哲学家马尔西略·费奇诺①说过的一

---

① 马尔西略·费奇诺(Marsilio Ficino,1433—1499),意大利人文主义哲学家,佛罗伦萨学院领袖,他曾将柏拉图全集译成拉丁文(1463—1477)。他既推崇理性,也不反对神的启示,并以新柏拉图主义的概念、术语来阐扬基督教。

段话:"审视打量或者抚摸特定的肉体,并不能浇灭情人心中炽热的欲望之火,因为情人所渴望的并非这个或那个个别的肉体,他所渴望的是穿透肉体的天堂的光辉,正是这光辉使他的心中充满了好奇。情人们之所以不知道他们所渴望、所追求的究竟为何物,原因正在于此:因为他们不认识上帝。"[2]

贞　操

只有具体地讨论《克拉丽莎》这部小说和与这部小说有关的贞操以及贞操的文化及宗教内涵,我们才可望洞悉女性的神秘。

在以保罗为代表的基督教派看来,处女的生活,有时也叫天使的生活,要比婚姻生活高贵得多。保罗宗盛行于公元最初两个世纪的禁欲传统中,信奉这一教派的妇女往往选择过独身生活,以摆脱由于生物、生理原因而导致的低贱生活。圣哲罗姆①说:女人成了耶稣的仆人后,"她就不再是女人,而只是人"。[3]理查森小说中的勒夫莱斯想把克拉丽莎从天使的生活中拉回来,他用的手法不只是强奸,他同时存有幻想,想让她为他传宗接代:只要让她怀上孩子,成为母亲,就可巧妙地使她受到污辱,就可重新把她打入肉欲生活中去。

---

① 圣哲罗姆(Saint Jerome,347?—420),基督教早期教父之一,一生为基督教辩护。他所翻译的拉丁文《圣经》大致构成后来的拉丁文标准本《圣经》。

哈娄家人认为,克拉丽莎拒不嫁给他们为其选定的夫婿索尔米斯,是很自私的。由于他们为克拉丽莎选定的夫婿缺乏魅力,所以,他们说她自私,这一观点其实是站不住脚的。克拉丽莎内心里对家人说她自私有一百个不乐意,并奋力反抗。她为人诚实,信奉清教,并以同样的方式为自己辩护。面对家人的指责,她的回答是,自己内心里有一种不得违抗的呼唤在告诉自己:即便只是为了家族也千万不要玷污了自己。其实,这一说法也并不完全令人信服。当然,也许新教徒听来会觉得信服。克拉丽莎怎么能知道她的这一番话就不会是自欺欺人呢?怎么能知道她对索尔米斯的反感就不是由于吹毛求疵?她为什么会以为自己比父亲懂得多?

克拉丽莎遵从自己的内心呼唤,但她的内心里,或者说应该有另一种与之竞争的声音同样在发号施令,这一声音在今天也许可以说具有达尔文主义的色彩,但其踪迹却可追溯到古罗马时代:物种的最佳代表更有义务去交配、繁衍。

对天生的尤物我们要求蕃盛,
以便美的玫瑰永远不会枯死。

在莎士比亚的第一首十四行诗中,这一议论是对一个年轻男子说的,但我们知道,这是莎士比亚从锡德尼的《阿卡迪亚》中借用来的。在《阿卡迪亚》中,这话原本是对一个发誓一辈子要过处女生活的姑娘说的。

理查森虽然是个基督徒,但他和班扬不同,他不是一个宗教作家。尽管克拉丽莎常常用宗教的术语来比方自己的命运,但她真正皈依宗教只是在被强奸之后,她当时正身处死亡的阴影里。因此,宗教对这部小说的影响,与其在小说所写到的社会中的影响相比,既多不到哪里去,也少不到哪里去。克拉丽莎的宗教成见使她越来越疏远小说中的其他人物,也疏远了读者,这显然是理查森故意为之。克拉丽莎所去的地方可谓高处不胜寒,别的普通人是可望而不可即的,也是不愿意去的。

《克拉丽莎》虽不是一部宗教小说,但却具有宗教的感染力。什么样的宗教感染力?随处可见的清教徒的新教感染力,它所强调的是自我救赎和自我检点,摒弃热烈的情感,反对作秀,对扮演一切社会角色有着极度的不信任,并认为一切社会角色都是不诚实的。但是,克拉丽莎又渴望具有已被新教摧毁的天主教因素。比如,她渴望殉教以便臻入圣境。换句话说,理查森津津乐道的道德力量,有些就直接来自天主教圣徒传,这些天主教因素(还有理查森并未完全搞清楚的莎士比亚)使原本会以清教徒那谨严的风格出现的小说带上了戏剧化、意大利式的色彩。

在新教中,处女的贞操、为信仰而殉难、超凡入圣,这些都没有什么特别的宗教意义。那么,这些对理查森来说,为什么显得那么重要呢?

"处女"是《克拉丽莎》中常用的一个词,但几乎总是作为形容词来用的(如"处女般的面颊""处女的名誉"),因此具有换喻的意义(只有一个颇能说明问题的例外:希克曼被人笑话为"处男")。克拉丽莎是处女,这个大家都知道,但是理查森并未清楚明白地说明这一点。为什么?首先,因为"处女"作为名分,作为一种生活状态,是天主教所专有的。其次,因为理查森和当时读者心目中的"处女"概念颇为狭窄,专指身体上的特征,因而担心说起来多少显得有点不够体面。

逃出勒夫莱斯的罗网之后,克拉丽莎为什么还不能忘掉自己被强奸这一事实,重新开始新的生活?——就算扮不起朋友安娜为她选定的角色,做不成勒夫莱斯家的太太,总可以做一个自食其力的女人;实在不得已的时候,去当女仆也行;年老干不动了,靠着祖父留下来的家产也足够自己安度晚年。她为何要去死呢?理查森问了这个问题,也回答了这个问题。不过,他的问答令人叫绝,不仅令当时的读者惊讶,恐怕连他自己也会感到颇为奇特。这一点,他心里应该明白。

理查森的回答是:克拉丽莎去寻死是因为她忘不了自己被强奸过。之所以忘不了,是因为她所坚信的处女贞操观念和自我观念是密不可分的。由于找不回处女的贞操,因而连自我的观念也失落了。

克拉丽莎陷进了某些神话般的二元论里,离开这些二元论,她(恐怕也包括理查森)就不会以自己的方式去思考。在这些二元论里,你无法逆向思维。你只能由状态一进入状态二,但不能再由状态二返回状态一:儿童—成年,有性生活之前—有性生活之后,处女—妇女,堕落前—堕落后,大概还有妻子—妓女。(尽管丹尼尔·笛福认为,做了妓女再回过头来做妻子,不会有什么问题。)面对勒夫莱斯的淫欲,克拉丽莎直觉的需要(这从理查森的书中几乎感觉不到,但改编演出的话可能必须得有)不是去做什么努力,也不必非得二者必居其一地做出什么选择。这种需要不仅勒夫莱斯满足不了,连哈娄家人也不会同意。被强奸以后,她需要但又无法想象的东西,就是还她女儿身。之所以说这种需要是她无法想象的,是因为基督教对处女贞操的理解使她感到无望。

克拉丽莎面临的危机是看得见摸得着的。然而,这种危机又是相对于基督教对处女贞操的理解而存在的。而在希腊神话思想中,失去处女贞操,天也塌不下来,它不是无可挽回的。玛丽亚娜·华纳指出,阿佛洛狄忒、伊师塔、阿施塔特和阿娜特①都是以处女之名(parthenos)而著称的,尽管她们都有情人。在古希腊,虽然处女是不允许性交的,但性交并不会使她失去处女的身份(parthenia),只要她将此事秘而不宣就行,而且,性交也是瞒得过去的,因为是不是处女并不取决于她的生殖器官的生理状态。丘利亚·西萨说,处女膜被穿破并非是"不可弥补的"行为。[4]

南西·米勒写道,克拉丽莎被强奸,"伤害的只是她的个人感觉"。这迫使她"整个人格都带上了淫欲的色彩",因而使她处于崩溃状态,失去了从容活动的能力。遭到强

①　阿佛洛狄忒(Aphrodite),希腊神话中爱与美之女神。伊师塔
(Ishtar)是巴比伦及亚述神话中司爱情、战争及丰饶之女神。阿施塔
特(Astarte)是腓尼基神话中司爱情的女神。阿娜特(Anat)是叙利
亚、埃及、两河流域及以色列神话中司暴力和战争的女神,有关她及
其他西北闪美特民族神祇的神话最初在埃及第十六王朝时期开始
流传。

奸使她"把自己作为人的身份无限贬低,好像自己剩下的仅有性身份似的"。[5]

我认为,米勒这话中提到的克拉丽莎的"人格"和"身份"两语,指的是克拉丽莎个人存在的最深刻的内涵:要是克拉丽莎在自身社会命运前低头,由于身心受到伤害就抬不起头来做人,那她就不配做书中的主角。我想米勒的意思是想说,由于遭到强暴,克拉丽莎在自身存在、自我身份这一至关重要的大问题上遭到了毁灭性的打击。克拉丽莎本人似乎也会接受这种说法。她在被强奸后的几天曾说:"我[身心两方面都]已不再是以前的那个我了。"(第890页)然而,这种伤害只有在特定的宗教传统和特定的宗教存在论的意义上,才具有事关克拉丽莎个人存在和身份的存在论性质。克拉丽莎、作者理查森以及批评克拉丽莎的许多批评家,似乎也正置身于这种特定的宗教传统和特定的宗教存在论中。

当然,这并不是说书中对强奸的观点就是他们所采取的观点。勒夫莱斯感到困惑不解,发了一通议论,这番议论一定也能引起读者的共鸣。他弄不明白,克拉丽莎为什么对被强暴一事就不能看开些呢?他认为,所发生的一切其实都"只不过是脑子里想象出来的东西而已",而对克拉丽莎内心深处的存在丝毫无损。安娜·豪是克拉丽莎最要好的朋友,她虽也痛斥勒夫莱斯,但结果也认为:就算有伤害,那么伤害的也仅仅是克拉丽莎的名声而已,并不会伤害她的自我;事情仍有可挽回的余地;为她恢复名誉也不是不可能的,而实际上,一旦事情的原委搞清楚了,可以随即为她恢复名誉。(至于安娜私下里有意安排克拉丽莎嫁给勒夫莱斯这一件事,在此则无关紧要。)

克拉丽莎对安娜的反应包括三个方面:一、她不能就这样嫁给勒夫莱斯了事。二、安娜向她提的建议仅仅试图在社会层面上清除危机。三、社会对她的宽恕绝不会是全心全意的(这第三点表明她内心颇感踌躇)。

总之,她的自杀缺乏足以令人信服的实际理由,至少她想一死了之的倾向和动机缺乏实际理由,让人难以置信,特别是因为经过两个月的思考后,克拉丽莎放弃了早些时候做出的判断,并宣称勒夫莱斯压根儿就没破坏她的女儿身,因此不能说她被强奸过。[6]尽管女主人公的死是理查森从构思小说之初起一直精心安排的,但他写得并不怎么令人信服,至少在心理表现方面是如此。

克拉丽莎为什么要死?到底发生了什么,使她做得这么决绝?克拉丽莎被强暴后的一段时间内表现出严肃而绝对的正直感,良心上也绝对清白,怎么就会轻易去死呢?我们再回过头来看看处女贞操问题。就其最为狭窄、涉及女子身体,同时也是最具基督教性质的意义而言,克拉丽莎确实是无可挽回地失去了处女贞操。写完《克拉丽莎》后几卷时,理查森和当时的新教读者之间明显存在一定的距离。他的1748年时的读者在小说后几卷行将面世时,强烈要求作者让女主人公活下去,不要让她死。因为,和勒夫莱斯一样,读者认为,失去贞操并不足以构成悲剧,因此,没有理由让女主人公去寻死。对这些读者来说,在克拉丽莎身上,受到伤害的仅是她的个人尊严。在自己和世人眼里,她的尊严受到了极大的侮辱。但是,尊严是可以挽回的,伤害也是可以愈合的。

和勒夫莱斯一样,我也感到困惑不解,在所谓强暴这件事中,人们是否夸大了某种想象的东西,我也不愿意看到克拉丽莎因为这也许是想象出来的东西,而觉得自己蒙上了洗雪不净的污点。作为读者,作为克拉丽莎这一角色可能的改编者,我承认自己的解释也可能有点牵强,因而难免遭到克拉丽莎本人的反对。在许多场合,克拉丽莎都坚决认为,别人无权这么看她(比如,对她脸红等不由自主的行为说三道四)。说是强奸,这首先是克拉丽莎而不是勒夫莱斯或任何别人的说法。小说的后半部分写的就是她自己对事件的激烈看法,她相信自己的解释和看法是正确的,以至于不惜为之赴死。

由于克拉丽莎可能反对我的解释,由于她自己的解释所带来的信念,我个人在试图揣摩她的个人解释时,难免也会有冒犯人的地方。理查森创作了一个被强暴的女人殉难的寓言,将其置于特定的受历史局限的宗教和文化传统中;他对其中所涉强奸事件的解释,我在对其加以重新阐释时,也难免会有大不敬的地方。但是,这类反应一定有其自身的限度,假如我们进一步说,一个男人——任何一个男人——解释强奸或解释一个女人对强奸的看法时,都有冒犯人的嫌疑,那么,我们就仍然没有摆脱理查森竭力阐扬的对女性的感伤观念之影响。这种对女性的感伤观念,是把女人的身体看作是一种混合有动物和天使特征的特殊的东西,对这种东西,男人无论如何是看不透的。

勒夫莱斯

其实,勒夫莱斯内心也曾经历过一场危机,只是理查森未怎么加以适当处理。人,尤其是男人,对美究竟该做出何种恰当的反应?这是勒夫莱斯颇感头痛的问题。当然,这毫不奇怪。强暴克拉丽莎是他回答这个问题的一种方法,当然是等而下之的方法,对他本人而言也谈不上高明。他想通过强奸来驱除凄迷恍惚之美加在他身上的影响,亵玩这种美的肉体化身(玩得有点过火);从某种意义上来说,他是试图驱除美中所包含的神圣性。《克拉丽莎》这部小说有时以其过于炽热的语言,在读者身上产生类似哥特式小说所产生的影响,读来让人心跳:如果说强奸是个着了魔的男人的最终选择,那么,克拉丽莎在被强奸后有时似乎也能起而反抗,表现得就像一个坚不可摧、充满杀机的魔鬼新娘。

强奸可以把令勒夫莱斯迷惑的女人,特别是处女,从天上给拉到地面上来。西蒙娜·德·波伏娃说:"处女代表女性最为神秘的一面,因而也是最令人心乱神迷的一面。"[7]

波伏娃这里在重复的实际上主要是男人关于女人的观念。男人一般认为女人身上所包含着的神秘不可解的东西,只有用阳具才能打开;处女最为密不透风,最为神秘,因而是女性最迷人的化身。

勒夫莱斯有着强烈的欲望,想要知道女性的神秘;可克拉丽莎那女性的身体又闭而不纳,虽然她脑子里充满幻想;这种巧合导致克拉丽莎被奸成了当代批评中常被谈论的话题,人们希图借此揭示西方知识意志的发展脉络。"她高深莫测,你永远弄不明白她的心思,强奸她更无济于事。"特里·伊格尔顿写道。克拉丽莎即使在被强奸以后,她那"女人肉体的实际情况"也表明是无法再现的,是[男人写的]小说绝对无法描写的。[8]

当然,后来勒夫莱斯的思考方法与克拉丽莎接近了起来,但为时已晚。他甚至设身处地从克拉丽莎的角度,乃至从死亡的角度思考问题。通过克拉丽莎和勒夫莱斯这两个人,理查森有时有意识地要在读者心目中唤起这样一些人物形象,其中,克拉丽莎拯救或者说试图拯救勒夫莱斯于畜生般的生活状态中。如果说勒夫莱斯是那罗马公诉人的话,那么,克拉丽莎就是那基督教烈士,她即使饱受折磨,仍坚信自己的信仰,终于感化了他;如果说勒夫莱斯是但丁,那么,克拉丽莎就是他的贝雅特丽齐(她私下心里想,自己比勒夫莱斯善良,一定要让他接近光明);她就好比是波依修斯所醉心的哲学之女化身;或者是圣母马利亚,在物质与精神、大地与天堂之间起着中介调和的作用。

所有这些天使般的调停人,其威力就在于自身处于性关闭状态。我们再来听一下费奇诺是怎么说的:"情人所渴望的并非这个或那个个别的肉体,他所渴望的是穿透肉体的天堂的光辉,正是这光辉使他的心中充满了好奇。"

这样来理解和把握男人的爱情,对1748年时的理查森来说,已经显得很陌生。这种男性爱情观深深地植根于中世纪晚期人们对圣母的崇拜,而到了文艺复兴时期,人们又使其具有了深刻的哲学意义。如果说理查森小说中的勒夫莱斯是情人兼崇拜者的彻底堕落的翻版,那么,其中的原因就不仅仅因为理查森想把勒夫莱斯置于当时的英国社会场景中,让他来代表一个内心充满敌意的阶级;恐怕还有另一层原因,即:理查森与这种天主教神秘主义的新柏拉图主义传统,根本就没有确切的接触。因此,情人强暴自己所爱慕的人而产生的对爱情的背叛程度之大,他是不可能想象得到的。

我对勒夫莱斯究竟可能是个什么样的人所做的描述,使他的形象比理查森小说中所写的要大得多。平心而论,我不得不承认,对勒夫莱斯还可做另一种次要的解读,兴许也可部分地证明我上面描述的大致脉络,不过免不了会保留理查森对他的敌意。根据这种读法,男人脑子中把女人构想成天使,这会带来实际生活问题,因为男人不可能永远保持这份想象,以为女人的贞操代表的是对欲望的天使般漠视。这样说来,为报复而实施强奸的勒夫莱斯就是一枚硬币的黑暗的反面,而为爱情走上香客之路的但丁,则代表着这枚硬币光明、理想的正面。

原注

[1]　《克拉丽莎》,安格斯·罗斯编(哈蒙兹沃斯:企鹅出版社,
1985),第 913 页。罗斯编定的本子依据的是 1747 年至 1748
年的版本。

[2]　转引自《爱情手册》,桑德拉·尼古拉编(佛罗伦萨:奥尔斯奇

出版社,1987),第 34 页。

[3] 《保罗的以弗所书》评注,转引自玛丽·达利《教会与第二性》（波士顿:灯塔出版社,1968),第 85 页。

[4] 玛丽亚娜·华纳《女人秘而不宣的性》（伦敦:皮卡多出版社,1985),第 47 页;丘利亚·西萨《希腊的处女们》,亚瑟·古尔德哈默译（马萨诸塞州剑桥城:哈佛大学出版社,1990),第 116 页。

[5] 《女主人公的文本》（纽约:哥伦比亚大学出版社,1980),第 84 页。

[6] "没人强奸我的意愿。可恨的……只有自己。……上天保佑,我安然无恙。"（《克拉丽莎》第 1254 页）

[7] 《第二性》,H. M. 帕希莱译（哈蒙兹沃斯:企鹅出版社,1980),第 184 页。

[8] 《克拉丽莎被辱记》（明尼阿波利斯:明尼苏达大学出版社,1982),第 61 页。

马塞卢斯·艾芒兹^①的《死后的忏悔》

十九世纪中期的荷兰,是文化发展僵化、停滞的欧洲国家之一。浪漫主义运动的大潮几乎没有能够搅动荷兰自满自足的物质主义,当时产生的唯一可观的文学作品只有爱德华·都威斯·戴克尔^②的《马克斯·哈弗拉尔》(1860),作品谴责荷兰在东印度的殖民活动。

然而,十九世纪最后二十五年,印象主义、瓦格纳主义、自然主义,都已开始在荷兰产生影响。到十九世纪八十年代,一场彻底的文艺觉醒,所谓八十年代运动,已经开始。这场运动的年轻人大都自称先知先觉,然而,其中一位作家马塞卢斯·艾芒兹却拒不接受这一称谓,他拒绝参加任何团体或流派。

1848年,艾芒兹出身于一祖籍海牙的高贵家族。家人希望他将来从事律师生涯,但他痛恨莱登大学的喝酒玩乐

---

① 马塞卢斯·艾芒兹(Marcellus Emants, 1848—1923),荷兰作家、诗人,曾对精神病现象特别感兴趣,并建议成立荷兰精神病研究会。

② 爱德华·都威斯·戴克尔(Eduard Douwes Dekker, 1820—1887),笔名穆尔塔图里(Multatuli),荷兰作家,曾在爪哇任官职多年,后因谴责荷兰殖民主义而离职。《马克斯·哈弗拉尔,或荷兰贸易公司的咖啡生意》是其代表作。

的放浪生活,觉得索然无味,因此,他在父亲去世后,随即中途辍学。其后,他以写作独立谋生,去国外旅行,以躲开荷兰寒冷的严冬。他结过三次婚,最后一次婚姻使他苦不堪言。第一次世界大战结束,由于害怕社会主义政府,为了逃避高税额,他移居瑞士,1923年在瑞士逝世。

虽然艾芒兹认为自己主要是个剧作家,但是使他著称于世的还是他的那些长篇和短篇小说,特别是下列这些作品:《死后的忏悔》(1894)、《涉世未深》(1900)、《痴心妄想》(1905)、《恋爱生活》(1916)和《人》(1920)。这些作品写的大都是恋爱、婚姻:痴迷的爱情、不幸的婚姻。艾芒兹和欧洲其他一些小说家(如福楼拜、托尔斯泰、福特·马多克斯·福特、劳伦斯)一样,深刻分析现代婚姻中的内在不和因素,对西方现代文明中的不满情绪也做过深入探讨。

在一般文学书籍中,艾芒兹常被归入自然主义作家行列。这也不无道理,因为(和龚古尔兄弟一样)艾芒兹喜欢写市民阶层的私人性生活,而且(和左拉一样)他喜欢用遗传学等新兴学科所用的语言来解释人类动机。

但是,尽管艾芒兹曾受丹纳、斯宾塞、沙考①等拥护自然主义的思想家的影响,他与自然主义者还是有重大区别的。他是个悲观主义者,这与左拉不同,左拉相信,小说家有能力指导人类迈向更好的未来。艾芒兹的作品中也没有太多的环境描写,这与典型的自然主义小说也是不一样的。艾芒兹感兴趣的是人类的心理活动过程,他的小说分析多

① 沙考(Jean Martin Charcot,1825—1893),法国神经病理学家。

描写少。忠实的自然主义小说家为写出一本实验小说来，会悉心收集大量资料，而艾芒兹则不同，他获得材料的方法很传统，主要通过机遇、记忆和内心反省。他真正佩服的作家，基本都是欧洲老一代的现实主义作家，特别是福楼拜和屠格涅夫。

1880 年，艾芒兹发表了一篇讨论屠格涅夫的文章，文章主要陈述了艾芒兹个人的哲学观点，而屠格涅夫本人的哲学观点却退居其次。艾芒兹写道：为成为自己希望成为的人，我们往往创造出许多虚无缥缈的理想来，然而，人生轨迹不是由任何理想决定的，而是由人类内心里的无意识力量所决定的，这些力量促使人类采取行动；人类的本质究竟为何，只有在人类自身行动中才能看得清楚。人从起初靠虚无缥缈的理想而活着，到后来活得有点自知之明，其间充满了幻灭感和人生痛苦。当人发现了在理想和真正的自我之间横亘着一条不可逾越的鸿沟时，痛苦最为难耐。

艾芒兹这一说法强调了两点：一是强调了人类在自己无意识内心冲动面前的无助感；二是强调了人在成长过程中痛苦的幻灭感。《死后的忏悔》中的叙述人名叫威廉·泰米尔。在他身上，这两点都可以找到：他在激情恐惧和嫉妒所造成的苦海中，无助地漂泊着，痛苦地挣扎着；最后一逃了之，他不敢面对自己的生活轨迹向其揭示的所谓真正的自我，因而变得瘦弱、怯懦而可笑。

然而，按照他对生活的看法，泰米尔活得究竟怎样，别人是无权指责的。泰米尔的母亲冷漠、刻毒；他的父亲委琐、暴躁、淫秽，最后死在一家精神病院里，按当时的说法，他是个堕落的人。生在这样一个家庭里，泰米尔注定（或者至少他自己觉得注定）要重复过去：他后来成了个色鬼，闷骚得很，而且还是个施虐狂和受虐狂，但他内心里惧怕女人，娶的妻子也是个性情冷漠的人，两人在一起仅有夫妻的名分，过的也是像他父母一样的无爱的婚姻生活，最终他也成了个疯子。

关于人际关系，泰米尔的早期记忆就是被送进学校，被扔在那儿，就像一只被扔进野兽笼子里的兔子，周围所能感觉得到的就是敌意：人们觉得这小子有问题，因此，为了种族的集体利益，觉得有必要弄死他。他的同胞都是吃人不吐骨头的野兽；而社会则像一组庞大的齿轮，任何像他那样的无能之辈在其中都难逃被碾碎的命运。

从一开始，泰米尔就像个受害者，遗传法则、达尔文所谓丛林生活法则以及非人性化的社会机器，都使他成了一个受害者。他的忏悔，他的自我分析，敲骨吸髓，撕心裂肺，其中虽也有诡谲、狡黠的自曝成分，但基本上是他向世人发出的痛苦的呐喊，目的是乞求世人的怜悯。

但泰米尔仅仅是个受害者吗？他以为世人都痛恨他，这没准是他的臆想，因而同样可以看出是他内心刻毒的体现。他在行凶杀人之前，莫名其妙地暴怒，他摆脱不了想强暴自己妻子的念头，因为他处心积虑想这么干。后来他真的把她杀了，因为她既没能给他带来爱情（实际上是他渴望的母爱），还以她婚姻生活中应负的责任之名剥夺了他的自由。这一杀人行为针对的不仅是一个女人，针对的还有社会，因为她就像个女狱吏，为维护这个社会，不让他获得幸福。(和爱玛·包法利一样,威廉·泰米尔读过一些书,知道书中写到的所谓幸福,他坚信,这种幸福生活是存在的,具体存在何处,他并不十分清楚。)实际上,他那激越、亢奋、犀利如匕首般的言辞,都在表明他内心的暴力倾向。

只有当言辞不足以表达自己,泰米尔才诉诸行动,与社会做殊死搏斗。我们不应忘记,他留下来的文件只是他后来的忏悔。早先的那一份才是"我灵魂深处秘密情感的毫不掩饰的表白",他将其投寄出去,原打算出版,结果被退了回来。编辑说"都是些鸡毛蒜皮的东西"。想当作家的梦想破灭了。他"生病时心乱如麻,又患有神经衰弱;从某些方面来说,他脑子不够清醒,从另一方面来说,简直已经变态",但却以为自己天生就是块当作家的料。作家梦的破灭,可以说是泰米尔所遭遇到的最大危机。既然没有某种替代方式可以表达自己的人生价值,那么就只好采取直接的行动了。由于内心自我(不管这自我有多么怪异,多么可怜)的表达不足以使他成名,他只得创造一点外在于自己的东西,把这东西拿给社会看,以实现自我。

从这一观点看来,我们可以说,泰米尔,也许包括艾芒兹本人,就像卢梭的孩子。卢梭以自己的《忏悔录》开创了世俗忏悔录这一文学形式,而且写得是那样的详尽周到。卢梭以后,产生了忏悔小说这一体裁,而《死后的忏悔》正是这一体裁中的佼佼者。泰米尔声称没法保守得住他那令人可怕的秘密,把自己的忏悔写了下来,作为一座丰碑留给后人,因而使自己一钱不值的生活成了艺术。

那这部忏悔录的实际作者呢？通过审问考察一个多余人，一个资产阶级上层的零余人的内心生活，艾芒兹究竟成就了什么？

《死后的忏悔》发表约二十年后，正当弗洛伊德声望如日中天的时候，艾芒兹声称自己当年对变态心理学的兴趣具有科学目的。他认为，变态的人，其主要特征首先是对自己内心的冲动没有能力加以审视和压制。通过记录变态心理的自我表现，我们能否有望发现"正常"人内心生活中刻意掩藏着的某些一鳞半爪的东西呢？

我不否认艾芒兹这里所声称的目标之重要性。关于人类内心生活，艺术家告诉我们的不比心理学家的少。但是，艺术家的动机就真的像艾芒兹想要我们相信的那样明白确定、冷静清醒吗？马塞卢斯·艾芒兹和威廉·泰米尔是分不开的；艾芒兹所创造的人物原本是块顽石，但偏要实施其乖张的计划，想把自己点石成金。在这个人物身上，有着作者艾芒兹自己的影子。

泰米尔喋喋不休，虽然诚恳，有思想，也不乏疯狂，但他说的那些话，算不得新鲜，在他之前，人们至少已有一次听到过类似的声音，那就是1864年陀思妥耶夫斯基的那个没有名字的"地下人"所发出的声音。这个"地下人"和泰米尔讲述着自己的痛苦，揭着自己的伤疤，声称讲的句句是真话；两个人喋喋不休时都承认自己有表现癖，因此痛恨自己，然后继续照说不误。陀思妥耶夫斯基与艾芒兹的区别在于，陀思妥耶夫斯基在写完《地下室手记》之后，对隐藏在忏悔体背后的动机和内在图谋有了更深刻的认识，因此后来接着写了《白痴》和《穷人》。在这些作品中,他摧毁了卢梭及其继承人要达到自我认识的自命不凡的企图,揭发世俗忏悔假冒客观真实,揭露其背后隐藏着忏悔人的野心。作为思想者、艺术家、心理学家(作为人,哪个不是心理学家?),艾芒兹算不得出色,他的视野仍未超出卢梭的范围。

哈里·穆里施的《发现天堂》

1

　　荷兰小说家哈里·穆里施说,大家想象一下,天堂里有这么一帮人,他们有着无边的能耐,可以干涉人间的事情;还有一批神,他们像奥林匹斯山上的众神一样,力量无比,但不一定都干好事。请大家再想象一下,自从一个死后注定要下地狱的名叫弗朗西斯·培根的人导致一场归纳一科学的革命,近四百年来,这帮天堂里的人为使凡间的人类效忠他们,一直在打着一场败仗,后来,1968年,他们孤注一掷,像播种一样在人间埋下一颗种子,期望有一天能长成一个天真无邪的孩子。现在,到了1985年,这孩子已经长大成人,要开始发挥作用了。他的使命就是斩断神(主神)与人类之间的最终纽带,此后的人类,只得好自为之了。"从现在起,魔鬼撒旦就可以自由自在地作恶了。"[1]

　　《发现天堂》是"一个凡人"的故事,他是个密使,在古代大概应该叫作天使。关于他的故事,讲得自然天成,是以现实主义小说的形式讲的。也就是说,讲的时候,作者(直到这部篇幅很长的书结束时)绝不多嘴多舌地跳出来告诉读者说,书中的人物就像木偶一样受到别人的控制。因此,读这本书令人感到诧异的时候虽然有一些,书中令人不安的巧合事件也有几件,但从整体上说来,这本书仍可作为人间故事来读。这个人间可以说不是由神,而是由盲目的自然法则来主宰的。

在穆里施的书中,那个由神力埋在凡间的种子而长成的孩子,其祖父、祖母分别是:沃尔夫冈·戴留士,1892年生于奥匈帝国;爱娃·韦斯,1908年生于比利时,父母是德裔犹太人,但都定居荷兰。祖父母的儿子名叫麦克斯,后来生了那孩子。

二战爆发时,麦克斯还是个孩子。战争期间,沃尔夫冈·戴留士是个"半政府机构"的领导人,专门负责掠夺犹太人的财物(第32页)。尽管爱娃此时已和戴留士分居,但她作为其妻的地位还是救了她,没有被逮捕。但戴留士决定抛弃她,因此爱娃和其他荷兰的犹太人一样,被送进了奥斯维辛集中营。

这个故事碰巧就是穆里施父母所亲身经历的,不过内容有明显改动。穆里施的父亲曾在一家银行任要职,娶犹太女子为妻(后分居),并生了穆里施,因此穆里施是个半犹太人。德国人占领荷兰期间,父亲还能保护他们母子俩,使其免受迫害。和小说中的戴留士不同,父亲没有抛弃他们母子俩。穆里施的母亲在德国人占领结束后,于1951年移居美国。荷兰解放后,他的父亲因曾与德国人合作而被拘役三年。

哈里·穆里施常常甚至着了魔似的写有关他的祖先的故事,特别喜欢写有关他父亲(麦克斯·戴留士家中仅有的几本书中,有一本是卡夫卡的《写给父亲的信》,这本书写的是一个做儿子的如何拼命挣扎,试图逃脱父亲那令人窒息的影响)的故事。因此,穆里施在某种程度上把他祖先的来历写得不乏神话意味。1974 年,他发表过一篇谈自己身世的文章,文中追溯家族世系,说他父亲这一系的家族史可上溯到十六世纪入侵欧洲的土耳其人,再往上则可追溯到中亚匈奴人;而他母亲的家族史则可上溯到尚未走出埃及的以色列人。[2]"人们无法想象得出一个种族比我更加'不纯'的人来,"他在《一个鬼故事》(1993)中写道,"我……身上所体现的不是斗争,而是一场无休止的对话,一场基督教与犹太教、德国与荷兰之间的对话,当然还有一些别的东西。"[3]

穆里施在《发现天堂》(其中的麦克斯·戴留士明显是作者的化身)中,进一步以自创神话的方式写作,他为麦克斯父母所安排的命运,他自己很幸运,没有遇上。麦克斯的母亲死在了奥斯维辛集中营,而他讲德语的父亲因曾与德国占领军合作而被处死。这使作者穆里施可以使麦克斯更加强烈地意识到大浩劫所导致的欧洲历史上的可怕裂变,使他意识到这样一个人在历史上所起的类似诊病医生或先知所起的作用,这个人"同时具有荷兰人、奥地利人、犹太人和雅利安人的血统……和那些像他一样的人那样,不属于任何单一民族"(第 40 页)。

麦克斯去访问奥斯维辛时,已是个成年人。他在那里的经历颇为怪异,就好像很不情愿在场一样,自己的真实的自我远远地落在了自己的肉体后面。为什么呢?他内心里究竟在抵制着什么呢?

奥斯维辛集中营穷凶极恶的暴行,以及面对这种暴行人类想象力的失败,是欧洲所不愿面对的现实,而这些恰恰是《石制婚床》(1959;英译,1962)后穆里施经常写到的主题。在《石制婚床》这部小说中,穆里施试图以尼采的方式审视男性从暴力行为中所获得的奇异的快感。这种毁灭的快感在荷马史诗的希腊人中,在轰炸德累斯顿的美国空军中,都可以找到。麦克斯访问结束时心里想,死亡集中营里所发生的一切,肯定深刻动摇了神圣秩序和宇宙本身。麦克斯扪心自问,这不正如伊凡·卡拉马佐夫所言:"残暴至极,无以复加。"当然,此后在天堂里,极乐仍然是可能的,条件是你必须忘掉这一切,虽然这样做与犯罪无异。"曾受祝福的人犯下这滔天罪行,难道不该下地狱吗?一切都被永远地毁灭了——这种事不仅发生在此时此地,历史上前前后后曾发生过成千上万次,可没人记得这些。天堂是不存在的,存在的只有地狱。相信上帝的人都……该处决。"(第116页)

"假如地狱在地球上设了[奥斯维辛]这么个分支机构,那么,天堂的分支机构究竟是设在哪里了呢?"(第117页)穆里施在另一部书中曾说,奥斯维辛集中营的设立是反人类历史的,"希特勒……的反历史行为[中],既无思想,也无目的,更无结果——有的仅仅是虚无。……大屠杀和希特勒的集中营,都一起沉入了永恒的无底深渊。"[4]麦克斯把奥斯维辛集中营看作是魔鬼向上帝发起的挑战,这种挑战发出的轰鸣声甚至可以回荡在天堂里。《发现天堂》中没有任何东西可以使人相信上帝会知道如何反击这种挑战。

麦克斯受过物理学和天文学训练。二十世纪六十年代,他被任命为一家天文台的首席天文学家,这家天文台在荷兰乡村的韦斯特伯克。韦斯特伯克这地方有着可耻的历史。1939 年,当时的荷兰政府在此修建了一所集中营,关押从德国逃出来的犹太难民,后被纳粹接管,此地成了把难民送到比克瑙的转运站,曾有一万荷兰犹太人,大概包括麦克斯的母亲,曾在此地停留,后被转运出去。战后,荷兰法西斯主义分子又被关押在韦斯特伯克。后来,这个集中营又曾被用来安置荷兰在印度尼西亚殖民集团的亲属,这些人为逃避当地人的报复,故来到此地。对麦克斯来说,这是个遭人诅咒的地方,是"荷兰的鬼地方"(和奥斯维辛一样)。天文台上竖着像铁锅一样的十二个天线。个个看上去都像"祭坛[等着]上天的恩赐"。然而,在这世界上,他又没有别的什么地方好去找份工作。"他命该在此,命该在此度过一生。"(第 375、117、378 页)

麦克斯有个要好朋友,名叫奥诺·奎斯特,出身于富裕而且高贵的家庭。奥诺已颇有点学术名声,他曾成功解读希腊时代之前的一些令人难解的文字。两人相遇很偶然(不过,两人生活中,偶然巧合和天造地设并不相互排斥),但他们发现,巧得很,他们就像孪生兄弟,是两人的母亲在同一天怀上他们的。他俩成了莫逆之交,"就像两面相互照射的镜子,[创生]无限"。(第 37 页)后来,爱妲·布朗丝闯进了他们的生活,爱妲先是麦克斯的女友,但后来却嫁给了奥诺,可就连这也没能导致麦克斯和奥诺反目成仇。两人和爱妲一起,就像三个人组成的家庭一样。每当麦克斯和奥诺"高谈阔论,唇枪舌剑地斗智"时,爱妲总是待在一旁,竖起她崇拜的耳朵,认真地听着。(第 69 页)(两人斗智的场景,在书中有不少冗长的片段,读来就像不甚高明相互嘲弄的笑话,令人不怎么舒服。)

爱妲是个搞音乐的,应邀参加在哈瓦那举办的艺术节。麦克斯和奥诺两人一起陪同前往(这是 1967 年;古巴人的事业在欧洲左翼人士中很得人心——穆里施本人在 1968 年曾发表过一篇关于古巴的报道,写得不乏理想的光辉)。由于手续上出了点问题,古巴人把他们三人当作是去参加同时召开的另一会议——世界革命政党大会。他们不明就里地到了会场,直到大会发言使他们感到索然无味,才恍然大悟,于是退出会场,去尽情地享受阳光和冲浪。麦克斯非常欣赏古巴人生活中的那种无政府感觉;当他一眼见到费德尔·卡斯特罗时,他喜不自禁地说道:"在地球上建立公正社会肯定是可能的。……假如费德尔成功,哪怕是成功一点点的话,我也要好好练习一番,以便和他讲话时能给他以足够的尊敬,而这份尊敬多少有点像我对待神那样。"(第 179 页)

在这天堂般的背景上,麦克斯和爱妲因一时感情兴奋,竟没能控制住自己,做起爱来。后来爱妲怀孕了,但她肯定地说,他们做爱的那天,她晚上和丈夫也曾行过房事,因此,

肚子里的孩子究竟是谁的,没法搞得清楚。她心里纳闷:
"她怀孕,是否由于这两个男人间的友谊?"(第218页)

由于是神们(或命运)安排了麦克斯和爱妲交配,因此,他们两人都认为爱妲最好永远都不要知道问题的答案。回到荷兰后,有一次三人开车出行,遭遇暴风雨,一棵被风刮倒的大树碰巧砸到他们的车上,爱妲脑子受伤,而且永无康复可能,腹中的孩子只得施行剖腹产取出,取名昆腾。爱妲后虽在医院里又活了几年,但永远失去了知觉。

孩子失去了母亲,名义上的父亲性情上又不适合照看孩子,因此,昆腾只得由爱妲的母亲索非亚和麦克斯共同照料。不久,索非亚一步一步地得以和麦克斯同床共枕,并以其床上的功夫给麦克斯以摄魂夺魄的甜美感觉。但是到了白天,她就好像晚上的事压根儿就没发生过似的,连提都不愿意提起。尽管她曾提醒麦克斯,让他提防着点,别出现什么怪物,但是,他抵挡不住她的性欲魅力,最终,麦克斯放弃了自由自在的生活,很老练地悄悄地尽起了父责。众神就这样创造了一个奇怪的家庭:孩子、外祖母以及以养父的名义尽为父之责的秘密父亲。(穆里施没让读者忘记,摩西和耶稣也同样来自奇怪的家庭组合:他在小说中一次又一次地探讨核心家庭之外究竟还有什么样可能的家庭组合方式。这最为直接地表现在《两个女人》[1975;英译,1980]中,这部小说写一个女人如何一次又一次地想让自己的同性情人生个孩子。)

昆腾·奎斯特就是本文开始时提到的那个神力派到凡间的孩子。他长得出奇地漂亮,那双微蓝的眼睛是在凡人身上前所未见的。他学话时说的第一个字就是"obe-lisk"。①尽管他早年未见出特异的地方,但脑中常常回忆起自己从未见到过的景象,体验到自己从未经历过的东西,记忆所及都是他未出生前就印入脑海的东西。他到世上来的职责就像程序一样,事先编入他的大脑,他只需在这人世间找到其原本。此外,还有个高大、有点像教堂的建筑,他私下里称它为"城堡"。"世界的中心"这几个字也是他魂牵梦萦的。(第399、448、436页)小昆腾随意看一眼麦克斯,就能使麦克斯在通向神启的路上迈开第一步,使他能把难以忘怀的大浩劫和自己作为天文学家的职业联系起来考察。昆腾说,要是一颗星星距离地球有四十光年远,那么,观察这颗星星的人就一定能看到地球时间四十年前人间所发生的一切。此外,这颗星星所闪耀的光同样也是四十年前发出的,不管它有多么微弱:提高接受星光脉冲的速度一旦解决,我们就能够看到地球上八十年前发生的事情。

假如昆腾所说的话没错,麦克斯心里想,那么整个人类历史也就能以光波的形式传播到宇宙中的其他地方。这样,昆腾也许可以看到他妈妈正坐在运牲口的车子里,从某地出发,前往奥斯维辛集中营。一切都不会成为过眼烟云,一切都不会真正消逝,也没有任何东西可以永远地被掩盖起来。一旦技术能使人类充分地看到过去,"全部真理"就将揭示出来,人类就将最终得到"解放"。(第455页)想到这儿,他突然停了下来,问自己:人类真的会欣然接受这种

① obelisk:意为"方尖形的塔或碑",形状像十字架。

全部真理吗？就拿自己来说，他真的愿意让奥诺看到自己的妻子与别人通奸？

小时候，麦克斯抱负不凡，希望有一天能揭示宇宙的奥秘，但他后来的科学研究工作谈不上有多了不起。在韦斯特伯克，他曾经历过平生第二个大彻大悟的时刻，这使他对奥斯维辛的黑暗记忆稍稍有些缓解。全世界的天文学家对一颗名为 MQ3412 的类星体所发生的光脉冲都感到困惑难解，而麦克斯则认为，行为怪异的不是 MQ3412，而是其背后的某种东西。貌似神秘的 MQ3412，与"太古时期的特异性"，与宇宙的起源，是完全一致的。（第 525 页）出于一种类似于牛顿或爱因斯坦的创造性冲动，麦克斯试图构拟一种时空统一的理论，一种能把四大自然力和十七种自然衡量联系起来的构想。他的这种理论本质上来自毕达哥拉斯：宇宙的内在原理事实上就是音乐的和谐。但就在麦克斯要获得这种神一般的洞见时，他被一颗流星击中，这颗流星是被其他天体抛出去的，其间的秘密他当时正准备加以研究和揭示。麦克斯就这样死了。

2

麦克斯·戴留士的毕达哥拉斯主义属于新柏拉图主义的宇宙论，哈里·穆里施自二十世纪七十年代以来就一直以"八度和音"的名义在宣传这种宇宙论。（他声称，二十世纪四十年代后期，自己当时还是个十多岁的少年，创造力一时勃发，就奠定了自己思想体系的基础。）所谓八度和音,提倡的是一种后科学时代的物理学,这种物理学的依据是一种反亚里士多德的、后逻辑时代的逻辑学,这种逻辑学不排除矛盾,认为:一个音符和它在八度音程中的地位一样,既是第一个音又是第八个音,既是又不是同一个音;同理,在后逻辑学中,一种实体既不同于自身又(作为一种临界条件)等同于自身。

对穆里施来说,八度和音不仅仅是个比喻,不仅仅是一个像某种别的什么东西的东西,用以对宇宙作出更为真实而科学的描述,相反,它是一种暗喻哲学,表述一种同族、对应关系。这种同族、对应关系,看上去比较偶然(就像韦斯特伯克和奥斯维辛之间的类同关系一样),但实际上,更为重要的是相互反应、和谐统一的关系,这就好比包括《发现天堂》在内的小说中的巧合关系一样。八度和音是天体结构和绵延千万年的人类历史的一项最基本的原理。比如说,文艺复兴的特征之一就是在艺术和建筑中重新发现毕达哥拉斯关于数与和谐的原理,而二十世纪的大规模暴政——主要是纳粹主义——可以说是一场反文艺复兴运动,在这场运动中,我们看到人文主义原则告退,前毕达哥拉斯的法老暴政畸形回归,导致哀鸿遍野。

在麦克斯·戴留士这个人物身上,穆里施寄寓着强烈的个人情感,从中既可以看到欧洲法西斯主义所带来的历史创痛,也可以看到他本人对宇宙秩序的独到而颇为神秘难解的看法。正如麦克斯那被抛弃、被洗过脑的儿子后来所言:"我觉得世界虽太过复杂,但其实背后又存在着某种既非常简单又难以理解的东西。"(第601页)在这个方面,

《发现天堂》可说比穆里施的名作《袭击》（1982；英译，1985）要略胜一筹。《袭击》写的也是有关遗忘，有关个人和社会通过遗忘来保护自己，以免受记忆之苦。相形之下，《发现天堂》探讨遗忘的面更广，更具形而上学的意味。（《袭击》中的中心人物在《发现天堂》中又重新出现，这大概是穆里施私下里开的一个玩笑。）

与此同时，奥诺抛弃学术而从政。他干过几年无足轻重的内阁大臣（小说中写二十世纪七十年代荷兰政治内讧的那几章，对外国读者来说等于白费笔墨），看上去是个正在兴起的政治明星，可是，他的一个颇怀恶意的政敌揭发他曾参加哈瓦那召开的那次会议，使他的政治生涯戛然而止。

心灰意冷之时，他离开了荷兰，隐姓埋名地在罗马混了几年，这期间仅与自己养的一只名叫艾德加（用的是艾德加·爱伦·坡之名）的乌鸦形影相吊。这只乌鸦好像是天堂派来监视他的特务；昆腾也一样，尾随跟踪他的有苍蝇、黄蜂、蚂蚁以及各式各样诱惑勾引他的人，男女都有。奥诺对乌鸦的那些自言自语，大都是诅咒、谩骂人类历史的，比较冗长，读来无甚感人之处，这表明麦克斯死后，这部小说已失去继续写下去的理由，因为主要人物已经不存在。

在罗马，十七岁的昆腾听从内心的呼唤，竟然神奇地找到了奥诺。奥诺在整个小说情节中的位置渐渐清晰起来，原来，需要一个古文字学家、博古家来解读各种各样的碑刻铭文（有拉丁文的，也有希伯来文的），以便指引昆腾到自己的梦中城堡去，让他履行来到世间的使命。昆腾的使命原来就是盗窃摩西手书的那些铭文，这些铭文藏在罗马的拉特兰大教堂的地下密室里,昆腾盗得这些铭文后,必须把它们送回耶路撒冷。为了达到这一目的,奥诺于是草草地教了昆腾一通打开古代各种锁的技巧;为打开拉特兰大教堂密室的锁,一个文字学家和一个盗贼携起手来与时间赛跑,其间所用笔法直接来自好莱坞,写得也较冗长,要是小说改编成电影,这些片段简直无须做什么处理,因为已和好莱坞的手法密合得天衣无缝。

奥诺在昆腾身上发现了某种"非凡的异秉","某种星际间的冷酷",(第593页)但两人现在都为更大的力量所控制。箱中带着那些蓝宝石铭文,两人一同飞往耶路撒冷。在那里,他们一眼看到一个神秘的女人,这女人的蓝眼睛和昆腾的一样,胳膊上刺着一个数字:她是爱娃·韦斯,麦克斯的母亲,也就是(此时的奥诺也意识到了)昆腾的祖母,她没有死在奥斯维辛集中营,要不就是从坟墓里爬出来的。

人们可以想象得到一切可能发生的事情:就像死尸还魂一样,昆腾在那乌鸦的指引下,带着铭文来到世界的中心——教堂山。至此,作品达到了高潮,犹太教、基督教和伊斯兰教的主题都融合在一道,就在此时碑文破碎,并消失得无影无踪,表明上帝与人类所订的契约从此结束;此时昆腾也立刻被带回了天堂。

3

哈里·穆里施和 W.E. 赫尔曼斯(1921—1995)、葛哈德·里弗（1923年出生）、弗莱明的雨果·克劳斯（1929年出生）以及齐斯·努特布姆（1933年出生）等人一起，形成了荷兰杰出的一代小说家。除赫尔曼斯外，他们都有一批为数不少的作品被译成英文；但到目前为止，他们的作品在英语世界所产生的影响不及在法国、斯堪的纳维亚诸国，尤其不及在德国的影响大。

但凭借《袭击》和《最后一次呼叫》（1985；英译，1989），穆里施某种程度上改变了这种状况（《袭击》被成功地拍成电影所起到的帮助尤大）。《发现天堂》无疑会提高作者的声望。穆里施向来知道如何讲述故事，在《发现天堂》中，他把麦克斯、奥诺和昆腾这三个人的故事非常巧妙地糅合在一起，令人叫绝。在创造麦克斯这个人物时，他不乏灵感，发现了他自己这代荷兰知识分子的症结所在，这代人虽然生活在和平、繁荣、统一的欧洲，但德国人占领时期那梦魇的过去始终缠绕在他们的心头，使他们常常问这样一个较大的问题：人类是不是真的变得连善恶都不分了？如果是的，那么，原因又在哪里？

在昆腾的身上，穆里施生动地描述了一个不同凡响的人物的内心生活，这人感到彷徨与困惑，努力要找到自己活着的理由（不过，这个早熟的年轻人也有吃喝玩乐以至厌恶的时候）；麦克斯和昆腾外祖母那种怪异的关系写得也完全可信。假如说小说的情节发展显得过于迟缓的话，那么整部作品的思想探索力度适合这一缺陷。尽管穆里施有时看上去仅仅是在炫耀才学，但思想的表达基本上还是比较生动的。

阅读《发现天堂》这部作品时,最好还是不要让其中一个基本的想法——神将放弃人类——产生太大的影响,也不必太过认真,以为自君士坦丁以来,历代教皇真的一直拥有摩西铭文。抛弃人类,任其由黑暗的世俗君王来统治,这只不过是穆里施的类似神话的戏言而已,虽然其中包含他对二十世纪人类历史轨迹所做的天启般的解读,但所幸的是,他在书中所描写的人类当代生活并未应验这种解读。除了可怕的天气、捣毁的电话亭、势利的暴发户们和令人讨厌的政治外,穆里施这部作品中所描写的荷兰算不上太糟糕的地方,至少没坏到该受天堂来客诅咒、谩骂的程度。穆里施在另一部作品中惋惜荷兰简直成了“由法西斯和技术统治的世界”[5]之一部分,这话也未免危言耸听,说的不一定是事实。实际上,小说中真正遭到惨败的是那些神。因为,即使人类跌进撒旦雇用亚里士多德和培根所设的陷阱,又会有谁愿意让那些和穆里施小说中的天堂来客一样性情暴躁、专横无道的人来拯救呢?

4

保尔·文森特的英译本《发现天堂》虽说差强人意,但决非尽善尽美。荷兰语富含修饰语汇,有的虽不起眼,但用起来很挑剔,每当遇到类似的问题,文森特作为译者,显然有点畏首畏尾,显得有点不够精到、忠实。这是难以原谅的。比如,复杂的动词结构被他简单化,结果,丧失了原汁原味。此外,还有为数不少的硬伤。比如:明明应该是“神正论①的困境",文森特偏偏译成了"忒奥迪希的困境",好像历史上曾经有过一个名叫忒奥迪希的人似的。②（第281页）另外一些错误,编辑原本是应该能看得出来的。比如,说有六千万犹太人死于纳粹集中营（第558页）,数字显得不确切。另外,文森特还喜欢用一些英国惯用语,如:"朋友,别逗了!"（第89页）这使穆里施小说中所写的荷兰感觉上有点像英国。文森特最好学一学阿德里安·迪克逊在翻译《石制婚床》和《最后呼叫》时的经验,让穆里施说一口中性的英语,既不英国化也不美国化。

原注

[1] 哈里·穆里施《发现天堂》（纽约:维京出版社,1996）,第729页。

[2] 《心理学家们的食物》（阿姆斯特丹:德贝齐热·比出版社,1974）,第13—14页。

[3] 《一个鬼故事》（阿姆斯特丹:德贝齐热·比出版社,1993）,第53—54页。

[4] 《石制婚床》,阿德里安·迪克逊译（纽约:阿贝拉尔——舒曼出版社,1962）,第96页。

[5] 《赫尔库勒斯石柱》（阿姆斯特丹:德贝齐热·比出版社,1990）,第43页。

---

① 神正论(theodicy),一种神学学说,认为神虽容许罪恶存在,但这并不损害神的公正和神圣性。

② 库切认为文森特此处的译文"Theodicean dilemma"是错误的,容易造成误解,应译为"the dilemma of theodicy"。其实,文森特不应将首字母大写(Theodicean),首字母如果小写的话,还是说得通的,因为"theodicean"有"神正者的""神正论的"意思。

齐斯·努特布姆①：小说家、旅行家

1

齐斯·努特布姆的小说《在荷兰的大山里》快要结束的时候，身为小说家的故事叙述人——其实此时他与作者本人已很难分得清——与人争论起真假问题来，与之争论的有活人，也有死人，如：柏拉图、米兰·昆德拉和克利斯蒂安·安徒生等。努特布姆小说中的故事叙述人问道："为什么我这个人有着不可抑制的欲望要虚构、要说谎呢？""因为你不幸福，"安徒生答道，"不过，你还没有不幸福到足够的程度，所以，你压制不住自己虚构、说谎的冲动。"[1]

这是一部小说作品反省自身所可能说的最为一针见血的话。和努特布姆的其他小说一样，《在荷兰的大山里》既写了人物的虚构活动，也讨论到了小说自身的创作过程，写

---

① 齐斯·努特布姆（Cees Nooteboom, 1933—   ），荷兰当代作家，曾获多项文学奖项，并数次被提名为诺贝尔文学奖候选人。作品包括《仪式》（1980）、《真理与假象之歌》（1981）、《柏林手记》（1990）、《下一个故事》（1991）、《万魂节》（1998）、《失乐园》（2004）等。

到了小说的存在理由。尽管这种反省自身的话说得不够直接,因此这话要是换了别人(比如塞缪尔·贝克特)来说,可能会使读者绞尽脑汁,但努特布姆和作为其化身的那些故事叙述人让人觉得,他们在这世上活得太舒服了,因此不会感到任何真正的痛苦。而这,正如安徒生的鬼魂所暗示的,恰好是作为作家的努特布姆的不幸所在:他太过聪明、太过世故、太过文雅,不可能整个身心地投入到营造现实主义的伟业中去,也不会因为自己被排除在这刻骨铭心的想象之外而感到半点痛苦。因此,要让他写出苦难的悲剧,也就根本无从谈起。

这样,努特布姆的小说就必须在某种反省的层面上寻找真情实感,并将其原汁原味地带进文学的创造性活动中。《下一个故事》(1991;英译,1993)写一个原来笨手笨脚的教经典的老师如何爱上自己的一个学生的故事,作者倒能写得情真意切,且不乏创造性。中篇小说《真理与假象之歌》(1981;英译,1984)写的是十九世纪的事情,其中的主人公是作家,他和其他人物住在一起,甚至共享同一情感空间,他们的生活、爱情和想象似乎都能相互渗透,共同分享。这篇小说要是接着写下去,原本会写得很像詹姆斯的笔法。但后来努特布姆犹豫了,给了小说一个很诡秘的结局。至于《在荷兰的大山里》这部作品,安徒生的断言结果证明是正确的:光有机智,光有对自我及其想象的洞见,光有优雅的文风,而最终缺乏的是推动故事发展的足够的情感。

2

《在荷兰的大山里》最初是作为一部电影脚本而开始创作的。这脚本原名《白雪女王》(同名电影从未拍过),是根据安徒生的同名故事写的,笔法明显带有戏拟模仿的成分。

《白雪女王》是安徒生最著名的故事之一,写的是儿童如何渴望宝贵独特的童年,反对过早地把儿童强行纳入干巴巴的理性。小凯被白雪女王偷走,囚在她的城堡里,这城堡在寒冷遥远的北方。小凯忠实的小伙伴葛姐骑在驯鹿背上到处寻找小凯。她历经千难万险,终于来到白雪女王的宏伟的冰窖。她找到了小凯,发现他冻得发紫,正一个人玩着孤独的游戏,把冰的碎片一块一块地整合起来,就像整合一面破镜子的碎片,好使其得以重圆一样。见此情景,葛姐热泪夺眶而出,她的热泪融化了小凯心脏周围的寒冰,使他摆脱了女王的魔咒,重新恢复了自由。

在努特布姆的故事中,安徒生故事中的两个孩子的名字改成了凯和露西亚,而且他们都成了非常漂亮、非常幸福的年轻恋人。他们在一家剧院玩魔术,并以此为生。他们玩的魔术是这样的,凯把露西亚的眼睛蒙上,在她面前举起一个东西,让她"看",并说出是什么东西。他们俩的表演沉着冷静,精彩极了(他俩思想一致;人们常把他俩比作柏拉图《会饮篇》中那曾经被分成两半,但后又重新团聚一起的自我),这引起了一个专以勾引男人为乐事的神秘的妖冶女人的嫉妒,她把凯拐走,匆忙带到她的城堡。在城堡中,她使凯模糊了对露西亚的记忆,使他完全听命于她,以满足她的淫欲。凯对这位身为白雪女王的情人,既感到害怕,又感到一种情不自禁的欲望。她的眼睛就像"玻璃和冰做成的隧道,通向一个冰冷遥远的世界,如果你穿过这隧道,在这世界中走得太远……就有被冻死的危险"。(第99页)

但是,露西亚却忘不了他。一个仙后很滑稽地变成了一头驯鹿,带着她去找凯,后来终于找到了;在警察的帮助下,那个女魔被杀死,于是凯得救了。

努特布姆写的《白雪女王》,其故事梗概大致如此。与任何一个童话故事里的男女主人公相比,凯和露西亚的人物个性都强不了多少。露西亚那"蔚蓝的眼睛就像夏日的星空……两唇……红如樱桃……牙齿白如牛奶"。作者坦言,露西亚是根据"欧洲传统文学文化的成规"(第11页)而创造的。两人历险的背景多少带有理想王国的色彩。为写凯获救一节,作者大胆使用了惊险故事中常用的老套手法。

努特布姆的这个白雪女王的故事和安徒生同名故事在其中的影子,一同构成了努特布姆《在荷兰的大山里》的前文本。但这一前文本周围还包含着一个看得见摸得着的框架,也就是关于如何讲述白雪女王故事的故事。而这个框架故事现今看来,是现实主义之后的小说创作中常用的一个手法,这一手法已经取得首要的、"真实"的故事之地位。

这个框架故事中的主人公和叙述人名叫阿尔丰斯·提

布隆·德·门多萨,一个中年阿拉贡人,他崇拜柏拉图,热爱荷兰语,职业是路桥工程师,业余爱好是写小说。就是这个提布隆,使凯和露西亚经历了欧洲童话写作中那些仪式化了的一波又一波的运动;是他,希望两人的故事在自己手中能获得自己的生命;是他,在故事的结尾不得不让汉斯·克里斯蒂安·安徒生的鬼魂告诉他,说他算不上是个真正的作家,因为他还没有不幸福到足够的程度。

提布隆所讲的凯和露西亚的故事,场景是虚构得来的,但并非来自神话,他将其称为南部荷兰:从作品中一人物挂在墙上的地图可知(小说荷兰文版的封面上即有这幅地图),它大致包括匈牙利、罗马尼亚、保加利亚、阿尔巴尼亚和前南斯拉夫联盟的大部分。联结南部荷兰与北部荷兰(即我们所知道的荷兰王国)的是一条弯弯曲曲的走廊,这条走廊穿过比利时、阿尔萨斯、巴伐利亚和奥地利境内的提洛尔地区。在这个分裂为南、北两半的国家里,南方来的移民聚居在北方城市周边搭建的临时棚户区里。北方人瞧不起南方人,因为他们肮脏、狡猾,因此,用他们作廉价劳动力;南方人则称北方人为"严厉冷酷的人"。提布隆内心里是个南方人,不喜欢北方人,"因为北方人自尊自大、贪得无厌,又虚伪得总想设法加以掩饰"。一提到北方,提布隆心里就感到怕,"德文中大写的怕"。南方多山(所以英译本书名叫《在荷兰的大山里》,其实努特布姆的荷兰原文是《在荷兰》),而北方多平原,北方的景致就像"专制主义",被迫在其下生活的人,言行举止"都逃不过专制者的眼睛"。(第40、4、2页)

南方可以说就好比西北欧的第二、第三世界的偏远落后地区,然而,努特布姆并不想让自己的寓言带上政治的意味,也不想花太大力气去利用自己作品所提供的种种可能来和同胞们论争。和弗拉基米尔·纳博科夫在《微暗的火》中所做的一样,他有时也搞点玩笑,让自己作品中的那些南方人说着一种他自己编造的语言(实际是一种荷兰方言)。此外,他坦言,他把南方用作自己行动的一个虚构的背景,而他的行动,就像安徒生的鬼魂所言,从来就不怎么生动活泼。

提布隆没有能够深刻地领会他所讲的故事,因此打动不了读者。这主要表现在两个方面:首先,主要故事,即凯和露西亚的故事,其情感逻辑显得有点武断;其次,框架故事也没有能够激起身为作家的主人公的热情,好让他去探询自己所从事的事业背后究竟有何意义,他好像还没有超越困惑不解、苦闷烦躁的层次;另外,文体也略显华而不实。提布隆一心以为自己所讲的这则童话,写的是"纯美、纯粹幸福"的东西,写的是"崇高如何被鸡毛蒜皮的小事所毁"。(第9、23页)但是,由于把男女主人公写成成年人,把凯写成白雪女王的性玩物而没有写成能推理的小机器人,努特布姆不仅改变了核心故事或寓言的思想观点,这他当然有权这么做,但他同时也失去了安徒生故事本来有的感人的道德力量:对儿童的天真被败坏、对剥夺儿童应有的童趣所感到的愤怒和苦恼。提布隆希望为已长大成人的凯和露西亚保留堕落前的那份纯洁无邪,这与安徒生比较起来,显得未免抽象,很难引起情感共鸣。安徒生故事中的小凯的命运,小葛妲的坚贞不渝,很能感动人心,而睡在白雪女王床上的成人凯的苦恼则根本不能打动人。

提布隆挑灯夜战,冥思苦想着神话、童话和现实主义小说究竟有何区别,而恰恰回避了上述这一重要问题。努特布姆的抱负是要把自己对小说本质的沉思写下来,写成一个讲述小说写作的故事,其中穿插作者的议论,以便同时讨论(折射)创造幻象为何在当代失灵了,过去的一些伟大小说作品为何能从创造幻象中获得那么大的力量。(对一个从来不怕麻烦的作家来说)更令人头痛的是,作家创作的小说会成为其本人生活的寓言(也许反之亦然,这当然得视作家在何种程度上是个哲学上的理想主义者而定)。因此,当提布隆绕着西班牙开车视察公路时,心里老是想着自己正在写的作品,当“真正的”西班牙风光和“虚构的”南部荷兰风光在他脑中交汇时,他带上一个搭车的人,一个很漂亮的女人。这个女人活泼机灵,见识不凡,也是个荷兰人(她说耶稣的故事不过是一则“童话”而已),她差一点成功地勾引了他,可说是他生活中的白雪女王。(第93页)

“童话是人写的”,提布隆想道——“因此,它们错就错在这里”,而“神话则……不是人写的”。童话写作暴露了人“写作神话的虚假愿望”,这一愿望是前人类的,“而这一切都太晚”。(第94—95页)

这话说得很漂亮,很优雅,但是,用在提布隆说话的语境下,则有点不着边际。童话并不都总是人写成的,人并非总是童话的作者,不过,安徒生的童话是例外。总之,提布隆写的新版童话,错就错在它缺乏内在动力,缺乏适当的理由,而不是因为它是由人写的。正如安徒生的魂灵所暗示的,我们看不到提布隆(或努特布姆)写作的深刻动机是什么。

3

在其写作生涯的前二十五年中,一直到其第三部小说《仪式》(1980;英译,1983)成功推出,齐斯·努特布姆在荷兰之所以为人知晓,主要因为他是游记作家,此外,他还写些诗歌和小说。人们这么看待他还算准确。他的前两部小说,尽管以当时荷兰小说创作的标准来看显得很前卫,但作者若不是以写游记而著称的话,则可能不会引起人们的注意。[2]至于他写的那些诗歌,由于思想过于艰深,一般不怎么为人看重。

他的早期游记作品,都是他为《人民报》定期写的专栏文章结集出版的,从中可以看出他逐渐地在转变角色。原来主要写些新闻体的游记,借以对别国社会、政治加以评论,但写的都是些皮相之见;后来则渐渐将游记写作作为一种工具,以便对某一外国文化生活中所潜藏着的更深暗流做出思考。

1969 年,他开始为通俗杂志《林荫道》撰写文章,这样一来,文章可以写得更长些,因此他将游记朝个人随笔方向发展。这些文章的一个显著特点是,作者能与写作对象保持一定的反讽距离,同时,文体风格活泼多样,其中还有一些是艺术批评文字;另外,作者开始日益关注涉及个人与集体记忆的问题。

努特布姆写的游记作品中，最早翻译成英文出版的是《通往圣地亚哥的路途》，其实他的《渴望西行》(1985)才是他根据二十世纪七十年代和二十世纪八十年代遍游美国后的经历而写成的。

《渴望西行》算不上是本好书，它表明努特布姆的观察力不够强。他的解释技巧和手法虽然训练有素，但仅适用于描述旧世界的风光名胜。旧世界给人的丰富的文化联想，名胜建筑也富含历史意义，但用于美国则显得方枘圆凿。在美国这片土地上，表面的东西一眼就可看出来，背后也谈不上有什么深刻神秘的意义。努特布姆花了太多的笔墨把美国的现实与美国娱乐业炮制出口的美国形象进行比较。书到末尾，努特布姆身处蒙大拿的一个小镇，写得似乎有点绝望："这些地方使人想不到什么超验的东西，没有什么东西能勾起人的回忆，引来对未来的遐想。一句话，思想在这里是不可能存在的。"[3] 后来，他偶然发现了一些十九、二十世纪之交的威斯康星小镇的照片，并将其与现实中的威斯康星小镇相对照，这才使他的游记作品略显活泼一些。因为在他看来，这些照片多少具有一定的历史深度。努特布姆写游记，总想写进一些他对艺术品的思考（《渴望西行》中写爱德华·霍普的那几页文字还是很生动的）。

《通往圣地亚哥的路途》是他在1979年至1992年间写的游记结集。从整体说来，后面的文章写得比前面的更有思想，更言之有物。此书编辑稍微动了点手脚，增补了一些内容，以便掩盖其荷兰背景，但手脚动得恐怕尚不到位：外国读者对涉及西班牙教堂的一些问题未必感兴趣,因为作者所用语言(荷兰语)中,缺乏描述罗曼民族建筑风格的一些技术语汇。文章实际写作年份也被省去,这也是个可以讨论的问题:努特布姆写了许多关于巴斯克地区恐怖主义活动的文字,但有关文章并未标明所写事件是二十世纪八十年代中期发生的。

4

"我平生有几件恒常不变的东西,"努特布姆写道,"其中之一就是我对西班牙的热爱——别的字眼表达不了我的心情。……西班牙的民族性格,西班牙的风光名胜,与我的生性都是心心相印的。"[4]作为作家,他甚至说自己的祖辈是西班牙人。有人指责他模仿博尔赫斯。对此,他回答说,自己和博尔赫斯一样,都是出自卡尔德隆。[5]

最为打动努特布姆的是卡斯蒂利那片海拔较高、一望无际的平原,因为它能激起他心中"永恒的感觉"。他认为,与这平原相比,地中海沿岸简直就是"精神的荒漠"。虽然地中海沿岸一带对千百万游客来说,简直就像穆斯林的圣地麦加,但努特布姆认为那儿是"西班牙最糟糕的地方"。相反,他建议聪明的游客最好去仍很贫穷的内地小镇,如索拉亚。"贫穷虽不起眼,但它沉静;贫穷不会喜新厌旧,不会用花里胡哨的垃圾来虚饰自己,拙劣的粉饰反而会糟蹋原本历史悠久而纯真的东西"。(第52、313、44、22页)

努特布姆说,在西班牙,有更多的中世纪的东西保存了下来,不像欧洲的其他国家,这主要应归功于他所谓的西班牙人的"保古癖"。(第35页)他非常留意不甚著名的教堂和修道院,他到这些地方去,不是手捧大众导游手册,而是根据一些事先读过的学术、博古材料。

这里,努特布姆是以一个二十世纪晚期人的眼光和姿态,漫游在过去世界的遗存中,这个世界某种程度上仍可被当代人解读和理解;与此同时,努特布姆还想象自己置身于一个不远的将来,其中,基督教的象征传统已荡然无存——换句话说,在这不远的将来,基督教将穿越横亘在宗教与神话之间的界限。他凝神注视着这一西班牙场景,打量着"那些农民,这些农民腰背略微弯曲、饱经风霜,脸庞像中世纪人,这样的脸庞一百年内大概将从地球表面消失"。想到这些,他的目光中充满了忧郁。(第141页)

《通往圣地亚哥的路途》最重要的两个章节讨论了画家委拉斯开兹和苏巴朗①(论塞万提斯的那一章写得相对来说比较一般,这倒有点出人意料,毕竟努特布姆与塞万提斯以来的西班牙文学传统有一定的亲缘关系)。

他讨论委拉斯开兹时所用的语言明显带有理想主义色彩。他在评论委拉斯开兹画有菲利普两幅肖像和女侏儒的

---

① 委拉斯开兹(Diego Velásquez,1599—1660),1623年起任西班牙国王菲利普四世的宫廷画师,画风以写实为主。苏巴朗(Francisco de Zubarán,1598—1664),西班牙巴洛克时期画家,以画宗教题材画而著称。

画中画①时写道:"画中每个人的肖像都闪射出精神、灵魂的光芒,告诉人们:委拉斯开兹对每个人的内在品质都有深刻体认,因为他了解真理。"(第77页)

作为作家,努特布姆做出这样的评论颇为值得注意。他的小说,比如《在荷兰的大山里》,正是集中针对人们对真理的诉求而加以质疑。而在《通往圣地亚哥的路途》中,作者表明自己非常了解他所谓的"博尔赫斯、卡尔维诺、巴尔特的教堂",这种教堂把可见的现实世界看作符号筑成的迷宫。(第196页)

这里的问题不仅涉及人们该如何欣赏画,而且涉及人们该如何看待画的价值,以及以什么方式来谈论画的价值。努特布姆直接面对了这一问题。他有一段原文和英译文都比较模糊的文字:"真理、现实、谎言、幻象、物自体、物的名称,所有这些都是藐小人类的意志使然,他们力图把令人困惑的意义之探戈请进后现代主义或元小说的舞厅,不为别的,就是为了暂时忘掉它们一会儿;就像看见一只大黄蜂,你觉着它可怕或觉着它讨厌,于是你就把它撵跑。"(第75页)

努特布姆这里似乎是想说,尽管绘画可以被看作是颜料做成的幻象(就像用语词做成的诗歌幻象一样),尽管他自己写的大部分艺术批评文字,其主要目的就是要检视真理的幻象背后那支画笔所玩的把戏,但是,有些艺术品似乎

---

① 努特布姆这里所评的画作疑为《宫娥图》(Las Meninas)。参看 E. H. 贡布里奇《艺术的故事》(费顿,1995),第409页。

仍能迫使我们回到真实的语言中去,这种语言也许显得陈旧因而受人蔑视,但能胜任这一任务的也只有这种语言。

论苏巴朗的那篇文字(这篇文字与努特布姆在西班牙的旅行没有关系,它起因于1988年在巴黎举办的较大规模的苏巴朗画展)写得比论委拉斯开兹的这篇具有创意。在这篇文章中,他集中讨论了苏巴朗使用画布及其他织物的方法,这在努特布姆看来,构成了"光、色和材料之间关系的一种尝试,而这在塞尚之前绝没有第二个人尝试过。[苏巴朗]关心的东西,其领域是人类心理、趣闻逸事之类所不及的,它是一种激情,其强烈程度如此之大,以至称其为神秘,亦不为过"。(第85页)

5

宗教旅游是欧洲现今旅游业的很大一个组成部分。参加宗教旅游的游客,有去实际朝圣的,也有内心并无真正精神目的的。每年,欧洲大陆约有一亿人次分赴六千座圣地观光游览。

在西班牙,主要的旅游目的地仍是位于加拉西亚(圣地亚哥)的圣徒詹姆斯祠堂。正如努特布姆所言,中世纪时,北方各国的香客络绎不绝地前往圣地亚哥,在他们的心目中,西班牙永远是个基督教国家,这使圣地亚哥成为再次征服伊比利亚半岛的主要精神源泉。努特布姆作品名字中的圣地亚哥是他旅行的名义上的终点站,然而,他和路政工程师提布隆都意识到,绕道行驶,或者用提布隆喜欢用的荷兰语词来说,迂回曲折的路途（omweg）通常比大路通途更能给人以较多历险的感觉;香客路途中的经历要比一步就跨进祠堂重要得多。

努特布姆的书讲得更多的是西班牙以及环游西班牙的经历,关于西班牙人,他讲得不多。在他的书中,你所能见到的西班牙人,不是餐馆里的服务员,就是博物馆里的讲解员,或者是具有其他背景的人物。书中有不少地方,写到西班牙的西哥特文明,写到伊比利亚的再征服,写到菲利普二世,而且写得都很精彩,但是,对当代西班牙历史,尤其是对决定当代历史的经济因素则很少提及。比如,若问当地人,卡斯蒂利亚为何人烟如此稀少?"青年人不想待在这儿。"对方会如此回答。努特布姆以为这个回答已很明白,因此不愿多费笔墨。（第314页）然而,西班牙中部人口锐减——锐减的程度如此之大,以至有人称其为"人口沙漠化"——的背后另有原因,它是二十世纪六十年代佛朗哥政府的那帮身为科技官僚的大臣故意为之的结果。这些大臣所采取的政策,把西班牙中心地区以农业为生的人口大量转移到了城市。成百上千万人告别乡村,导致数十万的农场消失,成千上万的村庄没了人烟。就是这些使西班牙中部大地空旷寂寥,因而深深地打动了努特布姆的灵魂。

全书中,努特布姆突出了人们称为西班牙的这一国度的脆弱,这份脆弱使得一个由众多不同民族组成的国家,竟然在其历史上一直不断地跌落成"碎片,奇异独立的碎片"。（第18页）与著有《西班牙迷宫》的作者杰拉尔德·布列南一样,努特布姆也认为,民族凝聚力对一般西班牙人

不如对小镇或乡村里的西班牙人显得重要。从这个方面说来,西班牙保存了前现代欧洲的社会文化:

> 有时你会觉得,好像只有西班牙才能保存欧洲其他各国的过去:声音、气味、职业,这些在其他地方早已消失了的东西……拖腔长长的人的叫喊声,回荡于家中屋里劝导人的声音,驴拉的大车上装着的水果、鱼和鲜花,还有那驴嘴兜,所有这些东西都因提倡社会公正、发展技术和大企业而消失得无影无踪,这使世界在变得更加富有的同时,也变得更加贫困。(第298页)

读着这些议论精彩的文字,人们只得加上这么一句——啊呀!——你这些写于1985年的文字,也许可以印证当时的情形,也许说的是真话,可现今的情况更糟了。古老的西班牙如今越来越难寻觅得到了;更惨的是,风行一时的努特布姆的游记加速了它的消失。大批大批的荷兰人、德国人,听从努特布姆的建议,不去波涛汹涌的地中海沿岸,却都趋之若鹜地前往内地"神秘而人迹罕至的"乡下小镇,因为如他所说,那里的"饮食简单,葡萄酒便宜"。(第204、45页)《通往圣地亚哥的路途》还将吸引成千上万的美国人、英国人纷纷来到越来越不怎么神秘、人迹也不再罕至的地方。不管努特布姆是否乐意,他都成了当今旅游业的一部分。

原注

[1] 《在荷兰的大山里》,阿德里安·迪克逊译(纽约:哈考特·布

莱斯出版社,1997),第 121 页。迪克逊把"不可抑制的欲望"
译成了"不负责任的欲望"。

[2] 《渴望西行》(阿姆斯特丹:劳工出版社,1985),第 184 页。

[3] 同上。

[4] 《通往圣地亚哥的路途》,伊娜·里尔克译(纽约:哈考特·布
莱斯出版社,1997),第 5 页。

[5] 参看达岸·卡尔腾斯编《齐斯·努特布姆研究文集》(海牙:
德贝齐热·比出版社,1984),第 23 页。

威廉·加斯所译的里尔克

1

在 1999 年众多的民意调查中,一向以沉稳慎重著称的一家英国读书俱乐部大开书社(the Folio Society)要接受调查的人写出二十世纪最受欢迎的五首诗的诗名。调查结果显示,有四首诗是由以英语为写作语言的诗人创作的:叶芝、艾略特、奥登、普拉斯。这当然并不奇怪。而第五首诗却是马利亚·里尔克的《杜伊诺哀歌》。

里尔克是个外国人,而且对英国一向没有好感,竟然也能以《杜伊诺哀歌》这么一首难懂的诗成功荣登大开书社的榜单。这表明:即使在英国,该诗中大手笔的风范以及五里云雾般的德国形而上学都不是致命弱点,毕竟这首诗本身激情澎湃,直面人生的一些重大问题。

威廉·加斯是小说家、哲学家、美学家,声名颇著。最近,他出版了一本新书,名叫《解读里尔克》。该书可说是一石数鸟:既有里尔克作品选,又有一篇论翻译的论文,还对里尔克作为诗人的成长经历做了描述,其中可见里尔克的生平事略。[1]书中包括了《杜伊诺哀歌》十首;四十首其他诗作,其中不乏名诗,如《豹》《远古阿波罗裸躯残雕》和《安魂曲:为一亡友而作》,以及《致俄耳甫斯十四行诗》中的十首诗。书末有一简明书目,把这位不断被人翻译的诗人的作品英译本列举出来。从中,我们了解到,在加斯英译《杜伊诺哀歌》问世之前,该诗已经有十八种全译本。加斯的《解读里尔克》写作过程中,又出现第十九种译本,译者是高尔魏·钱乃尔和汉娜·利伯曼,其后不久,又出现了爱德华·斯诺的译本。[2]

2

1875 年,里尔克出生在奥匈帝国第三大城市布拉格,他痛恨奥地利,痛恨奥地利所代表的一切,因此一旦成人,他随即逃离布拉格。① 其中的部分原因,是他对童年时期在军事学校度过的岁月特别反感,不过,他的这种疏离感还有更为深广的原因。在波希米亚这个帝国的行省中,讲德语的民族相对较少,和许多讲德语的人一样,里尔克一家与当地人相处不甚和睦。里尔克一家以为自己是吕尔克(the Rülkes)这一古老贵族家族的后裔,而事实并非如此;然而,里尔克一家还是与自己文化上的祖国隔膜太深。受家人影响,里尔克从小就鄙视捷克人。

---

① 1895 年,里尔克由伯父资助,进布拉格大学攻读哲学,次年即迁居慕尼黑,该年,里尔克二十一岁。

年轻时,里尔克在德国时断时续地生活过,但他对德国的情感也好不了多少。他1901年结婚后移居法国,此后,除一战期间因国籍原因滞留德奥外,①再没回德国。

对里尔克来说,摆脱德国人身份有着巨大的吸引力。1899年和1900年,他两度访问俄国,还认真学习俄语,甚至企图用俄语从事写作。访俄回国后,一度以俄国通自居,身穿俄国农民常穿的罩衫,故意讲一口结结巴巴的德语。第一次世界大战后,他移居瑞士,又试图用法语写作。对当时巴黎发生的一切,他了如指掌,他还与法国作家,特别是保尔·瓦莱里保持联系,吹捧法国文学出版业,甚至讲话、通信都用起了法语。晚年,即1922年完成《杜伊诺哀歌》至1926年死于白血病这段时间,他用法语写作完成的东西比用德语写的还要多。

里尔克移情别恋他国,这在德国曾引起注意。在民族主义情绪高涨的德国,有人攻击他,说他是文化叛徒。他则回答说,自己只想做“一个善良的欧洲人”。事实上,里尔克对做个欧洲人究竟意味着什么,看法并不高明。他不想在战后做个捷克斯洛伐克境内的奥地利人或德国人(尽管有一段时间,他出外旅行,身上带的是捷克护照)。年轻时,他喜欢称自己是个无国可归的人,甚至宣称自己有权决定自己的故乡。“我们来到这人世上,说起来只是暂时的,不管你生在哪儿;在我们的内心里,真正的故乡是慢慢出现

---

① 里尔克于1915年被征参加奥军,后因健康原因而转入军事档案局,不久复员。1922年,他在瑞士瓦利斯的穆佐古堡写成《杜伊诺哀歌》等作品的定稿。

的,因此,我们的出生地可说是追忆出来的。"[3]所以,做一个欧洲人与做一个无国可归的人,对里尔克来说,没有太大的区别。当然,做个欧洲人,这个理由听起来更加堂而皇之。

里尔克心目中的欧洲,没有英国的地位。在他的一些虚情矫饰的言论中,其中之一就是说自己不懂英文,他说,连听到别人讲英语都使他不自在。事实上,他十六岁时,曾短期上过一阵商业学校,在那里读过英文(成绩合格)。在朋友帮助下,他还曾经把伊丽莎白·巴雷特·布朗宁的《葡萄牙十四行诗》译成德文。他有学习语言的天赋,除他那几乎完美的法文外,他还精通俄语、丹麦语和意大利语,瑞典语和西班牙语水平也绝非一般。

如果说英国不是他心目中欧洲的一部分,美国就更不用说了。美国所代表的是商业化生活,代表的是大批量制造产品的潮流,而这恰恰是里尔克所痛恨的。1925年,他在给他作品的波兰文译者的一封信中,明确地表达了这一点。类似的信,他写过不少,都试图为收信人阐发《杜伊诺哀歌》中的思想(艾里克·海勒称这些信是"用蹩脚的散文来解释美妙的诗歌")。[4]

"我们是看不见的蜜蜂,"里尔克写道,"战战兢兢地采集着看得见的花蜜,好把它贮藏到看不见的伟大、金色的蜂房里。"在大批量制造业尚未发明的过去的年代,"几乎没有什么东西不像一个容器,我们的祖辈发现其中存有人类情感,并在其中加进他们自己的情感。可是现在,这容器空空如也,冥顽不灵的东西从美国降临到了我们的头上,满目所见都是事物的表象、虚假的生活。……一所美国意义上的房子,一个美国的苹果,一处美国葡萄园,与饱含着我们祖先们的希望和沉思的水果、葡萄,其间毫无共通之处。……也许我们是了解这些东西的最后一代人,我们有责任,不仅要保存对这些东西的记忆,还要(像看护我们的家神一样)保护其中的人类价值。"[5]

里尔克说上述这番话时,脑中想到的主要是《杜伊诺哀歌》的第七、八两首。下面,我想引用几行关键的段落,用的是钱乃尔和利伯曼的译文,加斯译文对里尔克的历史观点有点不甚看重:

> 亲爱的,世界只存在于我们的内心。我们的
>
> 　　生命随着变化而消逝,
>
> 　　外部世界越来越小。从前,永恒的房屋所在的地方,
>
> 　　如今凸起一座不自然的建筑,与周遭的一切很不谐调,
>
> 　　完全是异想天开,仿佛仍然矗立于脑中。
>
> 　　现代所建的巨大能量水库,无形得
>
> 　　就像现代人从万物中提取的紧张和烦恼。
>
> 　　他不知庙宇为何物。这些心灵的浪费
>
> 　　我们将其秘密地藏好。是的,凡有事物存在的地方,人们曾经景仰、侍奉、跪拜过的东西,
>
> 　　就会始终如一地向看不见的境界持存。

(第 119—121 页)

这些诗行,批判资本主义工业发展以及与之相应的思维习惯,这到了二十世纪二十年代,显得既不新鲜,也未必多么有趣。作者年轻时深受卢·安德雷亚斯−莎乐美的影响;①此外,他还读过卡莱尔、尼采、罗斯金、佩特和雅各布·布克哈特等人的著作,里尔克受这些人的影响也是显而易见的。里尔克的这些诗中,充满着年轻人的热情向往,向往作为真正的精神故乡的俄罗斯大地,向往十五世纪文艺、建筑十分繁荣的意大利佛罗伦萨。为保存古老的欧洲,使其免受来自美国幻象("虚假生活")的影响,里尔克上述诗行中所提解决方案当然很不实际。只有当他试图通过所谓吸引、转变(Verwandlung,或者用加斯的话来说,"使其转向内心")世界以拯救之的计划,在抒情主人公的声音中得到很好的戏剧化处理时,诗篇才活了起来。《杜伊诺哀歌》第九首写得激情喷薄,加斯的译文也很好地体现了这种激情:

> 我们到这世上来,也许只是为了说出:房屋,
>
> 桥梁,水井,水罐,果树,窗户,——
>
> 至多还有:圆柱,塔楼……但请记住,为了说出这
> 些东西,

① 卢·安德雷亚斯−莎乐美(Lou Andreas-Salomé,1861—1937),俄裔德国作家,与当时许多欧洲名人均有交往。1882 年,尼采曾向她求婚,但遭到拒绝,后嫁给东方学家 F. C. 安德雷亚斯。1897 年与小自己十四岁的里尔克见面,里尔克爱上了她,曾对里尔克思想的形成产生过深远的影响。1911 年,她结识维也纳精神分析学小组成员,成为弗洛伊德的朋友和学生。

我们言说的方式就得是这样,好像那些被说出的东西做梦也想不到

自己真的会存在?……

这些东西的生命

在不断地逝去,它们知道何时你会赞美它们。

它们相信,速朽的我们,最为速朽的我们,会来拯救它们;

希望我们彻底改变它们,

希望我们在看不见的心里把它们——无穷无尽地——变成我们自己!

不管我们最终可能成为什么样的人。

你们这些地球上的人类啊,你们所要的难道不就是

以看不见的方式在我们当中升起吗?你们的梦想不就是

有朝一日变成无形吗?大地!——万物!——无形!

你们渴望的目标如不是这,那会是什么?

大地,我亲爱的,我愿意。

(加斯,第 214 —215 页)

3

作为传记家,加斯处理里尔克的风格如微风般轻盈,这种风格的目的是要达到格言、警句的效果,但常常冒过于简

单化的危险。加斯有种天赋,出语迅捷、活泼;他对里尔克洞若观火;但也产生一种边际效果,所持态度未必尽合里尔克原意。与加斯本人相比,里尔克未免显得有点像个傻瓜、蠢物。

"带着一种浪漫的天真,我们现在可以感受到一种怀旧的情调,"加斯写道:

> 里尔克奋斗一生,力争要做诗人——他不是个纯粹的诗人,但纯粹地说来,他是诗人——因为,和别人的良好建议相反,他自己的经验也恰与这些建议相反,他觉得,诗只有已经是诗人的人才能写得出来:诗人高于常人……真正的诗人生活在完全献身于精神的国度(是的,里尔克有自己"生活"其中的"国度");真正的诗人总是"工作不辍";真正的诗人从来不会为一瓶红酒,为一条羊腿,为一女人的大腿(女人是"缪斯",你只能通过邮差来向她求爱)而贸然写作;真正的诗人也不会去打扫地板或抚弄孩子,不会手淫、赌马,既不拉也不撒;真正的诗人是个高尚的人,他的职责就是使物质神奇地变成精神。(第23—24页)

像这样一节文字中的修辞效果当然不凡,话里带刺,说得也很艺术,你要说它不够公正,说它过于夸张,说它讲的并非句句是真话,还真不容易。加斯对里尔克这么一个鬼使神差的诗人不是十分尊敬,在他看来,里尔克头脑简单、惺惺作态、虚伪而自私。他对里尔克所心悦诚服的浪漫的天才崇拜很不耐烦。里尔克的势利,他的花花公子做派

（加斯称里尔克"我那爱吹毛求疵的人"）以及人们只能称之为圆滑的风格，都可说是对他不利的污点。（第142页）

在里尔克之前就有一些艺术家，他们抛弃家庭，吹捧富有的艺术保护人，对待女人，则始乱终弃。里尔克所恪守的教条可以原谅一切罪过，就是不能原谅反对艺术的罪过，这也是他易受人攻击的一个原因。如果说里尔克有什么会招致像加斯这样喜欢嘲弄人的批评家讥笑的话，那就是他太缺乏幽默，缺乏能使人释然的反讽。

然而，就算我们同情加斯的感觉，但仍然存在一些令人不能置之不理的问题。这么一个好装模作样的人，怎么能写出如此动人的作品？《杜伊诺哀歌》大部分写于两次短暂的创造力勃发期，即1912年和1922年。其中，第二次勃发里尔克称之为"灵魂中的一次风暴、一场飓风"。[6]那么，没有所谓艺术使命使然，里尔克能写出《杜伊诺哀歌》吗？如果把关于这诗篇的趣闻逸事纳入考虑的话，《杜伊诺哀歌》无疑是我们时代的伟大诗篇，这诗篇诉说的就是：做一个诗人究竟意味着什么？要是没有诗人对预言生活既有理论又有实际体验，《杜伊诺哀歌》中的那些预言一般的诗能产生出来吗？

里尔克向女人求爱，激起她们的热情后又退避三舍，这在里尔克的生活中是常有的事。加斯认为这表明了里尔克的胆怯，表明他寻求的是母亲而不是情人，表明他是个长不大的孩子。这种病症里尔克本人也清楚。他曾经多年（约1902—1910年）深受罗丹（里尔克给他做秘书兼学徒）、塞尚的影响，他为自己未能遵守承诺辩解道，这全是为自己的艺术:让自己沉静下来,断绝社会来往,甚至断绝与情人的来往,这样才能使心灵得到净化,才能以全新的眼光来看世界。后来,他曾以不无怀旧的心情忆及 1907 年,在这一年中,他彻底断绝一切社交,潜心创作《新诗集》。"在我的心中,人、事皆忘,整个世界就像溪流向我流来,就像日渐变大的使命要我去承担,我不辱使命,镇定自若地去完成这一使命。"他引用贝多芬的话说:"我没有朋友,我必须独自一个人活下去,但我清楚地知道,在我的艺术中,神离我比离其他人更近了。"[7]

里尔克在诗中发展了一种理论。这种理论认为,人的肉体和灵魂有着基本的姿势和典型的倾向,其中,退却这一姿态具有中心地位,意义也比较复杂,它既能给人带来福祉,也能拒绝给人以幸福。"在众神的生活中,我所能理解的莫过于神们隐退不见的那一时刻。"他在一封信中这样写道。他把自己看成是"这样一个地方,在此,施予和索取几乎是同一回事"。[8]

众神从我们现代这个世界中隐退是荷尔德林诗歌作品中的一个主题。里尔克从 1915 年起就开始认真阅读荷尔德林的诗作,并以之为自己的榜样,这是里尔克后期能写出《杜伊诺哀歌》的一个主要原因。因此,各种形式的退却与作为一个男人和作为一个诗人的里尔克的心灵,是那样的贴近,也就不怎么令人奇怪了。当然,我们最好不要过于草率地把这一切都心理化,不要把这一切都看成是某种更为深刻心理原因的表现。

加斯有一段文字非常重要,有必要在此全文引用,其中,他有效地回应了我所关注的那些问题,特别是这样一个问题:加斯在一本正经,不对里尔克加以讽刺挖苦时,他对里尔克的实际看法究竟如何？ 在下列文字中,加斯放弃了他那揶揄嘲弄的做派,试图公正地看待里尔克,充分、客观地评价了作为诗人和男人的里尔克,看看在做诗人和做男人之间到底有何令人难解的关系,看看不安全感和心肠冷漠是否是阻碍里尔克或任何人情感生活正常发展的原因。

> 他躲到他最终成为诗人的那个躯体里,在那里既感到安全又感到神圣,空灵而又满足;《杜伊诺哀歌》的作者为灵感所激发,他敏感而又不乏洞见,有着无与伦比的天赋;他朋友成堆,虽然关系有亲有疏,他有着非凡的热情,尽管这些热情常常显得迂阔。但他仍然是个孤独、缺乏爱心、流离失所的孩子,……终日自哀自怜;然而颇为执着地追求自己的目标,有勇气克服懦弱和焦虑,并将懦弱和焦虑写进诗篇……不……写成抒情诗篇。爱情,不管有多清纯,有多热烈,不管多么富于牺牲精神,都根本不可能自己成就这些抒情诗篇。……这些诗只能由脆弱、恐惧甚至情感欺骗来完成,只有真诚地痛恨自己弱点的人才能写得出来。
>
> (第 31—32 页)

以上这段话,除了说里尔克是个孤独的孩子没有什么新意外,写得还是很有雅量的,不像前此所引的那段话,它没有轻易回避问题,而是直接面对它们,末尾所谓"只有真诚地痛恨自己弱点的人才能写得出来",可说基本摸索到了里尔克式迷宫的核心部位。

4

《解读里尔克》的另一目的,是要重视几个曾闯进里尔克生活的女人形象,以免她们像历史的匆匆过客,消失得如过眼云烟。她们是一个著名男人生活中的女人,是加斯著作中的次要人物。卢·莎洛美用不着加斯代为说项,因为她本人就是个知识人,而且得到广泛承认。但是,加斯谈论画家宝拉·毛德松·贝克尔(1876—1907)的那些话还是值得一提的。《安魂曲:为一亡友而作》是里尔克在贝克尔死后写成的,加斯在这首诗的译序中提到了她。

里尔克是1900年在福尔普斯威德的艺术家同仁联谊会初次见到宝拉·贝克尔的,她后来死于难产。加斯好像认为《安魂曲》一诗是里尔克感到自责而创作的,贝克尔一心想成为艺术家,想以自己的艺术为生,而里尔克觉得自己没能给她以足够的帮助,原因可能由于他本人对待女人、家庭和婚姻的态度(里尔克后来娶的女人恰是宝拉以前的一个密友,名叫克拉拉·韦斯特霍夫)使他受不了在别人眼皮底下生活;也可能由于一般女人在男人手里逃不过的命运等原因使然。

加斯对里尔克所做的分析无疑是正确的。毫无疑问,到关键时刻,里尔克和贝克尔的丈夫、画家奥托·毛德松并不像他们假装的那样思想开明、超前。然而,可惜的是,加斯谈贝克尔时非把里尔克给扯上(里尔克在她的生活中所起的作用实际上并不大），还做了下列过于大胆的概括：

> 里尔克活着的时候，大多数女人只要不是不育或太过富有，一般都会早早地嫁个男人，哪怕是婚后过着一种没有爱情的传种母马生活，过一阵子看上去还算体面的生活后，生产、养育六、八，或十个孩子是寻常的事，有哪个孩子夭折了，还得负责埋葬，就这样，她们既失去成就个人事业的机会，也葬送了自己的健康。（第118页）

加斯还更为深刻地问了这样一个问题，为何里尔克会常常受年轻女子之死打动，并拿起笔来作诗（1922年的创作冲动带来了《杜伊诺哀歌》的后面一些诗篇，而这冲动恰恰是因阅读一位芳龄十九岁的少女死前所写的日记而引发的）。他认为，里尔克曾因自己出生前而夭折的姐姐而备感自责："一个女孩只有死去，才能为他在这世界上腾出空来。"（第107页）加斯的这句出于个人猜测而说的话，不能当真。里尔克本人曾说到他死去的姐姐，他说，他的内心永远能感觉到他姐姐的存在。伸手能触及自己内心中的这个姐姐，是里尔克成长的一部分，他一直试图直面并接受自己的自恋倾向，并将其转化成一种积极的力量。

5

细致地阅读比较《杜伊诺哀歌》和《致俄耳甫斯十四行诗》的各种英译本，是加斯书中重要的一章。加斯这么做的目的,不是要给里尔克的众多译者排定座次,而是为了解释、说明自己译本的理论依据。他对其他人译本的评论是尖锐的,然而不公允。但是,由于他所评论的译者无法到场对质,因此,他只得自说自话,其结果是可以想见的。"谨小慎微,忠实地对待原作"的加斯每次总能胜出,尽管他也颇为尊敬地提到其他三位译者:二十世纪三十年代就开始翻译出版里尔克作品的 J. B. 莱什曼,其译作非常经受得住时间的考验;此外还有小安德烈·布林和斯蒂芬·米切尔。[9]

加斯把文学翻译看作是技术而不是艺术,他认为翻译的背后没有一般人认为的那些莫测高深的所谓理论,这颇有见地。加斯说,翻译一首诗时,丢失某些意义也是没有办法的事。关键的问题是,翻译任何诗时,究竟什么东西值得译者全力以赴地去加以保存,什么东西要顺其自然地让它过去。加斯还以荷尔德林的一首短诗为例,精细地比较分析了这首诗的两种译文,译文出自两位仍健在的翻译德国诗的高手,克里斯托弗·米德尔顿和迈克尔·汉堡。加斯对译文进行分析时,字斟句酌,可谓鸡蛋里挑骨头,有说好的,也有说坏的。他当仁不让,大胆提出自己的观点,拿出自己的译文,要与之一比高下。他的译文当然是不错的,但我读起来,听着觉得不如汉堡的好,尽管加斯辩得颇为有理。

加斯认为,翻译荷尔德林的诗,译者要取得的效果应该是这样的,就好像"译作是荷尔德林本人写的,要是他是英国人的话"。(第52页)作为一种理想,这实际上是做不到的。人的语言不像计算机的语言,它不是中性的代码。"做英国人"意味着你得扎根在英语语言环境中,用英语的语言方式来看世界。就算荷尔德林是个地地道道的英国人,他所写出的也可能是一首不同的诗。米德尔顿、汉堡以及加斯所译出来的东西,在好些方面也没法与假设中的英国人荷尔德林可能写出来的诗相比。译者的抱负和才情总不如原作者。三部英文译作根据的是同一原本,优秀得都像原作者写的一样,可对一个既精通德文又精通英文的读者来说,最终读起来就是不如荷尔德林的原作那样丰富。

加斯说,要想有能力翻译一部文学作品,光精通原文本所用的语言是不够的,再精通都没有用;把原文本一句一句地死译过来也是不够的。作为译者,你必须理解读懂原作。"有许多译者不愿花工夫好好地去理解并真的读懂原作,这不仅会干扰阻碍译者创造性的发挥,也不利于译者去真正把握诗人想表达的意思究竟是什么,结果,译作也许会有些创造性,但未必忠实。"(第69页)

加斯的观点并不像一眼看上去的那样清楚明白,尽管辩得似乎有理。Ein jeder Engel ist schrecklich,里尔克在《杜伊诺哀歌》第一首的开头写道——所有天使都是可怕的。我这样译,不知道是否忠实,尽管我使出吃奶的劲去啃《杜伊诺哀歌》和里尔克那些数不清的解释,啃文学批评家写得最好的阐释文字,我还是觉得拿不准,一个天使——里尔克心目中的一个天使——长得到底是个什么模样?译者直接用 ein Engel 译一个天使就算了事,难道还不够吗?

既可说够,又可说不够。Ein Engel 是一个天使,是 ein Engel,但是,在我弄清里尔克脑中天使的模样之前,我无法确定 schrecklich 的意思究竟是什么:可怕(terrible,莱什曼译),或者吓人(terrifying,布林、米切尔译),还是令人敬畏(awesome,加斯译)?

到头来,加斯的观点还是需要表述得再细致一些。译者翻译之前,无须首先读懂原文,相反,翻译原文本身成了寻找和创造意义这一过程的一部分;结果翻译仅仅成了只要人们阅读脑中就必然发生的东西,只不过表现形式更加强烈,要求也更高。

译者对源语言究竟应该精通到什么程度呢?埃兹拉·庞德有一极端的说法。庞德的汉语书面语知识,也就是个业余爱好者的水平。他在翻译中国古典诗歌时所用的方法,是逐字逐句死译;至于别的,他就瞎猜,以为汉字都是合乎一定规则的象形文字,任何训练有素的人都能"读懂"。他的这一想法当然是很成问题的。弗拉基米尔·纳博科夫则有另一极端说法,他要求译者对源语言必须彻底精通,精通到能把握该语言一切细腻入微的文字区别,连语词历史上稍纵即逝的含义都不放过。

加斯的观点还算折中。他说,是否能像讲源语言的本族人那样掌握这种语言,相对来说不是十分重要,关键是要对译入语(套用翻译家们的行话,就叫目标语言)能"像本族"人一样,有个彻底把握。(第 70 页)他也许可以再附带地说,如果译者的译入语不是自己的母语,那他就没有母语语料供应人可资利用,如果他是在翻译诗歌的话,他就没有

109

敏感且学富五车的语料供应人可资利用。这样的话,他就处于一种非常不利的地位。加斯本人是与斯图加特大学的海德·齐格勒密切合作,并从事里尔克诗歌翻译的。关于齐格勒的协助,他已做了很妥当的交代,但未将她列为合译者。

最后,在制定翻译准则时,加斯警告译者不要"臆测"原诗。他的意思是说,译者翻译诗歌遇到麻烦时,译者不应强作解人,把自己的主观臆断读进原诗并译进译作里。他写道:"译诗要译得就像是诗人本人写成的一样,要让诗人的原作来解释自己。"(第84页)

这里,常人之见再次回避了一个非常重要的问题:诗人的原作究竟是什么?它与译者对原诗的理解有何明显的区别?加斯本人的译诗实践就有好大一部分的"臆测"成分,这在他所译的《杜伊诺哀歌》第八首中可以看出来。第八首是《杜伊诺哀歌》系列诗篇中写得最为紧凑的一首,写的主要是人与自然世界的分离和隔膜;作者的目的是想要寻找恰当的词汇来将我们带回到语词尚未产生之时,以便使我们能看一眼人类尚无语言时世界是个什么样子,或者,假如我们无缘这一瞥,那至少也得让我们不无悲伤地体验一下,看看站在存在那未知的形式边缘究竟是个什么滋味。但作品并未实现作者的这一意图。第八首是《杜伊诺哀歌》全诗中比较晦涩抽象的一首,但它本身还是可解的,不仅仅是因为里尔克的一些早期诗篇如《豹》已使我们对此有所准备。

加斯是哲学教授,他在解读《杜伊诺哀歌》第八首时,可说是三句不离本行。他知道里尔克的意思究竟是什么,知道得太过清楚,以至于他常常经不起诱惑,强作解人,试图向作为其译作的读者,乃至向里尔克本人阐述里尔克努力要表达的思想。

比如,里尔克写道(我谨逐字译解):"存在于那里的东西究竟是什么,我们只要根据动物的表情就可了解;因为即使是小孩,如果我们让他转过脸来,迫使他回眸一望,也能瞥见外形物化(Gestaltung),但他不解动物眼中显得如此深邃的空旷(das Offne)。"

里尔克要表达的意思很清楚:人类只有诉诸对动物的同情,才能舍弃一切中介,直接去体悟世界,但是,具体细节则不太那么容易解读。(回顾起来,里尔克本人兴许也会承认,《杜伊诺哀歌》之所以如此难解,原因之一就在于,其中有不少地方,只见里尔克写下的和,而不见这和究竟是由哪些数字相加而得。)加斯把以上那几行诗译成:

> 外部存在的东西,我们只有从动物的眼神读出,
>> 因为我们甚至强迫小孩转身打量概念形成前的事物,
>> 而对动物表情中
>> 深深刻着的欣然接受永无知晓。(第 210 页)

尽管这里的英文要比德文显得更清楚些,但加斯却决定把颇为难懂的两个术语 Gestaltung 和 das Offne 分别解作或臆断为"概念形成之前的事物"和"接受",他没有把它们译成语义与原文最近的对等词,而是将其译成与原文一样

晦涩难懂的英文,这一做法是颇成问题的。加斯的英译文读起来显得是那样确定,好像诗中说话的人对自己说的是什么一清二楚,而德文原诗不是这样。德文原诗说话的人给人的整体印象是:他正在努力穷尽语言的限度,以发现和表达自己的意思。此外,offen(空旷)和öffnen(打开)两词是里尔克诗中两个关键术语,他不止一次地用到这两个词,而每次用时,意义都有非常细微的区别。加斯把里尔克的"das Offne"直接译成"接受",这样他就误解了里尔克诗性思维中一个典型的动向。

在其一定的哲学层面上,《杜伊诺哀歌》第八首探讨的是思维与语言间的种种关系,以及其他思想问题。如果我们要想在有关问题上找到某种较为一般的东西,加斯所译的《杜伊诺哀歌》第八首不失为一种很好的指南,比里尔克思前想后颇为犹豫的原诗所能给的帮助还要多。不过,我们所丢失的恰恰是诗人表达在原诗中的戏剧性,里尔克在其诗歌创作的巅峰阶段所努力苦苦探索的,正是如何突破自己对语言把握的极限,去发现恰当的语词来表达人类的直觉。相形之下,加斯的相关译文恰恰把里尔克的一些术语做了固定死板的译解,他对里尔克原诗诗行句法的处理也未免过于通顺,失却了原诗那艰难前行的意义。

6

加斯否认里尔克是哲学诗人,这一点是没错的:他说,里尔克诗中貌似思想的东西，其实只不过是些情感、情绪、态度而已。他用了整整一章的篇幅，分析了里尔克诗中那些悖论性的言论和思想，这是我所知道的对里尔克思想所做的最为简明切要的说明。

加斯对里尔克诗歌质量的评价是完全正确的。他说，一首典型的里尔克诗，其特征就是"硬朗而复杂，容量较大……读起来、听上去虽然佶屈聱牙，颇为刺耳，但却像喷泉一样，迅捷、轻盈而又清脆"。（第32页）在论及《杜伊诺哀歌》广为传诵的原因时，他的分析也同样能够说明问题："据我所知，这些诗篇写得是颇为口语化的……你得把它们读出声来才行——不只是读给别人听，读了还得自己用心去听才行，就好比你自己都拿不准是否有人会受你感动似的。"（第101页）

在探讨里尔克其人时，我们不能一味地说加斯对待里尔克太过刻薄，问题是他对里尔克的生长环境不表同情。《解读里尔克》是一部抱负不凡的书，但作者没有能够历史地对待里尔克。要是比较一下里尔克和尼采（加斯对尼采有时严加抨击），要是谈谈后期浪漫主义对孤独天才的崇拜，也许情况要更好些。这样的话，也许会有助于我们更多地了解所谓回归自然的运动。这一运动在十九、二十世纪之交的德语世界是相当普遍的。不了解这一点，我们读里尔克诗时，会以为其中写到的裸体日光浴、素食主义等仅仅是里尔克的个人偏好而已。

加斯所译里尔克的诗，那些偏爱、信守、忠实于原诗的人读了不一定会感到满意，尽管这些人偏激得很可能会以为,在德文诗和英文诗之间是没法进行理想翻译和沟通的。那些希望被诗歌宏伟的语言音乐效果打动的人,读了加斯的译文,可能也不会感到满意。加斯所提供的译文,自身也许称不上具有灵感的诗歌创作,但却是译者多年来用心细读里尔克原诗的结果,译者毕竟以丰富、上乘的英语语汇,明白晓畅地表达了译者对原诗诗味的把握。

原注

[1] 威廉·H.加斯《解读里尔克:兼论翻译诸问题》(纽约:诺普夫出版社,1999)。

[2] 《里尔克作品选要》,高尔魏·钱乃尔和汉娜·利伯曼编译(纽约:艾柯出版社,1999);《杜伊诺哀歌:德英双语对照本》,爱德华·斯诺译(旧金山:北点书局,2000)。

[3] 转引自尤多·C.迈森《里尔克、欧洲及英语世界》(剑桥:剑桥大学出版社,1961),第 11 页。

[4] 《散文时代的诗人》,见杰拉尔德·恰倍尔和汉斯·H.舒尔特编《世纪之交》(波恩:布维耶出版社,1981),第 11 页。

[5] 1925 年 11 月 13 日,见《书信集》第 2 卷(威斯巴登:印塞尔出版社,1950),第 482—483 页。这里所用译文选自迈森译本第 163 页。

[6] 1922 年 2 月 11 日书信。见《书信集》第 2 卷第 309 页。

[7] 引自 H.F.彼德斯《勒内·马利亚·里尔克》(西雅图:华盛顿大学出版社,1960),第 125 页。

[8] 1911 年 9 月 23 日和 1915 年 10 月 9 日书信,转引自迈森译本第 177 页。

[9] 《勒内·马利亚·里尔克作品选》两卷本,J.B.莱什曼译(纽

约:新方向出版社,1960),《杜伊诺哀歌》和《致俄耳甫斯十四行诗》,小安德烈·布林译(波士顿:休顿米夫林出版社,1977);《勒内·马利亚·里尔克诗选》,斯蒂芬·米切尔编译(纽约:兰登书屋,1982)。

翻译卡夫卡

1

1921 年,苏格兰诗人爱德温·缪尔和妻子薇拉一起放弃在伦敦的工作,移居欧洲大陆。美元的诱惑力不小,他俩开始为美国的一份杂志《自由人》撰写书评,并希望能以此谋生。

在布拉格住了九个月后,缪尔夫妇又移居德累斯顿,并开始学习德文。薇拉外出教点书,而爱德温则待在家里,阅读晚近的一些用德语从事创作的作家作品。后来大幅度的通货膨胀席卷德国,于是他们又移居奥地利,后来又到了意大利,再后来又返回英国。在英国,他们运用自己刚学来的德语,开始做起职业翻译家来。其后直至二战爆发,十五年中,他们就像爱德温所说的那样,简直"有点像开翻译工厂似的",翻译了三十多本著作;后来薇拉一人又译过六七本。"在德译英中……荒废了我们大部分的生命。"后来爱德温不无后悔地写道。[1]

他们最初翻译的是里昂·孚希特万格①的《犹太人徐斯》，很幸运的是，此部译作一发表，立刻成为畅销书。于是，他们的伦敦出版商问他们有什么其他德国作家可以推荐。当时爱德温正在读卡夫卡死后发表的《城堡》。"这部小说写得不乏形而上学和神秘味道，很有戏剧性……也很独特。"他在一封信中写道。[2]他和薇拉合译的《城堡》于1930年出版，虽然仅卖出五百册，但随后相继推出了《中国长城的建造》(1933)、一部短篇小说集、《审判》(1937)、《美国》(1938)，战后又推出《在囚犯隔离区》(1948)。这些译作虽有其自身的毛病，但自发表以来，一直统治着英语国家的图书市场。

爱德温认为，自己不仅仅是在翻译卡夫卡，其实也是在为英语读者指点迷津，让他们接触新的较为难读的文学作品。因此缪尔夫妇的卡夫卡译本都写有前言，用以解释卡夫卡的创作要旨。他写作这些前言时，主要依据的是卡夫卡生前的朋友、卡夫卡作品编辑马克斯·布罗德的研究和编辑成果。这些前言很有影响，基本上将卡夫卡看成是"怀疑主义时代……一个宗教天才"，一个"宗教寓言作家"，好像卡夫卡脑子里整天考虑的就是世俗与神圣的东西如何不协调。[3]

把卡夫卡看成是个宗教作家，这种观念不可能不影响到缪尔夫妇的翻译工作，连他们翻译时选词造句都逃不过

---

① 里昂·孚希特万格(Lion Feuchtwanger, 1884—1958)，德国小说家、剧作家，以写历史小说著称。《犹太人徐斯》(1925)是其代表作，作品背景是十八世纪的德国。

这种影响。他俩的译文与前言所提供的解释,思想上也非常一致。因此,难怪卡夫卡在英语世界的最初读者都会毫不怀疑地接受缪尔夫妇对他所做的解释。他俩的解释就深深刻于他们的译文中,特别是他们翻译的《城堡》和《审判》。这一直是卡夫卡专家长期关注的一个问题。以美国为例,缪尔夫妇1930年翻译出版的《城堡》在美国曾重印过无数次,可说具有不怎么应得的垄断地位,然而,其中无疑包含缪尔夫妇1930年时对《城堡》的解释。(这种情况在英国要略好一些,因为在英国,1977年和1997年分别出现了《审判》和《城堡》的新译本。)

缪尔夫妇的译本一统天下之所以会显得有些不够公道,当然还有其他一些原因。1930年缪尔夫妇的译本根据的底本是1926年布罗德公之于世的本子,而这个本子曾经过布罗德过多的编辑校勘。卡夫卡凌乱的手稿中,究竟哪些部分该编入校定本,哪些不该,章节究竟该如何划分,这些都是由布氏一人定夺的。他还增加了原来不易看出,数量有限的标点;而出版商又窜入一些讹夺之处。因此,若以学术的眼光来衡量,缪尔夫妇译述时所根据的底本,本身就是很可怀疑的。当然,这不是他们的错。

2

缪尔夫妇认为,翻译卡夫卡时,译者所面临的最大挑战,就是如何做到既忠实卡夫卡的原文语序——当然得服从于德文语法规则——又能使英文译文读起来自然流畅,像地道的英文。爱德温认为,卡夫卡的语序"明白晓畅、无懈可击。……他要说的东西只能以他所用的语序才能表达出来。……我们翻译时所面临的最大问题,就是力求写出的英语散文,在英语里读起来要和[卡夫卡的散文]在德语里读起来一样的自然流畅"。[4]

所谓自然流畅,实际上是不易说得清楚的。然而,对爱德温·缪尔来说,所谓自然流畅似乎包括了遣词造句新颖多样。因此,颇为滑稽的是,缪尔夫妇的译文常常比卡夫卡的原文显得还要生动,而卡夫卡的德文原文往往很有节制,甚至显得很中性,有时甚至不厌其烦地重复一些关键词。

此外,尽管缪尔夫妇,特别是薇拉的德文水平很是惊人,但是毕竟两人的德文都或多或少是自学得来的;尽管爱德温曾广泛读过德国和奥地利的当代文学作品,但毕竟两人对德语文学缺乏系统研究的功底。因此,两人在选择文学研究成果以供参照时所表现出来的能力,还是有限的,取舍也很随意。最后,德国和奥地利生活中的有些领域,都有各自独特的表现语汇,而缪尔夫妇对此也不甚了了。

比如,他们对德、奥两国的法律和司法程序的了解就是如此,而这,作为卡夫卡作品的译者,是颇为令人遗憾的。我且举一例。在《审判》中,约瑟夫·K对前来逮捕他的人说,他想给 Staatsanwalt Hasterer 打个电话,缪尔夫妇将其译成"advocate Hasterer"(哈斯泰勒律师)。[5]这使在英、美司法制度中长大的人会以为 K 是要打电话给他的律师,其实,K 是想虚张声势,威胁要给检察官办公室打电话。

特别是在英译本《城堡》中,缪尔夫妇译错细节的地方有成百上千。这些错译的地方，个别的看来，也许不是十分重要，但是累积起来，对读者的负面影响就非同小可了。读者可能会觉得自己手捧的英译本不够可靠，因而在涉及关键问题的解释时，就不得不去核对原文。为说明缪尔夫妇译文的不足之处，我谨举数例如下。

爱德温·缪尔说，阅读卡夫卡就好比读"一本旅行记，其中不厌其烦地述及了某个新发现部落的风俗、装束及器用物品"。[6]但是，在涉及中欧日常物质文化时，缪尔夫妇不是可靠的向导。比如，K 在一家乡村旅店睡的 Strohsack 不是一袋麦秸（如缪尔夫妇所误译的那样），而是蒿褥，即麦秸做的床垫。（参看缪译《城堡》，第 9、120 页）

城堡中那古怪的电话系统以及有关打电话人得了解的种种须知，缪尔夫妇好像译得也不对。telephonieren（to telephone，给……人打电话），被他们译成电话铃声；当城堡里的官员们切断电话机上的响铃装置时，缪尔夫妇又将其译为官员们"挂断电话"；而当官员们重新接通电话响铃装置时，缪尔夫妇又将其译成：官员们"拿起话筒可并不接听"。（参看缪译《城堡》，第 73—74 页）

如果说前奥地利帝国的司法体制令缪尔夫妇感到陌生的话，那么，卡夫卡小说中城堡里的官员们的种种做法就更令他们头疼。如果不把单词扩充为短语，如果不添加脚注，就很难向说英语的读者讲清楚事情的原委。比如，书中有个客栈老板娘对 K 说：要想见到城堡的主人克拉姆先生，只有先通过他的秘书摩麦斯的 Protokolle。这话到底是什么意思？还有，城堡的信使们无休止地拿进拿出的 Briefschaften 究竟是什么东西？然而,缪尔夫妇常常不做深究,只满足于说个大约摸,比如用个英语中的同源词(用"pro-tocols"来替代 Protokolle)或意指同样模糊的英文词来替代德文词,用"commissions"来替代 Briefschaften,以为这样就可了事了。[①] 因此,缪尔夫妇翻译时所持标准太不严谨,这使他们无力担当起《城堡》解释者的任务。其实,《城堡》这部作品寓写实于梦幻之中,目的就是批判无处不在的行政官僚作风。(参见缪译《城堡》,第 110、171 页)

有时缪尔夫妇对卡夫卡作品意义的猜测纯属捕风捉影。比如,卡夫卡写到官员们对请愿者那颐指气使的派头时说,他们一个个都"那样地情不自禁,[喜欢]野兽般的血腥味道"。尽管卡夫卡绝非意识形态作家,他对权力卑污龌龊的内幕还是有着深刻感觉的。上述这句话就是个鲜明生动的暗喻,从中可以看出官员们身上那野蛮残忍的习性。这种习性有时潜伏着,有时则十分露骨地表现出来。而缪尔夫妇没能看出这一点,将其译成,官员们"情不自禁地被这些罪犯所吸引"(缪译第 209 页)。

卡夫卡的文体有时晦涩得足以使任何读者(引起共鸣的读者除外)望而却步(什么叫 eine festhaltende Strasse?),

---

① Protokolle 是会议(晤)笔录的意思。K 要见到城堡主人克拉姆,必须先和克拉姆的秘书谈话,并做一份笔录,作为一份克拉姆乡村登记簿的备案材料。而英文同源词 protocols 仅有议定书、条约草案等义,库切认为缪尔夫妇将其用来翻译德文单词 Protokolle 意思还是不太清楚。(参看汤永宽译《城堡》第 121—127 页)Briefschaften 在《城堡》中指的是委托信使代理的一些信件,汤永宽译《城堡》直接译为"信"。(参看汤译《城堡》第 191—199 页)

而每当此时,缪尔夫妇的策略就是对卡夫卡的原意加以猜测,而不是靠逐字逐句的翻译。其实,译者遇到麻烦时,逐字逐句地翻译也是没有办法的办法,无可指责,总比缪尔夫妇的胡乱猜测要好。猜测不可能总是那么准确,他们把"eine festhaltende Strasse"译成"大街上那迷人的魔力",就是一例。(缪译,第194页)①

更有甚者,缪尔夫妇时常或有意或无意地牺牲了对卡夫卡原文的忠实,以迁就自己对整体的理解。他们受到布罗德的暗示,因此,在他们看来,测量员K这个人物是个十足的朝圣者。所以,当K有一次说自己把妻儿留在了家里,后来又说要娶一女服务员弗瑞达时,缪尔夫妇为避免尴尬,索性压根儿不提"妻儿"之事。

最后,缪尔夫妇的译本语言在当时不管有多么"自然流畅",但现在读来明显过时。这是人们意料之中的事,因为他们的译本自问世之日起,已有近七十年的历史。除非读者故意将此忽略不计,否则,对缪尔夫妇所用的语言为何常常指向过去,你无法弄得明白。他们用"墩实"而不说有力,用"街头贫儿"而不说流浪乞丐,用"怠忽懒散"而不说不够勤奋。(缪译,第172、10、11页)

但读者也许会问,假如卡夫卡本人用的就是过时的词语,那么,缪尔夫妇用些适当的词语来译,不正好能传达原意吗?其实大谬不然。尽管《城堡》的语言正式了些,但其

---

① 库切本人把"eine festhaltende Strasse"译成"a clinging street",大意可能是"房屋鳞次栉比的街道"。

中并不含有刻意的历史维度,作者并未故意使用过时的用语或当时的时髦用语,来发挥其相应的表意功能。

3

卡夫卡开始创作《城堡》的时间是 1922 年初,地点是一山庄。他到那里原是去疗养(1917 年他被诊断患有肺结核)的,但疗养没起什么作用,于是他又回到了布拉格。该年 7 月,他就从工作的保险公司早早退休,后健康状况继续恶化,于是中断了《城堡》的写作。他前前后后只花了七个月的时间,连初稿都未及完成。

1924 年卡夫卡去世后,马克斯·布罗德编辑出版了朋友交给他的三部小说未完成稿,最初出版的是《审判》。布罗德认为《审判》出版后遭到人们愚昧的误解,有感于此,他在出版《城堡》时,于书后写有一篇后记。斯蒂芬·道登在分析《城堡》出版后的接受情况时,简洁扼要地称这篇后记是"先入为主,表达的只是[后记]作者个人的见解"。[7]而这篇后记深刻地影响了缪尔夫妇对小说的解读,因而也深刻地影响了他们完成的英译工作。

1926 年的《城堡》版本正是缪尔夫妇翻译的工作底本,而在其后(1935,1946,1951)的版本中,布罗德又利用他所拥有的众多卡夫卡手稿,增补了一些情节和片段,把手稿中的一些异文和原本删除的段落也一并增补了进来。这些补文曾经在缪尔译本的附录中可以看到,译得也是颇为忠实的,补文的译者是爱丝娜·威尔金斯和恩斯特·凯泽,两人都以翻译罗伯特·穆齐尔而闻名。

布罗德在卡夫卡死后整理出版其著作,这引来了一大批受人尊敬的知识分子的广泛赞誉。其中,托马斯·曼、马丁·布伯和赫尔曼·黑塞等人似乎还将其各自的影响力带进了卡夫卡著作的阅读潮中,使卡夫卡的作品得以一本一本地不断出版。因此,布罗德附于1926年版《城堡》末的后记对作品的解读,后来得以一直影响着德语国家对卡夫卡的理解,直到二十世纪五十年代;而且,主要是通过爱德温·缪尔的作用,同样的解读方法还长期影响了英语国家。

根据布罗德的解读,K就像一个新型浮士德,他不受强烈的欲望驱使,也不想了解所谓终结知识,只希望有赖以生存的基本条件:一个安全的小家和一份稳固的工作,能被人接受。布罗德说,对后期的卡夫卡来说,这些简单的生活目标都带有宗教意义,K恳求于城堡的东西实在可怜,就是想让他们放他进去,好使自己不再是个局外人。

布罗德之所以做这样的解读,是有原因的。作为朋友,他知道卡夫卡一生都将自己看作是个局外人,婚姻的梦想一次次破灭,破灭的原因就是因为他没法想象自己有能力去承担起一个丈夫和父亲的责任。布罗德的解读与战后德国和奥地利的公众情绪产生共鸣,这也是它能产生广泛影响的原因之一。战后德、奥两国经济停滞,无论是教会还是国家都无法给人们的生活指明方向,到处弥漫着无望的气氛,人们普遍认为人类已经成了迷途的羔羊。

布罗德对卡夫卡《城堡》所做的乐观解读(无疑受到他自己信奉的犹太复国主义的影响),把他一向崇敬但未能完全理解的卡夫卡塑造成了一个颇为简单而保守的思想家。在他看来,卡夫卡是在呼唤古老真理的回归以应对现代生活的挑战。因此,将卡夫卡从布罗德的理解中拯救出来,或者至少拓展、深化布罗德对卡夫卡的理解,使我们得以将卡夫卡置于其历史环境中来理解他,这些绝非无聊之举。如果说在英语国家,这项工作就是要拨开罩在缪尔夫妇英译本《城堡》身上的迷障,乃至如马克·哈曼所做的那样,另起炉灶,重译《城堡》;那么,"拯救卡夫卡"就是一项完全值得人们去做的大事业。[8]

其实,爱德温·缪尔本人在和卡夫卡临死前最后一个伴侣多拉·戴蒙特会晤后,已经开始怀疑对《城堡》所做的宗教、寓言式的解读。[9] 要不是卡夫卡把小丑般的东西和魔鬼般的东西之间的边际彻底复杂化,人们很可能不会把《城堡》当作一部宗教小说来读,而完全可能将其看作是一部搞笑的喜剧小说。城堡所罩上的那层阴影也许可怕,但小说的主人公 K 虽置身于官僚体制的魔咒所制造的迷宫中,然而他所要关心的事情,有的比这还要迫切,比这层阴影还要可怕,因为他得设法不停地、甚至发了疯似的处理自己职责内的那些文件,同时还得不断地巧妙周旋于自己生活中的那些女人之间,以免后院起火。

4

向世界推出《城堡》的布罗德当然并非一个平凡的编辑。他与卡夫卡的友谊亲密而深挚,可上溯到两人同窗读书的时代。我们也没有理由怀疑布罗德,他说卡夫卡曾经将《城堡》结尾的创作计划原原本本地告诉过他,这个计划是:临终弥留之际的 K,得到裁决,城堡方面起先虽拒绝了他进驻村庄的请求,但最终同意他到城堡生活和工作。卡夫卡能得以青史留名,离不开布罗德的苦心经营。卡夫卡学(米兰·昆德拉发明的用语)[10]虽有点阴郁寡欢,然而布罗德作为这门学问的创始人的地位毋庸置疑,他虽那样地备受人们的责备,但人们不应忘记,正是布罗德不止一次,而是两次使卡夫卡的手稿免于灭顶之灾。第一次,他没有遵从卡夫卡的嘱托,未在后者死后将其手稿"一页不读地全部焚毁"。1939 年,布拉格被希特勒的军队占领,布罗德带着卡夫卡的手稿逃往特拉维夫,遂使手稿又逃过一劫。[11]1956 年,中东战争欲起,布罗德又将其收藏的大部分卡夫卡手稿让人运送到瑞士。后来,手稿又从瑞士漂洋过海,到了牛津的波德莱安图书馆。在此,著名德语专家马尔康·帕斯莱又对《城堡》加以重新校定,并在 1982 年出版两卷校勘本。哈曼的英文新译本正是以这两卷本为底本的。

帕斯莱对手稿情况的描述,后收作哈曼英文新译本的后记。读这篇后记有助于我们了解《城堡》的译者或重译者所面对的一些特殊问题。

原来卡夫卡似乎计划一气呵成地写成整部小说(以现存未完稿看,总字数约为十万德文单词)全稿,计划安排紧凑,时间顺序连贯,原本无须做太大的增改、删削或更改结构。小说原稿不分章节,不过,后来的编校本出来后,才有了一些章节划分。书稿到全书约三分之一的地方,卡夫卡也未明显分出段落,标点整体来看显得很轻微,主要是为了标明文句节奏和段落结尾,句与句之间只用了逗号隔开,未用句号。

从整体上看,卡夫卡的语言清通、具体,保持中性;在其小说作品,尤其是《城堡》中,一往无前的句子,勃发着一种急迫而很抽象的能量,这种从克莱斯学来的散文很能吸引读者;否则的话,你会觉得这种语言显得有点单调。布罗德回忆道:"有幸听过卡夫卡向一小群人朗诵自己散文的人,都会记得,他朗诵时节奏感很强,有一股演戏的激情,而且很自然,一点也不造作,这一点没有哪个演员能够做到,他能让人立刻感觉到创作的快乐,感觉到他的作品中所饱含的激情。"[12]

卡夫卡的语言洗练、实实在在,有人认为是典型的布拉格德语,已被同化的布拉格中产阶级犹太人说的便是这种德语。但是,似乎不能简单地把卡夫卡看成是布拉格德语作家。他的语言很有可能是受简切明快的法律文书体影响,因为他毕竟曾经日复一日地用这种文书体工作过多年。不过,《城堡》手稿中确实有一些布拉格德语的用法,卡夫卡在修改过程中虽没有把这些德语用法改头换面成标准德语,但很显然,他也未想使其成为方言的标记突显在作品中。况且,缪尔夫妇和哈曼也都未将其译成非标准英语(这么做,我觉得是对的)。在《城堡》的开头几章里,卡夫卡也没有在不同层次的语言之间彰显任何反映社会现实的分野:乡村里的人和城堡里的官员们一样,同样动不动就对哪怕是鸡毛蒜皮的小事发一通独白。

这样，译者一旦找准了某种形式的英语，就可以用来对译卡夫卡所用的德语了，不需要动不动改换调门。实际上，要提防的诱惑倒是千万不要用原文中没有的一种腔调来从事翻译。

这种颇为苛刻的要求当然也会带来一些麻烦。尤其是在《城堡》的后半部分，卡夫卡有时写着写着，不知不觉就写出了听上去颇为累人的散文。以下所引的一段文字转述的就是小汉斯·勃朗斯威克讲的内容，用的是哈曼的译文。哈曼的译本重现了卡夫卡的句法，借此也可看看卡夫卡使用标点时有多灵活。

> 爸爸……当时确实想找 K 算账……还是给妈妈劝阻了。可是不论怎么样妈妈决不愿意跟任何人谈话，不论那个人是谁，她是问起过 K 的情况，这也不算是超越常规的事情，相反，既然有人提到他，她就会表示她愿意见见他，但是她并没有真的见到他，从这一点也可清楚地看出她的本意。（第 145 页）

力图使译文的语句像卡夫卡的原文一样松散，原则上讲，哈曼的这一抉择是正确的（"我试图使英译本和德文原文一样地模糊难解"，哈曼在提到类似一节文字时说；前言，第 15 页）。当然，也只有卡夫卡的经典地位才使这种抉择有了充足的理由，在译二三流作家的作品时，译者若是悄悄地稍微润色改动一下比较蹩脚的原文，恐怕还是大可赞赏的事。

当然,我们在《城堡》的有些段落中也可找到另一种性质的不足之处。在这些段落中,我们可以看到卡夫卡小心翼翼地摸索着,力图记录一些超验而不乏洞见的时刻,可是作者显然已到达自己的语言表现极限。类似的段落给译者提出了最为严厉的挑战,这要求译者不仅得有能力把握到原文措辞极其细微之处,同时还得有种直觉,能直觉到难译之处语言究竟有何用武之地。比如在描写 K 和弗丽达第一次做爱时,原文只用了一句长句子。对这句话,米兰·昆德拉已做过极其细微的分析,他想借此来检验部分卡夫卡的法语译者的译文。这些相关译文在昆德拉看来都译得比较糟糕。[13] 那么,哈曼译得如何呢? 请看下面他译的这句话:

> 时间一小时一小时地逝去,在这段时间里他们两个人像一人似的呼吸着,两颗心像一颗心一样地跳动着,在这段时间里,K 觉得自己迷失了路或者进入一个奇异的国度比人类曾经到过的任何国度都远,这个国度是那么奇异甚至连空气都跟故国的大不相同,在这儿一个人可能会因为受不了这种奇异死去而这种奇异又无谓的诱惑,使你只能继续向前走让自己越迷越深。
>
> (第 41 页)

这一节文字所用的暗喻中,对立着两个词:die Fremde 和 die Heimat,即外国和本国。要想从英语中找到单个的同义词来捕捉这两个德文词的所有内涵,几乎是不可能的事:fremd 具有英文单词"strange"(奇异)的所有联想义,但

129

卡夫卡所用的短语 in der Fremde 同样也是个完全正常的短语,意思是"abroad"(外国)。在原句的句法中,卡夫卡着重的似乎是要使 K 和弗丽达所经历的奇异的做爱感觉,随着句子的展开,变得更加奇异,更加预示着某种凶兆:"K 一直觉得自己像是迷了路,或置身于(走进了)die Fremde(奇异国度)深部的某个地方,这地方以前还从来没有人来过,在这 Fremde(奇异的国度)里,连空气都和家乡〔Heimatluft,新词〕空气的成分不同,置身其中(是空气中?还是奇异的国度中?),人〔一定〕会因受不了这份 Fremdheit(奇异)而窒息至死,而且,(然而)在(在什么当中)这使人迷狂的诱惑中,你只得继续向前,让自己迷失得更深、更远。"①

哈曼在翻译这句话时,对卡夫卡描写 K 的方法处理得差强人意。在卡夫卡的笔下,K 离开了舒适的 Heimat(家乡),来到了城堡这一令人感到不安的 fremd(奇异)国度,突然和弗丽达做起爱来,这使他觉得犹如置身于令人不安的精神境界;但是,在表达 K 努力把握奇异经历究竟该给人以什么印象时,哈曼的处理不是很好,译文的句子写得有点步履蹒跚,失却了原文具有的一往无前的势头,几乎失去了方向。

而缪尔夫妇的此句译文则更是大谬不然,部分的由于他们译过了头("K 一直觉得"成了"K 当时为这种感觉所

---

① 这里,库切也在试图分析卡夫卡原句的文法、文体结构,因此他将某些德语原词保留原样,未予翻译。

困扰");部分的由于他们有意回避了困难——卡夫卡用的神秘字眼"unsinnigen Verlockungen"被哈曼僵硬地译成"无谓的诱惑",而缪尔夫妇则索性译成"销魂";缪尔夫妇此句翻译中的最大失误在于,他们译出来的句子,读上去让人感觉声韵太过平稳。

从整体上来看,哈曼在翻译过程中所做出的所有大的抉择都是不错的——原文略显薄弱时,是否得忠实于原文,要不要保留卡夫卡原来的句读标点和帕斯莱的章节划分,该用什么样的英文来译,等等,这些他都做得不错。尽管原文中一些最令人感到棘手的地方,他有时译得不够生动,但毫无疑问,他翻译的这部小说的译本,语义上精确得令人称奇,忠实地译出了卡夫卡原文中的微妙细腻之处,反映了原文句子的速度以及段落构成中跨度较大的节奏。在将来一段时间内,哈曼的这个译本对研究人员和一般读者来说,都不失为一个好的译本。

译本中如果说有什么过失的话,那么这些过失也不至于构成太大的弱点。为使大家对译本中的小过失出现的比例有个大致的了解,我谨列举几项如下。

1. 如果说缪尔夫妇的译本有点过时,那么,哈曼的译本有些地方的语言就太过口语化,其实大可不必。比如:"stomped"(大败),"what he had gone and done"(白忙活),"all that great"(不咋的)。(第25、284、294页)此外,哈译个别地方的语言也略显滞重不爽,读起来颇为拗口。比如,"痛苦得甚至令人难以忍受",译成"painful, even unbearable"不是比"unbearably excruciating"(第152页)要好吗?

另外,选词有时也不够准确。如,"村子四周"译成"the village environs"可能比译成"the village surroundings"(第183页)要更好一些。

2. 哈曼有时不小心用了一些二十世纪后期才有的术语。比如,"K这次虽犯了错误,但他的本心是好的,而上次则不同,上次他对农民犯的错,本来用意就不良。"这么译可能比下面哈曼译的要好:"也许K这次错得比较积极,正如他上次对农民错得比较消极一样。"

3. Heimat(家,故乡)这一词带来一些问题,哈曼没有能够处理好,尽管城堡和乡村有电话通讯系统,但不是用来和外界联系的,城堡和乡村里的人也不外出,而K却说自己是个流浪的人,其实没有任何迹象表明他是个通常意义上的外国人。在《城堡》的世界里,似乎也无国境界限之分。因此,在第二章里,当K的思绪将其带回到他的Heimat的时候,哈曼把Heimat直接译成"故国",显得有点太过具体,因为我们继续往下读才知道,他的Heimat有个广场和一所教堂,因此,将Heimat译成"家"甚或"故乡"可能会更可靠些。(第28页)

4. 缪尔夫妇由于过度翻译,导致其译本中出现了不少纰漏,哈曼的译本也未免此累。把"Ihre schmutzige Familienwirtschaft"译成"your dirty family shambles"(你那肮脏不堪的家庭,就像屠宰场一样,第133页),会让人想到血腥和死亡,而这在原文中是没有的;译成"Your sordid family setup"(你那卑鄙龌龊的家庭成员构成)要好些。同样,(威尔金斯和凯译)用"freaks"(怪物)来译"Ausgeburten",要比用"evil spawn"（可恶的鬼东西，第306页）要庄重得多。

5. 有时过于机械地忠实于卡夫卡的原文词序，反而会让人听上去像是在戏拟模仿德文。比如，"庞大、笨重而现在开着的门"（第101页）。有时英文明明有相近的成语可用，但哈曼却非要步步紧跟德语："a crying injustice"（明显的不公正）就比说"a screaming injustice"（耸人听闻的不公正，第197页）要好。

6. 哈曼是否能认得出布拉格德语的特殊用法，这一点不是很清楚。比如，第二十五章中，旅馆老板娘办公室里有件比较庞大、开有三个门的家具，原文叫 ein Kasten，可能是衣柜（wardrobe），所以我们认为威尔金斯和凯译得较好，比哈曼简单化译成"橱柜"（cabinet）要精确些。

7. 奇怪的是，哈曼也有大意的时候。"I entrusted a message to you, not so you would forget it or garble in on your cobbler's bench"很明显应该是"not so [that] you would forget it on your cobbler's bench and garble it"（目的当然不是为了让你像个木头人似的，坐在那儿纹丝不动，把它当耳旁风似的，或无中生有地想入非非，第120页）。

正如以上这些例子所示，哈译本可能招人非议的地方还是比较有限的。卡夫卡的散文写得越糟，类似比较关键的问题也就会在哈译中出现较多，这也难怪，毕竟卡夫卡留给我们的还只是手稿，而不是一部完成的作品。"不过，当时要是派些助手来，情况也许会更好些，因为即使是些助手也会像他那样做的"（第104页），哈曼这种译法，虽然很忠实地跟在卡夫卡原句后面亦步亦趋，但给人的感觉却好像

133

卡夫卡在写这句话时像是睡着了似的。问题是,这样译,不仅译文会显得不够整洁,就连卡夫卡要表达的意思是什么,也会弄得不是十分清楚。缪尔夫妇倒是把意思给弄明白了,但却又带来另一问题,他们的此处译文读了让人觉得又多了一层意思(傻气),而这是原文中所没有的:"实际上,他当时要是派些助手来,事情也许会更好些,他们做起事来不会比他更傻的"(缪译,第 103 页),结果把事情弄得无法收拾。

5

哈译本收录的马尔康·帕斯莱的后记,论述了《城堡》的手稿的渊源情况。除此之外,哈曼的新译本还收有一条由亚瑟·H.萨缪尔斯撰写的长注,很有用,它回顾了卡夫卡著作的出版史。此外,新译本还有一个长达十一页的"译者序言"。在这篇序言中,哈曼讨论了卡夫卡的语言及与此相关的一些问题,他还引证了不少缪尔夫妇误译的例子,阐述了自己的翻译方法,并说明了理由。

当然,哈曼对以往译者多所诟病(为此,他还于 1996 年在《新文学史》杂志发表专文,严厉批评了以往诸译本),[14]这是预料之中的事。他指摘缪尔夫妇的地方都是正确的。缪尔夫妇对《城堡》所做的宗教阐释,确实影响了翻译工作;他们俩为使卡夫卡颇具胆识的思想飞跃能变得更加易于翻译处理,确实用了不少权宜之计;他们翻译的《城堡》确实也在整体上"淡化了其中的现代性"。(前言,

第 13 页）

但是,说爱德温·缪尔"[的]文学悟性……还停留在十九世纪萨克雷和狄更斯等人的水平",这一说法未免太过分。再说,缪尔夫妇也不像哈曼所说的那样,仅仅是"一对苏格兰才子、才女"。(第 13 页)缪尔夫妇和他们的出版商马丁·塞克尔一起,较早地把一个难读乃至晦涩艰深的现代派作家介绍给英语世界,而且介绍的时间之早,是一般人难以常理加以预料的。况且,爱德温·缪尔本人就是一个比较重要的诗人,他的诗名虽不及叶芝、奥登等人,他的诗歌风格有时让人想起叶芝或奥登等人,但是,他本人也是现代大作家之一,不能说他所追求的是十九世纪已经逝去的文学世界。如果说狄更斯确实曾经对缪尔夫妇产生过影响的话,那么这种影响在卡夫卡身上也可以找到;但要想在缪尔夫妇的译作中找到什么萨克雷的影响,那恐怕是徒劳的。

哈曼说,缪尔夫妇翻译的卡夫卡作品风格"雅洁""[读来]清通流畅"。这与其说是恭维,不如说是在挖苦,哈曼说这话的本意正是如此。哈曼说他自己的英文比别人的都要显得更加"怪异而生涩"。(第 13、17 页)哈曼蛮好承认,假如说缪译本在当时努力做到了"雅洁"——其实,说"顺畅"更好,而他本人时下颇受欢迎的译作则不乏"怪异、生涩"之趣,那么,随着历史向前迈进,人们的趣味也会随之而变,哈译可以说迟早也会过时的。

原注

[1]　爱德温·缪尔《自传》(伦敦:贺拉斯出版社,1954),第 222、

227 页。

［ 2 ］ 《卡夫卡书信集》,P. H. 布特编选(伦敦:贺拉斯出版社,
1974),第 67 页。

［ 3 ］ 《城堡·前言》(爱德温·缪尔、薇拉·缪尔译,纽约:诺普夫
出版社,1930),第 7 页。

［ 4 ］ 爱德温·缪尔、薇拉·缪尔《谈谈德译英》,见《翻译研究论
集》,鲁本·布劳厄主编(纽约:牛津大学出版社,1966),第
93 页。

［ 5 ］ 《审判》,爱德温·缪尔和薇拉·缪尔译(哈蒙兹沃斯:企鹅出
版社,1953),第 19 页。

［ 6 ］ 爱德温·缪尔《弗兰茨·卡夫卡》,见《文学与社会论文集》
(马萨诸塞州剑桥城:哈佛大学出版社,1967),第 123 页。

［ 7 ］ 斯蒂芬·D.道登《卡夫卡的〈城堡〉与批评的想象》(南卡罗
来纳州哥伦比亚:坎姆顿出版社,1995),第 123 页。

［ 8 ］ 《城堡》,马克·哈曼译(纽约:肖肯出版社,1998)。

［ 9 ］ 迪特·雅克布斯《英国人心目中的卡夫卡》,载《牛津德国研
究》第 5 期(1970),第 105 页。

［10］ 《被背叛的遗嘱》,琳达·阿歇尔译(伦敦:费伯出版公司,
1955),第 42 页。

［11］ 布罗德《审判·跋》(爱德温·缪尔、薇拉·缪尔译),第
253 页。

［12］ 《审判·跋》,第 252 页。

［13］ 《被背叛的遗嘱》,第 101—120 页。

［14］ 《拆毁巴别塔》,载《新文学史》第 27 期(1996),第 291—
311 页。

罗伯特·穆齐尔的《日记》

1

罗伯特·穆齐尔出生时,哈布斯堡帝国已经日薄西山,在导致生灵涂炭的第一次世界大战期间,他曾为帝国、为皇上在战场上卖命,死时,更加血腥的第二次世界大战刚进行了一半。穆齐尔回忆自己的一生时,首先说到自己生不逢时,遭遇了"倒霉的时代";他一生的最佳精力都耗费在试图弄明白,欧洲到底出了什么问题,要这样糟践自己。他的一些思考都记录在卷帙浩繁的未完成小说《没有个性的人》,记录在用英文整理发表的系列随笔《循规蹈矩的人》以及近来译成英文的札记《日记:1899—1941》里。[1]

穆齐尔成为作家是件很不寻常的事。他的父母属于奥地利的资产阶级上层社会,他们没有将儿子送进传统的德国大学预科学校,而是将其送进寄宿制军事学校去受教育。在军事学校,穆齐尔别的没怎么学会,学到的就是如何穿得潇洒帅气,学得很会关心自己的肉体。大学时,原先读的是工程(他曾设计过一种光学仪器,并获专利,二十世纪二十年代这种仪器曾一度投入商业生产），后又转学心理学和哲学，1908年获博士学位。

此时的他已经写出一部早熟的处女作——小说《学生托尔莱斯的困惑》。这部小说的背景就是一所军校。从此，穆齐尔放弃了一直为之努力的学术生涯，投身写作。1911年发表《婚姻》，收有两个中篇小说，虽属艳情之作，但写得不乏睿智。

一战爆发后，穆齐尔参军去了意大利前线，战绩颇著。一战结束后，慨叹于自己最佳创作生涯因战争而有所荒废，于是迅速草拟了二十多部新作的计划，其中有一些是讽刺小说。剧本《想入非非的人》（1921）以及短篇小说集《三个女人》（1924）曾获奖。穆齐尔曾被选为德语作家协会奥地利分会副主席，尽管他的作品当时读者不是很多，但在文学的地图上可以找到他的踪影。不久，穆齐尔放弃了讽刺小说的创作，整个身心投入一项大的计划，他要创作一部小说，其中，维也纳上层社交圈里的人，无视山雨欲来风满楼的战前形势，还在那里一刻不停地为王朝执政七十周年的庆典喜滋滋地做着准备。穆齐尔说，这部小说所要展现的是战前奥地利的一幅"怪异"的图景，这个奥地利可说是"整个现代世界的一个极其清晰的缩影"。（《日记》，第209页）有其出版商的资助，有一群人热捧，穆齐尔将整个身心投入《没有个性的人》的创作。

第一卷于1930年出版，并在奥地利和德国受到热烈欢迎，这使在其他方面一向低调的穆齐尔以为自己可能会获得诺贝尔文学奖。没想到后续之作却变得难以驾驭。由于出版商好言相劝,1933年,穆齐尔诚惶诚恐地推出了小说的第二部。但其实这部作品只是一个写得较长的作品残片,谈不上是完稿。"第一卷结束时,作品情节大致还处于圆拱的顶端,"他写道,"颇有点给人下不来之感。"[2]因此,他开始担心起来,恐怕自己终生都完不成这部巨著。

移居到思想环境较为活跃的柏林,却又因纳粹上台而中止,穆齐尔夫妇又只得搬回维也纳。此时的政治气候已充满不祥之兆,穆齐尔开始受到忧郁症的侵袭,健康状况不佳。到了1938年,维也纳被并入第三帝国。夫妇俩又移居到了瑞士,原想以瑞士作为跳板,再继续前往美国,可美国参战又使他们移居美国的计划泡了汤,于是和成千上万其他流亡来瑞士的人一样,夫妇俩只得滞留瑞士。

贝托尔特·布莱希特曾经这么说道:"在瑞士,人们可以享受到自由,但条件是,你必须保持游客身份。"因其处置难民的方法,瑞士作为避难所的名声曾遭到极大的损害。1933年至1944年期间,瑞士政府的首要任务就是不要触怒德国,外国侨民的管理由涉外警署负责,而涉外警署的头目大骂慈善机构,说他们"感情用事",他也毫不隐瞒自己对犹太人的厌恶,在瑞士边境,没有入境签证的难民被遣返,这种行径丑陋不堪,但却一幕幕上演着。(说句公道话,这也曾遭到普通瑞士公民的公开谴责。)[3]

1938年,《没有个性的人》在德国和奥地利均遭到查禁(乃至穆齐尔的所有作品后来都遭禁),因此,穆齐尔得以在向瑞士政府申请时,称自己在讲德语的其他国家无法以写作为生,然而,穆齐尔到了瑞士同样没有受到欢迎。瑞士侨民管理组织根本就瞧不起他们,国外的朋友说是要帮他们,其实也是雷声大雨点小(穆齐尔对此似乎心里也多少有点明白)。因此,他们只得靠施舍过日。"今天他们没把我们当回事,但我们死后,他们会因曾经给我们以接济而感到自豪的。"穆齐尔曾对依格纳齐奥·西隆这么说。[4]穆齐尔心情备感抑郁,这使他无法将小说继续写下去。"我写不下去,不知道为什么,就像中了邪似的。"(《日记》,第498页)1942年,穆齐尔在六十一岁时不幸中风离开了人世。

"他认为自己来日方长,"穆齐尔的寡妻曾说,"最糟糕的是,他留下了一大批令人难以置信的遗稿,其中有草稿、札记、格言警句、小说的一些章节以及日记等。这些东西我真不知道如何处置是好。"[5]遭到商业出版人的拒绝后,她自费出版了小说的第三卷,也是最后一卷,其中所含的章节和手稿都不是穆齐尔本人的定稿。二战后,她曾试探美国出版商是否有兴趣出版这部小说的三卷全译本,结果没有成功。1949年,她与世长辞。

2

马莎·穆齐尔提到的日记其实是札记。穆齐尔从十八岁时起就有写札记的习惯,原本是用来记录自己的内心生活经历的,可很快,所写的札记又有了其他目的。到他死时,已写了四十多本,其中有的后来丢失了,有的在战后被毁。

尽管穆齐尔称这些叫札记,但他的德文编辑则喜欢用日记之名,英译本从之,不过,其中我们以为是日记的东西,实际上含有许多书籍摘要、小说梗概、随笔草稿、讲演笔记之类的东西,其中有些东西,连德文版《日记》也未收。英文版《日记》的内容不及德文的一半,而且所选也只是一小部分草稿,因此,读者要想从英译本《日记》中了解《没有个性的人》的后续情况,会感到失望的。这些读者实际上可以找一本诺普夫出版社1995年版的《没有个性的人》来看看,因为,这个版本中收有部分草稿。此外,从《日记》中,我们还可看到穆齐尔对自己活着时的一些史事的看法,晚年所记部分尤其如此,该部分中,每条写得都较以往长,可能是因为他晚年觉得自己的创作精力尚未完全体现到《没有个性的人》中去。

戴维·S.卢夫特在《罗伯特·穆齐尔与欧洲文化的危机》中,认为穆齐尔政治观点的发展中有两次关键的时刻,均与第一次世界大战有关。一次是战争爆发之初,爱国激情如潮水一般席卷全国,对这股爱国热潮,穆齐尔有着切身的体验,并深表赞同:"利他主义的狂喜,这种感觉前所未有,凡属德意志民族,人人都觉得相互间有共通的东西"。(《日记》,第271页)第二次是《凡尔赛条约》签订的1919年,当时有人认为旷日持久的战争终因这带有惩罚性的条约的签订而告结束,新的政治秩序也该诞生了。

《日记》中,穆齐尔认为,《凡尔赛条约》给德、奥两国所带来的屈辱,是导致纳粹崛起的重要原因,他对此所做的解释一时难有出其右者。他分析说,法西斯主义是要应对现代生活——主要是工业化和城市化的挑战,当时,德意志民族对这种现代生活尚无准备,因而做出反应;不过,这种反应后来变成了反文明。1933年"国会纵火案"发生时,穆齐尔预料到德国将误入歧途。"一切自由的基本权利现已搁置一边,"他在一封从柏林发出的信中写道,"可对此没有一个人感到愤怒。……大家都好像以为这是由于天气不好而带来的魔咒。……人们对此可能深感失望,但确切地说来,被官方禁止的一切对大家来说似乎已不那么重要。"(第379页)

关于希特勒,穆齐尔写道:"我们德意志民族在上世纪后半叶产生了最伟大的道德家[指尼采],而在本世纪则产生了基督教世界有史以来最忤逆不道之人。德意志民族是不是已变成了一个彻头彻尾的魔鬼?"(第388页)

穆齐尔的生活在各个方面都深受纳粹崛起的深刻影响,纳粹所带来的一切德国遗产,哪怕是最好的遗产都受到他的拒斥。"[希特勒说]人们要么相信国[家]社[会]党的未来,要么相信[德国]垮台。……如果人们处于这样的境地,哪还能有心思去工作?"(1938年写下这些话的穆齐尔很小心,没有提及希特勒之名,他只用了一个私密的代称"卡莱尔"。)国社党驱逐穆齐尔,查禁他的著作,这使穆齐尔之名在公众心目中悄无声息地消失了;人们不难想象他在《没有个性的人》完成之前的无望心情。怎可想象,自己原来的计划只不过是想来点淡淡的讽刺而已,可就连这可怜的计划都要被历史的车轮碾过?(第389、466页)

3

穆齐尔早年就开始以自己周围的人,包括家人和朋友,来作为自己小说中人物的原型。第一本札记(1899—1904)中就有对自己童年和青年时期所做的虚构性处理,其中所写到的人物后来在《没有个性的人》中又重新出现。

在(《三个女人》中的)"汤卡"的故事中,可以找到运用私人材料最显著的例子。故事中的女主人公"汤卡"其实是以赫玛·迪亚茨为原型的。赫玛是个工人阶级女性,穆齐尔曾不顾母亲的坚决反对,与其保持过一段时间较长而且认真的恋爱关系。在《日记》中,我们可以看到赫玛起着一种双重作用。首先,作为作家的穆齐尔曾仔细观察过赫玛,认为她是小说中汤卡的理想原型。其次,赫玛对作为男人的穆齐尔来说,一直是情感困惑的源泉。尽管赫玛一直拒绝他,但穆齐尔有理由认为她对他不忠。可在自己的那帮朋友面前,穆齐尔竟能装得像没事似的,一副满不在乎的样子,其实内心里总觉得"耿耿于怀"。(第60页)他该怎么办才好呢?穆齐尔所采取的行动令人叫绝。他既不屈服于自己的嫉妒心理,也未发挥自己的意志力去克服这种心理,而是把自己变成赫玛/汤卡故事中的一个人物,并试图借助小说的力量,使自己升华成自己想做的一个道德高尚的人。

无论是《日记》中涉及赫玛的部分,还是后来完成的短篇小说《汤卡》,穆齐尔都写得清晰明朗,感情真挚而强烈,由此人们不难看出，穆齐尔的伦理、审美实验是成功的。罗伯特（或者他那虚构的自我 R）活灵活现地在我们面前成长，变得不那么年轻气盛、鲁莽性急，不那么玩世不恭，而日益变得宽容、充满爱心。"她［即赫玛/汤卡］与 R 之间的关系，完全是缘分使然，"他在《日记》中写道，"这也以象征的形式表明，信仰的东西是无法以理解的方式来加以把握的。"（第 61 页）如果他真爱赫玛，那他就必须相信她的清白。小说成了他理解自己与别人之间关系的演练场，成了历练自己灵魂的实验室。在此，年轻的穆齐尔学习如何去爱；神奇的是，他爱得越多，眼光就越明亮，脑子也变得越聪明。

赫玛·迪亚茨死于 1907 年，此时的穆齐尔已遇上了马莎·马可瓦尔蒂，后者离开意大利，离开丈夫，前来柏林学习艺术。不久，他就和马莎及其子女一起生活，随后两人结婚。"我成了和［马莎］一样的人，她也成了和'我'一样的人。"他在《日记》（第 122 页）中这样写道。使爱情臻于完美成了他生活中的另一新的伦理目标，尽管这种爱情也包括随时都可能有的对对方的不忠，因而显得颇为怪异。

4

对穆齐尔来说，德国文化（奥地利文化是其一部分——他从来就没有严肃认真地以为有什么独立的奥地利文化）中最为顽固、最为退化堕落的一个特征就在于，它倾向于把理智和情感分离开来，一味地信奉人类情绪中那些未加思考的愚蠢的东西。他在与其一起工作过的科学家身上清楚地看到了这种分裂,这些科学家虽智力过人,但情感生活却比较粗陋。

从最早的几本札记中,我们可以看出,穆齐尔当时对爱情以及爱情与伦理的关系颇表关注。在他看来,通过爱情生活的净化作用,人们的感官可以得到教育,这是人类在更高伦理层次上团结起来的最佳途径,资产阶级社会为男男女女分配的严厉僵化的性角色,在他看来是令人感到悲哀的。"结果,整个灵魂世界消失不见了。"他这样写道。[6]

穆齐尔坚信两性关系是根本的文化关系,他认为性革命是通向新千年的唯一途径。在这方面,他奇怪地使人想起他的同时代人戴·赫·劳伦斯。不过,穆齐尔与劳伦斯的区别在于,他并不希望把理智和爱情隔绝开来,实际上,穆齐尔努力追求的就是将理智爱情化。作为作家,他同样能发表一些非道德化甚至很残酷的言论,比劳伦斯有过之而无不及。比如,他看到一个年轻女人,这女人正在看她的母亲和比母亲年轻的男子接吻,他由此写道:"当时她只知道女人的吻只不过是个试探性的举动而已;可她母亲的吻却像狗牙,深深地咬进另一个人的肉体。"(《日记》,第398页)

尽管穆齐尔对形形色色的欲望颇感兴趣,并曾在《婚姻》中对其加以极其细腻的探讨,但他对精神分析学运动不表同情。当时,人们对精神分析学趋之若鹜,他对此很反感。精神分析学号称可以解说一切社会、心理现象,他不以为然,认为精神分析学的一些验证标准很不科学。他贬斥道,精神分析学只用了为数极为有限的一些解释性概念,这些概念未加掩饰的东西,"孤零零地就在那里,犹如一片不毛之地……没有给人指明任何方向……人们无法在其基础上继续探索"。在精神分析学中,"一些重要的见解[混同]于一些根本不可能的东西,显得武断,甚至不够专业"。他比较喜欢心理学,虽然他曾戏称心理学"肤浅"——但它丰富而具有实验性。(第481、391、465页)

人们普遍以为,穆齐尔的有关思想来自弗洛伊德,并认为穆齐尔对受弗氏的影响没有认真地加以承认。这种说法,在《日记》中找不到相关证据。其实,穆齐尔和弗洛伊德都是欧洲思想中一场较大规模运动的一部分,两人都怀疑理性有能力指导人类行为,两人对中欧文明及其不满情绪都有所批判,两人都曾探讨过女性心理这一幽暗不明的领域。在穆齐尔的眼里,弗洛伊德是自己的对手,而不是影响自己的人物。在探讨人类无意识过程中,尼采才是穆齐尔的真正向导。

穆齐尔特别反对有人把恋母欲望看成是人类的普遍欲望。他曾回顾自己的青春期,说自己对母亲就不曾有任何欲望,有的只是对她那衰老躯体的厌恶。"我说的难道不是真的吗?——我说的话也许会令人伤心,但它健康,一点也不造作。我的经验与精神分析学所说的东西恰恰相反。母亲不是欲望的对象,只能是情绪的障碍。假如一个年轻小伙子碰巧遇上了可以与之做爱的女人,但想到母亲,足以使他感到兴味索然。"(第397页)

如果穆齐尔在二十世纪三十年代写下这些话之前,又重读过他在 1905 年至 1906 年写的札记,他的话能说得这么肯定吗? 在 1905 年至 1906 年写的札记中,当时还很年轻的穆齐尔以一泻千里的小说语言,写到主人公与自己的母亲重归于好的场景,笔法就不无色情味道。几十年过后,这种笔法又重现在乌尔利希这个没有个性的人和其妹阿嘉特两人之间有点乱伦的爱情描写上。

5

穆齐尔写札记虽说是为了追索对往事的记忆,但更多的是为了捕捉当前的一些有用材料。札记中写得最为生动的一些条目可说是长篇备忘录,其中有对粘在蝇纸上的苍蝇的细腻观察和描写(后用到一篇随笔里),移居日内瓦后,家中花园里有些忙着交配的猫,穆齐尔看后写得也很生动有趣。有些札记写得非常精到,令人叫绝。如写鸟鸣,他说"就像轻柔、忙碌的双手,触手可及"。(第 88 页)

1913 年(《日记》,第 158—161 页),他在罗马参观一精神病院后所写的札记,基本可构成《没有个性的人》第三部分中"精神病人向克拉丽丝问好"这一章,这从诺普夫出版社的译本(第 2 卷第 1600—1603 页)中的一些草稿也可看出来。在处理这个情节时,穆齐尔让乌尔利希童年时的朋友克拉丽丝来叙述,因而使其变得更加丰富、更加动人。克拉丽丝虽是乌尔利希童年时的朋友,但两人关系起初时断时续,她也崇拜尼采,后来(为使故事情节不致中断)成了他的情人。(这部分草稿还有许多其他一些草稿中的一个最引人注目的特征就是,文稿单独地看构思完备,写得也很充分,只是该纳入作品整体的什么部分,是不怎么清楚的。)

在对穆齐尔来说比较重要、《日记》中也有所反映的作家中,有年轻的马拉美和晚年的托尔斯泰,当然最重要的要数尼采。很奇怪,穆齐尔对乔伊斯不以为然,但他颇喜欢G.K.切斯特顿。(有段时间,穆齐尔和乔伊斯都住在苏黎世,且住得仅隔几幢房子之远,然而两人从未讲过话。)

穆齐尔认为尼采对自己的影响"十分重大"。(《日记》,第433页)他从尼采那里学到了以随笔而不是以建立体系的方法来从事哲学思考;和尼采一样,他也认为艺术是思想探索的一种形式,人类创造了自己的历史,处理道德问题时不应把善、恶绝对地对立起来。他称尼采是"研究人类变动不居的内心生活的大师"。(《没有个性的人》第2卷,第62页)

《日记》中有些比较随意的言论倒很令人难忘。比如在说到艾米莉·勃朗特时,穆齐尔写道:"这位女管家虽然有不少瑕疵,但也是情有可原的,如果她的作品能带有一些反讽意味的话,她的作品原可以写得更加宏阔些。"在提到赫尔曼·黑塞时,他说:"他所具有的弱点,比他更了不起的作家也有。"(第188、486页)

在谈论到文化和政治时,他的话说得尖酸刻薄,但很有警句格言的味道:"德意志人对自己到底喜欢什么,是天堂,还是地狱,他们的心里不是十分清楚。但如果让他们去整顿社会,他们一定会兴奋激动不已——甚至可能还会更加乐意去整顿地狱。"戈培尔下令不准作"消极批评"后,穆齐尔写道:"由于不准批评,我只好整天沉溺于自我批评。没人会对此发表反对意见,因为反对意见在德国根本不存在。"(第490、445页)

其次,《日记》还记载了他所读过的书。在谈到他和马莎的性生活时,用的都是一些隐语。从《日记》中也可看到他对自己的健康感到忧心忡忡。穆齐尔烟抽得很厉害,抽烟会给别人带来不便(这使他不可能到公共图书馆去读书写作),但又戒不掉。"我把生活看作是某种不那么令人惬意的东西,因此,要忍受生活就得抽烟!"(第441页)

穆齐尔性格中也有不怎么迷人的弱点,当他自认为比自己差的作家取得了成功时,会感到莫名其妙的愤怒,这些作家中有弗兰茨·维尔费尔、斯蒂芬·格奥尔格和斯蒂芬·茨威格等;要是有人不给他以应得的尊重,他更会暴跳如雷。

雕刻家弗里茨·弗特鲁巴是穆齐尔晚年为数不多的朋友之一,他曾提到说,穆齐尔在公众场合与有些人的关系看上去彬彬有礼,但私下里又对这些人竭尽攻击之能事。托马斯·曼的名气更是使他感到不悦。穆齐尔在《日记》中以蔑视的口吻写道,曼低声下气地迎合时下读者的趣味,而他(穆齐尔)自己则坚持为未来的读者写作。

在瑞士客居时,曼家的小路有一段刚好和穆齐尔家的交叉。在瑞士,曼被认为是伟大作家,穆齐尔则不以为然。后来,曼又从瑞士移居了美国,这又引来穆齐尔的抱怨,他说曼很少帮助处于困境中的其他欧洲作家。其实,曼曾给国际笔会写过一封很体面周到的信,建议笔会帮助"我们伟大的同行罗伯特·穆齐尔"移居美国。穆齐尔私下里在《日记》中还毁谤过另一位当代作家——赫尔曼·布洛赫,其实布洛赫也曾说:"罗伯特·穆齐尔是现今世界级的史诗般作家之一。"后来,听人说曼曾为自己移居美国的事替他说过话,穆齐尔顿感哑口无言。他承认说,自己错怪了别人。[7]

一方面讥讽曼迎合读者趣味,可另一方面又说读者冷落了自己,穆齐尔的观点显得自相矛盾。他有时也看到了这种矛盾,因此也只好给自己台阶下,说自己被埋没,经受着"双重流放"——从故土流放出来,从公众视线中流放出来——也未必不是好事。"觉着自己既不属于这里,也不属于任何别的地方,这种感觉不是什么缺憾,却能给人以力量。现在我觉得又找回了失落的自我,也发现了面对世界的方法。"他这里提到的面对世界的态度当然是带有讽刺意味的。"讽刺本身必然包含有痛苦的成分(否则它就是一种全知全能的态度)。"(《日记》,第 485 页)

6

穆齐尔对自己的才情有着敏锐的感觉。"[我的]思想不乏想象力。"(《日记》,第 327 页)"我对自己内心和别人内心里所发生着的东西很敏感,而这些东西对大多数人来说却不易察觉。"(转引自卢夫特《罗伯特·穆齐尔与欧洲文化的危机》,第 72 页)他对自己作品的弱点也同样能敏锐地察觉到。他后来曾回忆说，构成《婚姻》的中篇小说，叙事缺乏张力；《三个女人》中的《格里吉亚》是以作者的战时经历为基础的，他后来把它说成"失败"之作。而《没有个性的人》中则"充斥着随笔类材料，略显散漫而整体亲和力较差"。（《日记》，第458、411页）

穆齐尔也有长时间写不出东西的时候。有时他早晨醒来，"思想备感绝望"，"一想到自己又不得不重拾那玩意儿（指《没有个性的人》）），心里就觉得有一种打不起精神的感觉，感到特别厌恶"。他的作品"引不起读者的感动"，而他在自己的内心又找不到能使读者感动的任何"迹象"。这使他曾经有过放弃的念头，可还是硬着头皮疲惫地继续前行，隐隐感到自己在写的那些东西也许还是不无意义的，觉得自我的内心探索恰好发生在一种面临"生存危机"的时刻，而这种危机既有个人也有历史失败的原因，因此这种探索也许"对了解当时的时代环境……有所帮助"。（《日记》，第341、449、463页）

因此，他又满心盼望着自己总有一天能完成小说的艰苦创作，好让自己能有时间悠闲自得地写些随笔之类的东西，并以此为生。他曾拟定过不少随笔的题目，做过不少笔记，也曾草草写过不少这类文字，但读起来总让人不觉其好，让人感觉他心不在焉。

《日记》中晚年写的一些内容显得很苍白无力，有一股郁郁寡欢的味道。此时的他，激情锐减。他说这是因为当时"自己缺乏生的意志"。"渐渐地，人们看清了生活的真相，你会以无情的目光去打量从前你所爱的人"。他厌恶自己写出来的东西,可又没有办法停下来不写。"我变得连自己都不认识了,可以横挑鼻子竖挑眼地批评、数落自己写的东西"。(《日记》,第442、393、490页)

<h1 style="text-align:center">7</h1>

由于完成《没有个性的人》的愿望变得日益渺茫,穆齐尔侥幸地想着以札记为基础,开始一项全新的创作计划。他对自己说:"我必须以这些札记为素材继续写作。"他甚至还给自己打算写的东西命了名,叫《四十册札记》。(《日记》,第462页)

按照他的构想,新作将有两项目的:只对未来德国说话,不回避德国对历史所犯下的罪责;以"恰当的方式"(如何恰当,穆齐尔没有明说)回顾自己的创作生涯。回顾"目前围绕[《没有个性的人》]而存在的一系列问题",他自认为肯定没有太大困难,可是当他将这计划向纵深推进的时候,他又灰心了。他是否真的有能力来"重建自己创作发展过程中那几乎让人无法理解的道路"?(《日记》,第467页)

然而,这一自传性质的创作计划在诱惑着他。"这个时代的原样值得让后人了解……不是以[《没有个性的人》]中那让人雾里看花的形式,而是……以私人生活中的一些特写镜头来让人了解,"他在1937年写道,"如果我将自己的生活作为范例写了下来,作为当代生活传给后人,那么,写得具有反讽意味的话,就会显得文过饰非,因而心中的反抗情绪[也就是说,如果认认真真对待时代]就会消退。追问自己的良心,反思其弱点,同样可以反映时代并在我的作品中找到恰切的位置。"(《日记》,第430页)

穆齐尔计划将札记转变成另一种性质的作品,但计划终生未能完成。然而,阅读札记能使人想见作者其人:他忧心忡忡,时常希望札记能成为一部文学作品,希望《日记》能有自己的生命。因此,《日记》的后半部分让人觉得是一个伟大作家在黑暗的年代写成的,这个作家好像走进了一条死胡同,他光是靠自己的力量无法走出这条死胡同,无法去完成一项新的创作计划,但又于心不甘,还是希望通过完整、确凿地记录自己的工作,来表现自己如何生不逢时,遇到了可诅咒的时代,真实地写出自己的挣扎,希望借此能对自己有个交代。这使《日记》具有了浓烈的情感意味,甚至有一种动人哀感的力量,而这是穆齐尔写作之初所不曾预料到的。

8

《日记》翻译起来一定不易。由于穆齐尔原本只是打算写给自己看的,因此,其中有些话是作者挣脱出忧郁的心境时写的,语境不甚明朗,有时又写得很简括而隐秘。菲利普·潘恩翻译时所做的努力是令人赞叹的。即使当原文主旨显得很晦暗不明时,他也能凭自己的直觉,感悟到穆齐尔的意图所在。从整体看来,他的译本可谓上乘之作。其中仅有的几处毛病,也是译者不小心时所致。比如,当穆齐尔于 1941 年说天主教会失去了其 Religiosität,他的意思是想说"教会缺乏宗教精神",而不是像潘恩所译的那样"缺乏信心"。穆齐尔称赞陀思妥耶夫斯基创作的一部作品,这部作品的名字英文通译 *The Gambler*(《赌徒》),而不叫 *The Player*(《玩家》)。穆齐尔想象到司汤达和巴尔扎克相互辱骂的情景,巴尔扎克说司汤达写作潦草,而司汤达则说巴尔扎克是个 Fex。潘恩把 Fex 这个奥地利国语用词译成"gusher"(乱动感情之人),但穆齐尔用的词比这严厉,意思是:小丑、古怪而好感情用事的人。(《日记》,第 491、469、491 页)

　　札记虽从未经作者修改,以备出版,但穆齐尔写得很谨严,选词准确,句句相连,意思很明白,率直自然。但英译本有时没能尽传原文中的这一特质,尽管译得还是比较忠实于原意的。此外,潘恩有时虽译出了词,但未译出意。比如,穆齐尔说自己出身"统治阶层"(《日记》,第 439 页),不过只是沾一点边而已。这话究竟是什么意思?难道说,在二十世纪三十年代,Klassendiktator 就已经成了个术语?遇到这样一些地方,读者往往希望译者翻译时能加以说明。

　　此外,有些编辑上的一些问题,也可以再行斟酌。英译本《日记》是根据阿道尔夫·弗利塞编的 Tagebücher 选译而成。潘恩主要根据弗利塞的注释,有时候自己又加进一些注释,但从整体说来,他大大削减了弗利塞的原注,这样做虽然情有可原,但有时并不明智。比如,1939 年,穆齐尔曾读过三篇文章,一篇是讲弗洛伊德的,一篇是讲数学的,一篇是讲波兰哲学的,这三篇文章穆齐尔读后都深有感触,于是写进了自己的札记。这三篇文章的情况究竟如何？弗利塞编辑本不仅列出了详细的书目情况，而且有两篇还做了摘要，而潘恩译本对此未作任何交代。

1908年4月至1910年10月，1926年至1928年，对这两段时间，札记空缺。我们知道，1970年的一年中，有两本穆齐尔的札记被盗。以上两段时间空缺的札记，会不会就是被人偷去的那两本呢？对此说明两句可能较好，也方便读者。

英译本末尾辑有一份清单，列的都是弗利塞原编本全文收录而潘译未收的段落内容。这份清单本身固然有用，但尚无能力阅读德文的人不太可能去看，因此，英译本如果能附上一份索引可能会更有用，可惜未附。另外，译本中复制了四幅照片，为穆齐尔七岁、二十岁、二十二岁时所摄，外加一张他妻子的照片，是穆齐尔遇到她前一年所摄，但这之后的一张未收。潘恩的前言写得虽很简洁，但很切要，读者从中能得到很多有用的信息，足见潘恩的鉴赏和判断的功力，可编辑却画蛇添足，非让马克·默斯基又写了一篇导论附在前面，其实这篇导论重复了不少潘恩前言中已经说过的东西，大可不必。从整体看来，编辑的思路有点混乱，这令读者颇感怪异。

9

穆齐尔在战争的年代里文名寂寞，但到二十世纪五十年代，他的声名迅速爬升，几可跻身伟大作家的行列。在英语世界,推崇穆齐尔最力最有效者当数学者兼翻译家恩斯特·凯泽和爱丝娜·威尔金斯,两人曾在《泰晤士报文学副刊》上撰文,盛赞穆齐尔是"二十世纪前半期用德语写作的最重要的小说家",随后两人就推出英译本《没有个性的人》(分三部分陆续出版,1953—1960)。译本推出后,在英国反响热烈,但在美国起初反响则不佳。《新共和国》杂志上发表的一篇书评称其为"一部播弄条顿族形而上学的乱七八糟的东西"。[8]

穆齐尔死后留给马莎·穆齐尔的遗稿材料有近一万页。(这批手稿现已刻录成光盘。因此,不无讽刺的是,今天一个小小的研究穆齐尔的研究生,就可轻而易举地穿过穆齐尔迷宫,而穆齐尔本人活着时虽编制过一份繁复的前后参照目录,可要穿过自己编造的迷宫,亦非易事。)1951年,开始有人致力于穆齐尔研究,最初的德文研究成果就是弗利塞编辑校订的《没有个性的人》,其中包括大致为穆齐尔所手定的稿本的大部分,外加一些补充进去的草稿。至于弗利塞是否有权选择作品的结尾,评论界曾打过一段时间的口水仗,而穆齐尔本人给作品的结尾可能有两种(一是让乌尔利希和其妹阿嘉特正式结婚,过有性的婚姻生活;一是让他俩作秘而不宣的神交),弗利塞选择的是前者。1978年四卷本的《穆齐尔全集》表明弗利塞在两种结尾之间做了妥协的处理,草稿续写情况也不再像以前那样判然分明。相反,我们可以看出,前几章是由穆齐尔完成并认可的,随后几章是他死前还在加工的(常有衍文),最后选录了一部分遗稿。

在《没有个性的人》新译本（诺普夫出版社，1995）中，第2卷的篇幅加大，有六百多页，字号也较小，是弗利塞增补的材料，经伯顿·派克编排，对读者很有帮助。派克是诺普夫出版社新译本的责任编辑，也是翻译穆齐尔作品的高手。新译本作品主体部分由作者手定的几章构成，由索菲·威尔金斯翻译，她以前曾译过托马斯·伯恩哈德的著作，其名不应与爱丝娜·威尔金斯相混。威尔金斯女士此前曾批评过凯泽和威尔金斯旧译中的一些"错译和误解的地方"，还批评旧译本的语言太过英国化。[9]它的译文虽然改正了旧译本中的一些错误，但也出现一些新的问题。比如，译本的语言虽得到了更新，但语言风格却变得平淡无奇。书中最常被人引用的话大概是："如果人类可以集体做梦的话，那它一定会梦到摩斯布鲁格（Moosbrugger）。"（凯泽和威尔金斯译本）新译本则将这句话译得无精打采："如果人类能够作为整体做梦的话，那梦一定是摩斯布鲁格（Moosbrugger）。"（《没有个性的人》，第1卷，第77页）

穆齐尔没有写完恐怕也无力写完这部小说巨著。即使就这部小说的内在逻辑而言，它也远远谈不上是完成之作。情节成分的布置安排倒是都有，可就是看不出其结果，甚至连手稿中的情况也是这样（阿嘉特伪造父亲的遗嘱，但读者会追问后果究竟如何）；该做出重大决定的时候，穆齐尔似乎偏偏老是将其推迟（比如，乌尔利希究竟该不该和克拉丽丝有风流韵事）。更为严峻的是，穆齐尔所编造的故事框架，真的能承担得起日益加重的历史重量吗？对此，读者一定会加以怀疑。

穆齐尔的札记表明,即使是在二十世纪二十年代,他已敏锐地感觉到自己从事这么一部"战前"小说创作的原因。(《没有个性的人》第2卷,第1723页)他似乎又比较自信,自己的小说构思十分灵活,足可大概预示战后欧洲的实际情况。(在作品中,穆齐尔似乎要用摩斯布鲁格这个精神变态且专跟女人过不去的杀人犯,来体现对现代生活备感困惑的人们要实现自我解放的冲动。这种冲动无疑会顺理成章地被法西斯运动所利用。在目前已出版的小说文本中,摩斯布鲁格是个次要人物,但在手稿中,他的作用要重要得多。)

1938年,穆齐尔最后终于决定将第三部分中的后二十章抽出来,当时这部分稿子已经在出版商的手里。抽出这二十章的决定看来是正确的,因为它们的主要内容就是让乌尔利希陈述自己的情感理论,而且是最不可能得到作者认可的。有人欣赏这部分的抒情性描写,但这些抒情段落现在读来未免过于虚幻而不切实际,完全见不到穆齐尔散文所特有的敏锐的观察力。

问题不仅在于这部分的写作本身,乌尔利希这个人物的塑造也有问题。小说创作的宏大计划原本是要推进两条既对立又互补的故事线索:一方面,精神濒临崩溃的奥地利还在挣扎,另一方面,乌尔利希和他妹妹,或者说主要是通过他妹妹,正力图从社会脱身出来,过一种神交而又具有爱情性质的生活。"为了可能会到来的世界,我们必须洁身自好。"他为自己辩护道。(《没有个性的人》第2卷,第1038页)但在小说中,1914年的欧洲越来越被要求去承担

1938 年至 1939 年的历史重任。在这种情况下,乌尔利希退缩的举动就难免会使他显得越来越不能胜任,因而甚至可以说是不恰当的。小说的伦理意图和政治意图正在分道扬镳,显得很不和谐。

读《没有个性的人》总难给人以痛快淋漓的满足感。弗利塞或派克的版本,篇幅都有一千七百来页,但读到最后,让人心感困惑甚至失望。但是,鉴于穆齐尔的手稿内容十分丰富,他在《没有个性的人》和《日记》中所试图探索的欧洲文化危机的幅度也较大,因此,人们在读现有译本时提出更高要求也是应当的。

原注

[1] 《日记:1899—1941》,菲利普・潘恩选译注并撰序,马克・默斯基编并撰导论(纽约:基础图书出版社,1998),引文见该书第 384 页。

[2] 《没有个性的人》,索菲・维尔金斯译,伯顿・派克编译附录资料(纽约:诺普夫出版社,1995),第 2 卷第 1761 页。

[3] 维也纳・密腾茨韦《流亡瑞士》(莱比锡:雷克拉姆出版社,1978),第 19、22—23 页。

[4] 依格纳齐奥・西隆《会晤穆齐尔》,见卡尔・丁克拉格编《罗伯特・穆齐尔作品研究》(莱茵贝克:罗沃尔特出版社,1970),第 355 页。

[5] 转引自卡尔・丁克拉格《穆齐尔的所谓没有个性的人》,见丁克拉格编《穆齐尔作品研究》,第 114 页。

[6] 转引自戴维・S.卢夫特《罗伯特・穆齐尔与欧洲文化的危机:1880—1942》(伯克莱:加利福尼亚大学出版社,1980),第

108 页。

［7］ 罗尔夫·齐泽《同舟共济:流亡瑞士期间的托马斯·曼、罗伯特·穆齐尔、格奥尔格·凯泽和贝尔托尔特·布莱希特》(伯尔尼:保尔·豪普特出版社,1984),第 89、93 页。

［8］ 克利斯蒂安·罗高夫斯基《杰出的局外人罗伯特·穆齐尔和他的批评家们》(南卡罗来纳州哥伦比亚:坎姆顿出版社,1994),第 20、23 页。

［9］ 索菲·威尔金斯:《诺普夫出版公司所出英文本〈没有个性的人〉译误浅谈》,见安奈特·戴格尔和格蒂·米利第合编《文学作品的翻译:以罗伯特·萨齐尔为例》(斯图加特:学术出版社,1988),第 222、225 页。

约瑟夫·斯科弗雷齐

1

1959年捷克作家协会的大会上约瑟夫·斯科弗雷齐的小说《懦夫》遭到批驳,说小说"[在精神实质上]与捷克美丽的、民主的、人文主义的文学格格不入"。作者斯科弗雷齐却因此一夜之间暴得大名。在那个特定的历史时刻,为什么偏偏把斯科弗雷齐拖出来作替罪羊,具体原因尚不清楚。但有一点是可以肯定的,《懦夫》以某种目光打量1945年的捷克社会。当时,德国占领军正从捷克撤走,苏联红军正进驻捷克,小说的创作思路不符合新的现实主义的模式;此外,作者个人有着中产阶级的、天主教的背景,曾以一篇研究托马斯·潘恩的论文获查尔斯大学博士学位,这些都可能是他遭到迫害的原因。后来,禁毁他的作品所带来的结果是可以预料到的:《懦夫》私下里被人非法广泛传阅,作者也因此成了年轻人崇拜的偶像。

1968年,苏联进驻捷克的消息传到斯科弗雷齐的耳朵里时,他正在法国访问。他该不该回国呢?1948年,他才二十多岁，正是朝气蓬勃之时。而 1968 年，他已四十五六岁，年轻时的活力和乐观精神都已不见了，于是，他和妻子选择了流亡：在多伦多短期任教延长为定居，结果，斯科弗雷齐最终成了加拿大公民。

斯科弗雷齐离开故土捷克后的三十年里，他的小说创作异常活跃多产。随着自己的捷克经历变得日益遥远，随着新党统治的捷克斯洛伐克，乃至捷克斯洛伐克作为一政治实体都已成为过去，早期小说得以产生的材料和激情很自然地走向枯竭。同时，斯科弗雷齐似乎也认为，要让自己在精神想象领域完全移植到新的北美环境中去，是很困难的。他仍继续先用捷克语发表著作（主要由他本人和妻子日德娜·萨利瓦洛娃合办的名为"六十八"的出版社出版，该出版社在二十世纪七十年代和八十年代为活跃捷克语创作曾做出过不可估量的贡献），然后才出版英译本。

《人类灵魂的工程师》（1977；英译，1985）是斯科弗雷齐最后一部依据自己在捷克的经历所创作的小说。《恋爱中的德沃夏克》（1983；英译，1986）叙写了安东·德沃夏克在纽约担任国立音乐学院指挥的四年经历，在这四年中，德沃夏克曾于 1893 年创作了《第九交响乐》（《自新大陆》）。小说中饱含着斯科弗雷齐对音乐的热爱，小说的缘起也正在于此，他不仅喜欢德沃夏克，而且热烈称颂美国黑人音乐。（"这个国家的未来音乐一定会建立在人们所说的黑人音乐基础上。……这些才是美国本土的民间音乐。"他这样写道。）[1] 这部小说写得温柔而热烈，可说是斯科弗雷齐初次尝试并发现了捷克裔美国传统。在这一传统中，他可以自由驰骋自己的想象,把自己积极地塑造成一个捷克裔北美人,而不是消极地把自己看成是个捷克流亡者。《得克萨斯的新娘》(1992;英译,1996)可说是《恋爱中的德沃夏克》的续集。

2

得克萨斯的新娘其实并不是来自得克萨斯。莉达·图佩里科娃1830年生于马拉维亚的一个佃农家庭,原本是肯定要嫁给邻居家的一个儿子,生育子女,干着苦力活,以此了却一生。但漂亮美丽的她,长着一双碧蓝的眼睛,一心想着往上爬。为达此目的,她勾引东家少爷并怀了孕,也差一点结了婚;但是,后来图佩里科一家移居美国的得克萨斯州,使她死了这条心。到了美国后,她又用甜言蜜语勾引上了一家棉农场的继承人艾蒂纳·德·里鲍尔多。里鲍尔多被父亲剥夺了遗产继承权后,莉达抛弃了他,因为再跟着他已无法实现往上爬的理想,结果导致艾蒂纳自杀。莉达又马上勾引了一个寡淡无味的年轻军官,并嫁给了他。这位军官名叫巴克斯特·华伦二世,他有望继任旧金山华伦银行的行长。

莉达,这位得克萨斯新娘的哲学很简单:"在这个世界上,成功的都是一些强人;至于爱情,尽管去爱好了;但是,如果你得不到所谓的爱情,那么,你能得到什么,就努力去得到什么。"[2]

图佩里科一家人完全是虚构的。作者也曾坦陈,这家人是根据1898年芝加哥的一份捷克语杂志上登载的一则故事而塑造的。艾蒂纳·德·里鲍尔多和巴克斯特·华伦二世则完全是虚构的人物。小说中的其他人物基本上都是"真的"。来自现实生活的这部大戏,反映了美国内战后期的情况。联邦政府的恢复,黑奴制的废除,这些在小说中都有描写。

《得克萨斯的新娘》首先是一部战争小说,对野心和贪婪所作的传奇描写尚在其次。它着重写战争的进程,写得很细致,一场一场地写,其中对几位参战的下级士兵的命运,描写得也十分细致。小说虽然似乎以莉达命名,但中心人物不是她,而是一个男性人物,名叫让·卡普萨,是斯科弗雷齐利用威斯康星州第26志愿兵团的有关档案材料塑造而成。和莉达一样,卡普萨也是从奥匈帝国前属国捷克移民来美国的。

卡普萨曾经两度参军。第一次是为哈布斯堡帝国镇压1848年的国民起义而充当炮灰;第二次就是美国内战时参加北军作战,在谢尔曼将军的麾下被晋升为中士。他来美国是为了寻求自由。亲身经历过奥匈帝国和俄罗斯帝国的统治,卡普萨心里知道失去自由是个什么滋味。他说:"我们打这场战争[美国内战],目的就是使美国不至于成为另一个俄罗斯。"(第95页)

卡普萨曾经深思熟虑过并加以拒绝的另一种形式的自由,就是那些主张脱离联邦的人所主张的自由,他深知旧式奴隶制意味着什么,也清楚地知道,自己为在美国消灭奴隶制而战,就是为波希米亚的解放而战。战争结束后,他回忆往事,为自己曾经奋斗过的事业感到心满意足;年老时还在想,要是联邦政府军失败的话,二十世纪的美国将是怎样一副惨相啊!

因此,卡普萨不像好兵帅克,相反,他是个性格刚毅而又喜欢思考的人。作为职业军人,他崇拜统帅谢尔曼,而谢尔曼则是个现代型的战略家,为人小心谨慎,并不恋战,对战争荣耀也看得很淡。

然而,小说中确实也有和帅克一样的人物,这就是让·阿莫斯·沙克。斯科弗雷齐在小说中塑造这样一个人物,目的就是要使小说中的主人公的生活故事读上去显得更有生活气息,让人觉得塑造这个人物很值,不至于令人觉得沉闷乏味。沙克是个士兵,是卡普萨的战友,他胆小如鼠,"算是个反面人物,他个子矮小,聪明但老实巴交,太过单纯"(第193页),滑稽的事情老是落到他的头上:战斗打响后,他在战场上蜷缩成一团,把南军的一个掌旗兵给绊倒,还被自己的刺刀误伤;他从一棵大树上跌落下来,把南军的一个少校砸下马来。他竟然因这些所谓的战绩而在战场上就地获得提升。

莉达逃离旧世界是为了逃离苦难的生活,而卡普萨则是作者以巴尔扎克式的较为复杂的手法而塑造的一个人物,他曾热恋过一位出身高贵的情人,为了给她买一条钻石项链,也曾干过蠢事,并因此而不得不星夜出逃。作者将卡普萨这个人物写得不乏旧世界的浪漫,也很有钱。威斯康星州志愿兵团一解散,卡普萨就向战友的遗孀求婚,战友原来也是从捷克移民来美国的。婚后,卡普萨享受着这来之不易的天伦之乐,既为人夫亦为人父。莉达和卡普萨是成功移民美国的不同的两个例子。

3

捷克人移居美国,主要落脚点是在得克萨斯州和美国中西部,这可以追溯到十九世纪二十年代。1848年国民起义失败后,捷克人民备受压迫,这是导致捷克移民大量涌入美国的主要原因。通过塑造卡普萨及其战友等人物形象,斯科弗雷齐缅怀新大陆里的第一代捷克移民,对那些原本可以逃过征兵关口但却自愿以美国人身份入伍参战的捷克人(他们毕竟还不是美国公民),表示了尤为崇高的敬意。对一个原本以讽刺见长的小说家来说,这种创作方向的改变似乎显得有些怪异,但它毕竟出自一个晚辈移民之手,因此,这部小说的创作目的也可说是为了传承北美民主和热爱自由的传统。

二十世纪五十年代,斯科弗雷齐刚开始严肃认真地从事小说创作的时候,就逐步形成了一种行之有效的叙事方法,因此他后来一直觉得没必要放弃这种方法。这种叙事方法将故事分成多个叙事单元,随后对这些单元加以平行处理;有时将这些单元加以整合,使之交织在一起;有时则又以电影的手法,对这些叙事单元作镜头交切式的处理。随着自己对小说创作变得越发自信,斯科弗雷齐又开始增加叙事单元的数量,并加快镜头分切的速度,以至到了《得克萨斯的新娘》,读者在一两节文字中就能同时发现自己往往穿梭于波希米亚和南北卡罗来纳州之间,穿梭于1848年和1864年之间,穿梭于德·里鲍尔多的棉农场和奔腾维尔的战场之间。这种方法主要得益于威廉·福克纳。斯科弗雷齐早年在布拉格时,就以美国通而著名,他翻译过福克纳、海明威、菲兹杰拉德等人的作品,对美国文学和美国爵士音乐素有研究。《得克萨斯的新娘》的次要人物中甚至也有类似斯诺普斯那样不择手段的商人形象,①可见作者对福克纳的敬意,而斯科弗雷齐在作品中塑造沙克这么个帅克型的人物,也表明了他对前辈喜剧大师雅罗斯拉夫·哈谢克的敬意。

斯科弗雷齐在描写战争场面时,谈不上惊心动魄。战争场面的上空充溢着责任感,好像斯蒂芬·克莱恩作为榜样始终摆在自己的面前,使他感到诚惶诚恐,不敢越雷池一步。为了写好奔腾维尔一带的战争场面,作者可谓准备充分,并使出了浑身解数。也正是在写这些战争场面中,斯科弗雷齐第一次成功地创造了某种悬念,使人恍惚有一种大难临头的感觉。但可惜的是,作者的心思并不在这上面。为了写南军孤注一掷,决定背水一战那一节,他竟然模仿拼凑起福克纳的风格来,写勇武屠城的场面竟然那样敷衍了事,好像令人惨不忍睹的恐怖场面都不足以摄其魂魄似的。

---

① 斯诺普斯(Snopes),一丑恶家族的姓氏,源出威廉·福克纳的系列小说,首见于沙多里斯(1929)。后"Snopes"成为一普通名词,指不择手段的商人、政客之流。

另外，图佩里科一家定居的得克萨斯，写得也很抽象，不能给人以真切感。斯科弗雷齐没能把西南部炎热、空旷的感觉传达出来，也未提到在这一带生活的任何西班牙人。斯科弗雷齐坦言自己没有写景的兴趣，他在写大城市时才能把十九世纪的美国写得更令人置信。此外，哈布斯堡帝国里的政治角逐如何能在芝加哥捷克移民社区里再度重演，他也能写得活灵活现。

斯科弗雷齐的叙事主线主要与莉达和卡普萨在欧洲和美国的所作所为有关，莉达那可爱的弟弟基利尔的命运如何，也是小说中写得比较精到的地方。基利尔爱上艾蒂纳的一个女奴兼情妇，可他只得眼睁睁地看着姐姐莉达把她卖掉。此外，小说还写到了一个马格丽特·福勒①的女学生，名叫洛兰·亨德逊·屈西，此人为人一向小心谨慎，曾以笔名"劳拉·李"发表过一些专为年轻女子写的小说，因而颇有一些名气。

在小说中，接连四章的章回接合处都突然出现了洛兰的身影，她的评论涉及战争进程和克利门特·莱尔德·瓦朗蒂格汉姆②其人。瓦朗蒂格汉姆是科伯海反战运动的领袖，1864年总统选举期间，曾奋力试图在大选中击败林肯总统。与瓦朗蒂格汉姆相对的是安布罗斯·艾弗瑞·伯恩

---

① 玛格丽特·福勒（[Sarah] Margaret Fuller，1810—1850），美国女批评家、文学家，曾为《纽约论坛报》撰写文学评论，后定居意大利（1847），著有《十九世纪的妇女》《论文学与艺术》等。

② 瓦朗蒂格汉姆（Clement Laird Vallandigham，1820—1871），美国政治家，生于俄亥俄州的新里斯本，1845年当选该州众议员，主张州权大于联邦权。曾因激烈反对林肯当政而被判监禁。

赛德①将军。伯恩赛德"实"有其人,他那漂亮的连鬓胡子曾引人仿效,因而英文里多了个新词"腮鬓胡"(side-burns)。

作为伊利诺伊州的军事统帅,伯恩赛德肩负着捍卫宪法和《权利法案》的艰苦重任——其实战争也正是为此而打——同时,他还得保证瓦朗蒂格汉姆的反叛阴谋不至于得逞。让洛兰来做评论人,目的就是要把法律和伦理问题置于险境下来加以考察。敌我双方都努力想打对方一个措手不及,此时最易于观察到敌方的战略、战术(斯科弗雷齐在写这些时主要参考了舍尔比·富特的《美国内战史》)。

人们大致可以了解到,斯科弗雷齐为何会对瓦朗蒂格汉姆这么感兴趣——这涉及在民主体制下持不同政见的限度问题;人们同样可以看出作者为何要塑造洛兰这么个人物——就是为了能提供一种更为广阔的视角,以便探讨战场外的事情。但所有这些问题讨论得还不够戏剧化;洛兰现身的那些章回之间的插曲,仅是小说的虚构手法,担当不起政治史的重任。所用材料,也了无生气,洛兰虽竭尽全力企图使这些材料多少能生动点,但也无济于事,有关段落写得过长,读时最好跳过。

斯科弗雷齐虽然对美国内战史曾做过广泛研究(他的小说除有一个四页长的撰作缘起外,竟还附有两页长的参考书目)。关于当时步兵所用武器以及军备技术的发展,

---

① 伯恩赛德(Ambrose Everett Burnside,1824—1881),美国内战时联邦军将领,作战无能,退役后曾任罗德岛州州长。

小说中也有不少趣闻逸事可观。作者提醒读者，参加这场战争的人大多数都是些能读书会写字的人，在战场给家人写信是他们最开心的事，普通士兵写的家信要比那些战地记者所写的报告真实可信得多。在这场战争中，美国农民也可以和将军们辩论，讨论战争是该在自己的农场上还是在邻居家的土地上打。

尤其值得注意的是，斯科弗雷齐还努力突显美国黑人在战争中的作用。黑人在当时有的虽未直接参加战斗，但一直关注着战争的进程，随时准备尽一切所能帮助联邦军队，有的则直接加入黑人军团到前线打仗。戴依娜是基利尔·图佩里科的情人，她虽身为黑人女奴，但在小说中所起的作用颇像《天方夜谭》中的山鲁佐德，有好大一部分的故事是由她叙述的（当然，她讲的故事有时显得冗长而沉闷）；而战争快要结束时，洛兰也正在写自己的一部小说，名叫《卡罗来纳的新娘》，写的是一对黑奴情侣如何秘密乘火车逃往北方的。

4

约瑟夫·斯科弗雷齐谈不上是个文体大家。米兰·昆德拉是斯科弗雷齐的同代人，他的散文老到娴熟，既优雅又流畅。与其相比，斯科弗雷齐只能算是个熟练工人而已。但他也有他的优点，昆德拉本人曾经特别提到斯科弗雷齐，说他"看历史有一种特殊的方法"，而其小说中的"反变革精神"，既能入乎其内，又能出乎其外地"批判所谓变革精神,揭露其神秘的面纱,驳斥其末世论以及走极端的态度"。[3]他曾这样写道:"如果没有尚未说出口的不确定性,那么,我无法想象说出口的确定性能够存在。"[4]

斯科弗雷齐虽然不是文体大家,但其小说的语言质地一点也不简单。据说捷克语读者发现,他在1968年后创作的作品读起来颇不容易,因为其中的不少对话虽是用捷克语写的,但深受美国或加拿大英语的影响,因此带来的滑稽效果自然也就不容易回译成英语;如今,由于斯科弗雷齐英语译者——保尔·威尔逊尝试在先,卡佳·波拉科娃·亨莱继踵其后——的成功翻译,原作者才得以幸遇知音。

5

就在《得克萨斯的新娘》问世的同一年,斯科弗雷齐还发表了一部明显带有自传成分的小说。在这部小说中,作者以丹尼·斯米里奇的名字出现,而斯米里奇是他好几部小说中的主人公。《难忘布鲁斯》把读者从二十世纪四十年代一直带到二十世纪八十年代,其时捷共政权尚未结束。

斯科弗雷齐称捷共执政后期的捷克斯洛伐克"到处是疲于奔命的侦探……工作过度的 fizls"(捷克俚语,意为负责社会治安的特工)。而二十世纪五十年代则是"死刑执行人疲于奔命的时代"。在这两个时期里,捷克政府都未能赢得人民或公务员们的一片忠心,有些人虽口头上宣誓效忠政府,但也都是出于自私的目的,口是心非而已。(第15、10页)

尽管斯科弗雷齐本人也曾参加过反纳粹的一些小运动（这些在他的小说中也都有所反映），尽管《难忘布鲁斯》开篇写的是 1948 年这一作品中的人物丹尼向西方国家非法提供消息并撰写政治小册子，这些活动并非出于真诚的政治信念，斯科弗雷齐对统治者的真正意图有所认识始于 1950 年，当时有一批具有理想主义信念的青年活动领袖被判十至二十年不等的徒刑，罪名是为某外国势力（指梵蒂冈）的利益服务，这使斯科弗雷齐十分震惊。事后，他为自己得以幸免而感到自责；自己之所以没和那些被判刑的人一样走上被告席，就是因为自己"根本不相信会有这等事，根本就不知道也无法肯定会有这等事，他有意回避并不相信会有这等事，不是由于懦弱……而是由于他真的不知道"。（第 63 页）

　　《难忘布鲁斯》所写到的极权主义，特别是特务密布的情形，足以使人人自危，使人灵魂感到极度迷茫不安。作品中有一较长插曲，把与多伦多捷克移民社区里的捷克特工错综复杂的交往写得很详细。斯科弗雷齐从不以伪善的面目出现，因此，这一故事使他扪心自问，想起自己年轻时差一点迫于秘密警察的压力，写信告发和自己在同一所学校教书的同事。正因为如此，他才能把特务密布的社会里那可怕的景象写得那样真切。特务告密的内容在作品中仅居次要地位。体制化的特务活动可以导致人人自危，使人们相互猜疑，这大大损害了公民相互交往中应有的坦诚态度。"大家……都不知道自己面前的人究竟是什么人。……无论是老朋友还是情人，都不可信，甚至连自己的丈夫也不可

信"。(第 115 页)

而对捷克资产者,斯科弗则完全没有讽刺意味。在他看来,捷克资产阶级脱胎换骨,完全革除了自身原有的恶劣品质(自鸣得意、平庸,对道德的冷漠感等),相反,这些恶劣品质却经过捉弄人的历史之手,传给了迫害资产阶级的人。"他们坚持不懈,如此顽强地重新站了起来……不是为了追逐利益,而是因为他们是资产者,是世界的基石。勤奋、能干而有创造性,刚毅而有主见,并能毫不动摇。……是成功的经济制度的唯一真正创造者"。(第 12、45 页)

他给自己定下一个极端反政治的信条,这一信条在精神实质上既是孔子有关言论的回响,也与他的同代人,著名的波兰诗人日比格涅夫·赫伯特很相似:"像我一样背叛某种信仰,总比出卖朋友的罪要小。"(第 44 页)爵士乐对他之所以那么重要,就是因为"在这美丽而富有节奏感的音乐中,有着一种不屈不挠的傲气"。(第 81 页)

回顾过去,斯科弗雷齐曾给自己撰写了一条小小的讣文,读来不无幽默:"在经历了多年的现实主义后,此人率先给捷克散文带来了清新的气息,使人得以根据自己的切身经验,故意从主观的角度来打量生活,不受任何干扰地来处理一直被视为禁区的一些文学主题,如爱情描写和爵士乐,并能出之以口语化的叙事,在写对话时也不用避讳俚俗之词。"他深信,每个人在自己的一生中都至少能创造出一样有价值的东西留给后人。"我认为……《懦夫》能为我死后留名,就像科斯特莱克的鞋匠扎哈尔卡师傅为我父亲那双跛足所特制的鞋能使他死后留名一样"。(第 86、87 页)

读者也许会说,这种自我评价未必靠得住,但说说也无妨。《懦夫》也许真能使作者青史留名,但《奇妙的游戏》(1972;英译,1990)中有些场景写得更加精妙(如1968年布拉格市民和苏联坦克军之间的那些对话),读了令人感到极其痛苦,苏联军人虽说是被派到布拉格去解放捷克人民的,但他们对自己在那里的角色所感到的困惑,恐怕也不亚于捷克人民;还有,一位苏联著名小说家,在一位克格勃特工的监视下,在一家越南人开的饭店里所度过的那一晚,也许是一部比《懦夫》写得更好的小说。不过,尽管斯科弗雷齐给自己下的断语是那样的坦诚,幽默感也很迷人,但是,这么一位重要的作家竟然也会转弯抹角地承认自己的创作盛年早已过去。看到这,难免不使人生出几许伤感。

原注

[1]   转引自《约瑟夫·斯科弗雷齐的成就》,山姆·索莱基编(多伦多:多伦多大学出版社,1994),第155页。

[2]   《得克萨斯的新娘》,卡佳·波拉科娃·亨莱译(纽约:诺普夫出版社,1996),第194页。

[3]   索莱基编,第29页。

[4]   《难忘布鲁斯:一段回忆》,卡佳·波拉科娃·亨莱译(纽约:艾柯出版社,1996),第16页。

陀思妥耶夫斯基：奇迹般的年代

1

自二十世纪五十年代以来，约瑟夫·弗兰克就一直笔耕不辍，艰苦地完成着当代最为艰巨的传记写作计划，即五卷本的费奥多·陀思妥耶夫斯基传。这五卷巨著，每卷都可分开来读，每卷都是那样的迷人。其中，出版于1997年的第四卷，涵盖了1865年至1871年这段"奇迹般的年代"，读之尤其令人兴味盎然。在这些年中，陀思妥耶夫斯基连续不断地取得了辉煌的创作成就，写成了《罪与罚》（1866）、《白痴》（1868）和《群魔》（1871—1872）。[1]

1864年，陀思妥耶夫斯基第一任妻子和他热爱的哥哥米哈依尔相继去世。陀思妥耶夫斯基是个很顾家的人，他除了要养育亡妻所生的儿子外，还毫不犹豫地（可压根儿也没想到等待着他的究竟将是什么）承担起抚养米哈依尔亡妻和遗孤的责任，还承担了米哈依尔留下的大笔债务；而这些被他抚养的人毫不客气地利用他很顾家这一特点。其后的七年中，他的整个身心都用来努力创作，以便挣得足够的稿费,好让他们能继续过上已过惯了的舒适生活。

由于得为日常面包而写作,因此,陀思妥耶夫斯基总是面临一部接着一部书稿的最后交稿日期,压力之大是可以想象的。为了能赶在其中一部书稿最后交稿日期到来之前完成书稿的写作任务,他又结了第二次婚。他和出版商有约在先,要交一部小说的书稿,时间很紧,于是,他雇用了一位速记员,是一位名叫安娜·格里高利耶夫娜·斯尼特金娜的年轻女子。他对她做了听写测试后,给她递上一支烟,她没有接,于是无意中通过了第二项测试:她不接烟证明她不是个所谓解放了的女性,因此可能就不是个虚无主义者。在一个月内,陀思妥耶夫斯基在速记员的帮助下,完成了《赌徒》的口述和修改工作,从而使自己可以继续从事中断了的《罪与罚》的写作。三个月后,他们两人结了婚,他四十五岁,而她才二十一岁。

陀思妥耶夫斯基是个生活上耐不得寂寞的人。两人结婚前,他曾追逐过好几个年轻女子,既是为了生活上有个伴,也是为了能过上他心目中的家庭生活,可是都未能成功。对此,安娜也无从知晓。此外,他还一直迷恋着阿波利纳利亚·苏斯洛娃。他和这个激进党成员在1863年曾有过一段狂热的恋情。

作为配偶,陀思妥耶夫斯基不是很出色。他是个鳏夫,又没什么社交风度,家中还有一批等着他喂养的亲眷,又曾因颠覆罪而被判流放西伯利亚十年。他虽是个作家,但在大众的眼里,他自第一部小说《穷人》发表二十年来,一直未曾写出什么像样的作品。尽管如此,安娜还是接受了他的求婚,并证明自己是个很称职的伴侣,伴他度过了疾病和贫困所缠绕的后半生,并且在他死后还是那样忠实地怀念他。

这场婚姻看上去没什么热情可言,至少起初是如此。首先,陀思妥耶夫斯基的日常生活习惯与一个年轻妻子和母亲的习惯正好相反。他从晚上十点到凌晨六点,一直坐着,上午睡觉,下午散一会步后,到一家咖啡厅小坐片刻,浏览一下报纸。当一帮文友来访时,他把自己和朋友关在一个房间里,让安娜一个人去料理家务,家里的其他人只知张口吃饭,一点也不帮忙,还个个都怨恨她,以为她是为了图个人私利才闯入他们的生活的。

米哈依尔以前的那些债主更是像催命一样,不断地来讨债。于是,陀思妥耶夫斯基向安娜建议离开圣彼得堡,到国外去生活。安娜同意了,她巴不得赶紧离开这个家。于是,陀思妥耶夫斯基夫妇在其后的四年(1867—1871)中到过德国、瑞士、意大利,后来又搬回到德国,住的是旅馆或租来的公寓。在这段时间,夫妇俩生活中阴郁的气氛始终未能消除。他们生活非常拮据,靠陀思妥耶夫斯基那一向宽宏大量的出版商 M. N. 卡特科夫预支的稿酬过活,安娜还时不时地得去当铺,用当衣服和首饰得来的钱去付各种账单。

按照弗兰克的说法,旅居国外的这段经历,仅仅证明了陀思妥耶夫斯基"狂热的恐洋症"(第191页)气质。弗兰克这话说得不同寻常,但很有判断力。陀思妥耶夫斯基对德国人特别存有偏见:"我对他们有着无边的恨!"(第298

页)他恨佛罗伦萨,是因为佛罗伦萨人老是在他要上床睡觉时在大街上唱歌;住在日内瓦时,他也抱怨不迭,因为瑞士人住的房子都不装双层玻璃窗。就连俄罗斯侨民社会也未给他任何好感。农奴制废除后,有些俄罗斯反动贵族移居国外,他与这些贵族也毫无共同之处。屠格涅夫是侨居国外的俄罗斯文人中最著名者,他曾对陀思妥耶夫斯基说,定居德国后,他把自己看作德国人,而不是俄国人。陀思妥耶夫斯基听说此话后,对屠格涅夫始终心存芥蒂。

弗兰克曾不无夸张地说陀思妥耶夫斯基是个"文学无产者,不得不为了挣工资而写作"。(343页)各种原因迫使陀思妥耶夫斯基从事繁重的文学写作,这使他备感厌恶。《罪与罚》出版大获全胜,此前又曾成功发表《白痴》,但就连这些都平复不了他心头低人一等的感觉。屠格涅夫和托尔斯泰在评论界的声誉(以及每页文稿所获稿费)都比他高。他嫉恨这些对手,他们有的是时间和闲暇,还有继承得来的大笔财产;他盼望着有一天也能写真正重大的主题,好与他们一较高下,证明自己不比他们差。他为一部抱负不凡的作品草拟了非常详细的提纲,原先的名字叫《无神论》,后又改为《一个大罪人的生平》,企图以此能让人承认自己是个严肃作家。但这些提纲和草稿后来不得不拼拼凑凑地写进了《群魔》,而杰作的写作任务又再次推迟。

屠格涅夫的《父与子》于1861年问世,陀思妥耶夫斯基也承认这是一部极其重要的作品,但他对屠格涅夫后来发表的作品评价不仅带有个人意气,而且带有政治敌意(屠格涅夫在《群魔》中被丑化成虚浮矫饰的文人卡尔马津诺夫）。而托尔斯泰和陀思妥耶夫斯基相互之间则始终保持着一段可敬的距离,两人从未谋面。其实,私下里,陀思妥耶夫斯基把托尔斯泰和屠格涅夫各打五十大板,称他们的作品是"土地贵族乡绅文学",属于已逝去的时代。(第424页)

国外旅居期间,安娜生有两个孩子,第一个孩子出生三个月后就夭折了,夫妻俩伤心不已,不过也正因有着共同的伤痛,夫妻两人情感上反而比以往更进了一层。安娜始终不渝的支持也使陀思妥耶夫斯基深有感触。他的第一任妻子在他的癫痫病发作时,总是感到不悦和失望。安娜不同,尽管她很年轻,但每当他的病发作时,她总能给他以照料和抚慰。他的癫痫病发作后,有好几天会表现得易怒,很容易和人争吵,安娜总能安然待之。渐渐地,他对她的判断力也心生敬意,并开始很信任地把自己的创作计划告诉她。

安娜最心痛的倒不是他的癫痫病,而是他好赌的习惯。陀思妥耶夫斯基是个强迫性症状非常明显的赌徒。赌博的恶习不仅使安娜一直过着穷日子,也使她的精神和心理受到了程度不同的伤害:她不得不怀疑她所爱的人,还得忍受撒谎和欺骗;赌输了他也会后悔得捶胸顿足,充满自责,她也只得听着,可最后他还是说话不算话,至少不够算话,下次照赌不误。

安娜曾经从养家糊口的钱中特地留出一份来,让丈夫能去过过赌瘾。可他把这笔钱输了后,就会回家来,说(她在日记中记载了下来)"他不值得我爱。他是头猪,而我是天使",但说完后,又向她要钱。她通常也会屈就,再给他点,担心不给的话,会使他情绪激动,引来癫痫病发作。有时她心软下来也没用,陀思妥耶夫斯基会抱怨说,就是娶个爱骂街的泼妇做老婆,也会比娶她要好:"我这样温柔体贴真使他痛苦万分。"(弗兰克说,陀思妥耶夫斯基当时正在创作的《白痴》中梅诗金那极度的善良温和,给他周围人的感觉也具有同样的恼人效果。)(第205、206页)

尽管陀思妥耶夫斯基没有原谅自己好赌的习惯,但他总能找到自己的理由:他说这是他的天性使然,他这人就是"什么东西都想玩玩……一玩就没个底"。(第225页)他此时已创造了马美拉多夫,不久就将创造出斯塔罗金等小说人物,但在他自己身上,不用明说人们也可清楚地看出既有严厉的自责成分,也不无自夸的地方。然而,安娜拒绝评价自己的丈夫,在他虐待她时,她宁愿将其看作是癫痫病症所致("当他向我尖声喊叫时,我知道那是他的病又要发作了,而不是无缘无故地发脾气"),这么做似乎很管用——正如弗兰克所说,她与陀思妥耶夫斯基一样——"把他的赌瘾和他的真正为人分开来谈,将其看成是与他的真正人格不相干的事"。(第207、206页)弗兰克有意回避,不去问与陀思妥耶夫斯基本人很切身的问题:如果附在陀思妥耶夫斯基身上的魔鬼般的赌瘾不是他自己的,如果他不该为此负责,那么,谁又该负责呢?

2

年轻时的陀思妥耶夫斯基对傅里叶的那种乌托邦社会

主义很着迷。但在西伯利亚的劳改营度过的四年动摇了他的信念,我们没有理由怀疑他对自己思想改变所做的描述:离开持不同政见的城市知识分子那温床般的环境后,他被迫同普通俄国人,其中绝大多数是农民,同呼吸共命运,于是他开始认识到,从欧洲舶来的那些本意不错的思想对普通俄国人根本就用不上。他和他的那些同伙原本是想为人民的福祉而奋力拼搏,可人民却以怀疑甚至用敌意的眼光来看他们;他们的梦想永远是做个有土地的"乡绅";可在乡绅和农民之间却有着跨不过去的巨大鸿沟。此外,这些农民所犯的罪过不管有多可怕,他们毕竟还不至于怀疑一切,反叛一切,否定一切:他们也许是罪人,但他们是有信仰的罪人,用俄国人的一句老话来说:"他们身上肩负着上帝。"因此,用弗兰克的话说,陀思妥耶夫斯基深刻地洞悉到了农民道德世界的根本,农民无论是在表面上还是在骨子里,都是活在本土基督教中的。(第5页)如用这一见解来看问题,那么从西方舶来的无神论的社会信条在俄罗斯本土就会显得方枘圆凿,根本派不上用场。

因此,陀思妥耶夫斯基从西伯利亚回来后,他就热烈地相信,只有回归本土,努力寻求俄罗斯的本根,才是唯一的出路。此外,他在十九世纪六十年代晚期还和普通俄国人一样,颇为相信救世主终将降临人间:"俄国人的使命……就在于启示俄罗斯的基督教信众。"在来自罗马的假福音的摆弄下,西方世界正在一步步走向没落;俄罗斯向世界传达"一个崭新信息"的时代就将到来。"俄国思想正在为全世界酝酿着一场巨变……而这一切巨变将在一个世纪内完

成——我坚信这一点。"（第354、359、253页）

在坚信俄罗斯肩负着一种特别的世界历史命运的同时，陀思妥耶夫斯基还呼唤俄罗斯的霸权能充被四表，遍及斯拉夫各民族，以便经营大俄罗斯帝国，他甚至还为战争辩护，认为战争就像纯洁之火，可以披沙拣金。由此，我们不难看出陀思妥耶夫斯基作为一个极右分子的面目，他为《公民》报所写的广为阅读的专栏《作家日记》也证明了这一点。《作家日记》续写后曾独立成册面世。弗兰克在传记最后一卷的前言中说，写专栏时的陀思妥耶夫斯基踌躇满志，似乎有望成为俄罗斯公众声音中"最重要者，人们期待着、评论着、争论着他将说的每一句话"。（第499页）

然而，陀思妥耶夫斯基留在人们心目中的这一狂热的极端分子印象并不公正。他的沙文主义思想并不盲目礼赞俄罗斯的过去。弗兰克说，陀思妥耶夫斯基在一些社会问题上"似乎持中间立场"，他支持亚历山大二世登基后实行的自由化改革等政策，其中包括最重要的改革政策之一，即废除农奴制。（第250页）1866年，有人企图暗杀亚历山大未遂，事后，有关政策被取消，陀思妥耶夫斯基在多封信中对此表示失望。尽管他毫不怀疑地认为，激进分子所信奉的那些教条给俄罗斯带来了灾难，但是，他承认，这些知识分子的动机都是十分真诚的，"是迫切地为俄罗斯好……希望纯洁人们的灵魂"。（第53页）他旅居国外时所发表的尖刻的恐洋言论也只是见诸信件，在他的小说中很难见到。《白痴》是十九世纪六十年代后期发表的主要小说，主要描写了一个模仿耶稣（俄罗斯人心目中的耶稣）的人，目的当然不是为了声明东正教神学比西方神学优越。在弗兰克看来,这些小说都是在宣扬陀思妥耶夫斯基对救世主的信念中"普世伦理"的一面,而自私成分以及帝国梦的成分表现得并不明显。由此可以看出,弗兰克把陀思妥耶夫斯基思想中政治的与宗教、道德的东西理得十分清楚。(第254页)

在关于俄罗斯未来的争论中,陀思妥耶夫斯基的贡献十分巨大。他在1864年至1880年的主要作品(如《地下室手记》《罪与罚》《白痴》《群魔》和《卡拉马佐夫兄弟》)中,对理性——启蒙运动中的理性——做了深入的考察。理性真的是良好社会的基础吗?(理性的背后会不会隐藏着一些尚不为人知的目的和计划?理性宣称自己不偏不倚地追求真理和公正,难道它的背后就不会有任何权力的图谋?)陀思妥耶夫斯基的这种质疑可说到了白热化的程度,这不仅因为他的为人一向这样,而且因为这些小说的产生,正是基于俄罗斯现代化过程中遭遇到的历史性危机,而创作这些小说的目的恰好是为了回应这种危机。

这场危机大致在1862年就已象征性地开始了,该年《父与子》问世,屠格涅夫在这部作品中创造了巴扎罗夫这个人物。巴扎罗夫是虚无主义者,他既是个新人,同时,在他的身上又可看到不祥的社会预兆。

> 巴扎罗夫说:"我们的行事方式以有用为准则。目前看来,万事之中,否定最为紧要——而我们否定——"
> "一切?"
> "一切!"

"什么！不仅艺术和诗歌……而且连……这太可怕……"

　　"一切。"巴扎罗夫又重复了一遍，并显得异常镇静。[2]

　　虚无主义显得未免有点幼稚，这是屠格涅夫和陀思妥耶夫斯基两人都承认的。虚无主义东拼西凑一些科学主义和功利主义的片言只语，基本上当不起哲学之名。虚无主义的追随者们和陀思妥耶夫斯基及其同一体的成员们也许看上去是同病相怜，都为当时的俄罗斯现状感到惋惜和愤怒，但是，虚无主义者们在智识上自认为了不起（比如巴扎罗夫那"异常镇静的架势"），目空一切、妄自尊大，他们曾为民请命，但在1863年农民起义失败后，他们又对那些农民表示出掩饰不住的蔑视。因此，在陀思妥耶夫斯基看来，这些虚无主义者严重背离了十九世纪四十年代乌托邦公有社会主义而成为其谬种之一。用《群魔》中的一个主要暗喻来说，他们就像不吉的鬼魂一样，占据了一代正在成长而一知半解的俄国青年的心。

　　陀思妥耶夫斯基极为欣赏《父与子》，并将其看作是（用弗兰克的话来说）对虚无主义苗头所做的"迎头痛击，写得感情充沛"。（第71页）我们完全有理由相信，屠格涅夫本人也是会同意陀思妥耶夫斯基对巴扎罗夫这个人物的理解的。然而，左派则装着没看见这一人物身上所蕴含的批判思想，于是屠格涅夫宣称自己就是巴扎罗夫，这使本来就有倾向性的解读更为偏颇。陀思妥耶夫斯基对屠格涅夫的这一举动感到极为愤怒，认为他这是在讨好左派青年。

陀思妥耶夫斯基继续对虚无主义展开批判,我们可以想见,他在把屠格涅夫作品中的主人公的生平延展到十九世纪六十年代。弗兰克考察了巴扎罗夫在陀思妥耶夫斯基手中的变形过程。从《罪与罚》中的拉斯柯尼科夫到《群魔》中的比拉斯柯尼科夫还要年轻的韦尔克霍文斯基。("巴扎罗夫……变成了冷酷无情的狂热分子",第453页)这种批判不仅仅是在政治层面上展开的。在陀思妥耶夫斯基的末世论想象中,虚无主义连同它那非道德的利己主义和前尼采式的自我神化,都是一种仍在发展的思想病:俄罗斯要是沦入虚无主义者的手里,它终将变成伪基督统治下的俄罗斯。

3

陀思妥耶夫斯基平日里阅读报纸的总量非常大。他有好几部小说的创作念头都因读过有关犯罪的报道而起,他认为报刊上有关犯罪的报道是反映时代病症的迹象。《罪与罚》发表后,他颇为得意地认为,是生活在模仿艺术,因为报纸报道了不少拉斯柯尼科夫式的谋杀案,这证明他的所谓"异想天开的现实主义"小说,使他比有计划、有纲领的现实主义作家所谓的逼真更能认识到俄罗斯生活中所潜藏着的暗流。(第45—46、308页)

如果他那一贯的艺术手法可以称得上方法的话,那么,他的创作方法就是收集、利用大量情节和故事,并耐心等待带有革命性的创作灵感的闪现,这灵感会指导他,告诉他什么材料值得采用,什么东西可以相互结合着利用。在众多可写可不写的人物中,一旦出现一个切实可行且能够写得成功的人物时,他可以清晰地感觉到该人物就在自己的身旁行动,他称这样的时刻叫"神灵化身"。(第269页)一旦确定了主要人物和故事大纲,他就会迅速而自信地继续着手场景、人物和行动的细部处理。

弗兰克将这一过程说得很清楚,他所依据的材料有的出自陀思妥耶夫斯基笔记的俄国编辑;有的则来自美国学者,如爱德华·瓦西渥莱克和罗宾·费耶·米勒。[3] 遗憾的是,在夫妻俩回国之前,《白痴》和《群魔》的手稿已被陀思妥耶夫斯基销毁,尽管他的妻子当时表示反对。(由于自己曾经是个颠覆分子,他觉得自己在边防检查时一定会被查得很严;他不愿意带着整箱的文稿,担心边防警察一页页检查文稿,这会使自己滞留在边防站数天时间。所幸的是,陀氏夫妇的婴儿在火车站边防检查时喊声震天价响,于是警察就匆匆放他们过去了,这才使其他手稿未致散失。)弗兰克对幸存笔记和手稿所做的分析很有见地,他解释了《白痴》中存在的部分不连贯现象——第一部分与第二部分衔接不够紧密——并指出,《罪与罚》中的叙事手法随着作品的创作走向纵深,变得愈益大胆;他对《群魔》得以产生的复杂原因所做的描述,更是清楚明白。

《群魔》向读者展示了一些特别不容忽视的问题。自尼古拉一世以来,书刊检查是俄罗斯人生活中的家常便饭。和其他国家严厉的书刊检查制度一样,俄罗斯的书刊检查制度颇为成功,它能让作家、编辑和出版商自我监督,做好书刊内容的检查工作。陀思妥耶夫斯基的《群魔》是由《俄罗斯信使》连载的,在他给杂志编辑的手稿中,有这么一章,斯塔夫罗金告诉一神甫说,他曾经勾引过一位少女,后来那少女自杀了,可是他未采取任何措施加以制止。这一章后被杂志编辑卡特柯夫以道德理由拒绝登载,并让陀思妥耶夫斯基重写。尽管凭着自己的良心重写了数稿,有关内容也已有所缓和,但卡特柯夫还是不让步,其实这人在其他方面还是很有宽容和同情之心的。

陀思妥耶夫斯基感到束手无策。如果不把斯塔夫罗金所犯过失交代清楚,他的性格也就不能明朗化。他精神上所感到的绝望就会显得是庸人自扰,大可不必,而他在小说末尾自杀也就看不出真正的动机。由于这一章被检查后予以删除,陀思妥耶夫斯基只得匆匆忙忙重新改写了一遍,尽可能减少由此而带给全书的损害;他后来出版时又曾将全书修改过一次。弗兰克根据不是十分连贯的手稿材料,尽量对数易其稿的情况作了充分考察,指出,我们现在谈到的《群魔》虽然也是一部了不起的小说,但不是陀思妥耶夫斯基当时真正想写的;此外,尽管被删的那一章的原文现在还在,但已无法插入书中,因为,陀思妥耶夫斯基在当时那种情况下对原稿作了幅度很大的第二次修改。

4

当今陀思妥耶夫斯基研究的大趋势由米哈伊尔·巴赫金定下了基调,巴赫金著有《陀思妥耶夫斯基诗学的问题》

（1929年初版，1963年修订再版）。巴赫金的对话概念已进入批评界，成了很流行的概念。在一部真正的对话性小说中，有的仅是相互抗争的声音和话语。根据巴赫金的描述，陀思妥耶夫斯基发明（或曰重新发现）了对话性小说，而且他是对话性小说的最了不起的实践者。他综合了多种多样的文学体裁，而且这些体裁大部分地位都较低，如：侦探小说、流浪汉小说、圣徒传、临刑前的忏悔等。

在正宗的学术批评看来，"对话体"已成为一个褒义词，而"独白体"则成了贬义词。有人把巴赫金的思想庸俗化，并以为作家可以自由选择独白体或对话体（略与巴赫金的"复调"一语相近），二者必居其一（选什么取决于作家的意识形态偏向如何）。这种做法不是巴赫金的原意，我们不能责备他。弗兰克在传记里只有不多的几处提到巴赫金，主要是为了改正巴赫金在一些细节上的说法。[4]其中，他没有能够说出巴赫金思想所缺乏的东西，比如，巴赫金没有清楚明白地指出，陀思妥耶夫斯基小说中所体现的对话性不是什么意识形态的立场问题，更不是小说技巧的问题，而是十分激进的思想甚至精神勇气的问题。弗兰克在论《白痴》时写道：

> 陀思妥耶夫斯基为人正直、诚恳，无可挑剔，他并不惧怕对自己所坚信的东西加以检验，一如对虚无主义信念的检验一样，一切都要看严肃认真、实实在在相信了的东西对生活究竟有何意义，究竟能发挥什么作用。……在梅诗金公爵身上可以看到他的末世论理想，他很诚实地把这种理想中所含有的道德激进主义，

> 描述成与日常生活毫不相干的东西,它只能招致人们
> 的非议,就像耶稣基督出现在那帮妄自尊大的法利赛
> 人中间一样,带来的只是流言蜚语和恶意诽谤。(第
> 341页)

在较大程度上,弗兰克这里所描述的和巴赫金所谓的对话
性并无二致,但弗兰克的描述中有某种暗含的东西是巴赫
金所忽略的:陀思妥耶夫斯基作品中的对话性有其自身的
道德个性和个人理想上的原因,有其作为一个作家的自身
存在的原因,别人未必能学得来。

弗兰克虽是传记作家,但他写的是文学传记,这一点,
他在传记第一卷的前言中已申明在先:"任何想在本书中
寻求传统传记写法的人一定会感到失望的。……我不是从
传主的生平入手来讨论其作品,而是相反。我的目的是研
究陀思妥耶夫斯基的创作艺术。"这种苛刻的目标后来在
第二卷中有所修正。在第二卷中,弗兰克承认,自己实际是
在尝试将传记和社会文化史与文学批评结合起来。[5]然
而,在传记的每一卷中,都能找到好大一部分文学和批评的
议论性文字,陀思妥耶夫斯基的重大作品都有分章加以
探讨。

弗兰克本人就是文学理论家,曾写过一篇很有影响的
论文,题为《现代小说中的空间形式》(1945)。在这篇文章
中,弗兰克运用现代蒙太奇理论来研究小说,他指出,许多
现代小说将诸种叙事元素展布在空间上,而不是呈现在时
间里,人们只有这样,才能更好地理解现代小说。[6]他的批
评思想与美国新批评、俄国形式主义以及热拉尔·日内特

的文学结构主义都有一定的联系,不过,其间也存在一些不可避免的细微差异。从整体上说来,弗兰克非常成功地将非历史的文本形式分析与视野更为宏阔的历史文化分析结合了起来。

在传记的第一卷中,弗兰克非常严肃地指出,弗洛伊德对陀思妥耶夫斯基癫痫起因所做的分析中有许多事实错误。不过,弗兰克怀疑精神分析及其他研究人类心理活动的重要理论也有其自身缺陷。比如,他对陀思妥耶夫斯基作品中阴暗的人物内心中交织着的同情和残忍的心理特征,就缺乏真正深刻的探讨。弗兰克确曾说过,陀思妥耶夫斯基的潜意识里有着"寻常人的道德感"(也就是说,陀思妥耶夫斯基的人物在梦中和感情激奋时所传递的信息还是可信的),但是,他没有更进一步去发挥此话的含义,这会让人觉得陀思妥耶夫斯基在精神上比实际情况要正常得多。(第145页)(弗兰克常用"通常"一词,但他用这个词时,脑中究竟想到了哪些例外,我们很难知道:比如,斯维德里加洛夫是不是个例外?)

在该书的生平传记部分里,读者看不出陀思妥耶夫斯基作为人的成长发展线索。然而,正如锡德尼·莫纳斯所指出的那样,稳步成长的概念对陀思妥耶夫斯基的想象来说是很陌生的,而对托尔斯泰来说则是很重要的。陀思妥耶夫斯基的小说在结构上很有戏剧舞台的效果,一场危机接着一场危机地到来,他的个人生活恐怕也正是这样。

阅读《奇迹般的年代》,也有感到冗长沉闷的时候。作者为了证明陀思妥耶夫斯基不仅是小说创作领域的革新者,而且是个伟大的艺术家,用了很长篇幅来说明一些很小的小说场景是如何对作品整体效果产生影响的,其实有时没有必要这么做。他比较武断地以为,陀思妥耶夫斯基作品中的人物大都有现实生活中的原型,并会用数页的篇幅无端地猜测这些原型可能是谁。他能使多个叙述头绪同时进行(不无十九世纪小说大师们的影响),但好埋伏笔的手法——一节结尾处总好搞点东西来暗示下一章的内容——用得过多过滥,显得有点机械、呆板。(此外,不知什么原因,第三卷的索引中页码编排竟出了那么多的错误。)

普希金是"俄国文学中花花公子型的人物,他充满魅力,令人神往,但命中注定将像巨星划过长空,终将陨落"。另外,陀思妥耶夫斯基为何把斯塔夫罗金也塑造成和普希金一样的人物,对这其中的原因,弗兰克也做了极为清晰的阐述。陀思妥耶夫斯基曾说,到了十九世纪七十年代,普希金的化身继续证明在俄罗斯民族心理里有着一股股的暗流。(第467页)弗兰克对陀思妥耶夫斯基的这一说法未做足够的批评性探讨。陀思妥耶夫斯基对历史的直觉通常是对的,但他以上这一说法,好像并未得到历史的证实。

当然,这样要求弗兰克,未免显得有点吹毛求疵。其实,弗兰克极其成功地实现了自己更大的目的,非常清楚地阐述了陀思妥耶夫斯基的文学写作背景,一方面是个人的背景,另一方面则是社会、历史、文化和哲学的背景。

原注

[1] 《陀思妥耶夫斯基:奇迹般的年代,1865—1871》(普林斯顿:

普林斯顿大学出版社,1997)。

[2] 《父与子》,康斯坦丝·加耐特译,拉尔夫·E.马特劳校改译
    文(纽约:诺顿出版社,1966),第39页。

[3] 爱德华·瓦西渥莱克编《白痴的创作笔记》(芝加哥:芝加哥
    大学出版社,1967);罗宾·费耶·米勒《陀思妥耶夫斯基和
    〈白痴〉》(马萨诸塞州剑桥城:哈佛大学出版社,1981)。

[4] 弗兰克在自著的《穿透俄罗斯的多棱镜》(普林斯顿:普林斯
    顿大学出版社,1990)中,对巴赫金的思想有更加充分的讨
    论,所论很有见地,材料也很丰富。

[5] 《陀思妥耶夫斯基:叛逆精神的萌芽,1821—1849》(普林斯
    顿:普林斯顿大学出版社,1983),第13页。

[6] 该篇收入重版的约瑟夫·弗兰克《扩展的漩涡》(新伯朗士
    威:罗格斯大学出版社,1963),第3—62页。

约瑟夫·布罗茨基的随笔

1

1986年,约瑟夫·布罗茨基发表了随笔集《小于一》,其中的部分随笔是从俄文翻译成英文的,其余的都是直接用英文写成的。从两者中,我们皆可以看出,英语作为母语对作者所具有的一定的象征意义:发自内心的对 W. H. 奥登的敬意,后者在他1972年离开苏联时,费尽心机为其铺平了道路。他认为奥登是二十世纪英国最了不起的诗人。另有一篇是用来回忆父母的,他离开苏联时,父母未能随行,仍住在列宁格勒。尽管父母不断请求苏联当局允许他们出国探望儿子,但始终未得到批准。布罗茨基解释说,他之所以用英语写这部随笔,是为了用这种自由的语言向父母表示敬意。

《小于一》本身是一部杰出的作品,完全有资格与布罗茨基的诗集《言辞的片断》(1980)和《致乌拉尼亚》(1988)相媲美。这部随笔集中另有一部分文字,是很有权威的评论文章,所论作家包括奥西普·曼德尔施塔姆、安娜·阿赫玛托娃、马丽娜·茨维塔耶娃以及布罗茨基特别喜欢的一些前辈诗人。两篇生平自述性质的文章写得都可称得上精品:一篇用来回忆父母,另一篇就是用作书名的"小于一",写二十世纪五十年代自己在列宁格勒那使人感到麻木无聊的环境中成长的经历。集子中还有几篇属于游记类文字。如伊斯坦布尔之旅,让他觉得君士坦丁堡/拜占庭和莫斯科就像第二、第三罗马帝国似的,进而引出西方对于他这样的西化的俄罗斯人的意义。最后,随笔集中还有两篇写得非常精到的文学批评文章,阐释("分析")了他所激赏的具体诗作多篇。文学批评可说是布罗茨基的拿手好戏。

1995 年,《论悲哀和理性》问世,集子中收有他后来续写的二十一篇文章。这些文章中有一部分写得与《小于一》中的最佳篇什水平不相上下。比如,其中的《战利品》,形式典雅,笔调轻盈,继续写自己年轻时所经历的或有趣或令人痛心的往事,用一些冲破封锁而进入苏联的西方东西——如电影、爵士乐以及罐装腌牛肉、短波收音机——来探讨西方对苏联人究竟意味着什么。布罗茨基说,他这一代俄国人可说是"真正的西方人,也许是绝无仅有的西方人",[1]因为他们曾用情专一地刻苦钻研过西方的这些东西,把玩得也很富于想象力。

在这些自述生平经历的文章中,布罗茨基从来不提二十世纪六十年代。而正是在二十世纪六十年代,他给加了个社会寄生虫的罪名,他因此而获刑,被发配到很远的北方去劳改。布罗茨基在文集中只字不提二十世纪六十年代,很可能是故意的:拒绝把自己的伤痛展示给别人看,这是他

194

令人钦佩的一贯个性。(他曾经对一批学生建议道:"千万别把自己当受害者看。"《论悲哀》,第 144 页)

集子中的其他一些随笔则继续《小于一》中的话题。与奥登的对话开始于《拍影子的马屁》,到《致贺拉斯》中则继续这一话题;而本集中的一些分析、评论托马斯·哈代和罗伯特·弗罗斯特的长文与关于茨维塔耶娃和奥登的诗歌评论文字,性质大致相仿。

不过,从整体上看,《论悲哀和理性》不如《小于一》那样感人。其中,只有两篇论文——《向马可·奥勒留致敬》(1944)和《致贺拉斯》——可以说明显进一步深化了布罗茨基的前期思想,而其中有几篇只不过是凑数的文字。比如,写得未必可信的对一次作家会议的不满回忆(《旅行归来》),以及几篇毕业典礼演讲辞。更能说明问题的是,在此前的文集中只能算得上随意谈谈的一些奇谈怪论,到了《论悲哀和理性》中,竟堂而皇之地成了构建其系统语言哲学的确定部件。

2

布罗茨基的体系从他论托马斯·哈代的文章中最可看出。布罗茨基认为哈代是被人忽略的大诗人,"教的人少,读的人更少",尤其是在美国,他已被人冷落在了"前现代主义"的角落。(《论悲哀》,第 373、315、313 页)

布罗茨基抱怨现代批评对哈代不感兴趣,他的话说得当然没错。然而,普通读者,特别是普通诗人从来没有抛弃他。约翰·克娄·兰塞姆在 1960 年就曾编过一本哈代诗选,而在菲利普·拉金那广为阅读的《牛津二十世纪英诗选集》(1973)中,哈代的诗占了很大篇幅,竟有二十七页,而叶芝占十九页,艾略特仅占九页。就连现代派的前卫作家亦未彻底抛弃哈代。比如,埃兹拉·庞德曾不遗余力地向青年诗人推荐哈代。他在 1934 年曾说:"哈代死后,尚无任何人真正教过我如何写作。"[2] 布罗茨基说哈代是个被忽略的诗人,其部分目的是要攻击庞德、艾略特等人带有法国倾向的现代主义,攻击二十世纪前几年中出现的革命性的这主义那主义。在他看来,这些主义给文学指引了错误的方向。他希望为哈代和弗罗斯特,以及以传统诗学为滋养而不是弃绝传统诗学的诗人,恢复其在英美文学中的主导地位。因此,他拒斥维克多·什克洛夫斯基那套颇具影响力的反自然的诗学。什克洛夫斯基的诗学标榜人为,主张突显诗的技巧和手法。布罗茨基说:"现代主义的错误正出在这里。"他认为,哈代、弗罗斯特以及后来奥登的美学才是真正的现代美学。这种美学用的是传统形式,因为形式就好比伪装,它可以使作家"在最不刻意为之的时间和场合,反而能取得更佳效果"。(《论悲哀》,第 322 页)

(这种老生常谈的言辞在《论悲哀和理性》中的一些文学评论中可谓比比皆是,该集子中的不少文章可能就是作者根据为本科生上课而写的讲稿增益而成。布罗茨基总是能随时根据听众的语言接受能力来行事,有时还好用青年人常用的俚词俗语,这些都有其不利的一面。)

大诗人总有其嫡派传人,并因而能改写诗歌史,布罗茨基也不例外。他在哈代诗中所发现的东西,正是他想让读者在他作品中找到的东西。当他对哈代的解读其实是隐晦地描述自己的创作实践或文学抱负时,就特别能令人信服。他有时会在不经意间暗示读者:哈代的名诗《和合》(写泰坦尼克号的沉没)的最初创意可能萌发于"处女"一词(如"处女航"短语中的"处女"),哈代由该词所想到该诗的主导意象,即船和冰山是命定的情人,并说这一意象不乏天才的奇想。其实,这种解释的背后,可以洞见布罗茨基本人的创作习惯。(《论悲哀》,第352页)

布罗茨基指出,在《和合》的背后,可以看到《作为意志与表象的世界》的作者叔本华的影子:在一种盲目的形而上力量的捉弄下,轮船和冰山毫无确定目的地相撞了,布罗茨基把这种盲目的形而上力量称作"现象世界的内在本质"。其实这种说法本身并无新鲜之处:哈代创作此诗时不管脑中是否想到过叔本华,叔本华那悲观的决定论思想与哈代的气质无疑是情意相投的。但是,布罗茨基却更进了一层:他建议读者用心读一读叔本华,"不仅为了理解哈代的诗歌,更主要的是为了理解自己"。这样,叔本华的所谓意志不仅对布罗茨基所理解的哈代具有其吸引力,对布罗茨基本人也同样充满魅力。(《论悲哀》,第347页)

实际上,通过对哈代五首诗所做的解读,布罗茨基所意图揭示的哈代仅仅成了以语言来说明叔本华所谓意志的工具,这样的哈代更像是一个为语言所利用的文书,而不是一个独立自主的语言使用者。在《黑暗中的画眉》中的几行诗里,"语言从真理的无人之域及属地流入人间,它是无生命物质所发出的声音"。这也许未必是哈代的意图,但"哈代这行诗的意思正是如此,哈代对此也做了回答"。因此,我们认为是创造性的东西也许"只是物质在试图表达自身而已"。(《论悲哀》,第 333、310 页)

这里所谓无生命物质的声音在布罗茨基的随笔中常常成为语言的声音、诗的声音或某种特殊格律的声音。布罗茨基对弗洛伊德的理论极为反感,他对弗洛伊德的所谓个人无意识论没什么兴趣。因此,对他来说,通过诗人而说出的语言具有真正的形而上的地位。布罗茨基说得很清楚,语言能通过所有真正的诗人包括他自己向人类发话,哈代有时也正是这样的诗人。在这里,我们发现布罗茨基与还原论批评十分接近。还原论批评认为,人一开口讲话就成了霸权话语或意识形态的传声筒。区别在于,在承认这些话语和意识形态与时俱进的同时,布罗茨基的语言——有时间表标记,同时又标记时间的诗之语言——是一种通过时间并在时间中运作的力量,但它外在于历史。"诗歌格律……只是时间在语言中的积淀","语言比国家还要古老,而……诗歌格律的生命总比历史要长"。[3]

布罗茨基毫不含糊地将更大规模的诗歌历史发展的控制权从诗人那里夺了回去,并将其交给一种高度抽象而深奥的语言,即作为意志和表象的语言。例如,布罗茨基敏锐地发现哈代诗中缺乏一种明显可见的富有表情的声音,"听上去显得很中性"。他指出,这种看上去很消极的特征,恰恰是二十世纪诗歌中很重要的一面,它使哈代成了奥登之前的一个"先知先觉者"。然而,布罗茨基却又坚持认为,不是奥登或任何一位哈代的后继者模仿了哈代,而是哈代诗里的中性的声音成了"未来[英国]诗歌所欣赏的东西"。(《论悲哀》,第322页)

这是布罗茨基诗歌哲学中一个非常根本的思想。但奇怪的是,在他本人的诗中,能使人受到语言吸引和感染的体验却非常少见。布罗茨基仅在一两首诗中直接凸显了这种体验(当然,他本人也许会以为这种体验体现于他的所有诗作中)。之所以如此,也许是因为这种体验已经以发散性的散文语言和冷静公平的态度做了适当处理。当然,我们也可做另一种更为有趣的解释:诗歌中的抽象诗学主题反思自身的存在状况,一般被看作诗歌创作的常态,而布罗茨基的诗作中好像缺乏这一点,主要是因为他认为,诗人试图理解并把握激励自己创作的动力,这种努力既是徒劳的,也是不虔诚的。

然而,即使我们承认诗的写作是在一种更高力量的驱使下进行的,特别是音韵学提升到形而上的情形下,仍然存在着某种奇怪乃至异乎寻常的东西。布罗茨基写道:"诗歌格律本身蕴含着极大的精神力度,这是任何其他东西所不能替代的。"(《小于一》,第141页)它们是"一种重构时间的方式"。(《论悲哀》,第418页)重构时间究竟指什么?需要多长时间?关于这些,布罗茨基从未加以充分说明,或说得不够透彻。《小于一》中的一篇论曼德尔斯塔姆的文章庶几近之。在该文中,时间通过曼德尔斯塔姆来诉说自身,并直面时代那"哑然无声的空间",然而,即使在该文中,布罗茨基的核心观念仍然显得十分诡秘,让人觉得不可思议。不过,当布罗茨基在《论悲哀和理性》中说"是语言……使用人,而不是人使用语言"时,他脑中首先想到的可能是诗歌的格律;他在给学生讲课时,极力为诗歌的教育乃至救赎功能而辩护("爱情是一种神秘而深奥的东西,它的目的就是完善或解放人的灵魂……[而]这是,而且也一直是,抒情诗的本质")。布罗茨基在说这些话的时候,指的是在诗歌节奏面前要心悦诚服。(《论悲哀》,第87页)

如果我说得没错的话,布罗茨基的观点与古代雅典教育家们所持观点相去不是太远。古代雅典教育家为学生(都是男性,没有女性)规定了三项课程:音乐(是为了使灵魂具有节奏与和谐感)、诗歌和体操。柏拉图把这三项合并为两项,使音乐和诗歌合二为一,成为主要的训练精神和灵魂的课程。布罗茨基认为诗歌所具有的那些力量似乎更多地属于音乐而较少属于诗歌。比如,与诗相比,时间更为明显地是音乐的媒介:人们在读印在纸上的诗歌作品时,阅读速度的快慢可以随意调整——通常比应有的速度要快——而听音乐时只能以音乐作品的自身速度为准。因此,音乐比诗歌更为明确地建构调整着音乐演奏的时间,并赋予自身以特定的形式。因此,人们不禁要问,布罗茨基谈论诗歌时为什么用和柏拉图一样的方法,把诗也看成是音乐的一种呢?

回答当然是这样的:音韵学的技术性语言可能来自音乐的技术语言,但诗不是一种音乐。具体来说,由于诗用的是词语而不只是声音,因此诗还具有语义的层面;而音乐的语义层面至多也只是内涵的,因而仅占次要地位。

自古以来,我们拥有一套从音乐借用来的并发展得很完备的诗歌语音学,也不乏形形色色的诗歌语义学理论,认为诗歌是一种特殊的语言,有着特殊的意义规则,但缺乏一种能将两者结合起来并广为接受的理论。在美国,新批评家是相信自己拥有这种理论的比较权威的批评家;他们的那套比较枯燥的阅读理论到了二十世纪六十年代初期已显枯竭的迹象。此后,诗,尤其是抒情诗,成了令批评这一行当颇觉尴尬的东西,学院派批判尤其如此。曾经一统天下的各种批评流派中,没有哪一流派愿意就诗论诗,诗歌实际上被读作每行右边参差不齐的散文。

在《一个大胆的建议》中,布罗茨基建议美国联邦政府拨款资助一项计划,向人们分发成百上千万册的价格低廉的美国诗选。他说,像以下这样的诗行理应成为每一个美国公民的灵魂滋养:"对昔日辉煌的记忆/平复不了晚年的落寞和孤寂/也无法使前来夺命的死神把你放弃。"(罗伯特·弗罗斯特)这样的诗行就像碑文一样,能让人想到死亡和失败,它们是最纯粹、最有力的语言之例证,理解掌握这样的语言,使之成为我们灵魂的滋养,就可使我们在生命的旅程中一步步向目标稳健迈进:"不管人们相信与否,生命一步步演进的目的本身就是美。"(《论悲哀》,第207页)

此言也许不虚,但是,要是我们尝试着将弗罗斯特的诗行改写一下,情形又会怎样呢?"对昔日辉煌的记忆/平复了晚年的落寞和孤寂/也使前来夺命的死神把你放弃"。我认为单单就格律而言,改动后的诗行,读起来并不比弗罗斯特的原诗逊色,然而,意思却和原诗完全相反。那么,布罗茨基是否还会认为改动后的诗行同样能进入美国人的灵魂并成为其滋养呢? 回答是否定的,因为改动后的诗行,意思显然是不真实的。然而,要想证实改动后的诗行是假的,就需要一种具有历史维度的诗学,只有这样的诗学才能说清楚为何产生于特定历史时刻的弗罗斯特的原诗在时间("重构时间")中具有自己的地位,而以戏拟方法加以改动后的诗行则没有。因此,我们就需要有一定的方法,把戏拟模仿和语义学结合起来加以处理,能使两者既统一,同时又不失其历时的品质。对一名文学教师(布罗茨基无疑认为自己是这样一名教师)而言,光口头说真正的诗可以重构时间,并无多大意义,除非你能实际证明为何那戏拟模仿之作做不到。

　　总之,布罗茨基的批评诗学具有双重性。一方面,它具有抽象深奥的上层建筑,在此,语言的缪斯以诗人作为媒介而向世人说话,并因此而实现自己的世界历史(进化的)的目标。另一方面,它对英美、俄罗斯和较小程度上的德国的某些诗歌作品的实际特点又有着真切的了解和直觉。他所选析的诗作无疑都是他本人所喜欢的,他对这些作品的评论很有悟性,常常能鞭辟入里,很是不凡。我怀疑曼德尔斯塔姆(在《小于一》中)或哈代(在《论悲哀》中)能拥有更铁杆、更专注、更不乏创造性的读者。令人感到欣慰的是,布罗茨基在讨论这些诗人时,能将自己的那套深奥难懂的上层建筑系统悬置不用,仅对作品作实际的批评解读。这些抱负不凡、细节出色的批评解读,足以令当代学院派诗歌批评感到汗颜。

学院派批评家是否能从布罗茨基那里学到点什么呢?恐怕未必。要达到他的水准,得与过去的大诗人为伍,此外,恐怕还得有缪斯授予的灵感。那么,布罗茨基是否能从学院派那里学点什么呢?当然能:未经压缩、修改,含有俏皮话、离题话的演讲稿,不要拿去出版。谈论弗罗斯特、哈代和里尔克的那几篇演讲稿,要是每篇删去十页左右的话,也许会更好。

3

尽管《论悲哀和理性》有时也会提到或直接谈论布罗茨基本人的流亡、移民经历,但它一向回避实际的政治问题,仅略微提到过特工基姆·菲尔比,且语焉不详,亦无下文。如果不怕过于简单化的话,我们不妨说,布罗茨基对政治颇感绝望,因而寄希望于文学,以此寻求解脱。

作为捷克总统,哈维尔以人的本性是恶的这一前提来从政,应该说是个不错的选择。此后,捷克报纸对捷克公民实施重新教育的方案中或多或少开始有点普鲁斯特、卡夫卡、福克纳和加缪的味道。(《论悲哀》,第218—222页)

(基于同样的理由,布罗茨基曾在别的地方批评过亚历山大·索尔仁尼琴,说他拒不承认感官直觉到的东西:人"生来就是坏种"。《小于一》,第299页)

布罗茨基在发表诺贝尔奖获奖演说时,大致勾勒了自己的美学主张。根据这一主张,公众的伦理生活大致可以建成。他说,美学是伦理学之母。意思是说,学会做细腻入微的审美鉴别可以教会人做出同样细致的伦理分析。因此,优美的艺术才是向善的。而恶,"特别是政治上的恶,永无风格可言"。(《论悲哀》,第49页)(在说这样的话时,布罗茨基也许没有意识到,他与其前辈,很有贵族风度的著名俄裔美国作家弗拉基米尔·纳博科夫是何等相似。)

布罗茨基继续说道,与伟大的文学进行对话,可以在阅读主体的身上培养"一种与众不同、孤傲不群的感觉,从而使人由一个社会的动物变成一个独立的'我'"。(《论悲哀》,第46页)早在《小于一》中,布罗茨基就曾极力称赞俄罗斯诗歌,说俄罗斯诗歌不仅保存着经典的文学形式,同时还能"为人树立一种道德纯洁而坚定的榜样"。(第142页)到了《论悲哀》中,他又驳斥后现代主义中的虚无思想,说后现代诗学是"废墟诗学,简陋不堪,了无生气";相反,他所标举的与他同时代的诗人,能在大浩劫和古拉格之后担起重建世界文化、重塑人类尊严的重任。(《论悲哀》)

布罗茨基的为人一向不愿攻击、讨论自己的这些对手,甚至连他们的名字都不愿提到。因此,我们只能猜测他在听到下列议论时可能做出的反应:艺术作品(或曰"文本")既塑造读者个体又形成读者群体;像布罗茨基那样强调读者与文本之间极其个人化的关系,这种做法有其历史文化上的局限性,布罗茨基(和曼德尔斯塔姆)称之为"世界文化"的东西指的只是特定历史时期欧洲的高雅文化。毫无疑问,布罗茨基对以上观点可能都会表示赞同。

4

自普希金以来,诗人的形象及威望在俄罗斯国人心目中一向崇高,伟大的诗人为国人树立了榜样,使人在黑暗年代仍能独善其身,并将崇高的诗人形象视为黑暗中一盏不灭的灯。此外,俄罗斯人有着由来已久的背诵诗歌的传统,经典作品也都有价格比较低廉的版本;一些被禁作品的出版转入地下,这反而使被禁作品的地位大大提高,人们几乎将被禁作品看作圣物一般。诸如此类的因素都使俄罗斯在二十世纪九十年代大开放之前,仍有大量忠实而且很有见地的诗歌读者。俄国文学研究界偏重语言分析,这可说是俄国形式主义文学批评的进一步发展。另外,苏联政府在1943年取缔违背社会主义现实主义原则的文学批评,因此,文学研究界偏重语言分析,也可以说是为了自我保护而做出的一种反应。这些都进一步培养了俄国人在研究、欣赏文学时喜欢做话语分析的习惯,使其对作品形式或技巧的欣赏水平非常精到,这是西方人所远远比不上的。

布罗茨基于1996年去世。此前四年,瓦伦蒂娜·波卢基娜编辑出版了一部评论布罗茨基的集子,该集子中的作者大都是布罗茨基的同时代俄罗斯人,有的是与他同辈的诗人,有的是他的学生,有的则是他的论敌。这部论集证明,即使在布罗茨基去国二十五年后,俄罗斯人仍把他看作是俄罗斯诗人。[4]

诗人奥尔嘉·谢达科娃说,布罗茨基的最大成就在于给"［苏联］文学时代的终结画上了一个句号"。（第247页）他在俄罗斯文学中恢复了一种传统的文学特质，即对人生的悲剧感。而苏联时期的文化产业以所谓乐观主义的名义压制了这一特质。此外，布罗茨基从英美文学中汲取新的形式，从而丰富并发展了俄国诗歌。在这个方面，他完全有资格和普希金相媲美。爱连娜·施瓦尔兹是布罗茨基的同时代人，年龄略小，但却是布罗茨基的主要竞争对手，她也承认：布罗茨基给俄国诗歌带来了"完全不同的新声，乃至完全不同的新的思想形式"。（施瓦尔兹对布罗茨基的随笔的文字不太恭维，她戏称布罗茨基是个"了不起的智者"。）（第222、221页）

布罗茨基同时代的俄罗斯人对其诗歌的形式技巧特征所发表的议论很有启发性。叶甫根尼·莱恩认为，布罗茨基找到了适当的格律形式来表达"时间是如何从人类身边流过并消逝的"。这种"把诗与时间的流动相结合的做法"具有高度的"形而上的意义"，是布罗茨基的最大成就。（第63页）而立陶宛诗人托马斯·文克洛娃则认为，布罗茨基的"诗歌，语言和文化上的跨度很大，他的句法和思想都能超越诗节所设定的限度"，读他的诗歌犹如"一种精神历练，可以拓展［读者］的思想境界"。（第278页）

因此，流亡异国他乡的布罗茨基仍能在俄罗斯有着广泛而有力的影响，也就毫不奇怪了。然而，尽管他的同辈作家大都乐于接受他革新诗法的举措，但除了莱恩外，绝大多数人对这些举措背后的那套玄秘深奥的形而上学颇表怀疑，因为他的整套形而上学将自己标榜成一种实体化了的

语言的代言人。列夫·洛塞夫认为,布罗茨基对语言的
"偶像崇拜",已到了难以收拾的地步,这可能是由于他缺
乏正规的语言学训练所致。(第123页)

作为诗人,布罗茨基在俄罗斯受欢迎的程度不及帕斯捷
尔纳克。文克洛娃说,俄罗斯人从他的作品中找不到"'热
情',……宽宏大量的气度,感人泪下的力量,恻隐之心,或欢
快明亮的感觉"。"他相信人之初性本善;也不认为自然
是……以神的形象为榜样而创造的"。(第283页)诗人维克
多·克利夫林对布罗茨基晚期诗作中经常出现的反讽手法
颇表怀疑,认为这种手法不是俄罗斯诗歌所特有的,显得有
点不伦不类。在克利夫林看来,布罗茨基强调反讽,目的是
要回避那些令其觉得不够愉快的思想或情境。"害怕袒露心
迹,或者压根儿不想开诚布公……如此日积月累,以至他的
每一句诗都已经自然而然地成为分析的对象,而下一句诗也
自然由这种分析而生发出来。"(第187页)

罗依·费舍尔是英语世界评论布罗茨基作品的高手。
他从布罗茨基本人由俄文转译成英文的诗作的字里行间看
出了类似的东西。他说布罗茨基的诗歌声韵节奏上略显
"急促","声调、停顿偏多","给人一种急迫匆忙的感觉"。
(第300页)

"急迫匆忙",然而又常常回复到反讽的态势,这是布
罗茨基诗歌和散文的一大特征,其诗文的理路给人一种参
差不齐、突兀的感觉:思绪尚无足够时间得以发展,就已经
被打断,提问、质疑,并依次加以修正,而后诗人又以一种不
甚自然的反讽,对修正后的东西重新加以考量。在措辞上,

口语和书面语也是不断交互使用；为选得一个好词，布罗茨基当然也会奋力直追。他和纳博科夫一样，对英语语言的声韵效果很是着迷，不过，纳博科夫的语言想象要比他更加训练有素（也许更加有所约束）。语调上的连贯性问题在那些以公开演讲为基础而写成的随笔中显得较为突出，布罗茨基好发一些大而无当、空洞无物的议论，好像作者故意要把自己常常出格的思想给压抑下去似的。

布罗茨基遇到的一些问题也许是由于个人气质所致——毕竟公众事件不太能够影响其想象力，然而，也有语言上的一些原因。正如大卫·贝西亚所言，布罗茨基的英语还未达到美国"准公民"的水准，而英语中反讽幽默中的细腻微妙之处是学英语的外国人最感棘手的问题，布罗茨基对此也从来没有彻底了悟。[5]

当然，研究布罗茨基随笔在语调上存在的问题还有另一种方法。我们可以考问一下他想象中的对话者是否总是与他相称，在他的讲稿和演讲中似乎有一种居高临下的成分，这使他要么把复杂问题简单化，要么说点俏皮话来逗趣，而通常的做法都是将自己的情感和思想的棱角给磨平，使其失去应有的光泽；而一旦他可以痛痛快快地去应对胜任愉快的话题时，这种在语调上所常表现出来的不安情绪就会消失得无影无踪。

在《论悲哀和理性》中有两篇涉及古罗马的文章，其中，我们可以看到布罗茨基将自己的话题论述得很是到位。就其情感力度而言，论马可·奥勒留的那篇文章是布罗茨基写得最有力度的一篇，好像他与之对话的人物之崇高品格使他可以无所顾忌地探究带有忧郁气质的高贵。和波兰诗人齐别根纽·赫伯特一样,布罗茨基对公众事务也持一种悲观态度,但显得比较豁达,他认为奥勒留是后代的人们可以与之进行心灵沟通的罗马统治者之一。他颇为感人地写道:"你是曾经生活过的人杰之一,你一心向善,故能恪尽职守。"发人深省的是,他接着写道,人类永远应该拥有像奥勒留这样的统治者,居安思危,"性格上有一种明显可见的忧愁"。(《论悲哀》,第291、294页)

该随笔中写得最为精致的一篇读来同样具有挽歌气质,此篇采用书信的形式,是作为俄罗斯人(或用罗马人对俄罗斯人的称谓来说,作为极北乐土之民)的布罗茨基给阴间的贺拉斯写信。对布罗茨基说来,贺拉斯即使不是他最钟爱的诗人,也是一位能将诗写得"均衡而不乏愁思"的一位大诗人。(《论悲哀》),第235页)布罗茨基展开奇想:昆图斯·贺拉斯·弗拉库斯施展魔力,在人间化身成了威斯顿·修·奥登,贺拉斯、奥登和他约瑟夫·布罗茨基本人的诗歌气质相同,如果不是同一个人,他们三人就像毕达哥拉斯所谓的灵魂转世,相继出现在诗坛上。布罗茨基反省诗人贺拉斯之死和诗人死后所开创的诗歌格律形式为何永垂不朽。写到此时,他的散文在语调上都获得一种新颖、复杂而又苦甜相杂的效果。

原注

[1] 《论悲哀和理性》(纽约:法拉尔、斯特劳斯和古鲁出版社,

209

1995），第 4 页。

［2］ 《埃兹拉·庞德书信集：1907—1941》，D. D. 派格编（纽约：哈考特·布莱斯出版社），第 264 页。

［3］ 《小于一》（纽约：法拉尔、斯特劳斯和基胡出版社，1986），第 52 页。

［4］ 《同辈人眼里的布罗茨基》（伦敦：圣马丁出版社，1992）。

［5］ 《约瑟夫·布罗茨基流亡国外的起因》（普林斯顿：普林斯顿大学出版社，1994），第 234 页。

豪·路·博尔赫斯的《小说集》

1

1961年,六大西方出版社(伽利马、埃伊瑙迪、罗沃特、赛克斯·巴洛尔、格罗夫、维登菲尔德和尼科尔森)的社长在西班牙东部的巴利阿里群岛上一胜地聚会,计划创设一文学奖项,可望获该奖的人从正在积极改变世界文学景观并有望获得诺贝尔文学奖的作家中遴选。这就是第一届国际出版人奖(也叫福明托文学奖),结果分获该奖的是塞缪尔·贝克特和豪尔赫·路易斯·博尔赫斯。同年,南斯拉夫作家伊沃·安德里奇获得诺贝尔文学奖,安德里奇是一位很有分量的小说家,但创新意识不浓。(贝克特于1969年获得诺贝尔文学奖,而博尔赫斯终生未能获得如此殊荣,称颂博尔赫斯的人认为,博尔赫斯终生未能获得诺奖是由于其政治观点和立场所致。)

福明托奖的名气将博尔赫斯推上世界舞台。在美国,格罗夫出版社收集出版了博尔赫斯的十七篇短篇小说,取名《小说集》;新方向出版社随后也出版了《迷宫》,收有二十三篇短篇小说（其中有些和《小说集》的篇目重复，但出自不同的译者之手）以及部分随笔和寓言。博氏作品的其他语种的译本随后也纷纷出现。

除了在自己的祖国阿根廷以外，博尔赫斯的名声在另一个国家也广为人知。法国批评家兼编辑罗杰·盖依瓦曾于1939年至1945年间流亡布宜诺斯艾利斯，战后，他在法国广为宣传博尔赫斯，并于1951年出版博氏的《小说集》，于1953年又出版博氏的《迷宫》（这后一部作品集与美国新方向出版社推出的《迷宫》有着很大的不同——博尔赫斯著作年表本身就是个谜）。整个二十世纪五十年代，博尔赫斯在法国的声望以及被人阅读的程度恐怕都比在阿根廷要高，在这个方面，他的文学生涯颇为奇特地可与推理小说前驱艾德加·爱伦·坡媲美，坡曾受到波德莱尔的大力推崇，法国公众对坡也是热爱有加。

1961年的博尔赫斯已经六十出头，使他声名大振的那些短篇小说，大都创作于二十世纪三十年代至四十年代。因而此时的博尔赫斯创作风头已过，他对自己早年写的那些"巴洛克式"的故事也颇感怀疑。尽管他一直活到1986年，但早年小说中所具有的思想锐气和力度，在1961年后仅时断时续地出现。

在阿根廷，1960年前的博尔赫斯和埃内斯托·萨瓦托及胡里奥·科塔萨尔一起，都被认为是一代文人中的领军人物。在胡安·庇隆执政时期（1946—1955），博尔赫斯一直受到报刊的大肆挞伐，人们骂他崇洋媚外，说他是大土地拥有者和国际资本的走狗，庇隆一登台，博尔赫斯就被赶出城市图书馆,并被"提升"为市营家禽和兔子市场的检疫官。庇隆垮台后,读博尔赫斯的作品成了时尚;但是,由于他支持一些不受欢迎、颇多争议的人和事(比如古巴侵犯猪猡湾),因而遭到民族主义、民粹派以及左派的一致谴责。

博尔赫斯对拉丁美洲的文学影响广泛而深远,而此前拉美作家一向以欧洲作家为榜样。博尔赫斯在革新小说语言方面贡献尤多,从而为一代西班牙语美洲小说家的脱颖而出铺平了道路。加布里埃尔·加西亚·马尔克斯、卡洛斯·富恩特斯、何塞·多诺索以及马里奥·弗尔加斯·略萨等人都承认自己曾受惠于博尔赫斯。马尔克斯曾说:"我[在布宜诺斯艾利斯]买的唯一东西就是《博尔赫斯全集》。我把这套书放在手提箱里,随身带着,打算每天取出来阅读,而[由于政治方面的原因]他又是我所憎恶的作家。"[1]

博尔赫斯于1986年去世。其后的十年中,由于各方对其遗嘱中的有关内容争持不下,致使其留下来的文学遗产的归属权问题一度未曾得到解决。所幸的是,该问题已经得到解决,英文版的首批成果就是《博尔赫斯小说集》,由安德鲁·赫利重译。[2]这部译本收有博尔赫斯早年的小说集《恶棍列传》、1944年的《虚构集》(集中包括了1941年出版的短篇小说集《小径分岔的花园》中的所有短篇)、《阿莱夫》(1949),散文集《诗人》(以前曾有人将其译作《梦中的老虎》)(1960)、《影子的颂歌》(1969)中的五篇篇幅不长的散文、《布罗迪报告》(1970)、《沙之书》(1975)以及收入译本取名《莎士比亚的记忆》(1983)中的四篇晚年写成的小说。

收入这部译本中的作品共有一百来篇,长度不一,短的只有一节,长的有十来页,只有最后四篇尚未译成英文。赫利所加注释固然很有价值,然而涉及范围有限,"目的仅仅为了给读者提供一个拉丁美洲(特别是阿根廷或乌拉圭)读者所可能拥有的信息,以便他们阅读时能使这些小说生动可信,或自己确立阅读方法"。(*CF*,第 520 页)此外,如果读者在阅读这位学识渊博且好旁征博引的作家时遇到其他一些困难的话,可以参看依夫林・费什本和普赛克・修斯编的《博尔赫斯词典》(伦敦:杜克华斯出版社,1990),这本词典是一部很值得推荐的参考书。当然,该词典也有其缺点,它回避了一个令人感到颇为棘手的问题,即没有为作为人物(是虚构的,还是真实的?)之一的豪・路・博尔赫斯单设一个词条,因为毕竟博尔赫斯在《博尔赫斯与我》等多篇小说中都是作为人物出现的。

《博尔赫斯小说集成》是维京出版社于 1999 年推出的三卷本的《博尔赫斯文集》的第一卷,它以 1989 年的西班牙文《博尔赫斯全集》为翻译底本。[3]由于《博尔赫斯小说集成》没有提供相关评注、索引、附录等供学术研究的资料,因此,它无法与法文版的《博尔赫斯全集》相匹敌。法文两大卷本由让・皮埃尔・贝尔内精心编校,伽利马出版社出版,收入该社的"七星文丛",该版本不仅试图收集博尔赫斯的所有著作(包括新闻稿、书评及其他杂著),而且还不厌其烦地说明了博尔赫斯对自己作品在历次再版时所做的修订情况。这一点颇为重要,因为博尔赫斯本人就是个很挑剔的编辑家(博尔赫斯的传记作家詹姆斯·伍道尔[4]曾说"[博尔赫斯]习惯于一版一版地改动自己的作品,删改、压缩是常有的事,有时他还对词、短语或句子做改动……这是任何试图为博尔赫斯编制著作年表、撰写目录提要的人备感头疼的问题")。

2

豪尔赫·路易斯·博尔赫斯于1899年出生在布宜诺斯艾利斯一个富有的中产阶级家庭。在布宜诺斯艾利斯,如果你是西班牙人的后裔,这对你进入社会来说,并非一笔财富;如果你是意大利人的后裔,那就更谈不上了。博尔赫斯的一位祖母是英国人,所以家族比较看重自己的英国血统,故而孩子成长过程中既讲西班牙语,又讲英语。博尔赫斯终生崇拜英国,崇拜英国文化。令人奇怪的是,作为一位以大胆、前卫而知名的作家,博尔赫斯的个人阅读就其面而言似乎止于1920年前后出版的作品。他爱读英文小说,史蒂文森、切斯特顿、吉卜林和韦尔斯都是他所钟爱的作家。他常说自己在趣味上是个"维多利亚时期的人"。(伍道尔,第29页)

英国风味是构成博尔赫斯自我塑造过程的一部分,而犹太风味则是另一部分。他曾提到过他母亲一方所可能具有的西班牙人血统(是否属实,尚难定论),以此来解释自己为何对犹太教神秘哲学感兴趣。更为有趣的是,博尔赫斯常把自己表现得像个西方文化的局外人。所以,博尔赫斯得以从容自如地对西方文化加以批判和革新。(事实上,我们完全可以补充一句说,博尔赫斯正是从容出入汗牛充栋的西方典籍,并旁征博引以成就自己的著作。)

1914年,博尔赫斯一家旅行去了瑞士。博尔赫斯的父亲患有眼疾,视网膜脱落,后来他本人也得了这种眼病,到瑞士旅行的目的主要是求医。一家人因战争而滞留欧洲,孩子们接受的是法语教育。小博尔赫斯还自学了德语,并读起叔本华来。后来,叔本华的思想对博尔赫斯曾产生过深入持久的影响。学习德语使他了解到当时的表现主义诗人、画家和电影制作人,他因此还曾一度涉猎过神秘主义、思想传递、双重人格、第四维度等学说。

在西班牙旅居一段时间后,1921年博尔赫斯回到了阿根廷。此时的他热衷于极端派诗歌运动(极端派是意象派在西班牙的一个分支)。年轻气盛的博尔赫斯已经开始不时地表现出独创性。比如,他曾构想一种颇为独特的语言,在这种语言中,一个词同时能代表日落和牲口脖下所系的铃声。

1931年,富有的艺术保护人维多利亚·奥坎波创办了《南风》杂志,并向博尔赫斯约稿。奥坎波的文艺趣味是欧洲乃至国际性的。杂志创办后,博尔赫斯是该杂志的主要撰稿人,历数年之久。他超脱于当时阿根廷文艺界长期争持不下的问题(如自然主义还是现代主义、欧洲论还是本土论)。《小径分岔的花园》中的短篇小说,标志着他的创作盛期的到来,这些小说大都连续发表于1939年至1941

年的《南风》上。

《皮埃尔·梅纳尔》是《小径分岔的花园》中最早发表的一篇,也是一篇最不令人满意的小说,写得既像是搞笑的学术论文,又像是哲理小说。1968年出版的《博尔赫斯自选集》没有收入此篇。然而,该篇中所表现出来的思想勇气却是相当出色的。皮埃尔·梅纳尔是保罗·瓦莱里的同时代人,年纪比瓦莱里略小。此人曾整个身心投入到塞万提斯的世界中去,为的是能够一字一句地写出而不是重写《堂吉诃德》。

《皮埃尔·梅纳尔》的创作思想可在大卫·休谟那里找到(过去的历史,包括塞万提斯的时代,仅仅作为一连串的当下心理状态而存在)。博尔赫斯成功地发明了一种方法(尽管这种方法在本篇中不够完善,但在随后创作的短篇小说中,该方法迅速得到进一步完善),运用这一方法,哲学怀疑论中的一些似非而是的悖论可以得到优雅的演绎,并可推演出令人目眩的结论。

《小径分岔的花园》中写得最为精致的短篇有《特隆、乌克巴尔、奥比斯·特蒂乌斯》和《通天塔图书馆》。之所以说精致,是因为哲学论点悄悄地融入了这两个短篇的叙事中,而小说的进展就像博弈一样,一步步走向必然的结果,其中,读者只能跟随作者亦步亦趋地采取行动。此外,这两篇小说中的技巧创新使其叙事速度加快,作者总比读者智胜一筹,而读者对此还浑然不知。小说用的不是讲故事的形式,看上去像是分析性或批评性文章:故事的叙述、讲解,都被压缩到了最低程度。这样一来,小说的动作仅限于用来探究某一假定情况所牵连到的人和事(比如一个巨大的图书馆)。

在二十世纪六十年代的一些访谈中,博尔赫斯说,《特隆》仅以描写的手法虚构了一个世界,借此探讨思想的各种可能性。除此之外,本篇还探讨了故事叙述人"幻想破灭"的情绪,"叙述人觉得,自己的日常生活世界……其过去……[和]其先辈的过去……都[从]他身边溜走了"。因此,这篇小说中所隐含的一个主题就是:人被淹没在一个红尘滚滚的"陌生世界里,弄得他不知所措,这个世界的意义究竟为何,他也全然不知"。[5]和所有其他作家解读自己作品时所发议论一样,博尔赫斯以上这番话当然也有自己的用意。但是,作为对《特隆》的说明,这番话似乎忽略了一个重要问题:在记录理想世界如何一步步取代现实世界的过程中,故事叙述人显得很激动,甚至不乏骄人的创造性,虽然其背景中也有灰暗的成分。理想取代现实的过程当然是出之以博尔赫斯所特有的悖论手法。故事叙述人意识到,人们生活其中的世界实际上是一种幻影,也许只是数量无限扩大的幻影中的一种而已。《特隆》写于 1940 年,二十五年后重新谈到这篇小说时,博尔赫斯竟然还能在其中找到昔日不无悲观的自我情感色彩。

当然,我们不能就此以为博尔赫斯是在误读自己过去所写的小说,否则我们就会把握不到博尔赫斯(或梅纳尔)的要点。根本没有什么特隆,没有什么 1940 年,有的仅仅是目前集体对特隆和 1940 年的虚构而已。就像奥比斯·特蒂乌斯那无所不包的百科全书能够取代宇宙一样,我们对过去虚构的事情的想象足可取其而代之。（博尔赫斯所熟谙的诺斯替教宇宙论认为，人们以为自己居住其中的宇宙只是较小的一个创造者创造的，这个创造者所置身的宇宙，又是由一个略微大一点的创造者创造的，而这略微大一点的创造者又置身于另一宇宙，如此往复，共三百六十五次。）

1944年的《虚构集》中，《博闻强记的富内斯》写得最为令人惊讶。伊雷内奥·富内斯是个无师自通的乡村男孩，他有着无限的记忆力。任何东西都逃不过他的感官；他过去和现在感官经历过的东西，都会存留在他的脑子里，他整个生活在由具体事物构成的世界中，连他看过的云彩变化的形态都忘不了。但奇怪的是，这么个几乎完全生活在思想世界里的人，竟无法形成一般性的概念，因而不会思考。

我们知道，博尔赫斯惯于将某一思想前提推向其令人感到困惑的结论，《博闻强记的富内斯》正是如此。这篇小说的新颖之处在于，作者大胆地把富内斯置于明显可见的阿根廷社会现实之中，并对这个受过伤的男孩深表同情。富内斯是个"孤独但神志清明的世界观察者，他所面对的世界形式多得令一般人眼花缭乱，这个世界瞬息万变，而又精确得几乎令人难以容忍"。（*CF*，第137页）

在封闭的文本中用语言或人物所虚构出来的大胆的理想主义小说，竟能在刚刚发现费迪南·德·索绪尔的结构语言学的整整一代法国知识分子那里得到共鸣，其中的缘由，我们已经不难看出。在索绪尔看来，语言就像一个能自我调节的场,人类作为主体在语言中无能为力地活动着,语言述说人类超过了人类对语言的使用。过去("历时")可以被还原成一系列叠加的现在("共时")状态。令阅读博尔赫斯的法国读者感到惊讶(也许是有趣)的是,博氏竟然别出心裁地发现了通往"文本性"之路。(事实上,我们有理由相信,博尔赫斯是通过叔本华,特别是通过弗里茨·毛特纳[1849—1923]而发现文本性的。现在,阅读毛特纳的人已经寥寥无几,费什本和修斯所编的《博尔赫斯词典》也未设任何有关他的词条,但实际上,博尔赫斯曾多次提到过此人。)

搜罗博尔赫斯中期和盛期所写作品的三部集子——《小径分岔的花园》《虚构集》和《阿莱夫》——出版后,1952年又出了《探讨别集》,选收了博氏所撰的部分批评文字。从中可以看出,作者博览群书,所涉语言有多种,大部分篇什最初都是作者为报刊所写,反映出布宜诺斯艾利斯报刊上层读者的趣味。许多后来在小说中所探讨的思想,在这部散文集中已有所萌芽,并已逐步成形,只是尚未得到完全发展。

要是把该集中的随笔和他的小说相互参看的话,人们可能会问这样一个至关重要的问题:小说的创作给这位学者型作家究竟提供了什么样的东西,使他得以把思想发挥得那样淋漓尽致,而作为另一写作形式的随笔为何做不到这一点?博尔赫斯本人的回答可能会和柯尔律治一样,因而他可能会说:诗性的想象能将作者和普通的创造原则相结合;博尔赫斯也可能会和叔本华一样,补充说,这种普遍的原则本质上与意志相类,而(就像柏拉图所言)与理性则大有径庭。"鄙人一生,未敢苟延生命,阅读不辍,故能不断证实:所谓志向、文论之类,仅能提供一些启发而已,而撰成作品往往弃志向、文论于不顾,甚或与之相互违迕。"[6]

当然,在他的这些话中,无疑有着嘲讽和自嘲的味道,要是读者觉不出来,未免感觉有点迟钝。《探讨别集》中讲话的声音就像他的小说作品中叙述人的声音一样;其中所收随笔背后讲话的人究竟为谁,已很明朗,博尔赫斯已经开始称这一幕后人为"博尔赫斯"。但是,究竟哪个是真的博尔赫斯,哪个是他镜中的映像? 对此,我们仍然说不清楚。随笔使一个博尔赫斯戏剧性地描述着另一个博尔赫斯。说得具体一点,这一问题所质疑的正是博尔赫斯作品的美国出版商们在虚构作品与非虚构作品之间所做的无谓区别。

《诗人》(1960)是一部诗文合集,后来美国的维京出版社出的《博尔赫斯小说集成》未收其中的诗歌作品。该合集所取之名——对说西班牙语的读者来说,意义颇为含糊——原指古英语中的所谓"创造者"(maker)或诗人,赫利译本用的正是该词;米尔德莱德·波耶尔和罗德·莫兰1964年出版的译本给该集重新取了个名字,叫《梦中的老虎》。博尔赫斯说,这部诗文合集是"我个人最用心之作,就我个人的趣味来说,或许是最好的作品"。(伍道尔,第188页)这话说得有点挑战的味道,因为该集中的作品没有一篇能与1939年至1949年间他所创作的小说佳作相媲美。不过,到了1960年,博尔赫斯已经开始表现出自己对早年作品的冷漠态度,因为,他后来曾蔑称这些早年作品为

"迷宫、镜子、老虎之类的玩意儿"。[7]

而实际情况则是,1961年获福明托文学奖后,博尔赫斯的创造力一度下滑。声名鹊起后,不断有人邀请他去发表演讲,他也来者不拒,一一答应下来。因此,他在母亲的陪同下,开始走南闯北,广泛游历。在北美的巡回演讲,使他有了稳定的收入。他很少拒绝采访,讲话也变得喋喋不休起来。他四下里寻找合适人选,想物色一位如意女郎为自己的妻子,后来虽找到了,但在整整三年的时间里,这位年近七十的老人竟饱受不幸婚姻之苦。

1967年,博尔赫斯与美国翻译家诺尔曼·托马斯·迪·乔万尼见了面。此后,两人开始了一种合作关系:迪·乔万尼翻译了(或者说是与博尔赫斯合作翻译)博尔赫斯的多部著作,在有关商业事务上也帮了博氏不少忙,而且他还劝说博尔赫斯重新写起小说来。《布罗迪报告》(1970)中的十一篇小说就是在他的劝说下写成的。镜子、迷宫之类的东西已成为过去,而阿根廷大草原或布宜诺斯艾利斯的郊区成了《布罗迪报告》中作品的背景,作品的语言比较简单,情节也较传统(博尔赫斯在序言中说吉卜林是自己的榜样)。十一篇作品中,最令博尔赫斯感到得意的是《第三者》,但是,《马可福音》写得一点也不逊色。在《马可福音》中,一个大学生把基督教福音传进一个地处偏僻乡村的高乔人①家庭,因而被人看作是救世主,并被钉在十字架

---

① 高乔人,拉丁美洲民族之一,分布在阿根廷潘帕斯草原和乌拉圭草原,从事畜牧业。属混血人种,保留较多的印第安文化传统。

上隆重处死。《布罗迪报告》是博尔赫斯各种学说中写得最为大胆、最具阳刚气息的作品,它着重写妒忌、肉体之勇和暴力,不过,作者写起暴力来比较言简意赅,并不大事渲染。

《沙之书》(1975)和《莎士比亚的记忆》(1983),写的既有老的主题(幽灵、灵魂附体、不同宇宙的相互渗透),还探讨了日耳曼神话,这是博尔赫斯晚年的兴趣所在。两部集子中有不少陈腐之作,于作者的文学声望毫无裨益。

3

博尔赫斯的诺斯替教思想是深深渗入其作品之中的。他认为,至高无上的上帝无所谓善恶。上帝孤高超然,与世界的创造毫无关系。但是,他作品中所表现出来的敬畏感本质上说是形而上学的,而不是宗教的,其根源在于博尔赫斯常常会模模糊糊地感觉到,包括语言本身在内的一切意义都土崩瓦解了。他似乎不时地暗示说,说话人的自我其实并非真实存在。

在回应这种敬畏感的虚构作品中,伦理的与审美的东西是紧密结合在一起的:他的寓言式作品中所表现出来的思想理路轻松而执着,他的语言像石刻碑文一样的简切,似非而是的悖论也是步步紧逼。所有这些作为文体特征,都表现出作者恬淡寡欢、不乏自制的能力。他不像爱伦·坡那样好发哥特式的歇斯底里,而能从容地回望思想的深渊。

有人批评博尔赫斯,说他依赖审美的东西以实现人类的救赎。比如,布鲁姆就曾说,假如博尔赫斯对自己的创作冲动少一点扼制的话,他有可能成为一个更伟大的作家。在布鲁姆看来,博尔赫斯的克制行为是一种自我保护措施。"尽管博尔赫斯所编造的迷宫不乏迷惑人的幻觉和技巧,但是,他缺乏的恰恰是一个传奇作家所应该拥有的狂放恣肆的文笔。……[他]从未在讲故事的过程中忘乎所以,这对他本人来说也许是有所得,而对读者来说,则是有所失。"[8]

这些苛责是否充分考虑过博尔赫斯的那些直接探讨死亡问题的短篇,对此我一下子说不上来。《南方》是这类作品中最令人难以忘怀的一篇,作品结尾时,主人公勇敢地接受了用刀决斗的挑战,尽管他明明知道自己必输无疑;在另外几篇反映高乔人或恶棍生活、写得也更加现实的故事中,人物往往暗中遵守一种恬淡寡欢的为人处世的伦理原则,他们宁愿死去,也不愿有损自己的名誉和面子,他们在为自己洗雪耻辱的同时,也往往保住了自己正直和诚实的品质。这些故事,篇幅虽短,有时所写内容也很残酷,表达了书生气十足但颇为胆怯的作者对充满行动的生活之向往。同时,这些虚构作品也表明,博尔赫斯更为明确地试图在阿根廷文学传统中找到自己的恰当地位,为阿根廷的小说创作做出自己的贡献。博尔赫斯在一篇题为《阿根廷作家与传统》(1953)的演讲中说,"骆驼"一词在《古兰经》里找不到。为什么呢?因为"我们可以相信,没有多少地方色彩,照样可能做个阿根廷作家"。[9]但博尔赫斯自己晚年创作的小说,特别是收在《布罗迪报告》中的一些篇什,无疑都富有地方色彩。这表明博尔赫斯晚年又回过头来,重新担起二十世纪二十年代自己回到布宜诺斯艾利斯时所面对的使命:坚守克里奥尔人①世代相传的文化命运,然而又必须超越狭隘的区域论和地方主义。"在这片大地上,没有传说,"他于1926年写道,"这是我们的耻辱。尽管我们的实际生活不乏华丽的色彩,然而我们的想象生活是可怜的。……我们必须创造出与[布宜诺斯艾利斯]的伟大相匹配的诗歌、音乐、绘画、宗教和玄学。"[10]

博尔赫斯的晚年小说大都以十九世纪和二十世纪之交比较破败的布宜诺斯艾利斯市郊乃至时间更早的阿根廷大草原为故事背景,因此很难说这些作品正视了现代阿根廷的现实,其中包含有阿根廷民族主义中的浪漫主义和本土主义成分。从中我们可以看出,博尔赫斯否定自己所属阶层的开明思想,对自己生平所遭逢的以庇隆主义为代表的新兴的大众文化和大众政治,更是深恶痛绝。

4

博尔赫斯的散文很有节制,严谨而简切,这在讲西班牙语的美洲国家是不多见的。他的散文力避(正如博尔赫斯不无骄傲地坦言)"西班牙习用语和阿根廷特有的词汇,对新词古语也一概排斥,[只用]日常词汇,不用耸人听闻的词汇"。[11]

_____

① 克里奥尔人,生于美洲而双亲是西班牙人的白种人。

到《阿莱夫》发表时,他的散文时常用一些不同寻常乃至令人颇感费解的动词词组,读起来起伏不平,明显有点拗口。到了晚期,这种情况则较为少见。

尽管任何翻译博尔赫斯作品的人,都会受到他那既简切又有力的语言之挑战,要把他有时用的谜一般的隐喻译好更非易事,但是,博尔赫斯的语言中没有不可逾越的鸿沟,只是译者需要稍加注意,博尔赫斯有时会用一些英语句式,他这么做无疑是故意的。(当然,这样的句式一旦翻译成英文,也就看不出来了。)

由于博尔赫斯晚年曾自译或与人合译过一些自己写的作品(如《阿莱夫》《布罗迪报告》以及一些诗歌),而且翻译过程中又会对原作做些改动,因此,这就给我们造成一些更为实际的困难。博尔赫斯对原作有时会做规模很大的改动。比如,《阿莱夫》中有半页已不怎么新鲜的讽刺文字就被博尔赫斯整个给删去了。此外,博尔赫斯有时也会比较随便地在英译文中放进一些其他信息,而按翻译行规,这些信息一般要求译者放到脚注中。比如,博尔赫斯曾在原作中只是含糊其辞地提到"阿帕里西奥①革命",译成英文后则扩充为"掌权的科罗拉多人(或曰红种人)与阿帕里西奥的布朗哥人(或曰白人)之间爆发的内战"。[12]

不过,博尔赫斯所做的改动也有缓和自己的西班牙语的附带作用。他在创作中期好用一些响亮的形容词,如:可

---

① 阿帕里西奥(1814—1882),乌拉圭军人,1871年率领白党起义,后在泉城被击败。

恶、费解、遏制不住、了无尽头、众所周知、凶险刻毒、背信弃义、眼花缭乱、狂烈暴躁,等等,改动后则缓和了一些。比如,"山的侧翼,陡峭险峻"被改成了山的"陡坡";女人那一头"狂乱的头发"被改成了她那"蓬乱的头发"。(*CF*,第96、285页)

博尔赫斯和迪·乔万尼认为,对英译文做这样的处理,可以使之读起来更和缓也更通畅一些,因为他们认为,西班牙语和英语"在看待世界方面,方法有着很大的不同"。他们说,他们努力所做的不是把西班牙原文生硬地译成英语了事,而是"用英语词汇把每个句子重新思考一遍",力图使译出的散文"[读上去)就像是……用英文一次写成的那样"。[13]

赫利认为博尔赫斯所言不足为训。赫利的这一观点我认为是正确的。然而,不幸的是,事情远比这要复杂得多。有人竟把博尔赫斯在翻译自己作品时所做的改动看作是权威的改定本,以为至少从理论上讲来,可以用来重新校勘其西班牙原文,以为博尔赫斯小说的英译,均应以博氏本人改定的为是。

赫利在其简短的《译者例言》中虽没有直接提及这一问题,但如果要他谈论的话,他也许会说:编辑和译者有时有义务阻止博尔赫斯对作品做改动。有义务事先告诉作者,我们想读的博尔赫斯作品的译文,不一定非得读上去就像英美人用英文一次写成的那样:假如他的西班牙文原作中确用了一定数量的华丽的辞藻,那么,也许读者正想知道这些华丽的辞藻是个什么样子,也许读者正想自己鉴别一

227

下博尔赫斯的乃至整个西班牙语的风格,尝尝其原味究竟如何,而不愿意看到译者越俎代庖地把原文语言的棱角磨得精光。

当然,如果博尔赫斯改动过的地方涉及创作意图等问题,那么,对改动如果不加以慎重考虑,未免显得鲁莽,毕竟原作的意图究竟为何,博尔赫斯比别人知道得更加清楚。un alfajor是各地都有的一种甜食,品种繁多,包括有:果脯,蜜饯;糖衣果仁;糖果,等等。那么,博尔赫斯指的究竟是哪种呢? 从他本人的译文,我们知道指的是一种甜饼。赫利则假装不知,含含糊糊地将其译成"甜食"。(CF,第277页)博尔赫斯说,如果我们把耳朵贴到开罗的某一石制廊柱上,可以听到希伯来文第一个字母在其中所发出的rumor声。赫利不假思索地将rumor转译成了"rumour",他要是看看博尔赫斯自己翻译时改成的"hum"(嗡嗡声),恐怕是会大有收获的。(CF,第287页)

译者如将自己的译文与博尔赫斯和迪·乔万尼合译本即使匆匆核对一遍,也许就可避免不少低级错误。赫利译本说,沙漠中的游牧民需要外国人来为他们干"木匠活"(CF,第288页),而博尔赫斯用的原词是albañilería,意为石匠活。

翻译博尔赫斯的人当中已不乏名家高手,如安东尼·凯里根、唐纳德·A.叶慈、詹姆斯·E.厄比等人皆是。当然,迪·乔万尼因曾与博尔赫斯本人合作从事翻译,那就更不用说了。不过,关于由维京出版社资助出版的多人重新翻译的全集本,我还有不少话要说。赫利的译文从整体上说来比较精到,选词精准,叙事风格上显得也从容不迫。如果说整体上有什么毛病的话,那就是赫利对英语词汇书面语和口语差别的把握并不总是那样的可靠。这导致译文中部分口语的效果在原文中找不到对应的东西。比如:"黎明时分那猜疑不定的光亮","猜疑不定"改成"小心翼翼"可能更好;"欲占"忏悔人"便宜"的牧师,把"占便宜"改成"欺骗"(embaucar)较好;出租车在离车站"没几步地儿"的地方让乘客下车,"没几步地儿"换成"不远"较好。(*CF*,第 138、204、122 页)赫利有时也会擅自改动有关内容,因而惹来一些麻烦。比如,《环形废墟》是个写男性生殖力和男性子嗣的故事,其中博尔赫斯写道:A todo padre le interesan los hijos que ha procreado,"做父亲的对亲生儿子总是放心不下"。赫利的译文则是:"做父母的对亲生孩子总是放心不下。"(*CF*,第 100 页)

原注

[1] 转引自杰米·阿拉兹拉基《博尔赫斯与犹太教神秘哲学》(剑桥:剑桥大学出版社,1988),第 156 页。

[2] 纽约:维京出版社,1998;以下简称 *CF*。

[3] 另两卷为:《博尔赫斯非小说集作品选集》,艾略特·韦因伯格编;《博尔赫斯诗选》,亚历山大·考尔曼编。

[4] 《书中剪影》(伦敦:好德和斯达夫顿出版社,1996),第 287 页。

[5] 转引自詹姆斯·E.厄比《博尔赫斯和乌托邦思想》,见哈罗德·布鲁姆编《豪尔赫·路易斯·博尔赫斯》(纽约:切尔西出版社,1986),第 102 页。

［6］ 《纳撒尼尔·霍桑》,见《探讨别集:1937—1952》(纽约:西蒙和舒斯特出版社,1968),第60页。

［7］ 1967年访谈,转引自卡特·魏洛克《博尔赫斯的新散文》,见布鲁姆编《豪尔赫·路易斯·博尔赫斯》,第108页。

［8］ 哈罗德·布鲁姆编《豪尔赫·路易斯·博尔赫斯·导言》第2—3页。

［9］ 法文本《博尔赫斯全集》第1卷第272页。

［10］转引自贝特里兹·萨尔罗《豪尔赫·路易斯·博尔赫斯》,约翰·金编(伦敦:维索出版社,1993),第20页。

［11］《影子的颂歌·序言》(1969)*CF*,第333页。

［12］《布罗迪医生报告》,诺尔曼·托马斯·迪·乔万尼与博尔赫斯合译(纽约:杜顿出版社,1972),第40页;*CF*,第390页。

［13］《阿莱夫·序言》(伦敦:开普出版社,1971)。

A．S．拜厄特

1

A.S.拜厄特出生于 1936 年,二十世纪七十年代,她开始着手一项重大创作计划。她要写一系列小说,来描述与她同时代、同属一个阶层,并有同样教育背景的一位英国妇女的成长经历。这样的一位英国妇女,历经令人感到单调乏味的二十世纪五十年代和发生文化革命的二十世纪六十年代,她对自己的命运可说既能左右,又往往左右不了。

拜厄特计划中的小说有四部。《庭院少女》(1978)中的女主人公弗里德里卡·波特同样生于 1936 年,小说写她苦苦挣扎,努力试图摆脱父母的性道德观,摆脱战后禁欲生活所强加在她身上的单调狭隘的生活方式。她觉得,1953年应该说是令人快活一点的时代开始的一年。然而,岁月流逝,又过了数个春秋,她这才意识到,原来伊丽莎白二世时代竟会有这么多虚情假意的繁文缛节,人们竟会这样陶醉于怀旧的情绪中。

《平静的生活》(1985)写的是弗里德里卡在剑桥读书

的岁月。小说中有绝妙的现实描写,从中可以看到作者所受现实主义大师的影响,但从整体上看来,这是一部善写思想的小说,其中集中了一些来自不同阶层的人物,他们的谈话使拜厄特得以探讨二十世纪五十年代后期英国的所谓时代精神。小说的叙事止于1958年,此时的弗里德里卡正和尼格尔·莱福双双坠入爱河,初次享受着恋爱的浪漫狂情。

《巴别塔》(1995)是至今(1999)尚未写完的系列小说中的第三部。这部小说开始时,已是《平静的生活》故事结束的六年之后。弗里德里卡和尼格尔的婚姻不怎么顺畅。两人和尼格尔的长得人高马大的姐妹以及那讨人厌的管家一起,住在伦敦周边的某郡里,这使她感到憋闷死了。昔日的那些大学时的朋友,有的已是闹哄哄的伦敦文化圈里的名人,她想见他们,可尼格尔不喜欢他们。他们写信给她,他竟然会偷看他们写给她的信。尼格尔曾经当过突击队员,他这样粗暴地对待她,使她有苦说不出来,她简直就成了一个囚犯。

弗里德里卡带着四岁的儿子逃到了伦敦。尼格尔一路追来,气势汹汹地把她揍了一顿,他要她回去,并说如果她不肯回去,就让孩子回去。

弗里德里卡开始经常参加鸡尾酒会。酒会老是那样的高雅得体,谈话总是男士们占上风,女士们只得躲在角落里,喝些抗抑郁的饮料,东拉西扯地说些什么。弗里德里卡决计离开这种在等着自己的无聊的生活,就像她逃离婚姻暴力一样。

弗里德里卡的成长环境"宽容而不墨守成规,你就是怀疑什么,也显得很谨慎,要求你……不管干什么事得细心掂量一下后果,看看是好还是坏"。[1]她害怕、痛恨丈夫,但又因自己的恨而弄得不知所措;她本想和他一刀两断,可又觉得这不太公平,有违自己极为严谨的道德倾向。再说,她对他还很着迷,即使在离婚裁决的现场,她还竟然对尼格尔感到一阵强烈的爱欲。

她的这种反应("他那深沉诡秘的目光充满了渴望,总能使她魂不守舍")不乏劳伦斯的味道。从中可以看出,不仅弗里德里卡个人对丈夫有着性受虐狂的依赖,而且,这种性变态心理还影响了整整一代年轻女子。这批女子大都成长于二十世纪五十年代,痴迷于劳伦斯的小说,和劳伦斯小说中所描写的女子一样,她们都弃理智于不顾,心甘情愿地为男人的阳具效劳,并以此寻求自我解脱。弗里德里卡认为,"这就是我们的信念"。——"肉体就是一切。查特莱夫人不喜欢讲话……[而]我不说话就受不了"。(《巴别塔》,第241、129页)

在《庭院少女》中,弗里德里卡和姐姐觉得不知怎的,自己的角色竟像劳伦斯《虹》中的布兰温姐妹——厄劳拉和古德伦,到了《巴别塔》中,弗里德里卡也发现自己在违心而费力地拒绝受康妮·查特莱的影响。小说结束时离婚裁决的场景无疑以讽刺手法模仿了1961年轰动一时的劳伦斯淫秽作品审判案;但是,《查特莱夫人的情人》对《巴别塔》的影响还不止这些。作为一个二十世纪六十年代的女人,一个有性欲需求的女人,弗里德里卡要想重新生活下去,就必须好好思考,在许多方面必须拒斥自己早年所受的

233

道德教育,因为这种教育都是从父母和老师们那儿得来的,而自己的父母和老师又曾经是那样地崇拜过盛赞劳伦斯的剑桥大学教授 F.R.利维斯。

弗里德里卡和尼格尔的冲突在离婚听证时达到了高潮,这一场景写得很长,可以说穷尽了拜厄特的创作才情。对弗里德里卡来说,这场听证会可谓是磨炼其意志的过程。她丈夫的律师毫无怜悯之心地责问她;丈夫雇来跟踪她的私人侦探和他的姐妹,又合伙作伪证,这使弗里德里卡站在法庭上,就像一个自私而淫荡的女人,根本不适合监护自己的儿子。

然而,庭审结果却令人惊奇。当时的庭审现场看上去确像是男人的天下,这些男人大都是从不同公立学校毕业的,他们合伙攻击一个竟敢违反法律制度的女人,这并不奇怪,况且这个女人又是英国北方来的,其政治背景本来就和他们有所不同,她也压根儿就没把自己看成是这一制度的一部分。然而,令莱福一家人感到愤怒的是,法庭竟以家长式作风,把孩子判给了母亲。

弗里德里卡的儿子一点也谈不上可爱。他强烈地要求母亲牺牲幸福好让他过得开心。弗里德里卡曾一度想把家中值钱的东西收拾收拾,撇下儿子,一个人逃之夭夭,然而她没有这么做,并因曾经有过这种念头而内心感到自责。她渐渐地意识到,做一个母亲对她的生活来说是多么重要,"爱子心切,差一点走向其反面"。(第237页)

弗里德里卡花许多时间念故事给儿子听,从她所念的这些故事的性质看,她真切地以为自己的儿子聪颖过人。故事一般都比较长,小说作者拜厄特通过这些故事试图传达的意思也颇为有趣而不乏挑战性。当时教育界的正统观念认为,不应该让孩子接触令其感到困惑不解的东西。而拜厄特本人读中学时就喜欢读拉辛的作品。因而她并不避讳为学龄前儿童写些充满神奇和恐怖,不乏英雄主义和足智多谋精神的故事。想象力的教育是第一位的。为什么呢?因为弗里德里卡决定与之共命运的那些作家、画家、科学家都是些想象力极其丰富的人,他们都比尼格尔以及尼格尔的那些住在郡里的家人、商界朋友要出色。

在这方面,拜厄特的思想毫无疑问属于阿诺德的那种自由人文主义传统。她作品中的人物在遭遇危机时,一般不会去求医问药般地寻求别人的帮助。他们认为,拯救完全是个人拼搏的事情;最好的帮助就是运用自己的灵性和悟性,勤奋工作,最好能通晓数种语言,以熟悉历代经典。在生活的斗争中,幸福不是最终获得什么奖赏,而是一个不断自我完善的过程;童年不应是个无忧无虑的欢乐孤岛,而是备战人生的一个阶段。

当然,事情并非都像这样简单而残酷无情。弗里德里卡和其密友虽都一致认为,她们的童年过得很糟糕,毫无童真、童趣可言,但即使在这样的时候,两人毕竟还能不约而同地背诵得出华兹华斯的《永生颂》来。这首诗对受过英语教育的人来说,可谓耳熟能详,脍炙人口,是首著名的写童年的诗。诗中写到童年时"那些模糊的记忆""却是我们盛年时不竭的光之源泉,/是我们睁眼能看见世界的主要光源"。

两位密友待在一起的时候,总能借自己所受到过的文化教育,袒露自己的心迹。拜厄特小说中的类似描写还有一处。弗里德里卡的一个朋友在乡下徒步旅行,体验到了"一种英国感觉",一种属于大地的感觉。在这片大地上,数千年来,先辈们生于斯长于斯又回归于斯。这种感觉由于用了几行脍炙人口的诗来描写而显得细腻生动,以至"像草根的土壤和石块一样,[它们]竟成为思想的一部分"。(第20页)

2

弗里德里卡在剑桥大学读书时,成绩优异,然而她打消了教书的念头。可是,眼下为了在伦敦活下去,她也只好在晚上去教点书。为此,她得拓展自己的眼界,增长知识。她阅读尼采和弗洛伊德等人的著作,并开始意识到自己以前所受的典型的英国式教育有多么的狭隘。她也读从福楼拜至托马斯·曼的一些欧洲大小说家的作品,并把曾形成自己世界观的有些作家抛之脑后。劳伦斯和 E. M. 福斯特现在在她眼里,竟成了宗教意味浓烈的作家。她认为,这两位作家都试图将小说提升至《圣经》所曾经占有的地位。(T. S.艾略特也曾经对年轻时的弗里德里卡的成长,产生过重要影响,此时读其著作则更感亲切。)经过整合的自我,现在看上去已不像过去那样时髦;她宁愿将构成自己的各种身份,语言的、知识的、性欲的,"并置在一起,而不要孤零零地一望便知"。她预感到一种艺术作品,其中,这种像她那样的并置一道的自我身份能够得到表达:"一种由碎片拼贴成的艺术作品。其中,各种不同的成分交织在一起,不像一棵树或某种贝类动物那样'有机地'向上生长,而是像砌墙那样,一块砖一块砖,一层一层地建成。"(第318、363页)

和威廉·巴勒斯①一样,弗里德里卡也很无聊地把丈夫为办离婚而请的律师写给她的信先弄得鸡零狗碎,然后再将其加以新的组合。她很欣赏这么做所带来的效果,于是她又如法炮制,剪切、拼凑起劳伦斯和福斯特的作品来。她的笔记就是由自己的日记和某些作家(艾伦·金斯伯、塞缪尔·贝斯特、R. D. 莱恩、威廉·布莱克、尼采、诺尔曼·O. 布朗)盛年所写作品的摘要和报纸剪辑拼凑而成。这些笔记显得很前卫,甚至具有巴黎作家所写作品的味道。弗里德里卡把自己的文本试验叫作"薄片黏合法",这种方法的构想在《庭院少女》中已初露端倪。她的心里有个颇大的愿望,希望能将这些笔记变成"一部把不相干的东西凑合在一起的作品",就像"一条辫子",其中,"编织有一个女人身上所发出的许多女人的声音",而她自己正是这样的女人。(《巴别塔》,第466页)这实际意味着,到了拜厄特的第四部小说里,弗里德里卡将成为一个作家。(发表

---

① 威廉·巴勒斯(William Borroughs,1914—1997),美国小说家,热衷于写性生活和吸毒体验。作品有《赤裸的午餐》等。

于 1962 年的多丽丝·莱辛的《金色笔记》中的主要人物，也在根据自己的不断变化的身份，写着层次复杂的笔记，其中，作者对所谓有机统一的小说和对有机整一的自我之不满，是很明显的。）

《平静的生活》的结构风格有时颇像随笔；《巴别塔》也一样，可说是一部思想小说，其中许多场景都是作为思想讨论的框架而设定的。从中不仅可以看到新兴的巴黎结构主义，而且还可以看到科学的新进展，如遗传学、生物化学、动物心理学、语言学、计算机科学等。从某种程度上说来，这些对话生动地再现了二十世纪六十年代中期思想界的活跃情况。但是，这些材料现今看来，有不少都已过时，仅具有历史研究价值。拜厄特为何花这么大工夫把这些东西写进小说中，动机尚不清楚。

弗里德里卡对待新思潮的态度一直很谨慎。作者拜厄特曾打断小说的叙事，插入了一段评论，她说，"大多数知识分子都宣称连贯性已不复存在，在这样的一个世界里，作为知识分子之一的弗里德里卡却无拘无束地为好奇心、为连贯性中的快感、为发现因果联系所驱使。"（第383页）这话预示着弗里德里卡将扬弃二十世纪六十年代，就像小说作者拜厄特扬弃二十世纪五十年代一样。

弗里德里卡的个人生活同时也在成长，她的生活中并不缺少男人，不过，不是为了性猎奇。当年，为告别自己处女的童贞，她尝过性的新鲜劲，后来，出于友谊，还和几位男同学有过性生活，而现在的她则正学着享受与男性交往的快乐，但不一定和他们上床。1953 年，为了庆贺伊丽莎白二世登基加冕,她曾在一出喜剧演出中扮演过伊丽莎白一世的角色。现在她则开始体味独身、做童贞女王①的力量。

《巴别塔》中的弗里德里卡思想既活跃又细致,她不断地意识到,自己的身份不仅是由书本,更是由家族史和民族史的更大规模上的叙事所构成的。她是当代小说中仍在不断产生的人物中比较有趣的一个女子形象,可以说是一定的社会阶层的典型代表,兴许作者在这一人物历经沧桑之后,让她有了一种历史的个人意识。

3

1980 年以来拜厄特所写的作品中,有着这样一种矛盾情况,作为一个作家、一个女人,拜厄特的个人性格形成尽管受到英国自然景观和文学传统的交互影响,从而使其作品读上去让人觉得有一种"英国味",但是,她必须正视这样一个事实:英国的文学传统已日见衰竭,不能给当代正在写作的小说家以多少滋养。

她近年来所写的小说,文本形式丰富多样(嵌入式故事、文献等,比比皆是),她也会玩弄一些后现代手法。然而,她的小说仍然继续不断地像那些英国现实主义大师那样密切观察社会,对道德状况深表关注。虽然《巴别塔》中的弗里德里卡(就这方面而言,她无疑是拜厄特的代言人)在(试探性地)反思后结构主义对现实主义的批判,然而,

---

① 童贞女王,指终生未嫁的女王伊丽莎白一世。

后结构主义的这种批判对拜厄特本人的小说语言是否有着彻底的影响,这一点还很难看得出来。在《平静的生活》中,她颇表赞同地引用了威廉·卡洛斯·威廉斯的一句话:"事物之外无思想。"[2] 拜厄特尊重精确的观察得来的真理,在这方面,她是受过庞德(庞德在《诗章》中所运用的不也正是"薄片黏合法"吗?)和威廉斯影响的,她用的是现代派写法,而不是后现代派写法。

拜厄特在创作《平静的生活》期间,有人去采访过她,她列举了乔治·爱略特小说中一些令她很是赞叹的特征。她说,爱略特的小说"人物众多,文化涉及面广,语言也复杂"。她强调说:"场面宏阔,人物众多,这对作家说来很重要。"《巴别塔》明显是一部关于二十世纪后期的小说,但是,这部小说和此前两部小说一样,作者都力图把它们写得场景广阔,尽可能涉及广泛的文化问题(是文化问题,而不是社会问题,她的社会波及面还是较窄的)。此外,人物也尽可能多些。不过,人物多有时不一定是好事。《巴别塔》中写过一百多位人物,可是,写这么多的人物,不能仅仅提提名字而已,你得把他们的个别角色作用写出来,不然,读者何苦劳神去记住这些名字呢。其实,这许多人物中,大都是些无足轻重的小人物。我想,就是狄更斯也未曾在一部小说中写过这么多的人物;实际上,狄更斯作品中的一些次要人物,描写得虽很简短,但还是粗具规模的。而拜厄特作品中的那许多可有可无的小人物,则可能是从电话号码簿中直接抄来的。

马克·吐温曾经说,美国作家想到谁就写谁,弄得下笔不能自休,写得拖沓,好像故事永无结束的时候。而拜厄特要是不知自己下一步该干什么,她也会很草率地弄出一批新人物来陪她。

4

通过人为的情节设计,拜厄特使弗里德里卡到庭受审,弗里德里卡因写有涉嫌淫秽的《蠢话之塔》而被指控。《蠢话之塔》是一部反乌托邦小说,深受萨德的《所多玛的一百二十天》的影响,其目的就是要批驳启蒙运动所带来的各种具有乌托邦色彩的思想。小说一路写来,涉及法国关于理想社会的思想萌芽(家族关系的解散以及新语言的建构)以及这种思想如何沦为野蛮的专制,以致小孩子干起坏事来,竟然表现得比大人都强。

拜厄特借法庭审判这一场景,温和地讽刺了二十世纪六十年代某些比较典型的知识分子的虚妄和糊涂,类似的知识分子形象也曾以证人的身份出庭辩护。此外,这部小说的语言风格略显矫饰,半文不白。其中,也有一些不怎么直露的性描写;而从篇幅上看,一章又一章地纠集在一起,显得比较拖沓,有时给人读不下去的感觉。这些无疑都是由于拜厄特创作构思尚不到位乃至失算所致,比较让人感到遗憾。《巴别塔》的材料算不得丰富,然而作者竟写了六百二十二页,未免过长。

拜厄特是个很有天分的作家,下笔万言无懈怠,这在她的《占有》(1990)中颇可看出来。在《占有》中,她所塑造的人物形象伦道夫·亨利·阿舍和克利斯塔贝尔·拉莫特是一对情侣，作者分别假冒这两个人物的身份，竟写出一大批诗歌和书信，很了不起。但是，《占有》是一部趣味比较高雅的侦探小说，意在讽刺某些人的学风，其创作雄心当然不及她计划中的四部曲中已出版的三部。《占有》中的现实主义纯粹是文本性的，就是要模仿表象，可是，学术界里有些人竟挖空心思研究起阿舍和拉莫特这两个平庸且缺乏真正的创造精神的所谓作家，对此，生活在现实世界的人们不禁要问一句，何苦呢？

那么，《巴别塔》写得如此冗长，是不是作者又在展现她那下笔不能自休的语言技巧呢？这个问题颇难回答，因为拜厄特没有再现（或者确切地，压根儿就没写）整个起诉过程中的一个关键细节。后来读者才知道，在这个细节中，有个女人被人以淫秽而且令人恶心的残酷方式给弄死了。在一部小说中，干吗要不厌其烦地写对另一部小说的审理过程呢？小说天生就是虚构的或道听途说得来的东西。

5

拜厄特的《巴别塔》中的叙事接近尾声时，时间是1967年。当时，空中布满了大难降临的阴影。报纸上充斥着有关摩尔人谋杀案及越南的新闻。血腥屠杀"事件"及"焚书"仪式（仅烧书脊和封面）时有发生。《蠢话之塔》可说是《巴别塔》的长得较丑的一个孪生子，其中的预言眼看就要成了现实：没有节制的权力终将不可避免地导致大灾难。

就历史分期而言,弗里德里卡把自己看作是二十世纪三十年代和四十年代的产物。这是些比较灰暗的年代,这些年代结束时,适逢伊丽莎白二世于 1953 年登基,不乏象征意味。她这一代人成长时,"政治平静"(《平静的生活》,第 300 页),而现在到了 1967 年,她必须面对新时代的现实状况,这时的艺术界一片混乱,而各种科学则取得了激动人心的进展。约克郡山区建起了核电站,"湖泊变得了无生机,已听不到鸟儿鸣叫",乡村遇到了毁灭,她所熟悉的那种"英国味"要想保存下来看来不易。(《巴别塔》,第 60 页)

快到而立之年的弗里德里卡来到了人生的三岔路口:一是回望过去,毕竟过去曾影响并形成了自己,她有责任去了解它;二是展望现在,在乡村度过了那些瑞普·凡·温克尔式的岁月之后,她得急起直追,力争赶上现在的发展状况。拜厄特为让弗里德里卡完成这两项任务而赋予她的那些知识装备,是批评性的而不是创造性的。如果说弗里德里卡与过去搏击的场景比她与现在搏斗的场景更为诱人的话,那可能是因为拜厄特在四部曲中的第三部中还在犹豫着:弗里德里卡有足够的创作才能吗?用她自己的话来说,能用"薄片黏合法"写出作品来吗?还是干脆继续把她自己周围的世界置于自己现已变得老练但还很被动的批评眼光下来加以考察?

原注

[1] 《巴别塔》(纽约:诺普夫出版社,1995),第 102 页。

[2] 《平静的生活》(伦敦:霍加斯出版社,1985),第 323 页。

卡瑞尔·菲利普斯

1

在整整三百年的时间里,奴隶贸易强迫大约一千一百万非洲人去了新世界。这是人类所知的二十世纪前最大规模的强制性人口迁徙。这些被强迫迁居的人口中,有五分之二去了西印度群岛上的种植园,西印度群岛是南北美洲奴隶制的大本营。相比之下,讲英语的北美大陆所接纳的奴隶仅占总数的百分之五。

英国(还有西班牙、法国和荷兰)把非洲人运往加勒比地区,让他们在殖民地种植园干苦力活,并派本国人去当监工。被派去当监工的都是些对本国社会有危害的所谓人渣。大小不等的种植园主所构成的社会,以生活放荡而出名。他们懒惰,没有文化修养,而且很势利,见钱眼开。他们留下的遗产就是种族歧视,他们根据不同人种的肤色来把人区分成三六九等:V.S.奈保尔曾转引加勒比地区一份长得出了名的关于人种肤色的清单,"白色、朽霉色、霉色、土灰色、茶色、咖啡色、可可色、浅黑、黑色、深黑"。[1]

种植园的建立有其根本原因,但在殖民地,关于黑人智力和肉体也产生了一批学说,其中的大部分,应该说都含有种族歧视的色彩。艾里克·威廉斯曾说,蓄奴制不是种族歧视的结果,恰恰相反,种族歧视倒是蓄奴制的结果——十九世纪欧洲的人种科学,对种族歧视论曾起到推波助澜的作用——威廉斯这话也许说得有点过火,但是,他完全正确地指出,南北美洲,特别是西印度,正是种族主义思想的温床。[2]在这个意义上,当今的西方虽然在与残留下来的种族歧视进行斗争,但它却仍然生活在蓄奴制所留下的阴影里。

驶向新世界的船只上载的是第一批非洲流离失所的移民。然而,当群岛上甘蔗种植园经济在十九世纪初开始衰退的时候,在欧洲列强解放了他们的奴隶的时候,紧随这批移民之后,又出现了情形更加复杂的移民潮。这第二批移民大潮一直持续到现在。从一个岛移民到另一个岛,从各个不同的岛移民到美洲大陆;从各个不同的岛移民到宗主国;从各个不同的岛移民到非洲;从美洲或欧洲或非洲再移民到各个不同的岛。(近几年古巴人和海地人移民大陆蔚然成风,好不壮观。其实,人口流动一直是加勒比地区人口学上的一个特征。)流离失所,漂泊无定,欧非种族杂交,略微淡化的种族意识,不能完全独立,内心飘忽不定,不知未来该以何人为自己的创作样板("不知怎的,大师们终于离我们而去,"牙买加·金凯德这样写道,"不知怎的,奴隶终于被解放"),这些,就是本世纪许多加勒比地区的大作家的写作背景。只有将其置于这样的背景上,像艾迈·塞瑟尔、奈保尔以及德里克·沃尔柯特等人的创作思想,才能得以把握。[3]

2

卡瑞尔·菲利普斯1958年出生于圣基茨岛(人口四万五千),①儿时父母举家移居英国(因此,其家谱所涉及的三大地点恰好对应横跨大西洋的奴隶贸易的三大顶点:西部非洲、加勒比地区、英国)。圣基茨岛以前是现在也仍然是个移民社会,其经济来源主要依靠输出海外的劳力往家乡汇寄的钱款。菲利普斯把这种岛称作"第三世界中的第三世界"。[4]

二十世纪六十年代的英国,仇视黑人的情绪比较普遍;1962年通过的立法具有明显的种族歧视倾向,这使得从英国前殖民地国家和地区移民英国变得更为困难。菲利普斯在一篇自传性质的随笔中曾描述过自己成长过程中的矛盾心情:"自己觉得是英国人,可人们却又直截了当或拐弯抹角地告诉我,说我根本不是什么英国人。"[5]他的第一部小说名叫《最后的迁移》(1985),对一个漂泊不定的西印度群岛人来说,这个书名听上去不无讽刺意味。这部小说以作者各种酸甜苦辣的经历为背景。作者在英国,所到之处遭人白眼,英国当地人明里暗里,有意识或无意识地对他表示

---

① 圣基茨和尼维斯联邦位于加勒比海背风岛北部,波多黎各与特立尼达和多巴哥之间。英语为官方语和通用语。

轻蔑。比如,他曾写到一个社工,"她说话时……她说到'有色的'这个词之前或之后,老是会往肚里咽唾沫,好像一说到该词她就感到羞耻似的。……[该词]老是在她舌头中部的下方停住,因而导致唾沫分泌加快,因此,她说这个词时所分泌的唾液,比说一句话中所有剩下来的词所分泌的还要多。"[6]

菲利普斯也写白人人物,而且笔法敏锐,特别是《更高的地面》(同名小说《更高的地面》中的一个篇章)和中篇小说《隐身英国》(收入1993年出版的《过河》)。《隐身英国》的主要人物是一个讲英语的女人,二战期间隐居乡下,有一个盛气凌人的母亲和一个猥琐的坏蛋丈夫,她和一个美国黑人士兵私通,因而邻居们老是躲着她,社会福利机构的官员又把她的孩子夺走,说孩子是美国大兵的私生子。她头脑冷静,忠诚执着,有能力但不张扬,而且有自己的独立思想(她看穿了战时泛滥全国的宣传鼓动,特别痛恨"丘吉尔这个大腹便便的狗杂种"),她所代表的是不声不响的日常生活中所体现的英勇无畏的精神;但这个人物也给人以孤高、苍凉、碰不得的感觉。菲利普斯作品中所塑造的女性身上,大都具有情感深藏不露的特点。[7]

甚至在《剑桥》(1991)中,作者也不无同情之心,塑造了一个白人妇女的主要形象,尽管这个人物可能显得有些武断而存有偏见。《剑桥》的故事背景是一个小岛,让人觉得颇像圣基茨,时间是十九世纪后半期,其中的主要人物是个年轻女子,她离开英国,到殖民地调查父亲种植园的经营状况。人们原指望她回英国后,能给各种妇女协会做些演讲,谈谈殖民地种植园的生活现状,以回应和驳斥国内有关废除蓄奴制的激烈争论。

她来岛上后,对岛上的蓄奴制生活,起初印象非常好,觉得人们都在痛痛快快地享乐着,食物充足,到处莺歌燕舞。进一步深入由种植园主构成的社会后,她对种植园管理层人员所表现出来的精力赞不绝口,但随后她竟又置身于殖民地所特有的梦魔般的生活,觉得自己像是被抛入由黑鬼所构成的一望无际的海洋中。

然而,在和一个种植园管理人员发生不够检点、卑鄙下流的关系后,她产下一死胎。此后,她的思想开始有了转变。原来写得端庄、整洁的日记也变得松松垮垮起来,反映出她原来信服于家长制时所拥有的克制和自控能力有所放松,乃至完全丧失。到小说快要结束时,她已疯疯癫癫,内心里可能真的在挣扎着,对目前的加勒比感到极度陌生,于是,她手里拿着刀,心想着是不是该自杀。

《剑桥》不是一本十分好的书。书后面的一些章节中的情节有图解化的嫌疑,反映出作者写得很马虎。但是,这部小说确实说明,到1991年时,菲利普斯视野有了拓展,已经能够在自己作品中所写的受压迫的图景里出现白人妇女,特别是白人少女形象。

菲利普斯还曾写过其他一些反映蓄奴制时期的小说,这些小说(尽管不是全部)大多有点特征,就是作者既能深入到当时的语言、历史中去,又能在对这段历史的回顾中生发出一种现代意识。

这些小说中,写得最好的要算《异教徒的海岸》(收入

《过河》),作品写的是十九世纪三十年代的事。《异教徒的海岸》模仿康拉德的《黑暗的中心》,后者中的库尔兹这一角色,到了《异教徒的海岸》中则由一个天真的家奴纳什·威廉斯来扮演。纳什被他的南方主人释放,条件是他必须到利比里亚去,到当地的居民中去传播基督教。纳什原先对自己的利比里亚之行的前景颇为乐观("我的祖辈所居住的这片美丽的土地……自由了的黑人在东方的一颗明星"),但后来逐渐感到失望。他最后宣布,传教活动一无所获。因此,他最终放弃了自己所受的西方式教养,娶了三个妻子,因而成了一个地地道道的非洲人。

他以前的主人曾资助(通过美洲殖民协会)他的利比里亚之行,也曾那样地赏识过他,此时也来到利比里亚,想把他带回文明世界去,可是为时已晚:"纳什·威廉斯已经死了",人们告诉他说(这句话说得颇像康拉德《黑暗的中心》中的"米斯塔赫·库尔兹——他死了")。和库尔兹的贸易站一样,纳什在河的上游所设的传教站也最终变得肮脏、芜杂,不堪入目,结果被非洲收回。[8]

就这样,美洲移民协会竟让纳什·威廉斯去实施一项颇为虚伪的计划,结果,非洲大地将这些新世界来的讨厌的孩子,悉数揽入自己的胸怀。该协会以为非洲是解决美洲种族问题的一条途径,因此不乏讽刺意味的是,它在策略上与同为西印度人的爱德华·魏尔莫特·布列顿及马尔库斯·加维所持泛非洲论竟是那样接近。布列顿和加维两人认为黑人在精神上完全属于非洲,因此,他主张回归非洲以寻根。在《海聊》(收入1995年出版的《较高的地面》)中,菲利普斯讽刺了二十世纪六十年代黑人权利运动中的泛非洲论思想,作品写得极其幽默,而作者表现得却非常冷静,这表明作者颇有不露声色作喜剧模仿的才能,这在他的小说中是不太容易见到的。

《海聊》写的主要是一个年轻非洲裔美洲人的独白。这个年轻人由于持枪抢劫而锒铛入狱,并受到一帮狱吏的严刑拷打,被折磨得痛苦不堪。菲利普斯以黑人权利运动活动家乔治·杰克逊写的、后来收入《索尔达兄弟》中的狱中书信为出发点,但持论相当公允。他既讽刺了革命者呆板的教条思想("我认为这个非洲没有充分利用手淫。……手淫既安全又快捷,做起来对人对己都没什么坏处"),又对那个年轻人深表同情。这个年轻人思想相当激进;他知道自己已不可能活着出狱,他的脾气因此而变得日益狂暴(他绝望地写道:难道就没有哪位律师同意为我辩护,辩护费用将来由我用粮食和水果来偿还?)。[9]

尽管现实生活中的美洲殖民地协会在筹建利比里亚方面曾经起过巨大作用,但它在遣返被释放的黑人回非洲这件事情上,毫无进展。对遣返行为表示坚决反对的人就是弗里德里克·道格拉斯,他谴责这种行为,认为这是奴隶主们耍的一个伎俩:"个人可以移民出国,民族、国家则不能。"道格拉斯和菲利普斯都以各自的方式阐明了同样一个观点:问题不是非洲能否重新接纳它的失散在外的游子,而是非洲离散在外的游子该如何看待自己的未来。对他们来说,未来究竟在哪里? 菲利普斯的立场比道格拉斯要复杂些,因为菲利普斯赶上了(实际参与了)第二次流散移民的大潮,因此他知道,无论是非洲还是流散居民的第二出生国,都不足以给游子们提供一个家的感觉。当然,道格拉斯和菲利普斯都给自己找到了落脚点:前者在美国,后者在包括英国的欧洲。

以为自己未来的落脚点是在欧洲,这种诉求在菲利普斯的小说中体现得间接隐晦一些,而在其随笔中则表现得更加清晰直白一些。他写道:"黑人从政治、经济均靠不住的加勒比地区流亡出来,置身于充满敌意和种族歧视的欧洲,他们开始回顾先辈们坚忍不拔的生存毅力之价值所在,因为正是有了这种坚忍不拔的毅力,黑人才能两度跨越大西洋。现在,先辈们的子孙们正在为自己的权利而努力奋斗,争取成为欧洲大陆未来的一部分。"[10]

3

弗兰茨·法农在说明黑人所处现状时,曾经忆及他的老师说过的话:"当你听到别人在你面前骂犹太人时,你可得当心,因为他骂的可能就是你。"[11]

在《血统的本质》(1997)中,菲利普斯以委婉曲折的手法,在时空上把欧洲犹太人世世代代受迫害的经历与非洲裔人民的苦难加以比较。这篇作品写得结构繁复,平行讲述了四个人受到迫害和折磨的故事。其中,爱娃·斯特恩的故事给人以深刻持久的印象。爱娃出生于一个德国犹太人家庭,后来,一家人除她之外全部死于希特勒的死亡集中营。有关集中营的文学、文献,目前可说数量巨大,研究得也很充分,这可能会给人一种印象,以为关于集中营的恐怖已没有什么好继续研究的了。然而,读爱娃的故事仍能给人一种不寒而栗的感觉。天底下竟然还有这等惨绝人寰的事情! 爱娃本人是一个读者读完作品后脑中挥之不去的感人形象,她精神恍惚,不幸地生活于集中营的残酷现实和自己的幻想中,她幻想着母亲和姐姐没有死,还活着,她幻想着自己正照料着她们。

1945年,爱娃获得自由,但她却让人拨给她一间牢房,供她专用,不愿意与死去的家人的鬼魂离开。见此情景,一个英国士兵向她表示好感,并口是心非地说愿意娶她为妻,她一声不吭地听着。后来,她竟把英国士兵说的话当真,一路追到英国,却发现人家有妻子,有孩子。她孑然一身,置身于异国他乡,脑中老是抹不去鬼魂的阴影,她数度精神崩溃,数度试图自杀。医生诊断结果令人沮丧但不无道理,他说她的病在于她拒绝遗忘,在于不能节哀,是对死去亲人忠诚的表现。

爱娃是被人用运牲口的卡车送到集中营来的,到了集中营,离鬼门关也就不远了。当她从车上爬出来时,集中营到处弥漫着东西被烧焦的味道,令人窒息,原来空气中弥散着的是死人的骨灰。在菲利普斯历史时空交错的世界里,气味、骨灰不仅来自集中营的死尸焚烧炉,同样也来自威尼斯圣马可广场。就在圣马可广场,有三个从附近的波托布伏勒小镇来的犹太放债人被活活烧死,理由(据说)是他们杀死了一个信奉基督教人家的小男孩,并在犹太人逾越节上用小男孩的血来举行一个令人可怕的仪式。

爱娃的故事发生在1942年的波兰，而那三个犹太放债人的故事发生在1480年的威尼斯。当时，四处游荡的圣方济各会修士们，谴责犹太人放高利贷，目的是要鼓动基督教徒们都去利用新教会放的贷款资金，即所谓Monti di Pietà，结果在他们的煽动下，发生了一系列攻击犹太人的事件。在圣马可广场上发生的骇人听闻的暴行可说是这些事件的顶峰。后来，煽动最凶的圣方济各会修士死了以后，对犹太人的迫害行径曾一度有所收敛，但后来教皇保罗四世的一纸诏书（1555）又使迫害犹太人的事件频起，诏书要求把基督教世界里的犹太人限制在隔离区里，隔离区必须以威尼斯新建隔都为榜样而兴建，以1516年的勘定界线为准。（在威尼斯，ghetto一词义为"隔离区"，是犹太人被迫居住的地方，后来，这一词义传遍意大利全境，并进入其他语言。）

奥赛罗曾经是奴隶，后来是威尼斯军队的职业军人和军事统帅，他也曾在威尼斯这个隔离区四处游荡，试图找个落脚的地方。奥赛罗这头黑公羊由于娶了那头白母羊而得罪了威尼斯，他的故事是《血统的本质》四个故事中的第三个。通过威尼斯，奥赛罗与波托布伏勒的犹太人结下了不解之缘，正如这些犹太人通过殉难而与爱娃·斯特恩密切联系在了一起一样。

菲利普斯在早期题名颇为尖刻的随笔《一个欧洲黑人的成功》里，已经大致表达了他对奥赛罗的解读。在菲利普斯看来，奥赛罗内心尚未摆脱受奴役状态，所以他才那样急不可待地想表明，他和自己的威尼斯新主人们同样能干和善良。"从社会及文化上说来,奥赛罗是个外国人。生活对他来说就像一项游戏,而他却又不知道这游戏的规则究竟有哪些。"菲利普斯说。可以想见,当黛丝德蒙娜似乎要背叛他时,他就会诉诸暴力,因为暴力是"绝望的人所支出的第一招数"。[12]

菲利普斯的这篇随笔中也存在着某种概念上的混淆,它既把奥赛罗当作莎士比亚描写过的("从莎氏剧本《奥赛罗》看,奥赛罗没有黑人朋友,饮食也不是非洲的,讲的也不是非洲的语言,朋友、饮食、语言都是[威尼斯的]")实际历史人物,同时又把他看做是一出戏中的人物,这个人物以前做过奴隶,因此老是有思想包袱,而戏中其他人物对此缺乏同情,常常误解了他。(第51页)而菲利普斯随机应变,轻而易举地使这种概念混淆变得看上去无足轻重,他把奥赛罗也当作自己书中的一个人物,使奥赛罗看上去是个社会地位不稳固、与其祖先世代居住的非洲也脱离了关系的人。

从原则上说,对奥赛罗所做的这种再创造没有什么错,但这样创造出来的人物与莎士比亚那高贵的摩尔人相比,明显矮了一大截,使其成了小人物奥赛罗,而不是大人物奥赛罗。不知什么原因,菲利普斯写奥赛罗的故事,没有一直写到其毁灭性的结局。奥赛罗和黛丝德蒙娜从相爱到秘密结婚,写得很详细,有时甚至还有点色情味道,但当这对情人在塞浦路斯岛上住下来后,故事突然就停了下来。既没写奥赛罗的嫉妒、谋杀,也没写他的自杀。加上菲利普斯让奥赛罗讲的话又不够生动,因而使奥赛罗这一角色显得更为逊色。

小说从塞浦路斯自然过渡到了第四部分,也是最后一部分。时间是1946年,当时英国根据国际联盟的有关决议,对巴勒斯坦地区行使托管权。英国人正忙着把整船整船的犹太难民,从海法运往塞浦路斯的临时难民营。在这个岛上,有个名叫斯蒂凡·斯特恩的医生,他是爱娃的叔叔,从二十世纪三十年代以来,他一直是犹太人地下组织的成员,活动一向积极。(由于始终没有明确描写斯特恩的地下活动情况,因此,有必要声明一下,菲利普斯小说中的斯蒂凡·斯特恩与历史人物亚伯拉罕·斯特恩没什么关系,后者是著名的斯特恩恐怖活动团伙的头目。)

斯蒂凡·斯特恩在小说中出现过两次:一次是在塞浦路斯,另一次是在二十世纪八十年代的特拉维夫。在特拉维夫,他遇见了一个年轻妇女,她是个埃塞俄比亚犹太人。老人和这个年轻女人一起过夜(但没干什么见不得人的事);两人见面使那个女人有机会讲了自己的以色列之行("我们到达后,走下飞机,大家都亲吻了一下地面,感谢上帝使我们得以重返耶路撒冷"),而斯蒂凡也得以亲耳听说犹太人流离失所、四处漂泊过程中所遭遇的苦难和歧视。[13]

4

在十来年时间里,菲利普斯的小说叙事艺术发生了很大变化,早先的叙事形式基本是线型的,比较直率,以简单的现实主义描写为主;而后来则更多地运用比较复杂的手法,叙事声音和线索相互交切,错综复杂,有时甚至还用了一些比较后现代的间离效果,这在《血统的本质》中明显可以看到。

然而,菲利普斯还比较缺乏撰作鸿篇巨制的经验。他以前两部书确实算是一般意义上的长篇小说——有一定长度,有一个比较单一的主要情节的散文叙事——但是,此后他比较喜欢在一部书里收入三四个短篇,这些短篇之间既可像《剑桥》中的那些短篇一样关系紧密,也可像《较高的地面》《过河》《血统的本质》等一样,篇与篇之间的关系比较间接而随意。

读者可能比较倾向于把后三部书看作是主题上比较接近的中篇小说集。然而,菲利普斯本人则不同意,他会认为三部书中各篇之间的关系是完整统一的。他的《较高的地面》的副标题叫"一部由三部分构成的长篇小说"。在《过河》中,作为组成部分的各篇故事由一个主述人的声音来统摄,从而形成了一个框架,用以整合各篇,各篇的故事就像是由主述人"流落在外的孩子们"所讲述的一样。(第2页)(菲利普斯接受采访时径直称《过河》是"一部长篇小说……形式、结构松散,叙事声音多元"。)[14]他在《血统的本质》序言中更是直接把该书叫作长篇小说。

从这些作品的形式构成看,菲利普斯的话固然不大可信,但是,他确实给读者指明了作品的阅读方向,他想让读者明白,他正是在尝试用文学想象的手法写一部独特的历史,一部西方迫害、屠杀生灵的历史。作者早期的《独立的味道》写得虽然较简括，也较马虎，背景仅仅是加勒比海上的一个小岛，人物也都是西印度群岛上的人，但是，故事的核心已经开始着手探讨蓄奴制留下的后遗症。在作者看来，这种后遗症在附属国可谓根深蒂固，即使时代已从英国殖民主义过渡到了美国新殖民主义，情况依然如旧，并无多大改观。菲利普斯的小说，虽然文体形式不一，历史深度也丰富多样，但这些作品的写作都有一个共同的目标，那就是重视西方可能会忘却的那段令人不愉快的历史。

原注

［1］　《中转迁移》(伦敦：多依奇出版社，1962)，第68页。

［2］　《资本主义与蓄奴制》(伦敦：多依奇出版社，1964)，第7页。

［3］　金凯德《小地方》(纽约：法拉尔、斯特劳斯和吉鲁出版社，1988)，第31页。

［4］　《在加勒比地区生活、写作》，载《库纳皮皮》(中译按：*Kunapipi：Journal of Postcolonial Writing* 于1979年由安娜·鲁瑟福特［Anna Rutherford］创办，为英联邦语言文学欧洲委员会会刊，现任主编为澳大利亚卧龙岗大学［University of Wollongong］安·考莱特［Anne Collett］博士) 11：2(1989)，第48页。

［5］　《欧洲部落》(纽约：法拉尔、斯特劳斯和吉鲁出版社，1987)，第9页。

［6］　《最后的迁移》(伦敦：费伯出版公司，1985)，第199页。

［7］　《过河》(纽约：诺普夫出版社，1994年)，第164页。

［8］　《过河》第18、64页。

［9］　《较高的地面》(纽约：维京出版社，1989)，第103、84页。

［10］　《欧洲部落》第126页。

〔11〕　转引自菲利普斯《欧洲部落》第 54 页。

〔12〕　《欧洲部落》第 47、49 页。

〔13〕　《血统的本质》(纽约:诺普夫出版社,1997),第 201 页。

〔14〕　卡洛尔·戴维森《卡瑞尔·菲利普斯访谈》,载《亚利伊勒》25:4,1994),第 94 页。

萨尔曼·拉什迪的《摩尔人的最后叹息》

1

　　个人身份这一概念所含意义在当代已变得极其狭窄。一提到身份,人们首先想到的是集体身份识别:你自认是哪一团体的人,哪个团体接纳了你。这个意义上的身份在拉什迪的脑中,一直是个令其感到困惑的问题。印度一直是他的文学想象活动的地方,然而,作为祖先是穆斯林的英国公民,自从阿亚托拉·霍梅尼对他下发死刑令以来,他就四处躲藏,他写祖国印度时,越来越难声称自己是局内人,是写印度的行家里手。

　　难怪曾革新印度裔英国小说并使拉什迪成名的《午夜的孩子》(1981)中的主人公(颇具预言性地)大声疾呼:"为什么在五亿多人当中,非要让我来扛起历史的重担?"[1]"我只[想]做克拉克·肯特,不想做什么超人。"《摩尔人的最后叹息》中的主人公也以类似口吻哀叹。[2]或者即使做不成克拉克·肯特,做个襟怀坦荡、堂堂正正的普通人也行。

小说《摩尔人的最后叹息》（1995）写印度,写世界,尤其是世界民族之林中的印度。主人公是个从孟买来的年轻人,名叫莫拉艾斯·佐高比,母亲给他起的诨名叫"摩尔人"。小说书名所提及的那著名叹息,五个世纪前就曾有过。1492年,安达卢西亚的最后一位苏丹王穆罕默德十一世告别王国,从而结束了阿拉伯伊斯兰在伊比利亚的统治地位。1492年同时也是西班牙境内的犹太人或受洗成为基督徒或被驱逐出境的一年;也正是在该年,哥伦布受到摩尔人的征服者费迪南和伊萨贝拉的资助,向西远航,试图发现通往东方的新航路。对世界三大宗教、欧洲与东方之间贸易及南北美洲来说,这同样是个重要的年份。

拉什迪为苏丹王穆罕默德创造了一个家族世系,下及莫拉艾斯,其中所涉及的人物,有的历史上实有其人,有的则纯属虚构。莫拉艾斯注定要在1992年从东方返回,去创新发现安达卢西亚,从而完成一个历史循环。这部写朝代更迭史的杰作的前三分之一,主要写莫拉艾斯较近的一些祖先,最先写到的是他的曾祖父、曾祖母,即科钦一带富有的香料出口商达·伽马夫妇,科钦在现在喀拉拉邦境内。曾祖父思想进步,是个民族主义者,但小说开始不久就死了(拉什迪作品中的某一人物,一旦不再起作用,就会立刻谢幕),可是,他的妻子却活了下来,她忠于"英国、上帝,喜爱过保守的生活"。她颇令后代子孙烦恼。她诅咒他们,这一诅咒将一直祸及当时尚未出生的小说主人公。(第18页)

伽马夫妇的儿子名字叫卡蒙斯,他曾一度信奉共产主义,后追随尼赫鲁,幻想建立一个独立、统一的印度,认为只有这样,印度才能成为一个世俗的、社会主义的、开明的国家,"既无宗教,也无阶级的种姓之分"。(第51页)卡蒙斯死于1939年,死前预感到未来的印度将会被暴力冲突搞得四分五裂。

卡蒙斯的女儿奥罗拉与一个犹太小职员相爱,这个小职员名字就叫亚伯拉罕·佐高比。可是,无论是犹太教还是基督教组织都拒绝为其结合举办宗教仪式,因此,两人所生的儿子莫拉艾斯成长过程中的身份一直无法确认,他成了个"来历不明的犹太杂种"。(第104页)亚伯拉罕离开拒不承认他的科钦的犹太人社区,把家族生意挪到了孟买,在孟买的时髦的郊区住了下来。在此,他从事多种赚钱的生意:给孟买市的各家妓院物色姑娘,倒卖海洛因,投机经营房地产,贩运军火以及核武器。

亚伯拉罕就像连环画书中的坏蛋一样;而他的妻子奥罗拉则是个较为复杂的人物,从许多方面来说,她是整部小说的情感中心。她颇具绘画天才,但不是尽心尽责的好母亲,她有时也会为自己未能给孩子们以足够的母爱而感到自责,但最终还是愿意透过自己的艺术之镜来看自己的孩子。因此,莫拉艾斯成了她题为《摩尔斯坦》组画中的原型。摩尔斯坦是一个地名,在此(用奥罗拉那奔放不羁的印度—乔伊斯式的英文来说),"不同的世界相互碰撞,相互融会,又均被淘汰。……一个宇宙、一种纬度、一个国家、一场梦,与另一个宇宙、纬度、国家、梦相撞,或在上面,或在下面。就像另一画家在原画上的覆画一样,一层叠着一层"。在她的这些绘画中,她试图把古老的、宽容的摩尔人统治时期的西班牙覆盖在印度之上,想用"多元、混杂民族的浪漫神话"(第226、227页)覆盖当今丑恶的现实,但她的思想变得日益绝望。奥罗拉的画显然象征着拉什迪本人文学创作中的类似"覆盖"企图,当然,他并不是要用另一种幻想的方式把画布上的印度给完全抹去。然后再在其上作画,而似乎要在原画上覆上一层薄纱,再在这层薄纱上创作自己的文本,构建着期望中的乐土之蓝图。

除了这种"覆画"法,或曰"重写法"外,拉什迪还实验运用所谓"爱克福拉西斯"(ekphrasis)①法,即通过描写想象中的艺术作品而进行叙事的一种行为。(《伊利亚特》中对阿喀琉斯盾牌的描写以及济慈《希腊古瓮颂》中所用的描写方法,都可说是西方文学中运用该法的著名例子。)在拉什迪的手里,"爱克福拉西斯"法用得很娴熟,既可用来回忆过去,又可用来展望未来。科钦犹太人教堂里的那些神奇的瓷砖瓦片,不仅能讲述印度境内犹太人的故事,也能预示原子弹的到来。奥罗拉的绘画把儿子画进了历史,不过,画中的人物名字叫布阿卜迪勒②;从神话时代到当今的整个印度史都画进了她卧室墙上挂着的幻影组画里,好不

---

① 爱克福拉西斯(ekphrasis 或拼作 ecphrasis)通常被认为是一种修辞手法。它以一种艺术(如诗)来表达另一种艺术(如雕塑)的神髓乃至形式,比如维吉尔在史诗《埃涅阿斯纪》中关于拉奥孔的描写,使用的大体上也可说是"爱克福拉西斯"法。

② 布阿卜迪勒(? —1527),原名 Abu Abdullah,格拉纳达国末代国王穆罕默德十一世(1482—1492),格拉纳达城被基督教统治者攻占(1491)后,逃亡至摩洛哥。

壮观。父亲前来观画,赞不绝口,说她把"芸芸众生囊括无遗",但也指出一大缺遗:"画中没有上帝。"当然,在小说中,奥罗拉的画作仅以语言的形式存在,而正是通过语言加以描述的这些所谓画作,奥罗拉那阴沉而具有寓言性质的历史想象,她内心"对国家未来所具有的卡珊德拉式的担忧",始终笼罩着全书。她所完成的最后一幅画,名字就叫《摩尔人的最后叹息》,画意表明她的儿子"像影子一般在地狱的边境游荡:可说是一幅灵魂在地狱里的游荡图"(第59、60、236、315—316页)。

2

莫拉艾斯由于两位巫婆般的祖母的诅咒而痛苦不堪,难怪他生下来就是个怪物,右手长得像棍棒一样,末端粗大如瘤,他的代谢功能过快,生长和衰老都是常人的两倍。(第143页)家人不让他和别的孩子在一起,他是在一个漂亮的家庭教师手里接受最初的性教育的,他发现自己很会讲故事,一讲故事,阴茎就能勃起。

他刚一冒险踏入社会,就发现自己迷上了自己的竞争对手——美丽但很邪恶的画家乌玛·萨拉斯瓦蒂。他在这个魔鬼般的情人和自己的母亲之间,就像战争中被扣押的人质,他先是被家人赶了出来,后来又由于有人幕后操纵而被陷害,最后锒铛入狱,罪名是谋杀乌玛。从监牢里放出来后,他参加了孟买一地下组织,暗中从事破坏罢工、胁迫工人复工的活动,拿的是一个叫拉曼·菲尔丁的人给的钱。

此人是印度一准军事组织的头目,晚上下班后干的事情,听起来颇像慕尼黑的纳粹分子:"比握力、摔跤……喝啤酒、朗姆酒,喝醉后,一帮人就会带着汗臭,打架斗殴,鬼喊鬼叫,最后一丝不挂,直到精疲力竭为止。"(第300页)

莫拉艾斯的祖父卡蒙斯追随尼赫鲁而不相信甘地。甘地信奉向往的是村落化的印度,在这样的印度中,卡蒙斯看到的是暴力在酝酿,并终将给印度的少数民族带来麻烦:"城市人向往的是世俗化印度,而乡村人却崇尚暴力。……我担心乡村人最终将冲进城市,而像我们这样的人终将把家门锁上,以防村民像公羊一样冲进来。"(第55—56页)他的这种预言到了莫拉艾斯的时代开始渐露端倪,并逐渐成为现实,阿约提拉的巴布里清真寺的大门被一帮疯狂的印度教徒捣毁就是明证。

卡蒙斯虽有先见之明但也无能为力。奥罗拉既是画家又是社会活动家,在伽马家族成员中,只有她有力量敢于正视村落式印度潜藏的黑暗、不宽容势力。当一年一度的象头神甘尼许节日游行(印度教原教旨主义分子为坚定教众信念,每年举行一次的游行活动)队伍从他们家门口路过时,她都会当着游行人众的面跳起舞来,当然是跳反对象头神的舞。不过,说来也真奇怪,她所跳的舞竟然被印度教徒看作是那壮观场面的一部分(印度教以能吸纳敌教信众而著名)。她每年都到山坡上去跳舞;六十三岁那年,她跳舞时不慎摔倒而死。

拉曼·菲尔丁是印度教运动中升起的一颗新星,这一人物影射的其实是巴尔·萨克雷,孟买原教旨主义性质的湿婆神军①领袖。菲尔丁与孟买的地下犯罪团伙关系密切,他"反对成立工会,反对女人工作,赞成殉夫自焚,反对贫困,拥护财富,反对农民向城市'移民'……反对国大[党]的腐败,主张'奋起行动',他这所谓的'奋起行动'指的实际上是为达到其政治目的而采取的准军事行动"。(第298—299页)他所向往的是神权政治的国家,因为只有在这样的国家里,他所信奉的特殊形式的印度教才能占有统治地位。

如果说拉什迪的《撒旦的诗篇》曾经激怒伊斯兰世界里拘泥于教规的人,那么,他的《摩尔人的最后叹息》针对的则是印度教政治运动中的那些具有法西斯味道的民粹主义成分。针对拉曼·菲尔丁,拉什迪写了一些非常尖锐的讽刺性散文:"他坐在低矮的藤椅里,大肚子从大腿根一直堆到膝盖上,就像夜间窃贼肩上扛的大包,讲话的声音活像从大青蛙的那两片肥大的嘴唇里蹦出来似的,呱呱地叫,舌头像飞镖一样,舔着嘴唇的两边,半张半闭的青蛙眼贪婪地朝下看,看着向他求情的人送给他的一卷一卷线扎手卷小烟卷形状的钱钞……他简直就是个青蛙大王。"(第232页)

(评论家们对《撒旦的诗篇》,特别是对其中伤人情感的段落所做的极其细致的分析,以及由此而发现的其中所蕴含的宗教和文化的丰富内涵,都充分说明我们对该书所

---

① 湿婆神军(Shiv Sena),即集中在马哈拉施特拉的右翼印度教民族主义者联盟。

作的非穆斯林性质的阅读显得有多么肤浅。同样,《摩尔人的最后叹息》涉及了印度的政治内讧,涉及了孟买的社会和文化状况。一个置身印度之外的人读了该书,至多只能得到一些道听途说的东西而已,而其中的笑话、锋芒毕露的讽刺,也只有局内人才能真正欣赏得了。)

菲尔丁和莫拉艾斯父亲之间的暗中斗争,到了菲尔丁被谋杀、孟买的一半被毁灭时,算是达到了高潮。由于对这种新的野蛮行径感到极其厌倦,莫拉艾斯退缩到了安达卢西亚。在此,他又得面对瓦斯科·米兰达这另一丧失人性的可恶家伙。米兰达是个果阿画家(他也是印度—伊比利亚血统),他向西方人兜售媚俗的画作,并因此而赚了一大笔钱。他发疯般地妒忌奥罗拉,并偷走她的以摩尔人为主题的画作。为找回这些画作,莫拉艾斯一路找到了米兰达的藏身之处达利斯克要塞。莫拉艾斯在此被米兰达捉住,并被囚禁了起来。米兰达要他把自己的生平故事写出来,一刻也不能停,否则就杀了他(可见《天方夜谭》中山鲁佐德的影子)。

和莫拉艾斯关在一起的是个漂亮的日本女人,她从事残损画作的修复工作,名字叫宇江青子(她的名字全由元音组成,而在阿拉伯语中莫拉艾斯人的名字则全由辅音组成。相见恨晚,莫拉艾斯心里想)。青子死后,莫拉艾斯在杀了米兰达后也逃了出去。这事发生在1993年,此时的他才三十六岁,可他内心的计时器告诉他,他已七十二岁,随时都可能死去。

3

　　全书最后几章和开头第一章相互照应,处处(或者说
一层覆盖着一层)影射着历史。莫拉艾斯不仅成了穆罕默
德十一世(阿布—阿布德—阿拉,而在西班牙语中,此名讹
读成了布阿卜迪勒),他还成了游历混乱不堪的地狱时的
但丁,成了马丁·路德,四处找门,好把自己正在写的生平
故事钉上去,甚至成了橄榄山上的耶稣,正等着前来迫害他
的人。读者脑中难免会产生这样一种印象,为了写这个摩
尔人的故事,拉什迪好像把自己创作笔记中的所有素材,一
股脑儿地都写进了这几章里,结果写得凌乱而又冗长,其中
有些历史的平行比较写得很一般(莫拉艾斯不是路德,追
踪他的猎狗都是些缉捕杀人犯的西班牙警察,而不是印度
正教的主教,他们对他在西班牙的行踪,怎么小心都不为
过),可是,小说家创作艺术最起码的规则,比如小说快要
结束时不能再扯进新的人物,等等,这些都被拉什迪忽略了
(青子的介入就是一例)。

　　更有甚者,好像唯恐把握不住布阿卜迪勒与莫拉艾斯
之间的平行关系似的,拉什迪还一本正经地特意说:格拉纳
达,特别是爱尔汗布拉宫①是“为已经作古的伟人树立的一
座丰碑”,它“证明……人类是多么需要……拆除重重壁

---

①　爱尔汗布拉宫(the Alhambra),十三至十四世纪时摩尔人所建宫殿,
　　十五世纪被西班牙贵族攻陷。

垒,突破自我的界限"。(第433页)尽管我们应该对作者表示应有的尊敬,但对此还是难免感到疑惑不解。原来,作者把莫拉艾斯覆叠在布阿卜迪勒上面,就是为了要表达一个也许不那么陈旧,但却颇具挑衅意味的主题:阿拉伯人征服伊比利亚,就像后来伊比利亚征服印度一样,使不同民族和文化创造性地大融合;而西班牙基督教徒的不宽容政策占上风,则是历史上一个悲剧性的转折点;印度境内印度教的不宽容政策和十六世纪西班牙的宗教裁判所一样,对世界来说也同样不是好兆头。(然而,大肆渲染这样一个主题的人忽略了这样一个事实:历史上的布阿卜迪勒胆小怕事、优柔寡断,是个既受到母亲的管制又受到父亲费迪南愚弄的人。)

拉什迪非常有效地使用了覆叠法,并以此法来创作集小说、历史编撰和自传于一体的作品。因此,布阿卜迪勒那被毁的王都格拉纳达也就像孟买一样,成了"挥霍不尽的孟买",成了莫拉艾斯和本书作者所日夜思慕的故乡。作者创造莫拉艾斯这一角色,其目的其实就是要写自己。(第193页)在格拉纳达和孟买这两个城市中,不同文化原本可以相互融会,并因而获得再生。然而可惜的是,其中却滋生着种族、宗教的褊狭心理。当然,覆叠法有时也被用得不乏后现代的轻浮:莫拉艾斯感到纳闷,"我竟然不费吹灰之力,一页又一页,一本又一本地写着自己的生平,这真是天助我也!"虽身陷囹圄却仍像没事似的。(第285页)不过,莫拉艾斯有时也极度渴望能逃出去,以便过正常人的生活。他回顾过去颇感困惑,不禁问自己道:"以前,我们迷恋……奇装异服,玩弄阿拉伯汗血马,如今看来,当初真是坐井观天,显得多么庸俗浅薄啊!整天浑浑噩噩,贪图感官享受,这样做,能对得起九泉之下的母亲吗?怎样才能过上真正有意义的生活呢?"(第184—185页)

莫拉艾斯在这里表达着自己对母亲既热爱又敬畏的依恋之情,他曾经称母亲为"我的复仇女神,我那九泉下的仇人"。通过母亲,他还表达了对印度爱恨交织的复杂情感。"印度这位母亲,对自己的孩子既热爱,又背叛,甚至还会把他们吞噬毁灭掉,然而爱心最终仍然不减,即使将来到阴间与母亲团圆,争吵仍将永无休止的时候。"(第45、60—61页)这里触及的不无矛盾的依恋之情,是书中写得最为悲凉的部分,但作者能不动声色地将其写得含蓄而委婉,反而使所写之情平添了几分凄凉。

莫拉艾斯渴望真正的生活,这清楚地表现在他的一个梦中。他梦见自己被扒了一层皮,赤裸着身子走进世界,"就像《大不列颠百科全书》中的人体解剖图一样……摆脱了原本摆脱不掉的肤色、种族和家族所形成的囚笼"。(第136页)他竟然还继续讲了一个比较难懂的笑话,笑话把哥伦布航海试图发现的印度人与他实际发现的美洲印第安人相提并论,说:"在印度乡村,如果有人不想属于某一特定部落,梦想着……扒了自己的兽皮,站在出征前浓妆艳抹的印度武士面前,赤条条地展示自己剥了兽皮的裸体,好以此来显示自己的秘密身份,显示男人的身份,那么,这样的人是社会所不容的。"(第414页)

如果这则笑话还不足以表明拉什迪在思想上所遇到的

危机,那它至少表明,作品中的人物,即那个流亡在外的摩尔人王子,已青春不再,他不得不正视一切人类必须面对的严酷事实:凡是人都终有一死。拉什迪渴望历史的书页停止翻动,至少不要"速度加倍"地翻动,这样,最根本的自我才能从虚构人物的行列中脱颖而出,才能随心所欲地虚构着自我。

4

和《午夜的孩子》(1981)、《羞耻》(1983)、《撒旦的诗篇》(1989)一样,《摩尔人的最后叹息》这部小说写得也是场面宏阔,抱负不凡。然而,小说的结构却不够紧凑。除王朝更迭的序曲之背景是在科钦,后五十页的背景是在西班牙,全书主要写莫拉艾斯在孟买的生活。但是,作者没有像通常所谓的经典小说那样,在小说的中间部分把人物、主题和行动交互结合起来向前稳步推进;相反,读者所能看到的仅仅是情节的时断时续,显得松松垮垮。虽然作者引入新的人物不乏创意,细节描写也很丰富,希望能烘托主要人物,然而,这些新人物对整个小说情节的发展,结果往往显得无足轻重,这些人物中,有的还常常悄悄地自己(或作者令其)从读者视线中消失了,让读者感到莫名其妙。

有人在拉什迪的早期作品中也曾指出过类似毛病。但是,针对这样的抱怨,拉什迪的辩护者们回应说:拉什迪是在继承双重叙事传统的基础上从事创作的,因此,读者阅读时也应考虑到这一点。他们所谓的双重叙事传统指的是西方小说(及其亚文类——反小说,比如《项迪传》)和东方连环套形式的故事,比如《五卷书》,这后一种叙事形式往往把独立的较短的故事像链子那样一环一环地连接起来。对这类批评家说来,拉什迪是个在多元文化下从事写作的作家。说他文化上多元,不仅是因为他的文化之根不只是扎在一种文化土壤之中,而且能以一种文学传统去更新另一种文学传统。

要想泛泛地反驳这种辩护颇为不易。然而,作为一个验证之实例,我们不妨谈谈《摩尔人的最后叹息》中的一个插曲。亚伯拉罕·佐高比一时心血来潮,喜欢上现代、非个性化的业务"管理"模式,他雇用了一个有股子冲劲也有进取心的年轻人,此人名叫亚当,并用他取代了自己的儿子和继承人莫拉艾斯。在大约十五页的小说篇幅中,亚当都占据着重要地位。可是,接着,就没了下文,他不见了。这一插曲式的情节就这么结束了,对整个小说情节毫无影响。我冒昧地猜想,亚当消失的原因在于拉什迪没有按照既定的叙事模式进行创作,而只是三心二意地想调侃一下当时商业院校的学究气;他之所以放弃这条叙事线索,原因很简单,就是因为它没什么用。

在瓦斯科·米兰达或者乌玛·萨拉斯瓦蒂乃至亚伯拉罕的身上,也有类似问题。这些人物挥霍无度,恶贯满盈,总好像是从好莱坞或宝莱坞的娱乐业制造厂里出来似的。也许有人会为此以辩护的口吻反问道:这么做难道就一定有错吗?《摩尔人的最后叹息》是覆叠法用得很多的一部小说,为什么就不能用当今的大众故事讲述作为媒介来增加文本的分层堆积效果呢？在传统的民间传说和故事中，不是也有许多说不上有什么真正动机的邪恶暴力事件的描写吗？

若想把《摩尔人的最后叹息》看作是多种体裁的混合，认为作者是在玩弄文本性，那么结果将会如何呢？莫拉艾斯被米兰达囚禁期间，时常琢磨着到底有什么事情值得写。每当此时，他的记忆和想象都会带着他进入另一时空维度。他的囚室的墙壁以及他本人，都好像是由语词构成的。在这个纯粹由文本构成的维度里，尽管莫拉艾斯哀叹自己置身"肤色、种姓、宗教"织成的罗网中，渴望过真正有意义的生活，但我们不能把他的哀叹、渴望过于当真。因为，对他这么一个会说话、能使用语言的人来说，要想摆脱当时生命中的一些无谓的羁绊，其实不是什么难事，他所应该做的一切就是胡编乱造些故事，蒙混过关，只要能出去就行。

5

事实上，拉什迪根本不是个有计划、有纲领的后现代元小说家。他不愿意把历史记载看作是众多可能的故事讲法中的一种，这就是明证。在莫拉艾斯的故事中，实际上交织有西班牙摩尔人和印度的犹太人的历史成分，拉什迪对这些历史成分的处理也能说明以上观点。在涉及西班牙摩尔人特别是穆罕默德/布阿卜迪勒时，他没有违背历史记载。有关这段记载，西方人的知识恐怕主要是从华盛顿·欧文的《爱尔汗布拉宫》中得来的。关于印度的犹太人及其起源和流布情况等,人们历来存有争议,其中的问题恐怕永远也搞不清楚。然而,他们对自己的起源却保留着一些传说,拉什迪尊重这些传说,但从不添枝加叶,不加以大肆渲染,仅有一次例外的虚构不合史实,即称佐高比家族是苏丹王穆罕默德(其臣民称他为不幸的阿尔—佐高比)的后裔,说当时有一个犹太女子乘船来到了印度,身上正怀着默罕穆德的孩子。作为叙述人的莫拉艾斯就曾说这个故事是虚构出来的(说这话时尽管有点含糊其辞)。拉什迪以一种学理探究的姿态来探讨近代史上各种各样的个人身份问题,他的这一做法对信奉狭窄因袭的集体身份观念的人来说,当然是不能接受的。尽管现在人们都知道拉什迪喜欢在自己的作品中颂扬私生子,推崇人种杂交,但莫拉艾斯当时想逃避的正是自己的杂交身份,他讨厌自己的父亲亚伯拉罕,因为他的父亲"不信神",并随时都可能把他作为牺牲品,放到他那由自己妄自尊大的野心所筑成的祭坛上。莫拉艾斯所信奉的传统现在对他来说已一钱不值:"我发现自己是个犹太人。"(第336—337页)莫拉艾斯的所作所为都应该在拉什迪所涉及的近代史背景上来加以理解,因为拉什迪所写的犹太人(科钦的犹太人以及西班牙的犹太人)都是些从无能为力且人数日见衰微的犹太人社区中走出来的,他们在大屠杀之后自觉自愿地要求犹太人身份,这一举动虽然仅有象征意义,却表明了他们的主张,他们要和世界上被迫害的少数民族团结起来。

在书中,拉什迪把各种思想、人物和场景都能虚构得从容不迫,似乎毫不费力。在这样的一部书中,当莫拉艾斯重

274

新发现自己是犹太人后,读者也许会期望拉什迪能把故事进一步讲下去。在自己的人生旅途就快结束时,莫拉艾斯/路德说:"我现在站到了这里,即使人生可以重活一遍,我的经历也不会有什么两样。"(第3页)现实生活中,在具有象征意味的犹太人身份问题上表明自己的立场,这在印度乃至全世界又意味着什么?

最后补充说明一句。费迪南和伊萨贝拉把伊斯兰教信徒赶出伊比利亚五个世纪后,东南欧国家的穆斯林面临着邻邦中的天主教和东正教徒所发动的种族灭绝性的攻击。尽管"波斯尼亚"一词在书中仅仅一提而过,但是拉什迪在写作此书时,脑中不可能没有想到两者间的类比关系。

原注

[1] 《午夜的孩子》(纽约:诺普夫出版社,1981),第370页。

[2] 《摩尔人的最后叹息》(纽约:万神殿出版社,1995),第164页。

阿哈龙·阿佩菲尔德的《铁轨》

1

阿哈龙·阿佩菲尔德于 1960 年初开始写作生涯。在当时的以色列，人们认为大屠杀不是小说创作的合适题材。公众的这一立场颇受当时犹太复国主义的影响。人们认为：针对离散分居欧洲各地的犹太人发动攻击，这早已是客观预见到的事情；犹太人之所以没能逃过这一劫，部分是由于他们的顺从、盲信的心态所致；这种消极的顺从、不抵抗心态，会因为以色列新的生存状况而从活下来的人们的脑中消失。只要以色列能重新开始，大屠杀对以色列国的未来就不会有太大关系。

公众对大屠杀表示沉默还出于这样一种考虑，人们觉得，表现大屠杀会涉及一些不够体面的场面。虽然有关大屠杀的题材用语言都可以加以描述，但未亲身经历过大屠杀的人，最好还是不要让他们知道的好。

1961 年，阿道夫·艾希曼受到审判。事后看来，这件事可以说是一个分水岭。整整一代的以色列人是在犹太复

276

国主义高涨的时代接受教育的,到此时,他们接触到了欧洲人对大屠杀的描述和记载。这使他们意识到,不能说第三帝国遭受迫害的犹太人命当如此,不能把他们从犹太人历史中排除出去。从此,人们的思想开始逐渐发生变化,认为欧洲国家中的犹太人的历史,应该在以色列历史叙述和记载中占有应有的地位,人们对以色列人身份的理解也变得较为折中,不像早期犹太复国主义者所规定的那样狭隘。

因此,有关大屠杀的题材也在希伯来语文学中争得了一席地位,这也是以色列国民思想取向发生变化的一个方面。其中,大卫·格罗斯曼利用风行全球的后现代主义资源,创造出了一种比较独特的文学语言,从而使大屠杀中一些普通语言无法描述的细节,都可以用这种独特的语言来加以勾勒。

对于以色列小说创作中的这种新动向来说,阿佩菲尔德还仅仅是个边缘性的人物。虽说他和阿摩司·奥兹以及A.B.耶霍书阿在同辈小说家中都名列前茅,但他的作品在以色列作家中最具欧洲色彩。他的书一本接一本地出版,大都篇幅较短,其小说的天地也较狭窄,写的大都是关于自己或家庭的过去。其中有几本,如《1939年的巴登海姆》(1975)、《奇迹时代》(1978)、《撤退》(1982)和《到芦苇地去》(1990),写的主要是大屠杀来临前已被同化的犹太人社会。另有几本书,如《每犯一罪》(1987)、《刻骨铭心》(1994),特别是《齐莉》(1983),写的是战时以及战后犹太人肉体生存的挣扎。《不朽的巴特福斯》(1983)和《铁轨》(1991)写的则是战争中幸存者的命运和难民营中的生活。

阿佩菲尔德在拿起笔来写自己战争中的经历之前,对战争中自己如何痛苦挣扎才得以活下来,有着刻骨铭心的记忆。他生于布科维纳①的本尔诺维奇一个讲德语的家庭。德国人开进布科维纳,他母亲被枪毙,父亲被送到劳改营。他本人在战争期间曾和其他孩子一起在罗马尼亚乡村东躲西藏,假装自己不是犹太人。1946 年,他十四岁,来到了以色列。为开始新的生活,似乎有必要刻意忘记过去。"就像一个失去了一只胳膊的人,必须学着生活下去一样,[你]得学着没有记忆地活下去。"至于说以"艺术形式"来表达犹太人所遭受的苦难,那简直就是侮辱。"对待痛苦和折磨,要么表示沉默,要么提出强烈抗议。"[1]

阿佩菲尔德以作家的想象力才得以重新进入自己曾亲身经历的痛苦的过去,不过他没有把自己想象成一个聪明过人的小男孩,为逃避追踪而成天东藏西躲,而是把自己想象成一个反应比较迟钝、显得有些木讷的小女孩齐莉。"我要是如实写来,可能没人会相信。但是,我一旦选择了[齐莉]……'我自己的生平故事'就从密封的记忆库里给挪了出来,并被送进了创作实验室。"[2]相信小说有力量能重新使受了伤的自我康复并重新站立起来,"使被折磨得不成样子的人恢复人形"。从此,这就成了阿佩菲尔德作品的核心主题。[3]

尽管作者坚信艺术的平复创痛的功能(这使他与其心目中的大师卡夫卡比较起来,显得要简单而较少自我怀疑

---

① 布科维纳(Bukovina),原属罗马尼亚,现分属罗马尼亚和乌克兰。

的成分),然而,我们从阿佩菲尔德小说中所得到的印象则是,小说主人公虽然大都在大屠杀时期有着长期饱受折磨的经历,也幸存了下来,但其灵魂仍给人一种冷漠无情的感觉,前景并不乐观。《不朽的巴特福斯》中的巴特福斯,还有《铁轨》中的西格尔鲍姆,都很狡猾地趁战后那几年的一片混乱,浑水摸鱼,发了家,致了富,物质上很捞了一把,但这两个人物到了壮年时期,却又都过起贫困而冷酷无情的日子。到底是什么原因所致,他们自己也说不清楚。

《铁轨》中的厄尔温·西格尔鲍姆是个一向按老规矩办事的人,他贩运宗教用品,战争结束后,他走遍了奥地利的铁路网,每次出行都会绕铁路网一圈。他每年春天从维尔希尔巴恩出发,旅行途中停靠二十一站。维尔希尔巴恩是战时劳改营所在地,当时他的一家人都被囚禁在此,这是个"遭人诅咒的地方","是一处平复不了的伤口"。中途停靠的二十一站,每站都会引起他的回忆,绕铁路网一圈就像重新经历过去的一切似的。[4]

西格尔鲍姆一路上逛乡村集贸市场,收购古董。这些古董大都是些犹太人宗教生活用品(如高脚杯、九扦枝大烛台、旧书等),然后再把这些东西卖给收购站,收购站再把这些东西运往耶路撒冷。但他的旅行也有一个没向外人说过的目的,那就是打探纳赫蒂格尔的下落。纳赫蒂格尔曾经是维尔希尔巴恩劳改营的负责人,就是他杀了西格尔鲍姆的父母。

当时,西格尔鲍姆一家人已融入当地社区,这在中欧犹太人中是很普遍的。厄尔温的祖父做过布科维纳乡村犹太牧师;父亲是忠诚的共产主义者,即使到了劳改营,也始终不渝地坚信自己的新宗教,他说:"以后几代人会记得我们的,他们会说,犹太人共产主义才是真正的共产主义。"(《铁轨》,第74页)

厄尔温(这个名字是阿哈龙的德语拼法)小时候学讲德语和鲁塞尼亚语,而不是意第绪语。他不上学,帮父亲从事地下党工作:在鲁塞尼亚工人阶级中发展新党员,为跟工厂主作对而放火、搞破坏。父亲说他"什么鬼事都干得出来"。他父亲对鲁塞尼亚农民的看法充满感情,连一句批评的话都说不出来。"他们的生活方式是正确的,符合自然,要不是让地主和犹太人商业给弄成这样,他们的生活将会与大自然和谐统一。"(第63、54页)

1941年,战争爆发,鲁塞尼亚人也反起犹太人来。西格尔鲍姆一家人中,只有厄尔温活了下来。战争结束后,他发现自己身处意大利一个临时难民营里,营中还有成千上万无家可归的人。他后来做起走私生意来,香烟、酒、手表,逮到什么生意就做什么生意,积攒起一小笔钱财。他没有听从犹太复国主义的召唤移民巴勒斯坦,仍住在离父母的坟地不远的地方,像个流浪的犹太人那样,身披斗篷,一年到头居无定所,在铁路沿线四处逛荡。

2

阿佩菲尔德说自己得益于卡夫卡,但是,他所理解的卡夫卡,是个在同化过程中已失去自己犹太人身份而又试图复得这种身份,因而始终感到痛苦不安的人。[5]他的作品背景无疑有卡夫卡的那种简约、抽象的性质,但《铁轨》所写的明显具有奥地利乡村风味。

阿佩菲尔德作品中的奥地利生活图景,在精神气质上和托马斯·伯恩哈德的作品一样出色。他在语调和情感上与伯恩哈德较为接近,而与其同辈以色列作家则相对较远。阿佩菲尔德作品中所写的奥地利,反犹情绪令人感到压抑、气愤。作品中有个人,她虽皈依了基督教,但私下里还遵守着一些犹太人的礼节,她说:"我当初怎么就没有想到离开这鬼地方呢。……这个鬼地方该从地球上消失,就像所多玛城和蛾摩拉城①一样"。(第114页)

西格尔鲍姆本人不信教。他活着不是为了信仰,而是为了责任。这个责任就是找到将其父母杀害于劳改营中的人。"只要这些杀人犯还活着,我们的生活就毫无意义可言。"(第77页)在阿佩菲尔德的小说人物中,西格尔鲍姆可说是最认真严肃的人物,他一心想着要复仇。

西格尔鲍姆最终在一条布满积雪的乡村道路上发现了纳赫蒂格尔,后者此时已上了年纪,牙齿也已掉光,精神忧郁,西格尔鲍姆在他的背后开了一枪。但是,成功地完成了使命并未给他带来舒畅的感觉。他寻思道:"我每干一件事,都是出于冲动,干得也不麻利,而且为时已晚。"由于自己的辛劳,一大批犹太人文物得免毁灭厄运。为此,人们称

---

① 据《圣经·旧约》中的《创世记》记载,蛾摩拉城(Gomorrah)是因其地的居民罪孽深重而被上帝毁灭了的巴勒斯坦古城。

赞他,可每当此时,他都会露出一种狂怒的表情。(第218、
205页)

3

阿佩菲尔德曾说,死于集中营的那代被同化了的犹太
人有一个明显的特点,那就是"针对自我的反犹情绪"。[6]
基督徒反犹情绪由来已久,那是起源于"永世流浪的犹太
人"的传说,他四处流浪,几乎走遍地球的每个角落,不能
死去。① 和阿佩菲尔德其他小说中的人物一样,厄尔温·
西格尔鲍姆完全知道这一传说,并始终将其记在心里。[7]
他那样一年到头,天天没命地在火车上奔命,就像绑缚在铁
轨上似的。由此不难看出,他内心里有一种受害者情结,一
种痛恨自己、惩罚自己的情结。这种情结来自无形的权威,
它算不上一种苛刑,说是命运可能更为合适。这个悖论和
卡夫卡《在流放地》中所写到的颇为相似。

"第二次世界大战中犹太人的遭遇不是'历史性的',"
阿佩菲尔德写道,"我们所遭遇的是自古以来就有的暴力
行为,在神话时代已经如此。这是一种黑暗的潜意识,其意
义我们过去不知道,现在也还弄不清楚。"[8]纳赫蒂格尔其
貌不扬,但一肚子坏水,杀起人来连眼都不眨。平庸的人不
一定就不能作恶,这是人性中的一大悖论。关于这一点,汉

---

① 犹太人阿哈斯韦卢斯因为妒忌拒绝善待受刑前的耶稣,而遭到惩
罚。从此,他永失故土,无法死去,成为永世流浪的犹太人。

娜·阿伦特有所论及。在某种意义上,西格尔鲍姆面对纳赫蒂格尔时,就是在面对邪恶;可是,看穿这种邪恶之本质,足以使追杀这种邪恶势力的人感到灰心丧气。在这个意义上,《铁轨》是一部看了很令人感到悲观甚至绝望的书,也是阿佩菲尔德所写的书中最阴郁的一部。

原注

[1]   《绝处逢生》,杰弗里·M.格林译(纽约:弗洛姆国际出版社,1994),第15、35页。

[2]   转引自吉玛·拉姆拉斯—罗奇《阿哈龙·阿佩菲尔德》(布卢明顿:印第安那大学出版社,1994),第16页。

[3]   《绝处逢生》第39页。

[4]   阿哈龙·阿佩菲尔德《铁轨》,杰弗里·M·格林译(纽约:肖肯出版社,1998),第13、14页。

[5]   参看阿佩菲尔德《自述》,见《传统与精神伤痛:S.J.阿格农小说研究》,维·帕特森和格伦达·亚伯拉姆逊编(波尔德:西洋镜出版社,1994),第212页。

[6]   《绝处逢生》第77—78页。

[7]   参看格尔雄·沙基德《阿佩菲尔德及其时代》,载《希伯来研究》第36期(1995),第98—100页。

[8]   《绝处逢生》第66页。

阿摩司·奥兹

1

写作自传涉及自己的童年时，人生中所遇到的第一次道德危机往往会赫然耸现，如历目前。当一个孩子平生第一次要在正确行动和错误行动之间做出选择时，往往会发生这样的危机。写自传的人在忆及这一危机时，往往也都意识到这种危机对自己的成长所产生的影响。

让-雅克·卢梭在《忏悔录》第二部分中曾写到一条丝带被窃的事，就是一个遭遇道德危机的典型事例。少不更事的让-雅克偷了一条丝带，后来不仅没有大胆承认是自己所为，还栽赃诬陷别人，说是一个女仆干的，结果导致那女仆被赶了出去。让-雅克当时选择的是错误行动，但这种选择使他一生都有一种自责感，良心上总是得不到安宁。这种自责感对他日后的成长，特别是对《忏悔录》的写作有着直接的影响。

威廉·华兹华斯小的时候也曾遇到过这种危机时刻。有一次，他未经船主人同意，擅自划着小船想去游览湖光山

284

色。结果,想象力无比丰富的小华兹华斯觉得,自己周围的自然界里的一切都在同声责备自己,这使他明白,原来宇宙天生就具有道德力量。

詹姆斯·乔伊斯作品中的人物斯蒂芬·迪达勒斯也曾遇到过这样的时刻。有一次,一个老师错误地惩罚了他,是把这事报告给校长呢,还是像其他男同学一样,玩世不恭地相信强权就是真理?他必须做出选择。

以上这些例子都说明,成年后的作家一般都把这些危机经历看作是自己道德成长过程中的关键时刻,而写自己童年的故事时,一般也都围绕类似的危机时刻来写。

《地下室里的黑豹》(1994)中所讲的故事,阿摩司以前在自传(如《在炽烈的阳光下》,1979)或小说中已经讲过好几次。这个故事讲一个以色列小男孩,来到了自己道德成长过程中的十字路口。他的四周每天都有暴力事件发生。是对暴力事件继续存有小孩子似的幻想,还是向前一步迈进新的人生,在学会爱的同时也学会恨,并接受这样的事实:不能把自己周围的人们简单地分成朋友或敌人?

他在人生中遇到十字路口时,碰巧他的国家也面临着重大选择。《地下室里的黑豹》的背景是英国托管耶路撒冷的最后一年,以色列与阿拉伯国家的战争一触即发。这使作品中男主人公将要做出的选择有了一定的政治意义(以色列是有恃无恐继续使用武力,还是在互谅互让的基础上达成妥协?),而奥兹驾轻就熟,写得似乎毫不费力。

《地下室里的黑豹》的前身是奥兹的小说《苏姆奇》(1978)。《苏姆奇》的情节构成与《地下室里的黑豹》也比较相似:小男孩苏姆奇心里老是想着如何用暴力来教训英国占领者,梦想自己有一天能成为一名地下游击队成员(但同时他也幻想着有朝一日能去非洲深处探险,这与地下打游击好像毫无联系);后来,男孩遇上一个很友善的英国兵,两人竟互换起语言课程来,一个教对方学英语,另一个教对方学希伯来语;男孩因此遭到以前伙伴的迫害,他们说他和敌人友善、亲如兄弟,就是背叛自己的祖国和人民;后来,他经历了初恋,这使他告别了以前做过的危险残忍的梦想。实际上,前后两部作品相似的地方很多,因此《苏姆奇》可以说是后来那部中篇的创作提纲,所不同的是,《苏姆奇》中有一两处写得未免过于伤感。

《地下室里的黑豹》中的那个男孩没有名字,大家只知道他的诨名——"点子大王",因为他好读书,主意又多,讲起话来文绉绉的。给他生活带来困惑的那个英国人是负责发放军饷的文书,他由于干文书这一行,会讲几句希伯来语。不过,他讲的希伯来语带有希伯来文《圣经》的味道,听上去很滑稽。翻译过奥兹作品的尼古拉·德·朗日辨别出这种味道,因此翻译时用了十六世纪的英语。"阁下如此匆忙,敢问赶往何方?"邓洛普中士问"点子大王"道,当时已是宵禁时间,他发现"点子大王"在外游荡,故有此一问。"长官开恩,请让我回家。""点子大王"勉强地用英语(这可是"敌人的语言",他严肃地提醒自己)回答道。[1]

邓洛普缺乏个人魅力,平时颇感孤独,倒被这奇怪的男孩所吸引;"点子大王"也做出了谨慎的温和回应,因为他和父亲一起玩,老不是他的对手,经常遭父亲挖苦。于是,他俩同意定期见面,他教邓洛普希伯来语,后者教他英语,课本则分别是希伯来文和英文的《圣经》。

"点子大王"心里有自己的打算,他想利用见面的机会,打探敌人的军事机密。而邓洛普的做法和希伯来国立学校里教"点子大王"的那些老师明显不同,他选用来教"点子大王"的《圣经》故事,讲的不是以色列历史上的那些获胜的大英雄,而都是些比较弱小的人物。因此,邓洛普对男孩的影响,后来实际上起到了熄火降温的作用,让他明白了什么叫节制。此外,邓洛普还或多或少起着预言家的作用。英国人一走,他就预见到,犹太人将打败他们的仇敌阿拉伯人。此后,"可能[是]造物主的旨意,[巴勒斯坦人]而不是犹太人,将成为受迫害民族"。他还引用《圣经》中的话说:"主行事真是令人惊奇,责罚他所爱的人,而又爱无家可归的人。"(第85页)

"点子大王"和邓洛普每次都到东宫咖啡馆会面,一边学语言,一边喝柠檬汁饮料、吃饼干。结果,他们的会面被"点子大王"的伙伴发现,于是,他们公开侮辱他(他家住的房子的周围建筑的墙上,到处都涂写着"'点子大王'是个卑鄙的叛徒"),这使他对什么叫爱国,什么叫叛徒,做了深刻的反省。这种反省实际构成了全书的核心。

尽管"点子大王"小时候所受的教育不断地告诉他邓洛普是外人,是压迫者,但他的心在告诉他,邓洛普当初对一个陌生人的反应是善良的。他曾拒绝和邓洛普握手,因而给了这个英国人一个小小的侮辱,但事后心里老觉着不是个味。他的那些"地下党"伙伴开了一个特别法庭,要审判他,并让他说出英军的军事机密,他拒绝了。见此情景,"地下党"小鬼队头子本·胡尔(从当时的情况看,秘密警察好像是很适合本·胡尔·泰科辛斯基干的一份职业,可他长大后并未成为秘密警察,而成了美国佛罗里达州的一个地产大亨;"点子大王"则仍留在以色列,以写书为生)对"点子大王"说:"'点子大王',爱敌人比出卖机密犯的罪还要大。"当时,支持"点子大王"的唯有他母亲,她说:"一个人,只要他还有爱人之心,那就不能说他是叛徒。"(第2页)

可是,光是母亲的赞成好像还很不够。本·胡有个十九岁的姐姐,长得很迷人,名字叫雅黛娜,她的话才更加坚定了他的信心,使他在直觉给他指出的道路上继续走下去。有一天晚上,父母要出门,他们把雅黛娜临时找来照看他。雅黛娜给他做了一顿令他直淌口水的地中海风味的晚餐,并毫不费劲地就让他说出了他所知道的全部地下机密。她笑话他说话满口都是"以色列战士"的陈腔滥调(第121页),并对他说了一些很符合实际的话:"干吗不好好读书,将来做个教授什么的,偏要做什么特工或将军? ⋯⋯你是个很有语言天分的孩子。"(第131页)

"点子大王"并不真的痛恨英国人。英国人要是承认错误,从巴勒斯坦撤走,他会感到高兴的("[当时]我把英国人看作是欧洲人,他们聪明,甚至令我感到羡慕,"奥兹曾经回忆道,"我们得教训他们一下⋯⋯然后博得他们好感,并最终把他们争取到我们这边来")。[2] 要是事情真的能这样的话,他见到邓洛普时准会变得像换个人似的,和他

288

做朋友,甚至做他干儿子也行。

他到父母那儿寻求支持。他问他们,要是敌人承认了他们对我们所做的错事,那么,我们是否应该原谅他们呢?他们的回答表明两人意见不一。母亲回答说,当然了,"不能原谅人的行为太可恶了"。(第72页)可他父亲回答说,原谅是该原谅的,但不能心慈手软地求他们撤走。

"点子大王"不知道该赞成哪一方的意见。尽管她倾向于母亲的意见,但是,作为一个男孩,对他来说最为关键的问题是如何处理好和父亲的关系,做个好儿子。这是他自传和小说的一个共同主题。[3]

后来,英国虽然没有承认错误,但确实从巴勒斯坦撤了出去。文弱而待"点子大王"如父亲一样的邓洛普,也跟着撤走了。阿拉伯人的军队发动进攻但被击溃;联合国承认了以色列国的合法地位。"点子大王"半夜里被父亲叫醒。父亲躺在他的身边,一时情绪激动,竟流下了眼泪。他给"点子大王"讲自己过去的经历:"当时他和母亲在波兰一小镇毗邻而居……邻里的一帮流氓骂他们,还野蛮地殴打他们,就因为犹太人富有、悠闲自得而又机灵。还说那帮流氓到课堂上把他的衣服扒得精光,让女孩子看,让母亲看,取笑他受过割礼……'可是,从此我们有了希伯来人自己的国家。'说着,他不是轻轻地、而是猛烈地突然把我搂到怀里。"(第145页)

从此,只要以色列国存在一天,犹太民族在敌人面前就再也不会手无寸铁、任人宰割了。这种誓言其实是父亲强加在他身上的,他本人内心所要求的东西要和缓些,甚至有时真有点叛国的味道,可母亲赞成他。同时,他心里一直记着邓洛普中士的忠告:受过迫害的人很容易变成迫害人的人。对奥兹作品中的这位主人公来说,牢记中士的忠告,学会如何调和好父亲强加给他的誓言和他内心真正渴望的东西,将是他在未来岁月里要面临的一个严峻任务。

2

"点子大王"的故事不断地被重写,这表明这一素材对作者奥兹来说有着深刻的意义,可说是个蕴藏量很大的富矿,作者借此来探讨个人道德成长史和以色列民族史。对过去的了解——使过去成为一种叙事——不仅可以解释现在:奥兹似乎想说,我们的生命就是我们孩提时代所选择的这样或那样版本故事的实际演绎而已。一个故事就是我们把自我向未来投射的一种方法;民族和民族神话的情形也是如此。(把历史看成是原先带有预言性质的神话之实现,这一观念在犹太思想中当然是俯拾即是。)在阿摩司·奥兹的身上,有一种强烈的意识,如果这种意识指的不是凭想象虚构故事的能力,那它就是一种坚忍不拔的自我创造意识。奥兹原名叫阿摩司·克劳斯纳,父亲是欧洲培养出来的比较文学学者。据后来不断重写自我的奥兹自己说,他在母亲自杀后不久就离开了父亲的家,改姓奥兹(在希伯来语里,"奥兹"这个词是力量、魄力的意思),十四岁时到了以色列的一个合作农场。在这里,他严格按自己制定的工作和学习计划生活,着手塑造自我。

正如"点子大王"故事中所写的那样，克劳斯纳，这位学者父亲，通晓欧洲文化，思想带有犹太人流散居民特有的反讽味道。他希望儿子能成为一个"新型犹太人，思想开化，肩膀宽阔，既能打仗，又能种田……[这样]必要的时候，能挺身而出，黑黝黝的脸上毫无惧色，绝不让敌人再把自己像绵羊一样牵向屠宰场"。（第18页）[4] 于是，男孩被送去就读的学校有着强烈的民族宗教倾向。在这个学校里，老师教导学生"期望着有朝一日"，古老的犹太王国能"在血与火中再生"。[5]

耶路撒冷在英国托管的最后几年里，血与火的冲突事件时常发生，老师们的这种对未来的预言很能迷惑人，好像预言就要成真似的。对奥兹这个敏感而很容易受到暗示影响的孩子来说，耶路撒冷城既充满了浪漫和英雄主义色彩，又不乏仇恨和暴力事件。"耶路撒冷的童年生活，致使我有了狂热主义倾向。"奥兹不无调侃地回顾道。我们大概可以大胆地猜出来，正是由于及时地逃离了坩埚一样的耶路撒冷，奥兹的心胸才没有变得那样的褊狭，那样的毫不让步、毫不妥协，而正是这种褊狭和不妥协姿态，大大损毁了以色列的公众形象。与耶路撒冷相反，奥兹所去的胡尔达合作农场崇尚的是现世主义和理性精神，主张不以暴力手段来抗恶，而崇尚古代犹太人的复国理想，即提倡"热爱劳动、生活简朴、有福同享、平均分配、渐进改善人性"。[6]

3

《苏姆奇》还不能算是阿摩司/"点子大王"故事的唯一演练。1976年以总题《鬼使山庄》出版的小说集中收入了三个较长的故事,其中也有许多类似的成分。这些故事又把我们带回到了二十世纪四十年代,我们又可以看到这个父母均为移民的儿子艰难地试图理解自己,理解自己身处的时代。他脑子里成天梦想着毁灭机器之类的东西(带有从一瓶指甲油里提炼出炸药的火箭,能穿过地壳下面熔岩的潜水艇),好让英国人一眨眼就全部报销;他把地下游击队当英雄一样来崇拜;英国士兵搜查父母的住处,对住处周遭所体现出来的欧洲高雅文化颇感惊奇;他幻想着自己宁愿被敌人拷打致死也不说出地下组织的秘密。甚至连森林中出现的豹的形象(或地下室里的黑豹)也出现了。豹是原始力量的象征,更是希伯来国家成立前夜的象征。

把这几篇早期故事,尤其是其中的第三篇,和《地下室里的黑豹》放到一起去读,很有意思,它可以让我们对奥兹的自我修正过程有了了解。第三篇故事是让一个局外人叙述的,这个人年龄较长,叫努斯鲍姆博士,是乌里(乌里是"点子大王"在这篇故事中的化身)的邻居。努斯鲍姆颇像邓洛普中士,他对这个有天分、聪明、整天沉溺于幻想之中的男孩很感兴趣。"他写诗咏叹那已被灭绝了的十大部落,咏叹希伯来骑兵,咏叹伟大的征服,咏叹复仇行为。很显然,这孩子的想象已被某个知识有限但对救世主却坚信不移的老师给攫了去,使他的脑子里混杂着耶路撒冷人常有的世界末日来临前的恐怖景象和浪漫的幻想。"[7]

从他与努斯鲍姆的谈话中可以知道,他的内心世界已变得多么狭隘而不人道。"光说不干,一点用也没有,"乌里说,"恕我直言,一切都是战争。……历史里,《圣经》里,自然里,还有现实生活里,到处都是战争。爱情也完全是一场战争,甚至连友谊也是战争。"(第163页)对这个男孩来说,语言就像生命必需的血液一样,他恳求别人把他当作大人看,渴望了解成人世界的秘密,希望别人把在"地下"干的事告诉他。他郑重宣誓,自己一定能守住秘密,一定守口如瓶,即使受到严刑拷打,也决不会吐出一个字来。对这样一个孩子以讽刺的口吻来描写,未免令人感到不大愉快。要是把这个故事与《地下室里的黑豹》的结尾部分做一对照阅读,那种反讽腔调就更让人受不了。在《地下室里的黑豹》快结束时,奥兹揭去面纱(也许太过斯文,太过犹豫),最终问了自己一个问题:他阿摩司·奥兹是不是出卖了乌里和"点子大王"? 自己毕竟是从他们的自我中走出来的(或依据他们的形象而塑造自己的),怎么能把他们的秘密公布在光天化日之下,还拿他们取乐,嘲笑他们,虽说时间和距离最终免不了也会这么做? 谁是叛徒? 谁值得信赖? 作者阿摩司·奥兹,还是曾向努斯鲍姆保证"他们从我嘴里绝对得不到一个字"的乌里?(努斯鲍姆回忆说:"当时他那绿色的眼睛又闪过那种迷人的激情,但不久就渐渐消失了";第164页)我们知道,"出卖自己"是英语中的一个成语,它的意思是无意中泄露了自己原本不想泄露的东西。《地下室里的黑豹》虽说不是一部篇幅宏大的书，但它确实无意中触及并激活了事关传记写作伦理的一些深层问题。

原注

[1]　《地下室里的黑豹》，尼古拉·德·朗日译（纽约：哈考特·布莱斯出版社，1997），第 35 页。

[2]　《在炽烈的阳光下：随笔集》，尼古拉·德·朗日译（剑桥：剑桥大学出版社，1995），第 159 页。

[3]　奥兹接受采访时说："我坐在一间四壁皆书的房间里，不停地写着书，希望给书的家族增添更多的子孙，这大概正是我父亲过去一直期望我做的事。"《地下室里的黑豹》中写的最美的一些段落，谈的就是"点子大王"在他父亲的书房里书中探宝的故事。艾利诺·瓦赫特尔《奥兹访谈录》，载《女王季刊》98：2（1991），第 425 页。

[4]　1982 年，奥兹在接受尤金·古德哈特采访时对他父亲说的话做了补充。他说："新型以色列人应该是：性格简朴、头发金黄、没有犹太人的那种恐惧症、体格强壮、文质彬彬。"《党派评论》49：3（1982），第 359 页。

[5]　《在炽烈的阳光下》第 169 页。

[6]　《在炽烈的阳光下》第 169、170 页。

[7]　《鬼使山庄：三个故事》，尼古拉·德·朗日译（伦敦：冯塔纳出版社，1980），第 150 页。

纳吉布·马哈福兹①的《平民史诗》

1

1798年拿破仑·波拿巴入侵埃及时,阿拉伯近东的麻木不仁状态被猛然打破。埃及,随后还有该地区的所有其他国家,都开始把目光从土耳其身上挪开,而转向欧洲。一系列曾经引起法国大革命的世俗的欧洲思想,突破曾经将伊斯兰世界与西方隔离开来的障碍,涌入了伊斯兰国家。

1798年以前,伊斯兰世界就长期是西方关注的对象,并早就纳入爱德华·萨义德所谓东方主义的学术及神话研究范围。而伊斯兰世界对西方则所知(想知)甚少。没有任何迹象表明有所谓西方主义的学问,伊斯兰艺术及科学中也见不到西方的影子。

拿破仑之后的一个半世纪里,伊斯兰国家从西方人那里接过一整套概念和建制,并认为这些概念和建制对本国

---

① 马哈福兹(Naguib Mahfouz,1911—2006),埃及小说家,第一位获得诺贝尔文学奖(1988)的阿拉伯作家,代表作为《两宫间》《思慕宫》《怡心园》三部曲。

295

的现代化至关重要。该地区现今存在的诸多不确定因素，都是由于未能充分消化吸收这些本质上看来很世俗的西方概念，比如民主、自由主义和社会主义等。该地区所面临的问题是：如果现代性的谱系不能深入人心，不经过西方科学知识得以产生的所谓认识论革命，不了解认识论革命的丰富内涵，一种文化能走向现代化吗？达鲁乌什·沙叶干曾经写道："[伊斯兰世界里的]新观点某种程度来说是现代的，但却是一种残缺不全的观点。"现代性是被吸收了，但"胳膊、腿等都被去掉了"。实际上，伊斯兰世界仍"跟在现代性的屁股后无精打采地走着"。[1]

小说是伊斯兰世界从西方引进的艺术形式之一。小说，特别是现实主义小说，它作为一种讲故事的文体，从一开始就荷载着沉重的思想包袱，它不写具有典范意义的抽象的类生活，而写个人的具体生活，写个人的奋斗，写个人的命运。它对传统一向持有敌意，它珍视创造性和个人自立，它模拟的是科学上的个案研究或法律案例分析，而不是家庭壁炉旁边所讲的童话。小说的语言不尚藻饰，擅长冷静、客观地把观察到的细节记录下来。当年欧洲商业资产阶级为把自己的理想和成就记录下来，宣传出去，发明运用的大概正是这种冷静、客观的方法。

用阿拉伯语写作的第一批西方式小说出现于一百年前。自那以后，小说这一体裁在埃及特别发达，因为埃及的市民社会以及国家身份意识，比起其他近东的阿拉伯国家来要持久得多。纳吉布·马哈福兹（1911 年生）就是埃及小说的中坚人物。虽然马哈福兹在当今的阿拉伯文学中已不像二十世纪五十年代和六十年代那样引人注目,但正是因为他能率先垂范,才使跨摩洛哥和巴林的阿拉伯语小说创作得以取得长足的发展。[2]

2

马哈福兹首先是个擅长写开罗特别是老式开罗的小说家。所谓老式开罗,占地面积约有一平方公里,位于大开罗市的中心(现有人口约一千万)。马哈福兹回忆说,他小时候曾站在位于阿勒-贾迈利依亚街区他家的窗户前,看着英国士兵忙着驱散1919年街上的游行示威人群(这一场景后重现于《两宫间》)。尽管全家迁出阿勒-贾迈利依亚时,他才十二岁,但是该街区的胡同以及曾住在胡同中的各阶层人士,后来都成了他小说世界中着重描写的对象。埃及小说家贾迈勒·阿勒-吉塔尼曾经写道:"在同一条胡同里,人们可以看到一幢大房子,四周有漂亮、宽敞的花园,而大房子旁边又可看到一幢较小的房子,是一商人之家。可就在附近不远处,又可看到一公寓房,里面住着几十号穷人。"[3](然而,自1930年以来,该街区不断衰落,区里住着的穷人如今仍得不到救济。)

现实主义时期的马哈福兹所写的小说,尤其是《梅达格胡同》(1947)和开罗三部曲(1956—1957)以阿勒-贾迈利依亚为背景,将其写得极其逼真,一砖一瓦,似可触摸。到了1959年的《我们街区的孩子们》,作者对逼真度的追求有所放松,因而所写的街区胡同带上一些《一千零一夜》

中巴格达大街所具有的传奇色彩。

马哈福兹的现实主义小说主要写城市人,从中找不到一点农民或乡村的踪迹,他写的那些城市居民好像都没有乡下亲戚似的。如果说城市与什么东西有所不同的话,那只是与城市的早期发展有所不同,与乡村一点也沾不上边。马哈福兹特别喜欢写中产阶层人物,写他们在困难时期到来时,如何生活拮据、捉襟见肘,如何拼命坚守自己的行为准则,努力保住自己的面子。

其所导致的小说涉及面的狭窄曾遭到艾米塔夫·高适等人的批评。高适认为,马哈福兹小说中的那些家庭给自己制定的标准,与埃及的传统关系不大,反倒与维多利亚时期的所谓体面极为相像。高适的这一观点可能忽略了马哈福兹在较为沉寂的年代里对所谓体面发表的观点。比如,《始末记》(1949)这部小说,写的是一个小资产阶级家庭如何克勤节俭,努力为使自家的一个儿子跻身埃及公务员阶层而创造条件,写这个儿子为达到目的如何拼命掩饰自己卑微的家庭出身。作者写人物为向上爬所表现出来的那股冷酷无情劲,栩栩如生,笔法可与德莱塞的有些作品相比。[4]

马哈福兹的文学声誉主要来自他在开罗三部曲(《两宫间》《思慕宫》《怡心园》)中所取得的卓越成就。三部曲刚一发表,就获得承认,被认为是为阿拉伯语小说制定了新标准的扛鼎之作。[5]三部曲写了开罗一个中产阶级家庭两代人的生活变迁,从 1919 年革命一直到第二次世界大战。小说写得从容不迫。妇女逐渐获得解放,中产阶级内部宗教纽带的日益式微,科学以及西方各种文化形式在埃及的声望日益提高等,在三部曲中都有记载。在一系列写得很生动的人物中,杂货商阿勒-赛义德·阿哈迈德显得尤为突出。此人在家里对妻子和孩子不苟言笑,像个暴君,可是一到了晚上出去鬼混时,他就像变了个人似的,说话风趣,讲究吃喝,歌唱得也好,还尽往风流社会的女人堆里钻,拈花惹草是常事。他的儿子凯迈勒——与马哈福兹属同辈人——才华横溢,很得他的喜爱。在三部曲中,凯迈勒后来成了一个思想备感苦恼的年轻的民族主义知识分子。

三部曲(完成于1952年但直到四年后才得以出版)以及此前的《始末记》的风格和叙事方法,得之于马哈福兹悉心、系统钻研过的西方小说,一般都以西方后期现实主义大师为榜样,因为他们的头脑更为清醒,笔法也有所节制。这几部小说不仅能详尽地描述家庭的兴衰过程,剖视风俗习惯,更能坚定而不乏同情地揭露中产阶层人士自欺欺人的生活谎言,笔调酷似托尔斯泰。

3

和萨尔曼·拉什迪一样,马哈福兹也曾与伊斯兰宗教权威人士有过严重的争执,但他没有遭到一致痛斥和声讨,这表明他在政治上比拉什迪要圆滑得多,需要的时候,他随时可以做出象征性的让步。争执是由小说《我们街区的孩子》引起的。这部小说于1959年在《金字塔报》上连载,但在埃及本土从未以书的形式出版过(1967年这部小说首次以完整的书的形式在贝鲁特面世)。

　　与马哈福兹其他几部小说一样,《我们街区的孩子》的背景也是开罗的一个胡同。作品在宗教和政治上都像一个比较难懂的讽喻。作为一个宗教讽喻,作品一开始写神一般的人物阿勒-格贝拉兴建了一个大庄园;接着叙述他如何信赖小儿子亚当,结果却被后者出卖,随后兴建胡同;接着写了四位英雄人物的奋斗过程,前三位对应摩西、耶稣和先知穆罕默德,第四位则对应着一个现代人,他是个科学家,正试图奋力夺回被一伙流氓控制的胡同和胡同中的普通民众。至于这部书的政治含义,马哈福兹 1975 年接受采访时曾有所揭示。那伙控制胡同的流氓影射的是纳赛尔①的那帮军官:"当时困扰我的问题是:我们是走向社会主义,还是在走向新的封建主义?"[6]

　　难怪《我们街区的孩子》被人攻击为异端邪说。出于对人们宗教情感的尊敬,马哈福兹在埃及最高伊斯兰机构艾兹哈尔清真寺宣布禁止此书时,没有表示争辩。他说,为了一件相对来说比较小的事情而与艾兹哈尔清真寺作对是不明智的,因为有可能需要它的支持,以便对付他所谓的"另一种老派伊斯兰教",即势力正不断壮大的原教旨主义运动。[7]

　　这种妥协看上去似乎是避免了与宗教权威发生冲突。

---

　　① 纳赛尔(Gamal Abdel Nasser, 1918—1970),埃及总统(1956 年至 1970 年在位),领导"自由军官组织"发动起义(1952),废除君主制,成立埃及共和国(1953),并将苏伊士运河收归国有(1956),提倡不结盟。

然而，1988年，作者获诺贝尔奖，这使该书又面临重重压力，使其在连载近三十年后，仍不能以书的形式在埃及出版。此后不久，拉什迪风波爆发，有人在媒体上把《我们街区的孩子》与《撒旦诗篇》相提并论，并强烈要求马哈福兹就拉什迪在伊斯兰社会的地位公开表态。马哈福兹公开赞同言论自由，谴责霍梅尼对拉什迪所下的追杀令。原教旨主义者发起反攻，指责他"亵渎、背叛圣教，与[拉什迪]是一丘之貉"，结果，一个原教旨主义团体的领袖对他也下了追杀令："马哈福兹……是个背叛圣教的人。任何污辱伊斯兰教的人都是背教之人。……如果他们不悔改，就杀了他们。"毫无疑问，这种剥夺公权行为的背后，有着一种针对马哈福兹的愤恨情绪，因为他颇有点赞成与以色列和平共处。[8]

4

对埃及来说，二十世纪六十年代是较为沉闷的年代。纳赛尔政权采取越来越高压的手段，这使该国的人民，尤其是知识分子普遍有一种幻灭感。马哈福兹在《贼与狗》（1961）等小说中表达了自己的苦恼，表达的方法当然比较间接。《尼罗河上漂流记》（1966）以讽刺模仿的手法攻击了埃及上层社会的轻浮和逃避现实的态度，这使纳赛尔颇为恼火；因此，作品在作者亲自干预下才最终得以出版。1967年战争失利后，气氛变得使持怀疑态度的人明显感到不舒服，马哈福兹不能再指望时任文化部长的萨尔瓦特·

乌卡沙这样的人来保护自己。纳赛尔的死使情况有所缓解;《卡尔纳克报》是在恩瓦尔·萨达特对纳赛尔的一些过分行为加以批评后出版的,马哈福兹于1974年在该报上撰文,也列数了纳赛尔手下的秘密警察所干的一些卑劣行径。[9]

马哈福兹从来不是专职作家。1934年至1971年间,他是政府部门的公务员,其间曾负责过电影和戏剧作品的审查。1971年退休后,他成为著名的《金字塔报》编辑委员会成员,任内曾于1975年建议阿拉伯国家谋求与以色列和平共处,随后,他公开表示支持戴维营协议。在阿拉伯国家的作家中,他是第一个带头表示这一立场的人,结果导致他的作品在部分阿拉伯国家被禁。他在为报纸所撰写的文章中,也表达了他对萨达特的经济政策的不满,认为这些政策使穷人变得更穷,富人变得更富。[10]

尽管马哈福兹这种独立、敢于发表意见而又审慎的为人作风,令人肃然起敬,但同时也有人批评他落伍了。比如,在黎巴嫩作家艾利亚斯·卡胡里看来,马哈福兹一方面要雄心勃勃地记述他所熟悉的旧式小资产阶级如何发迹的全过程,另一方面又感到——尤其是在1967年后——必须关注更加广泛的伦理和政治问题,但他无法解决两者之间的矛盾。卡胡里认为,马哈福兹抛弃现实主义而热衷于象征主义和讽喻的手法,表明他在文学上已经与处于当今埃及社会斗争漩涡中的各阶级失去了联系。[11]

女性主义批评家也曾发表过类似批评。他们认为,马哈福兹在其现实主义创作阶段曾塑造过一些性格复杂、社会地位也较重要的女性形象。比如《始末记》中的奈菲莎，长得虽然不算迷人，为了弟弟的事业愿意过穷日子，也愿意终身不嫁，但她无法控制自己的性欲要求，因此注定要和男人们来往，可与她来往的这些男人都始乱终弃，还笑话她，因此使她本人和家庭都蒙羞。可是，相比之下，马哈福兹后期作品中写的女性形象，显得要刻板老套得多。于是，女性评论家们认为，马哈福兹的这一转变，表明他对正在兴起的女权运动心存戒备。[12]

对有人批评他由现实主义描写转向讽喻和象征手法的使用，马哈福兹回应说，他觉得二十世纪五十年代以欧洲现实主义的手法进行创作没什么错，但他后来对生活在特定、具体的历史环境中的个人失去了兴趣，不想就个人写个人。[13]他在其后的作品中，更喜欢摸索一种更加浓缩精练、更富于诗意，同时也更少"现代意味"的小说语言，这种语言是他早期景仰的那些欧洲作家所不能提供的。

5

双日出版社出版的《马哈福兹文集》第十六卷收的是《平民史诗》，其实阿拉伯原文题目的意思颇为难解。"哈拉费什"（harafish）这个词来自阿拉伯语，但现代阿拉伯语已不用这个词了。中古时，该词的意思是"流民"，指一帮脾气暴戾、有危险性的穷人。因此，这部作品阿拉伯原文本题目叫 *Malhamat al - harafish*，大致可以译成《暴民史诗》[14]或《群氓史诗》，而且确实也有人这样译过。然而，通观全书,我们可以发现,用"暴民"或"群氓"来译"哈拉费什"并不准确:说他们暴躁易怒是事实,但他们同时也公正无偏见,对行善仁慈的头领忠心耿耿,叫干啥就干啥。凯瑟琳·考本翻译时保留了"哈拉费什"这个阿拉伯语原词,她说,马哈福兹用这个词,指的是"积极意义上的平民"(我们可以看出,英语中没有现成可用的词来表达这一意思,不知是何原因)。

《平民史诗》(初版于1977年)的故事背景是老开罗的一条胡同,作品写普通人的生活,但世世代代管理胡同事务的帮派或曰"宗教"头领写得更为具体。第一位宗派头领是个赶大车的,名叫阿舒尔,他梦见开罗将发生大瘟疫,于是带着老婆、孩子逃进了沙漠。瘟疫过去后,回到人口毁灭得差不多的开罗,住进一座被废弃的大房子里,并把房子里的所有家财分给活着的人,以恢复胡同的经济生活。他因此而坐了一段时间的牢,可坐牢却使他在穷人当中的威望越来越高;从牢里出来后,穷人们把他当英雄一样欢迎,称他为阿舒尔·阿勒-纳基,意为劫后余生的阿舒尔,并让他当了宗派头领,从此开始了胡同的黄金时代。他"遏制有权有势的人,保护必须挣钱养家糊口的穷人,因此备受人们的景仰和信赖"。[15]

可是,一天夜里,阿舒尔突然神秘地不见了。这使那帮商人高兴坏了,可他们的好景不长,阿舒尔的儿子沙姆斯·阿勒-纳基带领本派人与邻近的一些宗派进行了一系列斗争,结果证明阿勒-纳基宗派是优秀的。在这位新头领的带领下,平民们继续过着兴旺发达、公正祥和的生活。

然而,这一宗派到了名为苏莱曼的第三位阿勒-纳基手里后,开始走向衰落。苏莱曼把原用来分发给穷人的救济钱款分给本派人,因此,派内人日见其富,穷人日见其穷。苏莱曼的儿子不晓得,自己与胡同其他民众的兴旺发达靠的是宗派的集体力量和声望。他们一心捞钱,因而阿勒-纳基家族失去了宗派头领的地位,很快成了平民的剥削者而不是保护者。(由于在这两种角色中摇摆不定,马哈福兹作品中写的老开罗的那些帮派与当今任一城市贫民区里的常见帮派比较起来,并没什么两样。)

　　后来,宗派及胡同的衰败又持续了三代人之久。平民整天无所事事,生活贫困,他们绝望地认为,阿舒尔的时代再也不可能回来了。宗派的领导地位传给了贾拉尔,此人阴险残暴,他用受贿和敲诈勒索得来的钱建了一幢大房子,里面收藏有大量艺术品。后来他还雇了个有名的巫师,整天招神弄鬼,希图长生不老。就这样,阿舒尔时订立的盟约和帮规成了一纸空文。平民们也像希腊歌队一样,转而评论起有钱有势人的所作所为,他们私下里抱怨说,宗派制度正是导致"长期动荡不安的罪魁祸首"。(第335页)

　　后来开罗遭遇饥荒,商人乘机囤积居奇,把粮食藏了起来。平民造反,宗派人士大打出手,惩罚穷人,而保护富人利益。就在一片混乱的时候,阿舒尔的一个比较卑微的后裔,名叫法塔赫·阿勒-巴布的人点燃起导致更大规模平民暴动的星星之火。结果,宗派头领被击败并被赶下了台,法塔赫·阿勒-巴布继任头领。他努力试图结束本帮人恃强凌弱的恶习,使其重新走上为民服务的正道上来,可后来

他的部下谋杀了他,遂使平民重又陷入"麻木不仁的状态"。(第393页)

与此同时,在胡同的一个冷僻的角落里,有一个名字也叫阿舒尔的年轻人,正在苗壮成长着,他是法塔赫·阿勒-巴布的一个远亲。他沉思默想着那位与他同名的谜一般不可思议的祖先,寻思着这位祖先为何能既有权势和声望,又有高尚的道德,每当他这么思考的时候,他的眼前就呈现出一幅图景。他向宗派里的人挑战,因此,发生一件令人难以置信的事,结果,平民们都自发地聚集到他的麾下。"大批民众一下子团结起来,揭竿而起,他们手持棍棒与宗派作战,竟然取得了胜利。……固若金汤的宗派很快土崩瓦解,此时,什么都可能发生。"作为新头领,阿舒尔改革平民的构成成分,于是,原来的"懒汉、小偷、乞丐团结起来,形成了胡同里势力最大的宗派"。他对富人征高额税,组建民兵,创造就业机会,建学校,"于是开创了宗派历史上的新纪元,宗派不仅强大,而且团结"。(第402—404页)

以上对作品所做的概述远远不能传达马哈福兹原作的风味。《平民史诗》不是一部结构严整的小说,而是由一系列相互之间有着一定联系的故事构成的杂烩体。这些故事都有一个共同的主人公,或曰共同的受害者,那就是受苦受难的民众。就其叙事形式而言,马哈福兹有意接受埃及口述故事传统的影响。在这个意义上,这部作品只是一项艰巨复杂事业的一部分。这项事业就是,利用阿拉伯古代小说及民间故事传统改造现代阿拉伯语散文小说,使其不要再像以前那样跟在西方现实主义后面亦步亦趋。马哈福兹仅是参与这项事业的一分子(不过,相对于贾迈勒·阿勒-古塔尼这样的年轻作家而言,马哈福兹在这项事业中占据一定的领先地位)。

西方读者阅读《平民史诗》时会遇到一些麻烦。作品中有一大批一闪而过的人物,人物的名字又不熟悉,加上故事讲的尽是些祖先、祖先的遗训之类的东西,这些都是西方读者在阅读时可能会遇到的困难。作品大约写到一半时,写的那个"坏蛋"阿勒-纳基及其后的几代人,读者读到这几章时,可能会渐渐变得糊涂起来,弄不清(也许即使弄不清,也不在乎)到底谁娶了谁又生了谁。遇到这些情况,有必要记住的是,口头文化以及具有较强口头性质的其他文化品种,其培养锻炼人的记忆能力的方法,是书写文化以及新兴电子文化所不具备的(人类由于不可能凭记忆记住所有东西,因而才发明了文字)。

《平民史诗》中的散文颇有公式化的嫌疑,但毫无疑问,马哈福兹正是从这种公式化的近乎俗套的东西中汲取了力量。他在早期写的一些现实主义小说中,每当写到情感高潮特别是恋爱时,常常会落入俗套。盖伦·斯特劳森称这种俗套为"古典阿拉伯文学语言中的装饰音",什么"心房颤动""热血沸腾"皆属此类。[16]然而,也不能就此过多指责马哈福兹,毕竟,这种事情在他生活的世界里是经常发生的。少男少女都正值春情勃发,可又苦于没有多少相互会面的机会,于是,偶尔见到对方那温情脉脉的一瞥,就可使他(她)喜得心花怒放,好几个星期脑中都充满着柔情蜜意的幻想和激动不安的计划。这种貌似老套的语言,如果恰到好处地用到故事讲述的实际场景中，还是能够使故事变得生动而有趣的。

> 他……在鬼节上初次注意到了她。……她身材苗条，相貌迷人，四肢匀称，老是笑吟吟的，浑身散发着青春和女性的魅力。他感到一种急切的欲望，想和她好。两人目光相遇，都对对方充满好奇，有应必答，就像肥沃的土壤一样敏感。炎热灼人的空气里混杂着情人悲切的哀叹声。砍下来的棕榈树叶以及罗勒属植物散发着馨香，节日用的点心也散发出甜味，都沁入这对两情相悦的情人的心脾，更加激起两人内心所藏的秘密欲望。他把头像一朵向日葵一样地向她靠去，周围一片死寂，这更使他感到急不可待。（第145页）

尽管《平民史诗》所涉及的故事时间怎么算也得有好几个世纪，但没有任何迹象表明外部世界所发生的变化能渗透胡同那密封的小天地。这当然不是因为胡同自身能独立于埃及历史，它表明马哈福兹故意忽略或有意想把历史时间的暴政挡在胡同之外，不想让它进来。比如，即使在第一位阿舒尔当宗派头领的时候，人们建造房子就已经开始用金属板来做屋顶，并向当局申请酒类产品的营业执照；十三代人过去了，人们日常生活中的一些细节仍未有什么变化，现代国家的一些机构，特别是警察机构对胡同里的人来说，仍像是那么的遥不可及、陌生，就像是食肉怪物一般。

《平民史诗》写了一系列的强人形象，他们中有些人没能经得住人性里部分恶的成分的考验，生活腐化堕落，而另一些人则生活目标伟大而崇高，这种目标就像北极星一样时刻指引着他们。因此，宗派内部的人以及平民的命运也随之起伏；宗派内的人需要的是一位将军，而平民需要的则是一位既能保护他们又能主持公道的人。一方面要有力量和政治远见，另一方面又能主持公道而不失怜悯之心，这两种颇难两全的品质恰恰是马哈福兹心目中所谓的伟大品质，它构成了其作品的根本性主题，使作品成了表达埃及寻求公正统治者的一个寓言。

马哈福兹强调将个人的崇高品德与公民的正义行为结合起来，因此他对人物性格颇感兴趣，而对各种制度的态度比较冷漠，这表明他的政治思想虽然有点老套，但却天真无邪，淳朴得令人十分向往。因此，以《平民史诗》等作品为理由来指责马哈福兹的政治思想仍停留在过去，当然是错误的。实际情况是，后期的马哈福兹作为一个社会思想家，更加关注的是人类救赎的问题，故对历史相对关心不够。《平民史诗》中可以听到两种相互抗争的音调。其中一种音调，听上去既刺耳又哀怨，它出现在第二位阿舒尔的沉思中，令他感动纳闷的是，这世上竟然生活着一个与他的性格截然相反的兄弟。作为商人，他兄弟法伊兹为了快点发财所使用的方法真可谓丧心病狂。

　　到了晚上，他仍去寺院广场。四周一片漆黑，只有天上的星星给他指路。……他坐在阿勒-纳基以前坐过的老地方，听着伴舞的音乐。心想，难道这些相信真主的人的心里就一点也不关心百姓所遭受的苦难吗？他们什么时候才能打开门或拆毁墙？他想问他们……

为什么自私自利的人和罪犯的生活兴旺发达,而善良、有仁爱之心的人却一无所有。为什么平民们那样地麻木不仁?(第392页)

有意思的是,法伊兹嘲笑胡同的保守生活,但他并无机会为自己"投机倒把"并从中"拿佣金"的生活,亦即现代资本主义生活方式辩护:此人不久就消失了。到了后来读者才知道,他发家致富靠的根本不是做生意,而是靠谋财害命。(第377页)

作品中的另一种声调,听上去也许没那么真切。作品结尾就像童话里常有的那样,阿舒尔上台,相比之下资产阶级的一些"头面人物"开始显得黯然失色;平民们也觉醒了,这些都暗示人们,天启神示一刻就快来了。

[阿舒尔]惊奇地看着寺院的大门。大门轻轻地、一点一点地开了。一个苦行僧模糊、幽灵般的身影出现了。

"把笛子和鼓准备好,"那个身影小声说,……"明天,酋长大人将从隐居地出来,他将光临胡同,分给每个小伙子一根竹棒、一颗桑葚。所以把笛子、鼓什么的都准备好……"

[阿舒尔]跳了起来,一下子来了灵感,觉得浑身上下也一下子有了力量。不要悲伤,只要你不失去孩子的天真和天使般的抱负,只要你能勇敢地把握住生命,那么那大门总有一天还会对你开放的。(第406页)

《平民史诗》不仅写了男人和他们所遭遇的时运,更着重写了男子的气概和理想。不过,作品也写过几个女人勾引男人的故事场景(马哈福兹作品中的男人很少是女人的对手,他们大都经不住女人花言巧语的诱惑)。在这方面,书中写的给人印象最深、最生动的人物当然就是贾迈勒的母亲扎伊拉。扎伊拉耐不住寂寞,不愿成天在家做贤妻良母,服侍公婆,她利用伊斯兰法律可以自由离婚的规定,离开过好几个令她不满意的丈夫,结果莫名其妙地被人谋杀了。这真让读者感到纳闷,大概作者越来越担心,唯恐这个暴躁易怒、野心勃勃的女人会误入什么歧途。

　　如果不懂阿拉伯文,人们当然不能指望对《平民史诗》的英译本说三道四。凯瑟琳·考本的译文可信,而且读起来也很流畅。不过,有些口语用法,如"关我屁事","他妈的!","灌得烂醉",用在其他略带(用得也挺得体的)古味的英文中未免显得过于扎眼。(第9、148、202页)要用"电话应召女郎"(call girl)(第370页)这个说法,无疑先得看看当时是否有电话;有个为人比较正直的宗派头领发起改革积弊、清除公害的运动,这运动恐怕不能用"crusade"来表达。此外,考本的译文中还留有一些波斯文诗歌片段没有翻译成英语,这些诗歌大都是可以入乐吟唱的,它们就像风一样自然而然地从附近一苏非派清真寺飘进胡同里来。不过,我觉得,作品中写到的那些昔日平民未必能比马哈福兹的当代开罗读者更通晓波斯文。所以,我认为,这些诗歌片段就这么原封不动地保留在英译本中,毕竟不是个办法。当然,我只是随便说说而已,也许考本这么做有她自己的道理。

[1]　《文化上的精神分裂症:面对西方的伊斯兰社会》(伦敦:萨贵图书出版社,1992),第64、60页。

[2]　参看罗杰·艾伦《纳吉布·马哈福兹与阿拉伯语小说》,见迈克尔·比尔德和阿德南·海达尔编《纳吉布·马哈福兹》(萨拉摩斯:萨拉摩斯大学出版社,1993),第32页;萨尔玛·贾依尤西《阿拉伯的歌者》,见比尔德和海达尔编《纳吉布·马哈福兹》第11—13页。

[3]　《纳吉布·马哈福兹忆当年》,见比尔德和海达尔编《纳吉布·马哈福兹》第42—44页。

[4]　《始末记》书评,载1990年5月7日《新共和》第33—34页。

[5]　参看罗杰·艾伦《纳吉布·马哈福兹与阿拉伯语小说》第35页。

[6]　萨利赫·阿勒托马《纳吉布·马哈福兹》,载《国际小说评论》17:2(1990),第128—129页;C.尼基兰德《纳吉布·马哈福兹与伊斯兰教》,载《伊斯兰世界》23—24（1984）,第136—155页;梅拉亥姆·米尔逊《纳吉布·马哈福兹与贾马尔·阿布德·阿勒-纳西尔》,载《亚非研究》23(1989),第6页。

[7]　阿勒托马《纳吉布·马哈福兹》第131页;萨米亚·迈赫莱兹《可敬的先生》,见比尔德和海达尔编《纳吉布·马哈福兹》第65—68页;迈克尔·比尔德《马哈福兹式的崇高》,见比尔德和海达尔编《纳吉布·马哈福兹》第100页。

[8]　迈赫莱兹《可敬的先生》第67—68页;高适《新共和》第36页。

[9]　参看罗杰·艾伦《纳吉布·马哈福兹》,载《当今世界文学》

63：1（1989），第 7 页。

［10］阿勒托马《纳吉布·马哈福兹》第 131 页；迈赫莱兹《可敬的先
生》第 76 页；艾伦《纳吉布·马哈福兹与阿拉伯语小说》第 31
页；安东·沙马斯所撰书评，载《纽约书评》第 19—21 页，1989
年 2 月 2 日。

［11］参看阿德南·海达尔和迈克尔·比尔德《探索纳吉布·马哈
福兹的世界》，见比尔德和海达尔编《纳吉布·马哈福兹》第
6—7 页。

［12］米兰亚姆·库克《青楼镜子里的男人形象》，见比尔德和海达
尔编《纳吉布·马哈福兹》第 124—125 页。

［13］参看比尔德和海达尔《探索纳吉布·马哈福兹的世界》第
5 页。

［14］尼基兰德就曾这么译，参看尼基兰德《纳吉布·马哈福兹与伊
斯兰教》第 137 页。

［15］纳吉布·马哈福兹《平民史诗》，凯瑟琳·考本译（纽约：双日
出版社，1994），第 63 页。

［16］盖伦·斯特劳森所撰述评，载 1990 年 4 月 27 日《泰晤士报文
学增刊》第 435—436 页。

托马斯·普林格尔的诗歌作品

　　1789 年,托马斯·普林格尔出生于一个苏格兰农民家庭。他后来崇拜彭斯,积极参加苏格兰文学复兴运动,努力争取在苏格兰那不算大的文学界为自己谋得一席之地,但没有成功。1819 年,英国政府宣布实施一项资助计划,征集国人向开普殖民地移民,就这样,普林格尔和家族的大部分人一起到有关部门登记应征,次年成行,来到该殖民地东部荒凉的边远地区住了下来。

　　由于对边远地区的生活状况很感失望,普林格尔没干多长时间的农活就离开了农场,由别人举荐,他在开普敦的殖民公署谋了一个图书管理员的职位。他后来在此创办了殖民地的第一份报纸。他的有关活动很快使他与独断专横的总督查尔斯·索默塞特发生了冲突。冲突的焦点在于普林格尔是否有权在报上刊登可能会使殖民公署感到难堪的消息。尽管普林格尔最终胜出,但他却因此失去了工作。1826 年,他回到了英国,直到 1834 年去世,他一直都是废奴运动的著名人物。

　　普林格尔在南非提倡新闻自由,回英国后也与其他人一起不断向政府施压,迫使许多驻非洲殖民当局确保英王在非洲的广大臣民能够享有法律权利,普林格尔因此在南非历史上占有不算重要但却十分令人尊敬的地位。在苏格兰文学界,他也是个小有名气的人物,写过不少甜美流畅但略显平易的自然诗。

然而,他作为南非英语诗歌鼻祖则声名远扬,这一声名主要来自他的诗集《诗画南非》。该诗集 1834 年出版时,其中所收作品(有些以前发表过)基本上算是定稿。其中有几首诗——比如《沙漠深处》——不久就成了各种流行诗集争相收录的脍炙人口之作。

这个在南非只待过六年的人,算得上南非诗人吗?恩斯特·佩雷拉和迈克尔·查普曼认为是。他们两人最近编了一本普林格尔诗集,名字颇为大胆,直接就叫《托马斯·普林格尔的非洲诗》。[1] 这个集子除全部收录了《诗画南非》中四十来首诗作外,还收了普林格尔在南非创作的杂诗以及宣传废奴运动的儿歌。不过,两位编者之所以说普林格尔是南非诗人,不仅因为这些诗的内容都与南非有关,他们还认为,读普林格尔的诗歌作品,不能孤立地去读,应把他的诗和散文作品(写得最有分量的要算《住在南非的那些日子》[1834]),乃至和构成其部分生命的环境结合起来读。"我们对普林格尔其人以及对他所处的历史、地理背景的了解,对那些曾促使他做出积极回应的特殊事件的掌握,都赋予其诗作以一定的意义"。(第 21 页)"他对本国[指南非]一些重大实际问题始终一贯的关注,也都构成其创作的主要内容"。(第 23 页)

我们的意思是说,普林格尔不可能完全超越其时代,实际上,他的诗歌作品集中体现了目前在南非社会和文学生活中仍很流行的话题,这些话题大都饶有兴味,不乏经验之谈,当然都是人们仍在争论的问题。我们没有必要把他们的文学风格与和他同时代的浪漫主义大家的"创新"去进行比较,以为他所缺乏的正是这种"创新"。相反,我们也许可以这样看问题:普林格尔当时正在本土语言和十七至十八世纪英国典雅的诗歌语言之间不断做出选择,他的内心有流亡者常发的牢骚,但对南非当地的现实他又从未置之度外。这种在两极之间摇摆不定的态度,正好部分地表明他当时在完全陌生的环境中正努力寻找自己的声音。(第24页)

普林格尔是一位得到公认的诗人,至少在南非如此,但有一段时间,他的作品确曾不易找到。因此,佩雷拉和查普曼着手编辑了这本既方便价格又适中的诗集。但他们的目的不仅在此。通过编辑这本诗集,他们更希望能为普林格尔在文学史上恢复其应有的历史地位,纠正以往南非文学史的一些偏颇:过于褒扬罗依·坎贝尔等右翼作家的浪漫虚构的写作趋向,而对普林格尔等自由左翼作家所采取的历史现实的创作方法则肯定不足。

佩雷拉和查普曼不仅在诗集序言中扎实而有力地论述了自己的观点,而且还收入了许多供评论者研究的资料,其中既有普林格尔对自己的诗作本身所作的评注,也有从普林格尔的《住在南非的那些日子》里摘来的一些选段。此外,编者还根据罗伯特·瓦尔1970年发表的研究材料,说明了普林格尔诗作版本的复杂情况,普林格尔本人对诗作曾经做过的修改情况,编者有时也做了深入细致的阐明。

然而,还存在一个问题:普林格尔的所谓"非洲诗"到底有何实质性的意义?从编辑角度看,这个问题的表现形式有点特别:假如不叫《普林格尔诗集》,那么,把普林格尔的所谓"非洲诗"和他的所谓"苏格兰诗"分开来处理,是不是更好?是否应该编一本名叫《诗选》的东西,不管其来源如何,苏格兰的也好,非洲的也好,只要是普林格尔的诗歌佳作就行?

从某种程度上说,后者可从下列这一严酷事实中找到答案:普林格尔目前只能在南非找到部分读者;而且,这部分读者对诗人那多少有点浪漫主义味道的苏格兰诗歌写作方法,还不一定感兴趣。正如诗集编者所言,除了专家以外,任何人读普林格尔的诗要想有所感触的话,他都必须以历史的眼光来读这些诗,也就是说,他必须把这些诗置于十九世纪初英国加快向南非殖民这一历史背景上。

然而,如果以为普林格尔一贯忠实于写"真事""真人",未免不太能够使人信服,不妨比对一下,诗集的编者颇有倾向性的说法,普林格尔的诗"以神话和幻影的方式体现了殖民地的精神"。(第23、24页)在普林格尔的《诗画非洲》中,给沃尔特·司各特的题献诗后面的第一首,也是最著名的一首诗,名字就叫《贝专纳男孩》。① 从普林格尔给该诗加的附注和他的有关书信中,我们了解到,这首诗

① 贝专纳人(Bechuana)属班图族,居住在博茨瓦纳。

取材于真人真事。普林格尔收养过一个孤儿,名叫辛扎·马洛西,普林格尔回英国时,把他也带了回去。但到了英国不久,辛扎就死了。辛扎的故事使我们了解到许多关于十九世纪二十年代南非殖民地边远地区的情况:土匪横行、蓄奴现象普遍,公众生活遭到极大破坏。辛扎无疑不是一般意义上的"真人",但是,其真实性主要不是来自这首诗本身,更多地是来自普林格尔所加的附注和他所写的有关书信。这首诗除了毫不掩饰地随意篡改事实外(比如,普林格尔就承认说,诗中的男孩带着他的小跳羚在沙漠里到处游荡,而真实生活中的辛扎实际上没有养过这种小动物),还通过诗歌特有的语汇把读者带离非洲的特定情境,让读者走进一种浪漫而崇高的抽象画面。在这幅画面上,随处可以见到一些非洲有名的哺乳类动物。比如,在下面的几行诗中,读者就可听到辛扎讲述奴隶贩子是如何把逮到的人赶过加里普(橙黄色)河的:

> 宽阔而深不可测的加里普河在咆哮
>
> 混浊的河水荡涤一切,
>
> 我们渡河时,听见周围有巨大的海牛
>
> 在深深的漩涡中发出震天的鼻息声;
>
> 可是,捕捉奴隶的那帮人残酷无情
>
> 把我们这些累得精疲力竭的人
>
> 像驱赶羊群那样地赶过这水流湍急、充满悲伤的

河流:

　　——我们当中有些人再也未能到达彼岸。

(第5页)

辛扎所讲的故事是以充满诗意的想象重新构思的,而且是用民谣的形式讲述的。我们并不否认,他所讲的故事当时可能在英国读者的内心引起同情和怜悯乃至愤怒之情,也不否认这些故事当时可能引发一些变革。我们只是想说,普林格尔在将故事变成诗时,只是把他所用的材料纳入了当时当地占主导地位的现成诗歌形式范畴之下,这种做法谈不上有多少创意。辛扎实际上并不是"殖民地精神的神话和幻影方式的体现",他和欧洲被虐待儿童没有什么两样。在这个意义上,辛扎这个形象是欧洲人发现非洲的想象中所既有的(他的小宠物跳羚类似羔羊,只不过有点异国情调,其实仅仅是用来表达田园诗般天真无邪的一个文学象征而已,信手就可拈来)。

　　换句话,在把实际非洲经历转换成诗的时候,普林格尔把自己特定的非洲体验给普遍化了(实际上是普遍化为欧洲的东西),他所用的诗法也是尽力模拟华兹华斯之前的写乡村生活的诗人,特别是詹姆斯·汤姆逊,华兹华斯本人也是普林格尔所激赏的。将特定的东西普遍化,普林格尔的这种做法在当时也许不太容易给自己模拟他人、缺乏创造性的诗才引来争议。当然,也许普林格尔是故意为之。利用熟悉所有相关文本材料,我们当然可以把部分历史的现实内容读进《贝专纳男孩》这首诗中,使其变得更为丰满些。然而,我们必须承认,这样来读普林格尔的诗作,可能是普林格尔本人所不愿看到的,也是有违他在诗歌创作上所做的努力的。尽管他的诗水平一般,但把诗和历史一一对号入座,毕竟不是读诗的正法。

原注

［1］ 杜尔班:奇利·坎贝尔非洲人图书馆;彼得马利兹堡:纳塔尔大学出版社,1989。

达芙妮·罗克

1

达芙妮·罗克 1914 年生于当时南非的德兰士瓦省，她的母亲出身于一个著名的南非白人家庭；她的父亲讲英语，第一次世界大战时去世。达芙妮·罗克结婚前姓皮赛，她从小在英语学校接受教育，但对南非荷兰语及文化也非常熟悉；她的一个叔叔——莱昂·马莱在南非白人文学史上小有名气。达芙妮小的时候曾在祖鲁兰①住过一段时间，因此她对祖鲁语以及祖鲁人的风俗习惯也比较了解；她的小说《男巫之国》的背景就是十九世纪七十年代的祖鲁王国，这部小说表达了一个白人作家对黑人世界观的深切同情，尽管这一世界观不无作者虚构的成分。

1946 年，罗克在作家新秀大赛中胜出，所获奖励就是出版她的一部文稿（但出版这部文稿的是一家南非荷

---

① 祖鲁兰(Zululand)，南非(阿扎尼亚)东部一地区。

兰语出版社,因为直到二十世纪七十年代,南非的英语著作出版都是看伦敦出版界的风向而谨慎行事)。后来这部小说稿重新命名为《桉树林》,于1950年相继在美国和英国出版。随后推出的《米苔》(1951)曾被翻译成多种文字,使作者初次尝到了名利双收的甜头。在其后的十五年中,达芙妮又写了一系列成功的小说(《截根苗》[1953]、《男巫的国度》[1957]、《爱丝黛拉的情人》[1961]、《眼蝶》[1962]、《钻石情人》[1965])。此外,她还写了不少儿童文学作品。尽管读罗克作品的人很多,但她在读者大众(和她自己的)眼里,不是个严肃作家。她所创作的传奇作品大多充斥着血腥和情欲描写,不仅时间离现代较远,所写事件也大都发生在殖民社群内部,因此,有位批评家说罗克写的是"殖民地的哥特式作品"。从整体看来,罗克的创作与当时的一些重大问题没有什么太大的关系。

1937年,达芙妮嫁给澳大利亚人欧文·罗克。1965年,她离开南非定居澳大利亚。在澳大利亚,她写了《山上的男孩》(1969),作品的背景是新西兰;此后又写了《门口的玛格丽塔》(1974),背景是十九世纪的南非。此外,还写有一些儿童文学作品。

1987年,《米苔》在南非重新出版,此后在罗克的祖国,人们又重新对她的作品表示出极大的兴趣。这一兴趣在很大程度上是由具有女权主义倾向的读者所引发的,这批读者读的文学作品,大都是所谓殖民文学或后殖民文学,而写这些作品的作家也几乎全是女性。早期南非小说家奥莉芙・施赖纳（1855—1920）①；二十世纪二十年代和三十年代的文坛则是宝琳・史密斯（1882—1959）和莎拉・格特鲁德・米林（1889—1968）的天下；二十世纪五十年代以来的著名文坛人物则是纳丁・戈迪默（1923 年生）；而多丽丝・莱辛（1919 年生）由于早年是在南罗得西亚②和南非度过的，因此她在南非文学史上也有其地位。我们首先要问的一个问题是，罗克与上述这些作家是否同属一类？施赖纳、史密斯、戈迪默和莱辛所写的作品，大都关注南非阶级、种族和性别中的一些重大道德和政治问题，并广泛涉及殖民地时期及后殖民时期南部非洲的一系列深层次的人性问题。而（像）米林这样的作家，还会渲染南非生活中一些引人注目的暴力特征，利用南非历史上的一些生动有趣的事件，来达到自己的文学及商业目的。

2

"有时候她忘了我是黑人姑娘，称我为妹妹，我既喜欢她又恨她。"[1]

说以上这话的"黑人姑娘"名叫塞利娜；有时称她为妹妹的那个人是她小时候的伙伴米苔。眼下塞利娜既是米苔

① 奥莉芙・施赖纳（Olive Schreiner，1855—1920），南非小说家和女权主义者，主要作品有《一个非洲农场的故事》（1883）、《妇女和劳动》（1911）。

② 南罗得西亚（Southern Rhodesia）是非洲东部国家津巴布韦（Zimbabwe）的旧称。

的贴身侍女,又是她的知己女友,还是她的情敌。在一个较为平等的世界里,米苔和塞利娜能成为真正的姐妹吗?她们之间能否只有爱而毫无恨?人们会颇感怀疑地回答说不能,因为两人互为情敌,其起因极为深远。文学史上有不少作品描写两个年轻女子为争得同一个男人而争风吃醋的故事,那么,与这些作品相比,罗克的《米苔》有什么特别之处呢?更何况,米苔和塞利娜所争的那个男人碰巧根本不值得她们爱。

答案与南非殖民地的种族等级制度有关(《米苔》的背景虽说是旧时的德兰士瓦省,但作者在其中所写到的保罗·克留格尔[①]共和国里的民俗、民风以及社会偏见,与开普殖民地里的没什么两样)。塞利娜私下里热恋着米苔的男友——坏蛋保罗·杜普雷西,因为米苔(心不在焉地)在爱着他,塞利娜做什么事都以米苔为模仿对象,塞利娜认为自己现有的一切欲望都只是个"黑人姑娘"的欲望,从定义上说来都是不可靠的,不是自己真正想要的东西。等级制度把黑人和白人分入两个不同的世界,使"一个黑人姑娘"游荡于这两个世界之间,找不到自己作为姑娘的恰当地位和身份。这种等级制度决定着包括米苔和塞利娜在内的所有人在其各自社会中的意识,只有传教士医生巴西尔·卡瑟尔蒂纳除外。卡瑟尔蒂纳不是在殖民地,而是在英国长大的,他最终拓阔了米苔的眼界,使她认识到了自己以前的

---

① 保罗·克留格尔(Kruger, 1825—1904),南非荷兰裔布尔人,德兰士瓦共和国总统(1883—1902),英布战争(1899—1902)爆发后任总司令,联合奥兰治自由邦对英作战,战败媾和,死于瑞士。

思想行为方式是错误的,并把她带回到文明的怀抱里。罗克作品中两个情敌与众不同的是,其中处于劣势的这一位,她作为女人,其行为方式不是出于对自己肉体的自尊,不是要肯定自己的欲望并博得心上人,而是为了展现欲望。她对思慕对象的体验总是隔着一层什么东西,显得遥不可及;情敌本人就已经迷住了她,使她心神不宁,然而,就像豹子去不掉自己身上的花斑一样,她也去不掉自家身上的那层黑皮肤,她不可能成为像自己的情敌那样的白人女子。

不仅如此,整个故事也是由塞利娜来叙述的,是她让这个故事呈现在读者面前的。当然,我们不是说达芙妮·罗克躲在塞利娜的背后,用了多少多少的精深高妙的手段,以至于使我们怀疑塞利娜的故事中是不是有某种自我欺骗的成分,甚至是故意自我欺骗的成分。因为,尽管在塞利娜的故事中白人姑娘的欲望才是真欲望,而黑人姑娘的欲望仅仅是可怜的模仿,但在《米苔》整部小说所讲的故事中,塞利娜却是一个不乏热情的女人,保罗一旦喜欢上了她,就欲罢不能,而米苔穿着一层又一层的衣服,受到种种行为规范的束缚,她的欲望反而没有能够得到满足。她人虽睡到了婚床上,可她的内心却经历了打击,充满了幻灭感,因而不无痛苦地采取了避孕措施。她与卡瑟尔蒂纳在一起,可说是同床异梦,逢场作戏而已。换句话说,第一个故事的背后实际还有第二个故事,而这第二个故事是讲第一个故事的人所看不见的。在这第二个故事里,塞利娜正是由于自己的黑皮肤,才算得上是大自然的孩子,对她来说,快乐自然而然地就降临到了她的身上,而米苔虽继承了文明,但遭受了挫折,因为文明所轻视的正是肉体。

以前人们有一种并无多少事实根据的论调,认为黑人,特别是黑女人,是自然的动物,他们的欲望完全出于本能。这种论调毫不费力地被规模更大的殖民事业所利用,并被纳入其普遍得到公认的思想库中,这种论调的主要含义实际等于说,黑人是自己的欲望的奴隶,他们不会使自己的欲望得到升华。欲望的升华只有在高等文化里才有。罗克是否看穿了这种类似谎言的论调,这一点是很值得我们怀疑的;没准她在作品中所持的正是这种论调,只是她本人可能并没有意识到这一点。我们甚至也拿不准,罗克在写这部作品的前后对当时民间存在的一种传说是否仔细考量过,这一传说认为,哪怕是碰了一点点"黑人的血",就可使一个白人变成一个彻头彻尾的黑人,使其变成一个原始状态里的孩子,充满野性。

《米苔》中有两个相互关联的情节,罗克明显是想用这两个情节来反思野性与文明的问题。在其中的一个情节中,一只尚未完全驯服的狒狒突然挣脱了拴在身上的链子,这可把农场上的妇女给吓坏了,卡瑟尔蒂纳赶到,使这只狒狒安静了下来并把它带走。由于农场上的农民们都到战场去打英国人了,因此,没有人来保护留在农场上的妇女;这只狒狒代表的是野性,人类的征服虽然可把它给关进圈或笼子里,但人类一旦放松其严厉的殖民控制,这种野性就可能会爆发出来。(这一情节发生后不久,有两个黑人就真的乘农民们不在家的机会,干起了狂暴的行径。殖民地人幻想中最为恐怖的事莫过于黑人强奸白人妇女。所幸的是，罗克没有沉溺于这种幻想中，不过，她差不多就快写到这种事了。暴力事件发生后，殖民地立刻重又加强了控制，并派人追踪那些滋事的暴徒，最后在一传教站将他们逮住，并就地对其施以宫刑。)

但在小说中还有另一只被捕获的猴子，是雌性，长得一脸"苦"相，她坐在一根杆子上，老是朝远方的山望去，大概"自己的同类正在山上过着激动猴心的生活"。在卡瑟尔蒂纳的指导下，米苔把这家伙给放了。"这是我所见到的最令我开心的家伙！"那只母猴跑开时米苔这样叫道。确实令人开心，但是，在罗克那些象征囚徒般生活的寓言中，说开心究竟是什么意思呢？米苔心目中所理解到的大概是解放、自由，而羡慕米苔的塞利娜（也正单恋着卡瑟尔蒂纳，但由于太过敬畏他，不知如何表达自己的暗恋），正背着米苔讲着他的故事，她心目中所理解的开心又是个什么意思呢？而我们这些罗克的读者听到的又是什么呢？

我不打算再这样追问下去，因为写到此处时，罗克对她的故事大概已经失去了控制。不仅在《米苔》中，在她的其他小说中也一样（最要命的是在《爱丝黛尔的情人》中），当需要勇气来面对她自己惹起的一些麻烦时，她往往都匆匆地把自己塑造的人物赶到那些荒野不毛之地，让他们远离文明，远离那些对文明成天喋喋不休地加以指责的不满分子，让他们去面对生死考验。罗克常常意识不到自己所写寓言故事中可能有的含意，常常草率仓促地结束小说，她的这种做法使她付出了不小的代价，并恰好给人以口实，让人有理由指责她，说她只是个传奇作者。她的作品往往口子开得很大,但挖掘得不是很深。

从上面的描述,我们可以看出,塞利娜所搬演的是一出老戏,讲的无非是混血儿(如更加直言不讳地用以前种族主义分子的话来说,就是杂种)如何人格分裂,如何渴望像白人一样做个文明人,可是,她那从来就无法彻底抹去的黑人特性又把她拖回到自然造就的黑暗之中,使她奈何不得。在南非文学中,有一种观点特别受到莎拉·格特鲁德·米林的青睐,这从米林被人广为阅读的《神的继子女们》(1924)中明显可以看出来。用米林的话来说,神的继子女们指的就是"南非混血儿,这些混血儿……定将[着重号为笔者所加)终生受苦受难"(见1951年米林为《神的继子女们》重版所写的序言,该年恰好也是《米苔》问世之年)。对米林来说,"混血"就是"苦难"的源头。《神的继子女们》写一个家族数代人中相继发生的被黑人玷污的故事,写那些不幸被玷污的女子如何默默承受内心的极度痛苦。

米林从十九世纪欧美生物学那里继承来的东西,是一种彻头彻尾的伪科学,即所谓文明退化论,这种伪科学以为文明的衰落与人种杂交有关。第一、二次世界大战期间,南非的政治话语中充满了这种伪科学的论调。希特勒统治下的德国,种族优生优育的条条框框极其严厉,到了令人发指的地步。战后,这种种族退化论转入地下,几乎销声匿迹。但是,纽伦堡审判所投下的阴影在南非上空只是轻轻掠过,南非当局并未从中汲取教训。1948年通过的种族隔离政策,正是以防止种族退化为主要借口的。

罗克把塞利娜写成一个人格分裂型的人物,根据的正是有关杂交人种的传统看法。塞利娜的后代将会有什么样的人格呢？塞利娜在被一妒忌心很重的情人强奸后，作者让她得了不育症，因而巧妙地回避了上述问题。但读者对此一定会感到纳闷，因为作品中并无迹象表明，塞利娜得承担这一由退化所带来的命定的先天不足（比如，塞利娜尝试自制白兰地不一定就能表明她开始酗酒了），事实上，她的结局算不上有多惨。她与她所钟爱的米苔虽关系破裂了，但她与既有责任心又整天乐呵呵的范尼在一起生活得还算幸福；而为人颇为专横的保罗，其结局是那样地令人作呕，也算是罪有应得。

3

罗克在其创作生涯中，后来又有两次用过米苔—保罗—塞利娜式的三角恋模式，只不过处理的方式略有变化。1962年，她发表了《眼蝶》，与《米苔》相比，这部写得更加阴沉而严肃，写成于所谓《关于有伤风化行为的法案》通过之后。作品写一黑人女子，她肚子里正怀着白种情人的孩子，这白种情人为防止隐情暴露，于是绝望之中起了杀心，试图谋害这黑人女子。凶手的父母是典型的南非白人，拥护南非政府，事情发生后，他们颇感震惊，但情感也因此受到了一次重大洗礼。出于同情，他们收养了那个黑人女子生下的孩子，并带着孩子离开了南非。

和艾伦·巴顿的《于事无补的瓣蹼鹬》（1953）一样，罗克的《眼蝶》记录的也是试图管制人们私生活行为的法律所带来的负面效应(南非书报检查官们迅速做出反应,很快禁了这本书)。这是罗克最为明确地表达其政治观点的一部小说。其中,罗克运用了哈代和德莱塞所使用过的自然主义悲剧的文学处理手法。当然,作者运用这一手法心里也不无担忧。然而,她所观察到的不是米林所写的血腥悲剧,她不写白人女子遭到黑人男子的玷污而导致无可挽回的不幸这样的主题。脆弱而不平等的性关系常常遭到公众的谴责和法律的迫害,因此而引发的悲剧才是她的创作主题。罗克作品中的黑人女子一般都不怎么友好,而且离群索居,白人男子则多少有点施虐狂趋向(种族歧视倾向则更加明显)。这样,灾难当然就难以避免了。

1974年,罗克在一部不怎么成功的小说《门口的玛格丽塔》中,又再次涉及了米苔—塞利娜式的妒忌主题。富有的女继承人玛格丽塔雇用了一个仆人,这个仆人是布须曼人,玛格丽塔也称她为"妹妹",这仆人其实就是玛格丽塔卑俗而傲慢的自我之化身。由于这个女仆的性生活看上去过得既惬意又"自然",玛格丽塔妒火中烧,因此,老是虐待这女仆。有一次,为了摆脱妒火的煎熬,她竟然用自己的双手,把这位原本形影不离的妹妹活活掐死。虽然为了自圆其说,作者费尽心机,力陈玛格丽塔的杀人动机,但读者看了难免觉得牵强附会。全书结束时,读者看到的仍然是一个怏怏不乐的玛格丽塔,她不但艺术上没获得成功,作为女人的欲望也未得到满足,还遭到周围人私下里的白眼和谴责。

以上我们所谈的正是罗克必须处理的矛盾,也正是这些矛盾形成了其作品的主要结构,其作品的组织安排,从本质上说,具有种族主义倾向。当然,《米苔》中残忍的保罗和《眼蝶》中马尔腾不仅要行使白人男子的白人权力,他们作为男人所行使的男人权力,其表现形式则显得更为粗野不堪。罗克的小说中充满了男性暴力。比如,有个农民把妻子临死前产下的孩子活活闷死,同时强迫女儿抚养她自己生下的私生婴儿,但对外则谎称婴儿是自己已故妻子所生的(《截根苗》)。有个德国男爵硬是把自己很有天分、不过有点怪异的新娘塞进一个很令人忧郁的疯人院,在那里,他逼着这个新娘说出的都是一堆胡言乱语(《门口的玛格丽塔》)。一个十几岁的男孩对一个半推半就的女孩实施了强奸后把她杀死(《山上的男孩》)。一个印度丈夫强奸自己只有八岁的新娘(《截根苗》)。一个矿工强奸并随意处置一位妇女(《钻石情人》)。一个看上去很迷人、头脑也较简单的男子竟然变成了一个残忍的精神变态者(《桉树林》)。

在罗克的小说世界里,男人不是通过间接手段比如通过金钱来行使其权力的。为了爱情而与男人相好的女人不太可能遭遇暴力和迫害,米苔与保罗结婚时,她的脑中所抱有的正是这种不切实际的幻想,而塞利娜对此早有了解,尽管这并没有阻止她与保罗继续不时地相互来往。

那么,究竟是什么东西使他们两人如此欲罢不能地继续来往呢?在解释保罗那急不可待的欲望时,罗克用的似乎仍是民间流行的说法,认为,混血女人就是热衷于奢侈淫靡的放荡生活,她们享受性生活的快感既狂放不羁,又不乏欧洲人的优雅。塞利娜的个人动机要较难理解也较难令人接受一些。她是否仅仅是为了与米苔争风吃醋？保罗是否仅仅是传奇小说世界里常常出现的有着神秘性诱惑力的男人，以至女人无论如何都抵挡不住这种诱惑？作为风流女子，塞利娜是不是要在保罗怀抱里追求自己那浪漫而多情的命运？由于小说用的是第一人称回忆往事的叙述方法，因此，作品所涉及人物的动机和目的确实显得难以把握（尽管不是绝对不可能）。每当陷入类似困境时，罗克常常会回避问题，借一些看上去更加有气势的语言将其搪塞过去。"要不要重温这种充满恐怖又不乏激情的夜生活？我每次都对他说自己再也不来了。可是，每次皓月当空，晚风轻拂，草原上一片寂静的时候，我就会离开列娜姨妈家的那张草席，一路跑向那棵高大、野生的无花果树。"（第116、117页）

性欲比较冷漠的米苔在罗克的小说作品中不算是典型的女性人物。她的小说女主人公一般都生活得比较感性，对自己的肉体要求表现得相当坦率，她们追求爱情，寻求刺激，尽情地享受着性爱的快乐。在当时讲究高尚情操但仍显得相对拘谨的南非小说创作的自由环境中，罗克的小说世界能容纳吃喝拉撒和月经、手淫、性高潮（罗克所用暗语叫"他或她销魂的一刻"）等话题，这可说是令人感到欣慰的解放。在她的小说世界里，一切东西都是通过孩子的眼睛来打量的，这些孩子当然不像施赖纳《非洲农场》中的那些情窦未开的孩子，而是些风华正茂、情欲勃发的十八九岁的青年。比如《米苔》中的安德莉娜，她成天荡来荡去，内心里正勃发着一股按捺不住的兴奋之情,性渴望极其明显,她在灌木丛中"低声而甜美"地笑着,伸出"一条修长的腿,流露出自己那无法控制的内心渴望"。这些内心焦渴的年轻人,情感还没有受到行为规范和责任之类东西的束缚,因此他们不像其父母那样的虚伪矫情。(第60页)在这个方面,罗克触及了浪漫原始主义的两个常见主题:野蛮人和儿童是尚未置身堕落状态的大写的人;所谓文明才是人类的大敌。(罗克在1956年接受采访时表示,她很担心祖鲁人会被文明给毁了;《男巫之国》花了她三年的时间,这部作品表明作者对祖鲁人旧世界的消失深感惋惜。)

实际上对罗克来说,根本的冲突可以说既不在黑人和白人之间,也不在男人和女人之间,而在年轻人和老年人之间。她的小说中作为叙述人的男女主人公全是年轻人。这些人即使年老时回过头来看看他们年轻时是个什么样子(比如《米苔》中就是这样),时间所造成的距离感也是微乎其微的。他们叙述以往生活经历时的那份敏感仍是年轻人甚至少年才有的。在《山上的男孩》中,图书业通常所谓的少年小说和成年小说的区别已经令人奇怪地被打破。作品在写到公立学校、男子体育运动、青年人之间的友谊和笨拙的求爱场景时,插入了一系列吸毒成瘾、暴力斗殴以及做爱、死亡的描写。《米苔》中的那粗俗不堪的喜剧场景很适合儿童的幽默口味(马戏团的动物翘起尾巴就朝穿着很体面的观众撒尿;老头把蜥蜴卵当药丸一口吞掉;失控的马车一头扎进荆棘地,弄得人仰马翻)。作者可能是故意把塞利娜的个人意识写成一种分裂型意识,一种混血儿意识,或者某种比这更复杂的东西。这种意识首先是少年所常有的,比如它不够优雅,社会化程度不高,粗鄙不堪,可又急不可待。

米苔周围的那些南非白人小伙子也是那样的粗鄙,那样的急不可待。他们笑起来前仰后合,尽开些令人感觉难堪的玩笑,还动不动在女人屁股上掐上一把。不过,不同的是:罗克敏锐地察觉到,男人搞起恶作剧来,其中会包含很大的施虐成分;她还发现,在南非搞恶作剧的人几乎到了可以胡作非为的程度,但白人则不会受到这些恶作剧的伤害(搞恶作剧的人竟然把一个阿拉伯人的胡子用火点着,然后扬长而去,那个阿拉伯人痛苦得要死,可这帮人却大笑不止)。罗克在评论这些后来参加一战到前线打仗去的年轻人时写道:"他们的眼睛很机敏。有时他们也谈论战争,谈论他们曾偷偷地骑马跨越草原、炸火车等等经历,他们谈论起这些经历时,那兴奋劲和平时讲粗鄙不堪的笑话时一样。"(第163页)平日里讲讲笑话,搞点破坏,这就像一枚硬币的两面,前者可说是后者的训练基地,它把整天喧闹不堪的男孩子们变成心地坚硬的男子汉。

4

罗克有一个迷人的特点,那就是,她对世界有着比较宽广、扎实的了解,至少看上去是这样。她很有勇气,能够涉足男性作家的创作领地。公立学校生活、战争、体育运动(甚至拳击)、玩弄女性等内容,她都能写。甘蔗种植中的经济问题,地产保有权中涉及的一些复杂问题,奸商如何设计欺骗农村里的黑人,这些,罗克好像都无所不知。她在《米苔》等书中写南非白人的对话,能用英语绘声绘色地模拟他们的腔调,写得是那样稳健自信,读起来很有味道。(这明显地表现在一些感叹用语上,如"All the world"(所有人)或"Al-mighty!"(非常),这些用语使人物间的对话生色不少。还有,米苔还常常粗声粗气地警告塞利娜说:"别胡说八道,你这该死的东西,小心雷电劈死你!"(第146页)当有人当着米苔的面称塞利娜是个"creature"(鬼东西)时,该词所含的种族歧视成分要比表面看上去多得多:在罗克那个时代,通常译为"creature"的"skepsel"一词是对有色人种常用的贬称。

另一方面,罗克的小说算不上小说创作的典范。她常常事无巨细,都一股脑地拿来叙述,结果弄得杂乱无章,往往丢了叙述主线;人物也过于众多,有些人物露了下脸后就不见了,留下一堆让读者搞不清的名字。罗克写作时大概鼻子离稿纸太近,因此她看不到再大一点的图景。

和与她同时代的小说家一样,罗克认为十九世纪后几十年是南非历史的鼎盛期。在这段时期里,为争夺钻石和黄金而进行的战争,祖鲁战争、英布战争,此起彼伏;人们追求冒险,寻求刺激,把褊狭地远的南非终于从沉睡多年的麻木状态中给唤醒了。这几十年无疑给南非历史传奇小说的创作提供了丰富的材料。从当今的欣赏趣味看,人们对《眼蝶》的兴趣主要在历史方面,显得也较冷静。这部小说的背景就是罗克生活的时代。小说描写了一个白人农民社区这一较小环境里所发生的错综复杂的矛盾关系,当时这一社区的土地被一些很有魄力、很有进取心的印度人占了去,于是社区的农民都开始抱怨起来,要政府采取一些保护他们利益的立法措施(《族群住区法》)。①

罗克对黑人和白人之间的矛盾,所持观点还是比较开明的。在《米苔》中,她站在那些传教士的一边,主张保护黑人权益,反对有些白人农民巧取豪夺的行径。在《男巫之国》中,她记录了一些祖鲁人奋起反抗英国军队的激战场面;祖鲁人终因寡不敌众、弱不强敌,最终输给了英国人。战争后的一些事态局面,世人所知甚少,但《男巫之国》对此也有部分记载。比如,祖鲁人的家园被白人移民彻底毁坏,灭族事件也常有发生。如果说罗克的小说在整体上写的主要是妇女特别是儿童如何受迫害的话题,那么,《米苔》可以说更加突出地表现了黑人女孩所遭受的三重压迫。(比如,塞利娜的母亲是掸格人②,这些人就老是躲着塞利娜。)

罗克生长在南非纳塔尔省,她熟悉当地的白人社会。因此,她写白人移民社会,有时写得仅带有委婉的讽刺,有时则写得很不客气,她会猛烈地对白人社会加以抨击。《眼蝶》中她写有些人在那儿烂嚼舌头根,所用笔法,所涉场景,让人想到帕特里克·怀特,想到怀特所写的悉尼郊区。罗克作品不怎么写成年主人公,原因可能是由于她实

---

① 南非当局于1950年通过《族群住区法》,政府把全国居民按肤色分为白种人、有色人、非洲人等族群,规定各族群分区居住。
② 掸格人是南非聪加人的一支。

在想象不出,一个老成的人竟然能不受殖民地生活中那无聊乏味、充满道德说教和唯利是图氛围的影响。

在罗克的小说世界里,父母亲迫害起孩子来往往最起劲,最卑鄙。他们拿孩子出气,以给自己带来情感和性生活方面的慰藉,他们对孩子可以撒弥天大谎(说自己意志薄弱,说自己遗传了这样那样的缺陷,说自己是父母乱伦的产物)。为让孩子老老实实待在家里,别出去搞什么风流韵事,他们可以用一些可怕的惩罚来吓唬孩子(什么阉割啦,绝育啦)。这样看来,米苔是比较幸运的,因为她两岁时父母就死了。父母一死,她就马上改了名,不用父母给她起的名(玛丽亚),而成了一个自己想做的人——米苔。卡瑟尔蒂纳说这是个乳名,但米苔就是喜欢这个名字,表明她不想长大。

罗克小说创作的动力来自自己对小时候的家庭生活,特别是对父母早期的情爱生活的模糊记忆,这从其小说的表面大致可以看出一些。兄弟姐妹,禁锢于小天地中,相互间争风吃醋,好不残忍;所写的父亲形象也大都是令人敬畏但不可信任,他们对待母亲也都像恶狼一般,恨不得一口把母亲给吃掉。在罗克的想象中,家庭就像战争,大家都你争我斗;有幸活着从这种家庭中逃出来的人,一般都不想再重蹈覆辙,建立这样的家庭。读者读类似描写时兴许也会觉得,小说中人物的这种选择也许是明智的。

原注

[1]　达芙妮·罗克《米苔》(伦敦:企鹅出版社,1991),第59页。

戈迪默①和屠格涅夫

1

1975 年,纳丁·戈迪默在一场演讲中谈到了南非作家所面临的压力和要求,对这些来自极端种族主义的压力和要求,黑人作家的感受尤其强烈。戈迪默说,首先,黑人作家需要有表达"自己深切感受到的观点"和"他亲历的真相"(戈迪默本人用的就是阳性人称代词"他")之权利。其次,黑人作家与自己的人民共命运,人民把他看作是自己的代言人,他们期望他将个人才能用来履行自己的政治责任,期望他能以"斗争的语言"来从事创作。[1]

我认为,戈迪默之所以发表上述演讲是因为她迫切地感受到,她自己也正是朝着这两个方向发展的,但是她更加关注的是黑人作家所面临的困境。她敦促黑人作家必须保持自己的自由权利。她说,黑人作家只有从自由的立场出

---

① 戈迪默(Nadine Gordimer,1923—),南非女作家,反对种族隔离政策,著有《环保人》等,1991 年获诺贝尔文学奖。

发,才能为黑人解放斗争做出独特的"贡献"。她引述让-保罗·萨特的话说:"作家虽忠诚于政治及社会团体,但他绝不会放弃对这一团体的质疑。"[2]

戈迪默最佩服俄国作家伊凡·屠格涅夫。屠格涅夫终身致力于社会改革事业,然而,他对所谓进步人士提出的社会改革方案始终加以批评和质疑。戈迪默尤其欣赏屠格涅夫的小说《父与子》(1862)。屠格涅夫在塑造其中的一个内涵丰富复杂的人物形象巴扎罗夫时,对当时俄罗斯的青年激进分子针对自己的愤怒和蔑视之情,必须做出正面回应。这些激进分子过去一直把屠格涅夫看作是自己的同道,可后来觉得屠格涅夫竟在背后捅了他们一刀。虽然屠格涅夫对这些激进分子的反应表示失望,但他没有放弃自己的立场。作为艺术家,他说自己必须坚持真理。"我认为目前的生活情形正是这样,我所要求于我自己的就是真诚坦率,敢于说真话。"他曾经说过,"只有那些庸才才会屈服,才会去写别人给定[即指定]的主题,才会实施别人安排好的计划。"[3]

1975年的那次演讲是戈迪默最后一次标举一位欧洲作家作为黑人作家的创作楷模。四年后,戈迪默彻底改变了自己的立场。她认为在南非有两种文化,即白人文化和黑人文化。而白人文化得以将自身标准作为普通的东西强加于人的时代已经过去。"对当前的黑人艺术家来说,社会实用性才是至关重要的评判标准。其艺术得由人民来评判,人民才是其艺术的最高权威。"不管白人作家有多好的善良意图,白人的生存状况与黑人还是有着天壤之别的。

黑人作家,当然也包括戈迪默本人,根本没有资格给别人提什么忠告,也没有资格让别人去效法自己。[4]尽管戈迪默持有这种激进的文化神秘主义的时间不算太长,但她对把欧洲文学样板强加于人乃至将其奉为圭臬的做法一直持有保留意见。"白人应该学会倾听别人的声音。"她在1982年这样写道。这话是她从诗人蒙加纳·塞罗特①那儿听来的,[5]言下之意颇为丰富,戈迪默1976年起就不断听人说起,她对此言也颇表关注。戈迪默说以上这句话的意思之一是,她已变得小心谨慎起来,不再告诉黑人作家该读谁的作品,该模仿谁。

然而,在1984年的一篇名为《基本姿态》的文章中,戈迪默又重新谈到十九世纪的俄国。她自问道,南非黑人作家到底有没有办法把自己社会的需要与艺术真理的需要统一起来?她接着引述维萨里昂·别林斯基的话回答道:"不用担心思想的典型化。如果你是诗人,只要你自由地跟着自己的灵魂走,你的作品……就将既是道德的,又是民族的。"[6]

戈迪默本人也承认这种建议本身并无新意。那为什么她还要加以引用呢?我认为原因在于戈迪默完全赞同别林斯基说的以上这句话。因为,"别林斯基毕竟是十九世纪俄国革命作家的伟大导师"。[7]

戈迪默的话是正确的,或者说基本是正确的。别林斯

---

① 蒙加纳·塞罗特(Mongane Serote),南非诗人。生于南非小镇索非亚,1977年以富布赖特学者身份获美国哥伦比亚大学艺术学学位,曾在博茨瓦纳生活过。现为南非国会议员。

基是批评家和编辑家,他智慧聪明,目标坚定,敢于直言,因此他在整整两代俄国作家身上都留下了烙印。在赫尔岑(1812 年生)和屠格涅夫(1818 年生)及车尔尼雪夫斯基(1828 年生)和杜勃罗留波夫(1836 年生)这两代作家身上都可看到他的影子。

别林斯基对屠格涅夫的影响尤其深刻。屠格涅夫初次见到别林斯基是在 1843 年,当时他二十五岁,而别林斯基三十二岁;别林斯基成了很受屠格涅夫尊敬的朋友,有人认为,对屠格涅夫来说,别林斯基就像个慈父。[8]戈迪默的"导师"一词用得还是准确的。在别林斯基的影响下,屠格涅夫在早年创作的作品如《地主》和《猎人笔记》中,对地主阶级发起了猛烈的攻击,对农民的描写则不乏同情乃至伤感的成分。《父与子》正是为了纪念别林斯基而作。别林斯基死后二十年,屠格涅夫在 1868 年发表的《文学回忆录》中还对两种力量的平衡颇表关注,试图将别林斯基看作是自己的同道(看作是温和的西化派自由人士),而在早期生涯中,人们通常将其视为与别林斯基一条道上的人(当作激进分子)。[9]

然而,戈迪默所描述的别林斯基最终给人带来一种虚假印象。赫尔岑和屠格涅夫两人并非是革命作家;而车尔尼雪夫斯基和杜勃罗留波夫虽表达过革命的乃至是激进的观点,但他们作为作家,则显得较为平庸。换句话说,屠格涅夫尊重别林斯基关于社会责任和社会现实主义的政治、美学信条,而车尔尼雪夫斯基将这种信条付诸实践,相对说来,屠格涅夫的做法比车尔尼雪夫斯基显得要客观可信得多。作为历史人物，屠格涅夫比车尔尼雪夫斯基，甚至比别林斯基都要重要得多。戈迪默在1984年决意标举别林斯基而不是屠格涅夫之名，我认为其中的原因在于，把别林斯基标举为首要的革命形象，比较令人可信，而标举屠格涅夫则行不通。[10]

戈迪默从屠格涅夫或屠格涅夫所代表的东西转到别林斯基以及别林斯基所代表的东西，表明她感觉到有必要做些调整，做出一定的让步，这样她才能回过头来谈论十九世纪俄国文学，才能让人觉得，对南非种族隔离政策的后期情况而言，谈论十九世纪俄国文学是合适的。[11]

在非洲作家纷纷开始背离欧洲作家的年代里，戈迪默曾四度蜻蜓点水式地谈论过俄国作家。这我在上面已有说明，但戈迪默却不断到欧洲作家那里寻求能给她指点迷津的人，这颇令人感到不解。作为一个作家型的知识分子，她仍在努力探索着，希望欧洲有影响力的左派批评能帮助她找到前进的方向；她把自己的目光转向十九世纪的俄国，因为俄国作家不知不觉被裹挟到了社会变革的大潮中，他们成了弄潮儿，他们由于自己所写的作品而饱受书刊检查、监禁和流放之苦（这里我们应该记住的是，贵族出身的屠格涅夫，由于在1852年为果戈理之死撰写了一条讣告，也竟然遭到逮捕并被软禁，不得离开自己的庄园）。

写作是件寂寞的事情，而靠著书立说来与生养自己的社会作对，则更是件令人孤立、寂寞的差事。作为南非反对派作家，戈迪默能努力寻找历史先例，向先辈学习，这当然是可以理解的。

戈迪默一方面悉心倾听、接受,甚至赞同与自己同行的黑人作家对欧洲的指责(正题),另一方面,她又表示拥护强大的欧洲文学和政治传统(反题),但(合题)又强调与自己的同行黑人作家目标是一致的。戈迪默这么做的原因是相当复杂的。我们可以说,这与戈迪默至少在当时所面对的想象中的两部分读者有关。在南非国内,她要面对一批激进的知识分子,主要是黑人;而在国外,她要面对一批自由派知识分子,主要是白人;(她敏锐地意识到)每一方对她都心存戒备,看她是不是在讨好双方。

　　戈迪默是如何应对这两部分意见刚好相反的读者的呢? 这本身就是个颇为有趣的话题,但是,我在此不打算谈。我打算回过头来,再谈谈屠格涅夫,谈谈那个真正的屠格涅夫和戈迪默心目中所理解的屠格涅夫,谈谈屠格涅夫时代的俄国和戈迪默时代的南非。在谈论屠格涅夫时代的俄国的同时谈论戈迪默时代的南非,究竟有什么意思? 两者有什么关系? 俄国末代的几位沙皇,从亚历山大二世到尼古拉二世,都没有能够结束俄国的封建主义,都没有能够使俄国现代化。详细考察其中原因,对说明南非实行种族隔离政策而导致内外交困的处境有帮助吗? 沃斯特①和博塔②当局虽曾做出过一些努力,但最终也没有能够取消种族隔离政策,没有能使经济现代化,没有能使黑人中产阶级

---

① 沃斯特(Balthazar Johannes Vorster, 1915—1983),南非共和国总统(1966—1978),南非国大党左翼核心小组成员,坚持种族隔离政策。

② 博塔(P. W. Botha, 1916—　　),南非政治家,曾任总理(1978—1984)、总统(1984—1989)。

获得选举权,他们使南非革命陷入绝境。那么,谈论俄国当时的情况对说明南非所遭遇的困境能有多大帮助? 1905年或1917年的俄国革命(这当然取决于人们对未来情势的看法)与1990年南非问题的最终解决,两者之间究竟有多大的可比性? 我们在考察这些问题时,大概不应忘记,俄国以外的人对十九世纪俄国的了解,主要通过俄国小说家的作品(特别是屠格涅夫写的小说);同样,南非以外的人对现代南非的了解,也主要是通过阅读南非作家的作品,特别是戈迪默的作品。

2

屠格涅夫最为人知晓的作品是《父与子》(1862)。从戈迪默的随笔看,她对屠格涅夫的印象,主要是从这本书中得来的。《父与子》这部小说使俄国大众了解到,俄国历史已翻过了一页,而新的一页就将开始,不管人们对此有什么样的误解。小说发表后立刻引起了争议。上层知识分子和有一定文化修养的普通人都在谈论这部书,可说成了俄国举国上下议论的热点。作者甚至还收到不少以示威胁的匿名信。有人(包括一些他讨厌的人)向他表示祝贺,有人对他表示谴责。[12]以赛亚·伯林曾经写道:"在俄国文学史乃至整个世界文学史上,没有哪位作家遭受过左派和右派同时发起的如此猛烈如此持久的攻击。"[13]

屠格涅夫对公众的强烈反应感到震惊,但他没有过多地解释自己的无辜。自此以后,他开始写另一本书。意识到已陷身于危险境地,他一一考虑了可能招惹的麻烦和危险,并不断请作家同行阅读自己的手稿;他不断修改文稿,修改时有时还参照别人所提的反对意见。[14]

《父与子》中的巴扎罗夫和巴威尔·彼得洛维奇·基尔萨诺夫这两个小说人物,在1859年这个小说虚构的年份中曾就人民是否有权造反这一问题展开过争论,屠格涅夫万万没有想到的是,这两个人物之间的争论在1862年后的俄国竟被人一一对号入座,与当时俄国形势挂起钩来,因而使争论带上了新的色彩。当时,示威游行、纵火案在圣彼得堡时有发生,并引发了一系列过激的暴力行为和恐怖活动。[15]原来关于屠格涅夫是赞成还是反对巴扎罗夫的问题,不可避免地变成了他是赞成还是反对革命的问题,或者较为微妙地变成了巴扎罗夫代表什么的问题。

换句话说,《父与子》一发表,俄国的历史发展的实际情况竟在书中一一得到了验证。屠格涅夫不愿意看到的是,自己竟被人推进了当代政治漩涡中,还被人指为是特定秘密政治消息的传播者。虽然他本人(在私人通信和后期回忆录中)一再声辩,他的作品如果有什么消息要传达的话,也只能根据文学批评的内在规律来阐释,可是人们不听他的这种解释,双方相持不下。屠格涅夫坚持认为巴扎罗夫只是小说中写到的一个人物而已,不能将其从虚构的情节中抽象出来,但屠格涅夫周围的人则坚持认为巴扎罗夫代表一个政治形象,即"虚无主义者"的形象。

使问题变得更为复杂的是,屠格涅夫在说明自己的创作意图时,前后不够一致。他一会儿说除了对巴扎罗夫所持的艺术态度不敢苟同外,对他其他的一切都持赞成态度,言下之意就是他赞同巴扎罗夫的政治观点。[16]他还说巴扎罗夫祖上就有过革命或至少有过造反的背景:"[在巴扎罗夫的身上]我想创造出一个奇异而酷似普加乔夫的人物形象。"[17]可是他另外一些时候又说巴扎罗夫这个形象是自然而然产生的,产生的过程只有艺术家才能知道,这个形象产生的过程中,艺术家的意识只能听从于艺术作品本身的召唤。[18]

从某种更全面的角度看来,这两种说法之间其实不一定有多大矛盾。然而,屠格涅夫本人从未表明自己的立场,并因此而将两者统一起来。亚历山大·赫尔岑对此所做的评论颇为公道,他说:"屠格涅夫在他的学说中表现得更像个艺术家,而且他的艺术气质比人们想象的要多,正由于这一原因,他迷失在了自己的作品中,我认为也正是由于这一原因,他成就了自己的艺术。他原本想走进一间屋子,结果却走到了另一间屋子,而且是更好的一间。"[19]

屠格涅夫顶住了来自左派和右派的压力。首先,他没有屈服于来自左派的压力,没有在小说中塑造一个正面的、革命的、有效的(不像《罗亭》中的罗亭)、俄国的(不像《前夜》中的英沙罗夫)主人公形象;其次,他后来也没有屈服于来自右派的压力,没有把小说解释成是对激进青年的攻击,因而没有背叛自己的作品。屠格涅夫超越政治、只响应自己内在艺术良心召唤的艺术家形象,在人们心目中逐渐形成。

说屠格涅夫超脱于政治,其可信度究竟如何?此外,一个更为直接的问题是:超越政治在《父与子》中是以什么样的面目出现的?

屠格涅夫年轻时在德国攻读哲学,他不是十分适合学习抽象的东西,但能把艺术哲学表述得清晰而有力,这要归功于他对德国唯心主义哲学的了解。他在谈论艺术和文学时,往往会把它们包裹在唯心主义哲学术语中:艺术是公正的,与利害无关;伟大的艺术家是圣人或预言家,他们超脱于日常生活世界。[20]

作为小说家,屠格涅夫的创作实践能否说明他的理论,这是另外一个问题。他是一个很不情愿地被裹挟到政治角色中的艺术家,他本人对此所做的种种辩白,也要谨慎对待。毕竟,使他得以青史留名的那些作品是深深地植根于当时一些重大社会和政治问题中的。此外,由于他所做的那些常常自相矛盾的辩白,使人们难以将其作品看作是不偏不倚的艺术品。而且正好相反,人们通常认为,他的作品,用弗里波恩的话来说,"是对四十、五十和六十年代俄国社会发展及知识分子意识形态取向所做出的判断性反思和个人评判"。[21]

这里,《父与子》一书显得十分重要。如果不把巴扎罗夫放在其性格发展的几个阶段中加以考察,巴扎罗夫成为屠格涅夫作品中男主人公的成因就很难乃至无法让人理解:作为小说人物的巴扎罗夫,作为公众想象中所构成的一个人物形象的巴扎罗夫,以及在我所谓的巴扎罗夫对位文本中改写过的巴扎罗夫。

屠格涅夫创作过一系列作品主人公,巴扎罗夫只是其中之一。他的系列主人公大都是些才华横溢、精力充沛而又特别敏感的男人，他们在当时的俄国尤其是俄国农村颇有英雄无用武之地之慨。（与其相配的是屠格涅夫塑造的系列女主人公形象，这些年轻女子大都热情奔放，又有才学，但除了做男人的玩偶，没有作为独立女性的资本。）这些男主人公努力发挥自己的潜能，但最终的命运既富于悲剧色彩又不乏喜剧的味道，用屠格涅夫本人的话来说，很像堂吉诃德。

这些主人公几乎在庸庸碌碌或荒唐的生活中耗尽了一生，在他们的身上包含屠格涅夫对当时死水一潭、令人备感压抑的俄国生活的谴责；从中可以看到作者在延续着自恰达耶夫以来的对俄国落后现状的批评传统。

巴扎罗夫是系列主人公中最奋发努力的、因而给人印象也最为深刻的人物形象。在屠格涅夫的眼里，巴扎罗夫身上既有塞万提斯式的戏谑成分，又有亚里士多德的所谓怜悯和恐惧的成分。具体说来，作者让巴扎罗夫恋爱，以便让他知道，人的激情是不受愉快或不愉快等功利性算计所左右的；作者让他战斗到最后一刻，但悔恨不已地死去，就是为了让他明白仅仅像动物那样凭天性活着到底是个什么滋味。不无讽刺意味的是，在作品刚开始时，巴扎罗夫就是这样教训尚不明是非的基尔萨诺夫的。[22]

作者让巴扎罗夫在恋爱和垂死这一过程中，明白活着究竟意味着什么；他以其现代、时髦而又激进、功利的方式来还原、说明人性，可他自己又被更为强大、更为古老、更为严酷的至高无上的自然力所还原和取代。巴扎罗夫说"我抗议",这句话从一开始就意味着,巴扎罗夫要抗议的仅仅是那约束个人自我的政治和哲学体系,[他]到临了才明白,原来"我抗议"只是人类与死亡抗争时所发出的毫无用处的一声呐喊。

巴扎罗夫的命运有着双重的悲剧。这么一个才华横溢、热情奔放的人,年纪轻轻竟然就死了,其悲剧中无疑含有人类普遍的悲哀;此外,这一悲剧的发生有特定的俄罗斯背景,也有着一系列诱因:俄国的落后、停滞以及政治压制,与悲剧的发生都有着这样或那样的联系。在这个意义上,乡村医生巴扎罗夫不小心用感染病菌的手术刀划伤自己,也并非出于偶然。这一悲剧既是普遍的、非政治的,又充满个人的呐喊和控诉。正是这种双重性使《父与子》中的"启示"很难包裹得住,因而也使人们认为作者屠格涅夫是个不偏不倚的艺术大师。

但是,讨论屠格涅夫的这部作品,不能只关注巴扎罗夫这个性格鲜明的人物形象。开口闭口只谈巴扎罗夫只能重弹1862年的那些老调。巴扎罗夫只是小说情节和小说结构关系演进中的一部分。这个情节刚开始时写两个年轻人,他们自以为是地在嘲笑父辈思想落后,声称(或威胁)要推翻父辈们的世界。到故事快结束时,其中那个乡村医生的儿子正处于弥留之际,他干的也是乡村医生这一行当,而另一位也正要到家族世袭庄园上去步父亲的后尘。因此,《父与子》中的命运主题不仅把死亡及乡村生活的麻木不仁状态写了出来,而且,家族传统、儿子最终必将步其父亲后尘的命运,也构成了故事情节的一部分。

作品中所表现的代代相传的命运具有深刻的反乌托邦意味,其中一个主要寓意就是:具有叛逆精神的儿子也难免变成一个自满自足的父亲。凯丝琳曾指出,屠格涅夫思想的这一方面曾引起车尔尼雪夫斯基的热烈反响,后者在《怎么办》一书中试图让读者相信,上一代人与下一代人之间的生物、经济和家族的纽带关系(当然包括亲情关系)可以被同辈人之间的情感关系所取代。《怎么办》成功地使一批年轻人走上了革命的道路,其秘诀在于作品中所隐含的这样一种思想:人类相互间只要有同志之情就足够了,上辈与晚辈、父与子、母亲与女儿之间的纽带关系都可轻易地被打破。[23]

3

我读《父与子》,比较关注作品中所表达的关于父子关系的思想,这在上面已有所描述。但是,1976 年,南非索韦托各地的中学发生骚乱,要是在这之后还向有政治意识的南非黑人青年知识分子推荐这部小说,让他们奉之为楷模,这大概是件不可想象的事情。

那么,戈迪默为何竟然认为屠格涅夫的作品对南非实际境况比较重要,认为南非作家应向他学习呢?要回答这个问题,我们就得把屠格涅夫以及对屠格涅夫作品的解读,包括戈迪默本人对屠格涅夫的解读,置于宽广的历史情境中来加以考察。

1848 年,几乎曾经遍及欧洲各国的革命遭遇失败,随之而来的是严酷的压迫。在俄国,人们曾经一度乐观地以为,由渐进的演变就可走向西方式的自由和民主。而1848年欧洲革命的失败使俄国人的这种乐观思想变得黯然失色。十九世纪六十年代成长起来的知识分子,出身大多比较寒微,比不上十九世纪四十年代那批贵族出身的自由知识分子,但他们在政治上却更加激进,他们不信拥有特权的所谓偶像,对艺术大都抱有比较功利的态度。巴扎罗夫可说是这代人中的典型代表,他是小说领域开出的最鲜艳的花朵。

以赛亚·伯林曾写道,1848年后,在俄国老派自由人士中普遍产生了一种不安的情绪,这当然是有缘由的。

> 压抑和恐惧使他们更加痛苦,[这]成了他们挥之不去,旷日持久的心病。……[他们的]困惑 ……无法消解。他们企图推翻在他们看来邪恶的现有政治制度。他们相信理性、现代主义,相信个人权利和言论、结社、发表意见的自由,信奉团体、种族及民族自由,希望人在社会和经济地位上更加平等,对正义的统治更加向往不已。他们赞赏无私奉献精神和纯洁的动机,他们对那些为用暴力推翻现行政权而牺牲的人表示敬意,不管这些人所用手段有多么极端。但是,他们担心,恐怖和雅各宾专政的方式可能会带来无法挽回的损失,担心得不偿失。他们对极端左翼分子那狂热、野蛮的思想和做法感到极度震惊。此外,极端左翼分子对俄国老派自由人士所仅有的文化表示蔑视,盲目信奉在自由人士看来纯属乌托邦的幻想——无政府主

义、民粹主义等,这更使自由人士感到心惊胆寒。……
由于遭到左右两派的两面夹击和谴责,老派自由人士
只好重复自己的那些温和理性的老话,心中未必真的
指望左派和右派人士能把他们的话听进去。……老派
自由人士当中,有许多人的内心都有各种各样复杂的
自责感:他们深深地同情左派的奋斗目标,但由于遭到
激进分子的唾弃,他们又都怀疑起自己立场的合理性
来。……在他们看来,左派尽管有这样那样的缺点,但
比起冷漠无情、按章办事的右派来,还是较能代表更为
人道的信念的。毕竟,同情被迫害的人总比同情迫害
人的人要好。[24]

如果伯林所描述的俄国自由人士的苦恼反映了二十世
纪六十年代和七十年代南非白人自由人士的苦恼的话,那
么部分原因也只能是当时的南非国情正是尼古拉一世统治
时期的俄国的可怕翻版。两者之所以相似的另一个原因在
于,伯林本人是自由的左倾知识分子,他当时正陷在冷战时
期关于革命与迫害的争论之中,因此,他在讨论十九世纪俄
国时,难免会把自己也写进去,这样既可证明自己的思想有
历史渊源,又可从中汲取力量。伯林由此而指出的路径恰
好被相对寂寞的南非自由人士所采取,因为他们在偏远的
南非当时也正置身冷战之中。虽然他们的冷战的焦点问题
与当时全球性的冷战焦点问题相比,似乎显得微不足道,但
是在模拟、滥用全球冷战的教条来攻击对方这一点上,则如
出一辙。因此,他们如顺着伯林所指示的路径,尽可在一种
似乎具有前瞻性的回顾中,把自己看作是历史上俄国自由

进步人士的子孙。到了二十世纪九十年代,当时俄国自由阶层被历史证明是正确的,要不是当年这一阶层人数少得可怜,他们没准能救了俄国,从而使其进入现代世界。

尤其值得注意的是,伯林在描述俄国自由人士对待俄国激进人士的复杂而又非常模糊的感情时,基本把握到了大约 1975 年或 1976 年前纳丁·戈迪默对待南非左翼激进分子的态度。戈迪默当时从本能上说是站在了他们的一边,但对使用暴力的做法则持保留态度;她同情他们的锐气和热情以及献身精神,但对他们把一切都扔进历史博物馆的冷漠态度和做法则表示反对。与此同时,戈迪默又一直在怀疑自己坚持个人立场的权利,她甚至怀疑自己是否有权持有任何立场。

其间的关系一层叠着一层,处理起来的确很复杂,尽管对伯林和戈迪默来说,十九世纪俄国自由主义的关键文本就是一部《父与子》,但这部作品 1862 年后再版时,作者附加了一个对位文本①,从某些方面说,这个附加的文本在戈迪默论屠格涅夫的文章中显得比小说本身要重要得多。左派说屠格涅夫小说是意在击败左派激进人士,因此,屠格涅夫在各种书信、回忆录和序言(即我所谓的对位文本)中,都曾对这种指控予以辩驳,为自己开脱,说自己悉心呵护并努力表达的仅仅是他所谓的真理。

---

① 库切所谓的"对位文本"主要指屠格涅夫初次刊印于 1869 年出版的《屠格涅夫文集》第一卷中的文章《关于〈父与子〉》。

4

如果戈迪默对小说持有什么理论（一个作家即使没有任何写作理论，也完全可以做个好作家）的话，那她的理论也都是从许多人那里综合得来的。影响她的首先是一些二十世纪五十年代比较著名的马克思主义批评家（卢卡奇、恩斯特·费舍尔、萨特，加缪则是他们的对立面）。其次，她还从唯美主义、欧洲现实主义中一些反对自然主义的作家以及早期现代主义中吸收了一些创作经验，给她以影响的主要是福楼拜、亨利·詹姆斯和康拉德。

由于戈迪默的创作实践较少是理论教条的演绎，因此，即使人们发现很难将上述两大类理论统一起来，也没有多大关系。戈迪默从她心目中的大师那里吸取的更多的是艺术家的理论，而较少是关于小说的理论。这种理论讲的都是关于艺术家这一特殊职业，关于艺术家的特殊才能以及这些才能所应担当的特殊责任之类的东西。对这样一种有关艺术家的理论来说，屠格涅夫附加在《父与子》中的对位文本当然就显得十分关键了。

在其整个创作生涯中，戈迪默始终坚信，艺术家有着特殊的感召力，有着特殊的才情，而掩盖这份才情就等于死亡；艺术之真超越历史之真。尽管这种观点日益显得陈旧老套，但戈迪默却始终如一地坚持信奉这一观点，这是难能可贵。而同时她又努力使自己的作品担当起社会道义来，从而为自己在历史中找到了一定的位置。在某种程度上,戈迪默对这种历史的形成成功地起过影响作用,这在她的小说作品中是可以看到的。她以西方的意识来写非洲反抗欧洲的斗争就是证明。[25]戈迪默认为写作是一种政治行为,为了证明这一点,她时常援引浪漫的马克思主义者的观点。在一些浪漫的马克思主义者看来,虚假的艺术或者说资产阶级的艺术,其精神意识已经崩溃,因而看不见未来,这种艺术与真正的艺术是背道而驰的。真正的艺术家,其艺术起源于艺术家与人民之间的一种辩证关系(或者用戈迪默后来的话说,是介乎社会实用性和承担道义之间的一种辩证关系);这种艺术的目标就是要变革社会,就是要把被搞得四分五裂的东西重新整合起来。[26]

在历史上的某些时期,比如南非的革命阶段,艺术家的创作题材可能是由人民来决定的,而同时艺术家并不一定感到自己"丧失了艺术自由"。在这些时期,艺术家和人民之间应该有一种"集体意识互动"的关系,艺术家对这种互动关系应高度敏感才行。[27]

我们在此没有必要对戈迪默思想的复杂情形做进一步考察,因为她虽然蜻蜓点水式地谈过相关的哲学理论,说实在的,她对这类理论的把握未必准确,她是否真的相信这种理论也是个问题。她既忠实于某种先验的使命,又忠实于人民和历史,她的目的就是试图将这两者统一起来。我撰写本文的目的就是要指出,戈迪默是如何利用屠格涅夫的《父与子》和与这部作品相关的文本,后来又为何将其放弃而投入到时代洪流中去。

根据我对戈迪默的解读,她在1975年从屠格涅夫本人所感到的困惑中看到:自由进步的屠格涅夫,到了中年却被革命甩在了后头。他对革命有过情感投入,尽管有时显得不太情愿,有时态度也较暧昧,而且热一阵冷一阵,对革命所采取的方法表示震惊。于是,他在自己的小说中保留一方圣土,在此,他绝不自欺欺人,敢于追求艺术的真实,努力保卫自己的那方圣洁的艺术土地。而戈迪默在南非(自觉)孤独寂寞、遭人围攻时,恰好以屠格涅夫为榜样,希望从屠格涅夫那里寻求精神上的支持和帮助,以养成自己作为艺术家的气节。[28]

1976 年后,情况发生了转变。在新的且充满压力的气氛里,屠格涅夫被搁置到了一边(是否因为他政治上太过小心谨慎,甚至流放时过的生活也太过舒适?),欧洲作家在非洲是否还值得学习这一问题,被纳入到了另一更为复杂、更为个人化,也更为迫切的问题之下:如何运用一种具有双重性质的文学话语,既可让艺术家扮演雪莱那样孤独的预言家的角色,又能让艺术家为人民讲话,而同时也不必被迫接受高雅艺术和大众艺术的标准,尽管其中的一种标准是戈迪默本人以及思想上与她比较接近的崇欧派作家所奉行的,而另一种标准则是非洲黑人作家所通常采用的。从《写作与生存》(1995)中所收的文章来看,对以上问题的答案似乎还未找到。[29]

原注

[1] 《作家的自由》,见《基本的姿态:创作、政治及地位》(约翰内斯堡:陶鲁斯;开普敦:大卫·菲利普出版社,1988),第 87、

89 页。

［２］　《作家的自由》第 89 页。

［３］　《作家的自由》第 91 页。

［４］　《社会实用性与承担的道义》,见《基本的姿态》第 114、
　　　　115 页。

［５］　《过渡时期的生活》,见《基本的姿态》第 224 页。

［６］　《基本的姿态》第 247 页(1984)。

［７］　《基本的姿态》第 247 页(1984)。

［８］　参看理查德·弗里波恩《屠格涅夫:小说家中的小说家》(康
　　　　涅狄格州西港:格林伍德出版社,1978),第 15 页。

［９］　"别林斯基既是社会批评家,又是个理想主义者;他是以理想
　　　　的名义从事批评工作的。……别林斯基把自己的一生完全
　　　　奉献给了这种理想;他的所有同情和从事的所有活动,都表
　　　　明他属于西化派。……接受西方生活方式所带来的结构,并
　　　　将其运用于我们自己的实际生活……他认为,这样的生活方
　　　　式最终可以给我们带来具有俄国特色的东西,他抱有的这种
　　　　思想比常人所想象的在程度上要大得多。"(转引自弗里波恩
　　　　《屠格涅夫:小说家中的小说家》第 14 页)

［10］　在《作家的自由》中,戈迪默把巴扎罗夫看作是屠格涅夫的代
　　　　言人,确实造成了一种令人困惑的印象:"激进派成员和自由
　　　　派成员都骂巴扎罗夫是叛徒,而屠格涅夫正属于激进派和自
　　　　由派;巴扎罗夫身上的缺点和矛盾正是屠格涅夫在自己及自
　　　　己所属的阵营中所看到的东西。"(第 90 页)花花公子巴威
　　　　尔·彼得洛维奇,基尔萨诺夫崇拜英国,他身上的缺点和矛盾
　　　　以及巴扎罗夫身上的缺点,在屠格涅夫身上当然也都可以
　　　　找到。

［11］　《过渡时期的生活》(1982)第 229 页上有一条注释,其中,戈迪

默解释了车尔尼雪夫斯基说过的很不起眼的一句话。这再一次使人觉得戈迪默看重的是车尔尼雪夫斯基的声名,而不是他的实际作品。

[12] 屠格涅夫曾说:《父与子》"使我永远失去了……俄国年轻一代以往对我持有的好感"。见《文学回忆录及自传片段》,戴维·马加沙克译(伦敦:费伯出版公司,1959),第 168、169 页。

[13]《父辈与子辈:自由所带来的困境》,见屠格涅夫《父与子》,罗丝玛丽·艾德蒙兹译(哈蒙兹沃斯:企鹅出版社,1975),第19—20 页。

[14] 伯林《父辈与子辈:自由所带来的困境》第 37 页;乔·安德鲁《19 世纪后半期的俄国作家与社会》(伦敦:麦克米伦出版社,1982),第 33 页。

[15] 弗里波恩《屠格涅夫:小说家中的小说家》第 134 页。

[16] "我的小说都是针对地主这一最重要的阶级而写的。"他在1862 年给 K. K. 斯鲁乔夫斯基的一封信中这样写道(《屠格涅夫书信集》,A. V. 诺尔斯编译[伦敦:阿瑟龙出版社,1983],第105 页)。弗里波恩解释这句话说:"他[屠格涅夫]承认地主阶级有着道德上的优越性。"(第 100 页)

[17]《屠格涅夫书信集》第 100 页。

[18] "我的良心是清白的。……我对待自己创造的人物,态度是诚实的。……我非常尊敬艺术家、作家这一职业,因此我的行为不会违背我的良心。"(《文学回忆录》第 169 页)"我开始创作时,脑中没有先入为主的思想观念,没有'倾向性';我只是天真地写着,自己似乎都惊讶于纸上写出来的东西。"(见 1876年给萨尔图科夫-施乔德林的信,转引自伯林《父辈与子辈:自由所带来的困境》第 26 页)

[19] 转引自伯林《父辈与子辈:自由所带来的困境》第 35 页。

[20] 见安德鲁《14世纪后半期的俄国作家与社会》第8—9页。

[21] 弗里波恩《屠格涅夫:小说家中的小说家》第46页。

[22] 一个挪威作家曾于1874年前后见过屠格涅夫。根据他的描述,屠格涅夫曾经说巴扎罗夫这个形象初次在他脑海中出现时就是个快死的人;弗里波恩《屠格涅夫:小说家中的小说家》第69页。

[23] 《父与子·父亲和孩子们》,见约翰·加拉德编《从普希金到帕斯捷尔纳克的俄国小说》(纽黑文:耶鲁大学出版社,1983),第77—78页。

[24] 伯林《父辈与子辈:自由所带来的困境》第51—52页。

[25] "……决心'在历史中找到自己的位置,同时,作为作家去坚守那些超历史的价值。我将永不放弃这些价值。"(《过渡时期的生活》第233页)戈迪默接受来自加缪的挑战:"是否可能……置身历史之中,同时坚守那些超历史的价值?"(第231页)关于戈迪默这里所持观点的更为详细的讨论,参看达格马尔·巴努夫《纳丁·戈迪默:黑暗年代、内地世界与模糊的差异》,载《当代文学》35(1994),第252—280页。"她的作品……可以看作是一部个案史,从中可以体悟到作家对高雅文化中小说这一话语体裁可能具有的人类救赎功能是坚信不移的。"(第278页)

[26] 艺术家的"本性"就是"要变革社会"。因此,他"总是走向真理,走向意识"。《社会实用性与承担的道义》第118页。

[27] 《基本的姿态》第243、241页。戈迪默所说的内容来自恩斯特·费舍尔《艺术的必然性》(哈蒙兹沃斯:企鹅出版社,1963),第47页。

[28] 戈迪默对屠格涅夫的亲近感可能还有其他一些私人原因。屠格涅夫对待农奴制的态度与戈迪默对待种族主义的态度有着

惊人的相似之处。1982 年,戈迪默写道:"我一生坚信两点。一、种族主义是邪恶的,用《圣经·旧约》中的话说是该下地狱的。二、在与这种邪恶行径作斗争的过程中,人们应做出不懈的努力,既要不怕牺牲,又要学会相互谅解。"(《过渡时期的生活》,第 231 页)比较一下屠格涅夫下面所说的一段话:"我不愿与我痛恨的东西呼吸同一种空气,不愿意与之为伍。……在我的眼里,敌人不仅形式确定,而且有着鼎鼎大名,这个敌人就是农奴制。在农奴制这一大敌的麾下聚集着一大批邪恶势力,我决心与之奋斗到底,我发誓绝不与之妥协。……这就是我的汉尼拔誓言。"(转引自弗里波恩《屠格涅夫:小说家中的小说家》第 6 页)

[29] 在《写作与生存》(马萨诸塞州剑桥城:哈佛大学出版社,1995)中,戈迪默修正了自己的立场,她把非小说类作品称做记述。而在 1970 年,她批评记述类作品,说这类作品没有"变革性的想象力量",只能写"人类经验中的表面现象",结果写出来的东西只不过是"略加掩饰了的自传"而已,可现在(1995 年)她的说法有所不同,她说自己的"方法……变了"。她盛赞记述类作品,说它是"历史的见证",是"人类与遗忘作斗争"的一部分,因而也是某种历史创造的一部分(第 22—23 页)。然而,她说了这些话之后,没过多少页,她又回过头来,讨论起记述类作品与想象力丰富的文学之间的明显差别。她说,荷马据以写作史诗的历史虽然已经从人们的意识中消失很久,但他的史诗所"记载的人类经验"却依然存在。因此,荷马史诗中记载的"希腊经验对人类来说是不变的,并将在我们中永存"(第 41 页)。在此,双重标准的问题仍然清晰可辨。

多丽丝·莱辛的自传

1

要是有人拿几张泰勒一家在罗得西亚农场上的生活照给你看,并要你指出一家人中哪位是艺术家或日后将会成为艺术家,你大概会勉为其难地说那做父亲的更像,他虽看上去一脸的严肃,颇像个军人,但绝对是个聪明人。你肯定不会说那做女儿的更有艺术气质,这个女儿虽然很漂亮,但平常得很,平常得就像一片不起眼的面包。然而,这个女儿心里不仅在盘算着如何逃脱近在咫尺的未来生活——嫁个体面的丈夫,过着有仆人侍候的生活,生养子女,而且打定主意要像当时有名的小说家一样,决心以写小说为生。

多丽丝的父亲名叫阿尔弗雷德·库克·泰勒,一脸苦相,第一次世界大战期间在堑壕阵地作战时失去了一条腿,后娶一位照料看护过他的护士为妻,去了异国。他妻子当时已三十多岁,也只好为了成全一个家庭而放弃了自己的职业。他们俩的第一个孩子多丽丝——后来又叫多丽丝·

慧丝顿、多丽丝·莱辛——于1919年出生于波斯。

母亲爱米丽·毛德·泰勒根据当时流行的喂养方法,严格要求孩子们按时进食,按时大便,在孩子们的身上完全重演着自己在没多少爱心的继母手中所接受的养育方式。多丽丝对母亲的做法感到深深的苦恼,因为她哭闹时,母亲也不会给食物吃,而且母亲明确表示她更喜欢儿子,不喜欢女儿,和客人聊天时也会直截了当地说:尤其这个小丫头(太执拗,太淘气!)使她根本过不上安生日子。这种母亲"对[女儿]的攻击有哪个做女儿的能受得了?""有好几年我都是生活在对母亲的责骂和怨恨的情绪当中,起初争吵不断,后来我变得冷酷起来,心里对她充满敌意。"[1]

由于母亲不爱她,她就把自己的情感维系在父亲身上。"父亲身上的男人味以及烟草味和汗味……使她感到极其安全。"但父亲的爱也有其阴暗的一面。他那条腿被截去后留下的残肢,像个树墩,常从他晨衣下捅出来,顶到她的身体,显得下流而可憎。此外,还有呵痒游戏,"爸爸一把抓住身子弱小的女儿,把女儿的脸硬是往他的衣兜或裤裆里按,这使她闻到未经冲洗的下体所散发出来的气味……一双大手在我的肋骨上抓弄着,我不由自主地发出歇斯底里般的尖叫"。其后多年中,她老是做梦,梦见自己与向她逼近的男人粗暴的面孔搏斗的场景。"在男人手中任其摆布并饱受肉体折磨的女人,起初就是在'游戏'和'呵痒'的幌子下上了圈套的,我不知道这样的女人究竟有多少。"(第28、31页)

泰勒一家后从波斯又移居到了罗得西亚。他们到达时,罗得西亚作为殖民地正式成立只有三十年的历史,来这里的目的是想和别人一样通过种植玉米尽快发财致富。可是,他们的一千英亩的农场("[我父母]压根儿就不知道,原来那片土地是属于黑人的")并不算大,要想靠它发财根本不可能。母亲适应得很快,可父亲缺乏干农活的那份耐心,因此他们老是欠债。(第74页)

然而,住在人烟稀少的乡村,这对两个孩子的成长来说,倒不失其奇妙的作用。从父母那里,他们学到了地理和自然史知识;晚上睡觉前父母给他们讲的故事开发了他们的想象力。他们还如饥似渴地读着从伦敦订购来的图书。(二十世纪二十年代的图书价格还算便宜,即使一个为生计而拼命挣扎的殖民者家庭也能够大量购买;反观今日,一个津巴布韦的孩子,特别是农村里的,根本就买不起这么多的读物。)到十二岁时,多丽丝已经知道:

> 如何让母鸡孵卵、照看小鸡和兔子、给狗猫割舌下的韧带,如何淘金、选矿,如何烹调、缝纫、用牛奶脱脂机做奶油,坐吊桶下矿道,做奶油干酪和姜啤,腌蛋或用模版印图案、文字,做纸型,踩高跷……开车,捕猎鸽子、珍珠鸡等野味——等等,等等。

"能给家庭做这做那,知道自己有价值,受到尊重,那才叫快乐,孩子的快乐。"(第103页)

莱辛曾谴责过移民社会对待黑人"心地冷漠而吝啬"

（第 113 页），这种谴责生动地体现在《野草在歌唱》(1950)这部杰出的处女作和《非洲的故事》(1964)中。当然，《青草在歌唱》今天读来未免有太多对非洲老套的浪漫描写。罗得西亚在当时对孩子的成长来说，其实并不是一个太坏的社会环境。这里，清新宜人的自然环境（写到这，莱辛的风格无疑是华兹华斯式的），外加移民的孩子们中间又有着一种浓烈的平等精神，这使莱辛得以摆脱父母辈所拥有的过于强烈的阶级意识。罗得西亚首府索尔兹伯里有一万多白人，其中有好大一部分是从欧洲流亡过来的，他们中有不少人思想左倾，也有不少犹太人，他们对莱辛在思想和政治上都曾产生过决定性的影响。

与此同时，由于父母所发出的信号使莱辛感到困惑，于是她就以一个遭到父母冷落可又渴望得到爱的孩子所特有的行为方式来加以回应。她偷东西、说谎，用剪刀把母亲的衣服剪破，甚至放火；在她的幻想中，泰勒夫妇不是自己的亲生父母。

七岁时，她这个"担惊受怕、痛苦可怜的小女孩"（第 90 页）被送进了一家修道院办的寄宿学校。这里的修女来自德国乡村，原本都是些父母所嫌弃的孩子，她们给来这里读书的孩子们尽讲些阴森恐怖的故事。也就是在这里，莱辛度过了痛苦的四年。后来她又到索尔兹伯里的一所女中待过一段时间，其间，母亲每周必来一信，唠叨着寄信如何费钱。于是，她中途辍学，当时她只有十三岁。

尽管如此，她的成绩一向很好，每次都有把握独占鳌头，这让母亲高兴不已。在女孩子中，她很受欢迎，人缘极好,她自称"跳跳虎"(这是阿·亚·米尔恩①作品中一角色名),"虽胖但生性活泼……性急,爱开玩笑,样子不是太好看,随时准备作为笑料,供自我解嘲,随时准备向人道歉认错,扮鬼脸,承认自己无能"。她后来加入共产主义小组后,别人都称她为"跳跳虎同志"。1949年,她离开罗得西亚后,立刻抛弃了这一诨名,但"跳跳虎"的性格一时难以消失,渐变为她自己所谓的女主人性格,"人很机灵,助人为乐,随时准备有礼貌地接待客人",活像她母亲。这让她好不苦恼。(第386、89、20页)

这给我们理解她的自传第一部《我的心路历程》也许可以提供一些线索。孤立地看,这部书以传统的方法揭示了作者个人内心的发展历程,但卷首的一段题词让我们知道该书的题目取自柯尔·波特②:"我对你的记忆切入我的肌肤,/铭刻我的心头,/刻得是那样的深,你已成了我的一部分,/对你的记忆切入我的肌肤。/我已努力,决不屈服……"此书虽未言明题献给谁,但那个切入肌肤,铭刻在莱辛的心上的"你",实际指的就是1957年去世的莱辛的母亲。

莱辛的母亲喜怒不形于色,她对孩子爱的表达,方式比较特别,她会告诉他们说:你们生病了,妈妈来照顾你们,好

① 阿·亚·米尔恩(Alan Alexander Milne,1882—1956),英国幽默作家,作品有轻喜剧《皮姆先生过去了》及儿童故事《小熊维尼》《小熊维尼角落的房子》等。

② 波特(1892—1964),美国作曲家、抒情诗人,著有音乐喜剧《五千万法国人》《吻我吧,凯蒂》及歌曲《让我们干吧》《跳起比津舞》等。

让你们恢复健康。多丽丝在家里可以快活地玩耍,也可以生病为借口,躺在床上读上几天书。但她没有得到渴望的隐私权。她月经来潮时,母亲竟大呼小叫地告诉家里的男性成员。她要节食,母亲却总是在她的盘子中堆满食物。十四岁那年,她是在和母亲争斗不休的日子中度过的。想想自己小的时候,连大便的时间都要受母亲控制,现在似乎又想控制她的整个身体。

为寻求逃脱,她出去给人当保姆。在雇主的指导下,她开始阅读政治和社会学书籍。到了晚上,雇主的小叔子会悄悄地摸到她的床上,笨手笨脚地调戏她。莱辛从来不把自己打扮成被动的受害者。相反,她"……热切地渴望着性爱,努力逗引这个缺乏经验、文静的求欢者"。"我认为,"她写道,有的女孩子——这其中当然包括她自己——"十四岁时该和男人上床",应该和比自己大的男人上床,以完成自己的"爱情见习期"。(第185页)

2

莱辛上学前就阅读过司各特、史蒂文森、吉卜林、狄更斯的作品和兰姆的莎士比亚故事集,可谓早慧(她曾经颇为刻薄地说,她小的时候,孩子们读什么东西,父母一般是"不管"的,相反,他们鼓励孩子读一些似懂非懂的东西;第83页)。于是,莱辛开始读当代小说,尤其是戴·赫·劳伦斯的小说以及俄国文豪的作品。与此同时,她还向南非的一些杂志投稿,推销自己写的小说。事实上,她不知不觉地做起了作家。

后来南非出现的三位著名女作家——奥莉芙·施赖纳、纳丁·戈迪默和莱辛（莱辛虽不愿意别人称她为"非洲作家"，但她坦率地承认自己的文学悟性出自非洲，是非洲所造就的），没有一位是读完中学的。她们主要都是通过自学而成为杰出的知识分子。由此不难看出，这些女作家青春时期大都是在帝国的边缘地区度过的，她们虽远离宗主国，但强烈渴望一种精神生活，其渴望的程度比起宗主国大部分同龄人来要强烈得多。当然，这也表明，当时女孩的求学之路何等艰辛，因为她们最终的归宿也就是操持家务而已。

莱辛时不时地会到父母的农场去看看。她庆幸自己多年前从农场逃了出去。母亲和一般殖民者家庭妇女一样，也开始有了那种讨厌的陋习，成天对仆人发牢骚，"责骂、固执、挑剔的语气充满了厌恶之情"。父亲由于糖尿病而日见消瘦，他"自哀自怜、脾气乖戾，成了整天沉溺于梦中的老人，嘴里老是唠叨着自己打仗的经历"。父亲最终去世时，她看着死亡证明"死亡原因"一栏写着"心力衰竭"，竟有一种冲动，巴不得把它改成"第一次世界大战"。（第157、326、372页）

沉寂的状态愈来愈像一潭死水（这段时间的生活后在《被陆地围住》[1965]中得到了体现），她开始创作和修改《野草在歌唱》。"我在期盼着我的未来，期盼着自己的真正生活马上开始"。（第418页）

3

　　莱辛第一次结婚时十九岁,嫁给一个比自己年长许多的男人。婚后的她不像一个真正的女人,仍保持着"跳跳虎"的性格,还是"那样的年轻、活泼"。(第207页)还未做好当母亲的准备,就生了一个儿子,由于得不到悉心照顾,这孩子不是怨气冲天就是愣头愣脑,很像小时候的多丽丝。

　　后来又生了第二个孩子。她开始酗酒,与人私通,对丈夫很糟(这些后来大都写入《正当的婚姻》[1954]中,《正当的婚姻》是玛莎·奎斯特系列小说的第二部,也是最具有自传色彩的一部)。这场婚姻无疑是保不住了。她发誓要让自己的孩子有朝一日能继承"一个美丽而理想的世界,在这个世界里,没有种族仇恨,没有不公正等现象",于是她把孩子托付给亲戚照看,自己则开始为离开南非而做准备。她觉得自己的内心承载着一种"冥冥中的劫数",正是这种劫数压垮了父母两人的生活,而她要是和孩子待在一起,这种劫数也可能将毁了他们。"我很诚实,"她冷静地记叙道,"而诚实就其本身而言没什么可多说的。"(第262—263页)

　　随着斯大林格勒保卫战给苏联军队带来巨大的荣誉,莱辛加入了共产党。从她对她那几年共产岁月的描述中,可以察觉某种自我辩解的成分。她曾写道:"我从来就没有把自己整个身心奉献给共产主义。"冷战爆发时,她和她的同志们突然遭到罗得西亚白人社会的排斥,她心生疑虑。

到了 1954 年,她已脱党,不过,其后数年中,她仍能觉得"对党忠诚的余力在拉扯着她"。(第 284、397 页)

新入党的人一般都有着不幸的童年,他们入党是为了寻找一个替代家庭,而将自己的孩子视为累赘。作为一个热情高涨的新党员,同时作为一个女人,组织分配她去推销南非共产党的机关报《卫报》(设在索尔兹伯里的贫民区)。在所有她参加的党的活动中,推销报纸实际上对她后来从事写作帮助最大。这使她得以接触到劳动群众,目睹他们的生活状况(《风暴的余波》[1958]中对此有更充分、更生动的描述)。

索尔兹伯里的共产党人活动,他们的爱和恨,占据了玛莎·奎斯特系列小说前三部的较大篇幅。莱辛在自传和其他小说中,也说明了自己为何花了那么多的笔墨来写一个政治上对南非并无多大影响的党派活动。她说自己这么做,是因为南非共产党虽小,但它在较小的规模上反映了"导致苏联共产党的成立和解体的群体动力"。(第 292 页)

参加共产党的一个直接后果,就是使多丽丝有机会和戈特弗里德·莱辛相识,1943 年,她嫁给了他。戈特弗里德出身于一个富裕的俄罗斯家庭,是已同化了的德裔犹太人的后代,十月革命后,恢复了德国人的身份,之后根据纽伦堡法律,又被划为犹太人。用其妻的话来说,戈特弗里德是"冷峻、严厉的马克思主义逻辑"的化身,一个"冷漠、沉默寡言的人",谁见了都怕。(第 288、301 页)

戈特弗里德没有被直接写进玛莎·奎斯特系列小说

中,因为作者写这些小说时,他还活着(他死于东德驻乌干达大使任上,在一场推翻伊迪·阿明①的政变中丧生)。莱辛尽力为这个毫无吸引力的男人辩解,使他显得更有人情味。她说自己的性生活"十分糟糕",说他真正需要的是一个温柔体贴的女人,"像婴儿那样对待他,哪怕在夜晚有几个小时也行"。(第303、318)

戈特弗里德鼓励她从事写作,尽管她所写的东西得不到他的称许。"我对自我最欣赏的以及我所坚持的东西,他反而最不喜欢。"她嫁给他,是为了使他免遭监禁,因为当时他是来自敌国的侨民;为让他更容易申请到英国公民权,她只好维持着这段"毫无幸福可言但却相敬如宾的婚姻生活",一直到1948年。其实这段婚姻早就该结束了。(第293、358页)

4

莱辛一向称不上是个了不起的文体家,因为她的写作速度过快,对写出来的东西又很少加以删削润色。玛莎·奎斯特系列小说的前三部,或者至少其中的长篇大段,都明显受累于平庸乏味的散文语言以及了无创意的小说形式。作品中的女主人消极被动,不满于现实生活,但又无法以积极的方式控制自己的命运,这使作品的毛病更加严重。不

---

① 伊迪·阿明(Idi Amin,1925—2003),乌干达军阀、国家元首(1971—1979),在位期间屠杀政治异己、驱逐亚裔,被推翻后流亡沙特阿拉伯。

过,这些小说虽说未能经受得住时间的检验,但从中至少可以看出作者的不凡抱负。她是想写一部成长小说,想把个人发展置于整个社会历史环境中来加以描写。

莱辛本人对自己面临的基本问题不是没有意识,她知道自己所信奉的十九世纪文学大师已被人模仿学习得差不多了。所以她在写完第三卷后,停止了计划中的系列小说的写作,并开拓了一个崭新的领域,写成了艺术形式新奇的《金色笔记》。七年之后才写成系列小说的第四部《被陆地围住》,这部小说文体风格带有实验性质,这不仅反映了玛莎对毫无未来可言的生活感到厌烦的情绪,也反映了莱辛对以往所用的表现手法已失去耐心。五部系列小说的最后一部《四门城》(1969)完成后,莱辛继续她的写作之路,分别完成了《坠入地狱简况》(1971)(莱辛将其称为"内在空间小说")、《幸存者的回忆录》(1974)以及思想冒险系列小说《南船座中的老人星》。这些作品的风格、手法与作者前期作品有着明显的不同。在这些作品中,莱辛在努力探索,而且在一定程度上也已经找到了一种反省意识更浓、也更具有当代意识的小说观念。其中,人物塑造、自我及自我对时间的体验(包括对历史时间的体验)都大不一样。这样一来,十九世纪小说的一些传统手法也就不攻自破了。

1962年《金色笔记》出版后,莱辛与女权运动的关系颇为紧张,尽管后者声称该书是女权运动的奠基之作。她又与学院派交恶,他们把《金色笔记》看作后现代小说的雏形。她在自己和狂热崇奉女权主义的人之间,保持一种审慎的距离;而把文学批评家们称做是寄生在作家背上的跳蚤。结果莱辛遭到双面夹击。女权主义者(包括阿德里安娜·里奇)攻击她,说她没有能够构想一种独立自主的女权主义政治;学院派攻击她,说她想独揽对自己作品的解释权,不想让自己的作品发散为自由的公共文本空间。

莱辛在自传中对所谓"正确的"政治态度进行了毫不犹豫的攻击。在她看来,所谓正确的政治态度与党在兴盛时期的所谓"路线"没什么两样。因此,尽管她小时候父亲和她玩过呵痒游戏,她仍然把二十世纪后期人们对儿童性虐待所表示的关注称做是一种"歇斯底里的群众运动"。她说,"女权主义者常常提出贪得无厌、恶意报复的离婚条件",因此应该予以谴责。她写道,自己从青少年时期起,就对阴道所具有的"种种令人惊奇的可能性"很感兴趣,而阴蒂提供的"快感则是次要的、低级的"。假如有人对我说,数十年内,人们会在观念上对阴蒂高潮还是阴道高潮持完全不同的意见,我会把它当成是玩笑……关于性别的社会构成,她回忆说,自己的第一任丈夫就是自己"残酷"地从另一个女人那儿抢来的,"女人在这方面所表现出来的残酷无情是天生的,其历史比基督教及其任何形式的野蛮道德的软化剂都要古老。这样的残酷无情是我的权利。当我在自己身上或别的女人身上看到这种野蛮怪物出现时,我所感到的只有敬畏"。(第313、25、404、266、206页)

现在有的西方人一提起西方的殖民历史就痛心疾首,捶胸顿足。对此,莱辛评论道:"对过去的错误思想没必要大呼小叫,只要想想后代人将会怎么看待我们现在的想法。"(第50页)她回忆说,有个尼日利亚作家觉得她写的一篇小说很不错,于是就剽窃成篇,并以他自己的大名发表了。有人说白人不该写黑人经验,这一所谓政治上正确的路线不足为训。莱辛本人的小说就写男性经验,包括男人的性经验,而且写得很直率,毫无保留。

作为一个有丰富社会和政治经验的人,她承认有些佩服"选择保持沉默",不写回忆录的人。那她本人为何要写自传呢?她的回答倒很坦率,"出于自卫"。至少有五位传记作家已经开始为她立传。"写自传其实就是在努力诉求一种属于自己的生活"。(第11、14—15页)

不过,有人猜测还有更多别的原因。卷首除了摘自柯尔·波特的题词外,还有一段题词来自伊德里斯·沙。自二十世纪六十年代以来,沙有关伊斯兰教苏非主义的著作对莱辛就一直具有重要影响。沙把个人命运和社会命运联系在一起,认为只有当每个社会成员都认清主导自己生命历程的是些什么力量与制度,社会才能够得到变革。自我探索与社会进步才能携手并进。

令人惊奇的是,卷首的两段题词所述及的内容,在莱辛的思想中结合得可谓天衣无缝。柯尔·波特创作的那种音乐,正是伴随着她那一代青年人翩翩起舞的音乐。她说,这种音乐中勃动着一种暗流,它能给人带来性和精神救赎的希望。而当时代精神之下的这种暗流得不到满足时,包括莱辛在内的整个一代青年人就会以为连自己与生俱来的权利都被骗走了似的。"我觉得自己是群体错觉或幻觉的一部分",觉得人人都有权利享受幸福。(第16页)(相比之下,她暗示道,如今那刺耳的流行音乐的节奏,会使人生出折磨人、杀人、残害人的念头。)

作为一战后出生的孩子，莱辛坚信，通过父母，自己对那个灾难性时代的固定低音，在感情上也是有共鸣的。"我现在才明白，当时该有多少儿童像我一样，成长于因战争而导致残缺的家庭，他们从牙牙学语的时候起，血液中就开始流淌着和我经历过的一样的毒素"。（第10页）

历史的巨轮是由比意识还要深的潮流所推动的，这一思想不断地汇聚到莱辛的笔端，凝结在她的自传中，她的所谓暗流的假设，恰好是这一思想比较奇怪的一个例子。实际上，她偏离马克思主义唯物论历史观，这一转变在《风暴的余波》中已初露端倪。在这部作品中，玛莎梦见一条巨大的蜥蜴。这蜥蜴呈化石状，但还活着，它在一个土坑中目不转睛地看着她，神情十分忧郁。这蜥蜴象征着一种不会消逝的原始力量。她的传记写作计划中还存在一个问题，这是她自己也意识到的。因为，比起东拉西扯的自我分析来，她应对起无意识力量来，显得更加左右逢源。此前，她对植根于历史的心理意识已做过十分成功的探讨，《金色笔记》以及采用梦幻、象征、讽喻叙事手法的《幸存者的回忆录》（巧合的是，莱辛在这部作品中试图把自己定位成一个女儿的母亲，而非一个母亲的女儿）等作品，都表明了这一点。她在自传写到四分之三的地方，以小说家而不是以回忆录作者的口吻，下了一个直截了当的断语："毫无疑问，小说能更好地表现真实。"（第314页）

自传第一卷中写童年的部分无疑是写得最好的。对大多数人来说，早期经历给人的震撼是巨大的，人们一般都不愿意回想这样的震撼,而试图将其压抑下去。莱辛说,这种遗忘对人类来说也许是必要的保护机制。莱辛对早年经历的回忆强健而有力(写得也很有力),其中不断流露出她对出生其中的世界之丑陋、喧嚣及臭气所表示的厌恶:"波斯游泳池里满眼是成人松弛凸出的胸部……[及]腋窝下的腋毛",俄国列车上"寒冷、污浊,到处飘荡的……虱子发出……的恶臭"。(第19、40页)

前五章写得显然比较用功。回忆清晰(或者说对回忆的想象性建构,两者应无区别),表达也很洗练,在有关童年的回忆文字中,属于写得十分精彩的篇章:

> 茅草屋顶似乎在窃窃私语。我这才突然醒悟过来,耳朵里充满了大水塘里青蛙和蟾蜍的叫声。下雨了,雨水打在屋顶的干茅草上,使茅草膨胀,所以发出那样的声音。天下雨,青蛙也欢欣鼓舞起来。由于我突然醒悟,周围的一切似乎都各得其所起来。屋顶的茅草尽情地吮吸着从天而降的甘霖;青蛙叫得震天价响,好像就在山下不远的地方,其实,它们还远在数英里之外;雨水轻盈地落到了泥土里,打在叶子上;还有更远的地方传来的闪电。接着,好像是为了证实夜晚的指令似的,突然响起了一阵轰隆的雷声。我躺在蚊帐里,心满意足地侧耳倾听着,就这样慢慢进入了充满雨声的梦乡。(第63页)

这样的描写宣示着特殊时刻,即华兹华斯所谓"时间点"的到来。在这种时刻,儿童的心灵世界向着经验热烈开放,而且自己也能意识到这一点,他会觉得自己是受到了上天特别眷顾的人。正如莱辛所言,如果我们给时间以应有的现象学考量的话,那么我们在十岁前后就已经历经了大部分人生。

书的后半部分也有写得精彩的段落。莱辛坦诚地回顾了自己年轻时的自恋倾向。她踩着自行车,"心里意识到自己那修长、棕色、滑润的双腿上下摆动,就像有个情人在抚摸着它们似的"。"我撩起自己的连衣裙,看着自己的身体,裙子一直撩到能够看见短衬裤,我自豪地打量着自己的肉体,没有比这再令人感到兴奋的事了。此刻,一个女孩知道,这就是她的肉体,这些就是她柔润光滑、非常好看的四肢"。(第260、173页)书中还有对自己怀孕、生产(没有任何难产现象)、哺乳的从容记述,包括婴儿的进食习惯和排便情况。

自传第一卷描写的主要人物是莱辛的母亲,在莱辛至今近五十年的创作生涯中,母亲的形象常常以公开或隐蔽的方式出现在她的作品中。而近年来,莱辛一直努力客观公正地对待母亲这位曾经的敌手。有时她写着写着,就会让母亲自己来叙述,可是,如此写了一两页后,她又会很快放弃这种三心二意的尝试。她写道:"从来没有哪个女人像她那样热衷于请人来家里聚会,共度开心时光;乐于做个讨人喜欢的女主人,以及两个长得漂亮、行为得体、教养有方、清洁卫生的孩子的母亲。"(这里的"清洁卫生"一词用得颇含讥刺,在泰勒家里,该词指的就是训练孩子使用便盆。)那几只随着他们从德黑兰辗转到罗得西亚泥墙房子的箱子里,装的都是些茶具、水彩画、波斯地毯、围巾、帽子、晚礼服之类的东西,可母亲根本没有机会向别人展示这些华丽的东西。这个漂亮、穿着得体、缺乏幽默感的女人能干,讲求实际,浑身有使不完的劲,可在农场,她找不到施展抱负的机会。(第 402 页)她把爱从丈夫转到刚刚出生的儿子身上;儿子和母亲整天形影不离,直到儿子长大后去寄宿学校读书为止。然而,在寄宿学校里,儿子不知怎的,也学会对母亲的这要求那要求说起了不。"此时,我见她一副伤心的样子,"莱辛写道,在母亲的一生中,"我虽明明见她……伤心,但对她就是说不出体贴宽慰的话来。"(第 33、402、15 页)

然而,尽管刻意试图把父母当作普通人而非脑中构拟的形象来看,莱辛在自传的第一卷中仍不断责怪母亲,这和她在早年创作中的做法没什么两样。在自传第二卷中,母亲的形象以及母女两人的争吵仍居一定的地位。一个女人,到了七十来岁的年龄,竟然对自己过去无法降伏的幽灵还耿耿于怀,这未免让人觉得有点压抑。另一方面,作为自传的主人公,莱辛把自己表现得那样地坦诚,那样的渴望得到自我救赎,这无疑也给人以极其深刻的印象。

5

自传第二卷从多丽丝 1949 年初到伦敦开始,她自认为是"一个坦诚、直率的年轻女性",没有半点英国人普遍都有的虚伪习气,这得益于她在南非殖民地的成长经历。她带着年幼的儿子,怀里揣着已经完稿的《野草在歌唱》。[2]

这部小说很快得以出版,莱辛的作家生涯由此开始。整个二十世纪五十年代,她的作品销路虽谈不上惊人,但一直很平稳,而后来的《金色笔记》给作者带来巨大的商业成功。因此,莱辛无须出去工作,写书挣得的稿酬大约每周有二十英镑,她算过,相当于一个打工者一周的工资。

莱辛移居英国(或用罗得西亚移民社会的话说,"回家"),并定居了下来。她通过讲述自己早年的故事,形象地再现了一个经受过战争创伤的国家人们的生活。尽管她的社交圈里的人大都是些左翼艺术家和知识分子,但也不乏她所熟识的普通伦敦人。莱辛坦言,她于1960年出版的回忆录《追随英国人》,对当时的时代状况有更加生动、更加集中的描写,比自传第二卷还要详细。

莱辛常说,二十世纪五十年代的英国与当今富庶的英国相比,有着很大区别。她说,现代的年轻人不太了解过去的英国有多穷。你也无法让他们明白。人们也许会问,这究竟是鲁莽的年轻人的过错,还是作家的过错,因为作家在帮助年轻人克服历史遗忘症这一任务面前感到了畏缩?

尽管二十世纪五十年代的生活比较糟糕,但莱辛提起那些年代来,明显流露出怀旧情感。比如,当年她参加了从奥尔德玛斯顿村①至伦敦的反对核武器游行,当时人们的热情和意志很让她怀念,也使她有机会接触到了英国各个

---

① 奥尔德玛斯顿村,位于英国伯克郡,是英国原子武器研究机构所在地。

不同阶层的人士。

参加裁军运动使她得以拜访了伯特兰·罗素和他的秘书拉尔夫·肖恩曼。一想到年事已高的哲学家被年轻的秘书愚弄和利用,莱辛就决心,绝不在年老时被人利用,绝不能成为女权主义组织的傀儡而使自己徒有"智者"的虚名。（第302页）

回顾过去,莱辛很是怀念以前文坛的活跃,你要想出版作品,必须有强烈的创新意识和冒险精神。相比之下,她谴责如今的出版业玩世不恭,平庸低能,还给作家增加压力,让他们去推销自己的作品。她哀叹公众对作家私生活的迷恋,以及作家不得不应付无知、平庸的采访者所蒙受的羞辱。

莱辛始终认为,在英国国民心理中有一种"小家子气,他们柔顺,骨子里总是拒绝冒险或新颖的事物;他们不愿意了解什么叫极度体验"。表现在文学上,就是画地为牢,偏爱"题材狭窄的小说,特别爱写阶级或社交行为中的一些鸡毛蒜皮的小事"。（第96、126页）

《影中漫步》一书是根据莱辛住过的几处公寓、房子来划分和命名章节的。她一直在寻找可以安静地写作、抚养孩子的理想环境。她记录了两三段恋情,但这些男人都不愿做孩子的继父,她的母亲再次出现,要求和她住在一起,她狠了狠心,回绝了。母亲回到罗得西亚后死在了那里。对此,莱辛内心充满了自责,她十分同情晚景孤独的老母亲,但尽管如此,她还是退缩到小时候那自私、自我保护的硬壳里去:"不,不行。别打扰我。"（第223页）

6

《影中漫步》涉及的年代不长，但大约在二十世纪五十年代早期某个时候，她曾由于圈内人的劝说（她认为这种劝说是出于嫉妒），正式加入了英国共产党，他们说她在写书、写文章的同时，还可以做更多的事。如果说有一个问题统领此书的话，那么这个问题就是：她和许多其他有知识、关心社会、热爱和平的人即使一度丧失了信念后，他们又是如何对世界范围内的革命坚信不移的。

在探讨自己的个人动机时，莱辛承认，最初是由于与英国那顽固不化的阶级体系的接触令她很感压抑的缘故（虽然严格地说来，她是这个体系外的人，但实际上由于她的口音，她发现自己是被排斥在工人阶级之外的）。而且，她当然相信反殖民斗争，相信四海之内皆兄弟，相信共产主义的一切其他理想和目标。但是，就个人层面来说，她受到了某种东西的控制，"这种东西深藏不露……像梦魇一般压着我"，一种"儿时情感的延续"，她无法弄清其中的缘由。（第58、89页）

这种解释未免太过含糊，但从中不难了解到，莱辛直到今日还弄不明白当初为什么那样做。自传第二卷的核心任务仍是要解开这个谜，因此，通过重新讲述个人生活的故事，寻访过去踩踏过的足迹，以便更好地了解自己，这一自传写作计划所要努力达到的最终目的，其实仍然没有得到实现。

莱辛探索自我奥秘,探索由自我选定的命运,已经不是头一回了。她的小说中都有浓厚的自传成分。玛莎·奎斯特系列小说和《金色笔记》中的自传色彩尤其明显,这些作品所涉及的十年生活与《影中漫步》所写到的那十年正好重叠。在二十世纪九十年代早期,莱辛动笔写自传的时候,她是否以为,比起三十年前写的小说,自传更能真实地解剖自己?

　　答案很可能是否定的。莱辛以前始终以为,诗意的创作所释放的能量比理性的分析更能使人变得深刻。然而,自从她根据自己的共产党员经历并以探索为名写小说之后,她的观点发生了变化。时过境迁。她只知道自己当年是全力以赴效忠于党。英共让她作为英国知识分子代表团成员之一到苏联去访问,她去了。由于自己决心献身于一个更大的事业,她没有立刻把自己的所见所闻向外界公布。莱辛不是一般的代表团成员,她是英共作家小组委员会委员。她还根据党的指示写过小说,比如经常被文学作品集所收录的《饥饿》。

　　他们该得到怎样的待遇呢?这个大的问题一直在拷问着莱辛的道德良心。更有甚者,另一个同样令其感到困惑的问题也无时不在折磨着她:如今为何已经没人再在乎这些问题了呢?

　　莱辛重提这些过时的问题固然令人钦佩,但应该指出的是,她对这两个问题都未给出令人满意的答案。奇怪的是,她把自己过去的经历和过去作为女儿的经历,加以平行考察。回忆过去,她觉得自己两方面都不称职。尤其不能原谅的是,当时隐约地知道自己的行为有问题,可又照做不误。当时为何做出那些事,她百思不得其解,于是只能得出这样的结论,自己当时所处的是一种强迫性心理状态。这种心理状态不只她一人有,成千上万的人都深受其影响。她在自传第一卷中说,这种心理其实是时代精神的一部分。

7

"人们也许会以为,我活着就是为了政治,为了诽谤别人,其实我大部分时间都待在自己的公寓里写作。"(第249页)莱辛确实花了很多时间在政治上,对文学和戏剧界某些与其观点不一致的人,也曾花过不少时间予以攻击,但这些人现在都已如过眼烟云,再也提不起人的兴趣。她的自传第二卷更像一部回忆录,写得也比较随意、散漫,表达了作者对生活的感想。第二卷不像第一卷,第二卷基本上没有深刻的自我反省,语调也和缓得多,没有对精神上极度痛苦的描写。[3]

我们不能把莱辛在自传中讲的一些事情看作是她对自己政治生活的辩护。为自己做辩护,这在二十世纪九十年代的时代氛围中,常被看作是为达到政治上的正确而采取的一个重要步骤,然而,莱辛对所谓正确性所持的仅仅是鄙视的态度,她坚持说,自己把过去的事情说出来就是为了使读者不要犯同样的过失。(第262页)显而易见,她是想在离开这个人世之前,把历史忠实地记录下来。不管人们如何理解"历史"这个词,她的自传确实可说是一部襟怀坦白的自叙状。

原注

[1] 《我的心路历程：自传第一部》（纽约：哈珀柯林斯出版公司，
1994），第 29—30、15 页。

[2] 《影中漫步》（纽约：哈珀柯林斯出版公司，1997），第 372 页。

[3] 整个写作计划虽名为自传，但莱辛于书中曾称第二卷为"回
忆录"。（第 358 页）

布莱顿·布莱顿巴赫的回忆录

1

布莱顿·布莱顿巴赫初次走进人们的视线时,他人还在巴黎,画画、作诗。他请求南非当局允许他带着越南籍妻子回南非探亲,可南非当局告诉他们,作为夫妻,他们在南非是不受欢迎的人。这一著名事件使南非当局颇感尴尬,于是,1973 年,南非当局的态度缓和了下来,给他们夫妻俩签发了时间有限的访问签证。布莱顿巴赫在开普敦对一屋子前来参加文学讨论会的听众发表了演讲。他说:"我们[这些南非白人]都是些杂种,说的也是杂种语言。天性里就是个杂种坏子。这样蛮好,也挺迷人。……[可是]和其他所有无法确定自己身份的杂种们一样,我们竟也顽固地坚信起纯洁这一概念,搞起种族隔离来。种族隔离政策就是杂种们制定的法律。"[1]

这次回南非探亲经历后被写进《天堂一季》,先在荷兰后在英国相继得以出版。这部作品算是一部回忆录,其中夹杂有诗歌、回忆以及对南非现状的反思;那场演讲的全文也被收录了进去。

1975年,布莱顿巴赫又回到南非,不过这次回来的身份不同,他是回来为南非国大党秘密召募从事破坏活动的人。结果他被南非秘密警察逮捕,在狱中度过了七年的时光。获释后,他回到法国,公开宣布和南非人民彻底断绝关系:"我并不认为自己是个南非白人。"[2]然而,他在二十世纪八十年代,又多次回南非作私人访问,当然是在警察的监控下。1991年访问南非后,写成《重返天堂》,叙述自己在"变革"后的南非的旅行见闻,当时的南非总统已是德克勒克。① 布莱顿巴赫解释说,《重返天堂》与《天堂一季》以及他的狱中回忆《一个患白化病恐怖分子的真实自白》可以放在一起读,算是他的自传三部曲。

两部书名带有天堂字样的书,其实是在戏拟兰波的《地狱一季》。他在《重返天堂》中称南非是"罪孽之地"。"我展望未来,心中感到不寒而栗。"革命被出卖;一帮中年人正为获得个人利益而讨价还价,可效忠、追随他们的人却将生命置之度外,顽强地继续战斗着。新秩序正要出现——"使更多的人享有领导权,可权力的运作机制没变,同样令人感到悲哀。"如果说他本人"对不可能胜利的革命发出的悲鸣"还带有乌托邦色彩的话,那么,他作为诗人,有权利构想一个连政治家都梦想不到的理想未来,有权利就未来发表预言。他甚至有权利把送食物到他嘴边的手都

---

① 德克勒克(F. W. de Klerk,1936—),南非政治家、总统(1989—1994),释放曼德拉(1991),开启最终通向民主选举的谈判,与曼德拉一起获得1993年诺贝尔和平奖。

给一起吞下肚子里去。[3]

布莱顿巴赫1991年重访南非时相当务实,他还向吵吵嚷嚷的大厅里的听众朗读诗歌。但听众听不懂他的语言,他们跑来只是为了一睹这个名叫布莱顿巴赫的奇人之风采;他的老战友们听着他的诗朗诵也一脸茫然("可是,你们觉得幸福过吗?现在我们既然已经赢了,你能否尽情欢乐起来?");他声称,他将来仍会一如既往,"与所谓准则、正统、教规、统治、政治、国家、权力等进行斗争"。在座的人听了颇感不解,有人还表示反对意见。他的这些思想和情感在南非这样的国家里,是不太容易被人完全理解的,因为正如他本人冷冰冰地谈过的,南非已直接从前人道的时代过渡到了后人道的时代。

他著书立说,四面开攻,内心极度痛苦,也充满仇恨。他与白人自由分子,与南非共产党及满脑子教条的资产阶级左翼分子,与沃尔·索因卡和杰西·杰克逊等以前的同行,都过不去,对非国大党更是大肆攻击,因为他坐牢时,非国大党待他过薄:

> 非国大不仅不让我的亲属给我以帮助,不仅拒绝接纳我,那帮伦敦的狠心的流亡者还多管闲事,不让国际或地方组织对我的事业表示任何支持。他们在国内的那些所谓善意的"老朋友"唆使、怂恿下取消我非国大资格,对我进行诬蔑、中伤。连国际大赦组织都被他们说服,拒不"承认"我是个凭着自己的良心办事的人。(第123页)

布莱顿巴赫对各党各派的攻击和谴责,言辞激烈,其中明显带有无法无天和失控的成分,这些构成全书约一半的篇幅,读起来不是十分有趣。该书写得最好的部分谈的还是一些比较亲切、比较根本的问题:作为一个在非洲出生的人,作为一个根扎在非洲大陆风景里的人,心中究竟有着怎样的滋味?因为布莱顿巴赫成年后的生活虽然几乎都是在欧洲度过的,但他并不把自己看作欧洲人:

> 做个非洲人不是我的选择,而是天生使然。……做个非洲人不是因为欧洲不太把我当作自己人看……也不是因为"我的同胞"因曾对我犯有过错而感到的歉意。……这些都不是理由。做个非洲人是我得以运用我的一切感官功能,发挥我的能力的唯一途径。……[非洲]大地最有发言权。我生是非洲人,死是非洲鬼。(第75页)

布莱顿巴赫说,非洲让他得以运用所有感官功能、充分发挥所有能力。他说这话的意思,充分地表现在他所写的充满魅力的作品中。从这些作品中,我们可以看到,作者对"原始大陆"的声音和景象都有灵敏的反应。作为一个作家,布莱顿巴赫很有天赋。他能毫不费力地以诗人所特有的意识谈论非洲,其节奏和语言,顿挫有致,极其生动。作者本人也意识到了自己的这种天赋。他说,这种天赋不是他个人的,而是从先辈们那里继承来的。"先辈们就像受伤的狒狒,他们的眼睛深沉而专注",他们的一生与本土有着密不可分的关系。因此,他一开口谈论本土那美丽如画的风景,所用腔调就必然既是他自己的又是先辈们的。
(第4、27页)

布莱顿巴赫深刻的创作思想不是来自他本人,而属于先辈们的集体意识。正是这种传统的、非洲的意识,使《重返天堂》带有了部分创痛和困惑的意识,因为布莱顿巴赫称自己所写是"新南非",他可能也不无自嘲地认识到自己在当今的边缘化程度,他甚至还津津乐道称自己是个没有自我的人,是个杂种,是个"浪迹天涯、一无是处的人",用他最喜欢用的后现代比喻来说,是镜子中的一张脸,是个毫无本质可言的文本的影子。但尽管如此,他也意识到,他的力量最终来自曾经生养过他的那片土地,来自他的先辈。(第74页)所以,书中最动人的一些段落讲到了自己探望弥留之际的父亲,走亲访友,与兄弟们和好,以及带着妻子重游非洲故地时的情况。

2

《狗心》是布莱顿巴赫1999年发表的回忆录。这本书仅写南非一块很小的地方,此地位于西开普省,他将此地戏称为"心脏地带"。此地离蒙太古镇和他的出生地都不远。书中写到他和妻子购买一处房子并加以维修以供自用的一些情况。该地的经济以葡萄等水果种植为基础;蒙太古(人口两万三千人)小镇环境优美,有多处温泉,因此近年来成了人们退休后的好去处,艺术家和手工艺人也云集此地。从人口分布情况来看,此地不能代表整个南非。南非全国有三分之二黑人（恕我冒昧，暂用黑人这个颇具种族歧视意味的词），而布莱顿巴赫所谓的蒙太古镇里住的大部分是棕色和白色人种；从全国来看，只有七分之一的人讲南非荷兰语，而在蒙太古，讲南非荷兰语的人占绝大多数；而且，全国人口低龄化（二十一岁以下的人占全国人口近一半），可蒙太古镇住的大多是老年人，因为年轻人大多进大城市找工作去了。

以上数字统计虽嫌粗略，但足可使我们注意，不要误以为《狗心》是对二十世纪九十年代南非国情状况的报告。《狗心》不是也不充当这样的报告。布莱顿巴赫的所谓心脏地带不是南非的缩影。《狗心》对南非全国的政治及黑人和白人关系谈得很少，它谈得比较细致的是乡村里白色人种和棕色人种之间的权利关系。

布莱顿巴赫所谓的棕色人种究竟是些什么人呢？这种称谓貌似单纯，也不至于招致什么危险，但是它不仅掩盖了一些人类学（文化、遗传学）和历史（谁有权利任意称呼别人，这种权利是怎么得来的？）的问题，同时也掩盖了一些概念性质上的问题：既不是黑人又不是白人，结果被人以消极方式定义为一个毫无特性的人，这究竟意味着什么？

在种族隔离政策下，棕色（或叫有色——"有色"一词首字母大写时常有种族隔离色彩，小写时显得或多或少中性一些）人种就是这样定义的。用大写的"有色"一词是为了区别（所谓高加索人种）欧洲人（通常是男人）与土生土长的（通常为女人）非洲人（通常为科伊人——"霍屯督人"一词已变得不够礼貌）或亚洲人联姻所生的子嗣。但实际上,该词也同时涵盖许多在遗传和血统上较为复杂的人种。比如纯粹科伊血统——亦即纯粹非洲血统——的人种,生存环境使他们采用了具有欧洲渊源的名字和语言及生活方式;还有通过同族通婚而保有其"纯粹"亚洲、伊斯兰身份的人种;再比如由于这样那样的原因未能获得"白色"身份的"欧洲人",他们过着一种"混杂的"生活,这些也叫有色(首字母大写)人种。

尽管种族隔离政策采取一种严格的分类制度,把每个南非人分别归入四种人(白人、[首字母大写的]有色人、非洲人、印度人)中之一种,但这种分类方法难免同义反复,且所用修饰语累赘不堪。比如,白人被定义为是这样的一种人:其面目白皙,白人社区也认为他是白人,如此等等。

(首字母小写的)"有色"人种在概念上最为复杂,因而分起类来也最为困难:要不是"有色"(首字母大写)人种族群在思想上早有准备,承认自己在种族隔离政策为其命名之前就已存在,那么从逻辑上说来,就不会有所谓"有色的"(首字母大写)这一族群评判标准。在实行种族隔离的那些年月里,"有色的"(首字母大写)这一身份地位用来指称一大批不同的人种,由于这种身份是强加在他们身上的,因而遭到了抵制。"有色"(首字母大写)族群的存在是强权政治的结果,是人们面对当权者所做出的无奈选择,他们拥有共同的命运,其行为方式也被迫表现为"有色的"(首字母大写)。

布莱顿巴赫描述"棕色"人种时,脑中想到的正是这一抗争史。在这部抗争史里,两三百万种族和社会起源极为不同的南非人,起初被迫把自己看作是一个族群,乃至(根据种族隔离政策下的历史编撰学家的傲慢预测)看作是"一个形成中的民族";后来到了1944年,旧的种族法虽被废除,但为了实施相关社会管理措施(即英文所谓的"积极行动",南非荷兰语说得更为直截了当,叫"整顿"),种族区别仍予保留。"起先白得不够,后来黑得不够","棕色"人种的这一抱怨不无道理。

在黑人和白人之间是否存在或应该存在有另一个人种范畴,这一问题不只南非有。在多民族国家里,种族或文化上居少数的少数民族权利问题是当今世界的一个普遍的重要问题。在拉美及当今后殖民时代的世界各个角落里,有关混血身份的政治问题,普遍存有争议。在南非,这种争议使那些没有黑、白"自然"身份的人自我探索文化身份,他们完全摆脱了当年种族隔离观点的影响。他们所要探索的身份把他们与殖民时代之前的过去联系了起来,其历史比南非"黑人"还要早。考古学研究虽将讲班图语的非洲"黑人"迁徙到当今南非境内的时间远远地上推了,但还没有人认为,他们定居那里的历史和干旱的西南非洲原始的狩猎者和食物采集者定居那里的历史一样长。而西南非洲正是布莱顿巴赫所谓的"棕色"人种传说中的心脏地带。

3

那些当年同情布莱顿巴赫的南非白人颇感震惊,因为

1973年布莱顿巴赫称他们是"杂种民族,讲的语言也是杂种语言"。但自那以后,"杂种"一词——或更为礼貌地说杂交——已成为谈论文化史和文化政治时的一个时髦用语。修正派史家目前正忙于重写南非殖民地历史,他们认为,人们在南非这个文化交换场所,可以扔掉旧有的文化包袱,换上新的:新的文化身份乃至新的种族身份,就像衣服一样,可以试穿。对那些不乏冒险精神的南非白人来说,声称自己有个浅黑色皮肤的祖先如今是个挺不错的识别标志,颇能增加自己的威望(布莱顿巴赫本人就曾有此举动)。

因此,国大党上台后发誓要不惜一切代价保持信奉基督教的南非白人的雅利安人身份,可时隔半个世纪,历史的车轮又回到了起点。讲南非荷兰语人当中,有些比较前卫的知识分子一提到"南非白人"就感到不自在,因为该词带有种族排斥的历史负担,可他们又找不到另一个更好的词来替代它。于是他们说,"南非白人"一词现在代表的只是一群无以名之的人("民族"一词仍是个很容易使人误解的词),他们仅因讲某种起源颇为复杂(荷兰语、科伊语、马来语)的语言——南非荷兰语——而获得界定,他们从遗传学来说是杂交的,从文化上来说是综合的,从宗教上来说是多元并存的,但他们的根却是扎在非洲大陆上的。

布莱顿巴赫为自己所谓的心脏地带提出了一个很大的历史索求。他认为,当这一地带还是殖民地一部分的时候,它就养育了一批躁动不安、四处漂泊的混血南非白人,这些人不像附近那些定居宝兰①地区的农民那样有社会抱负。宝兰地区的经济依靠奴隶劳动。这批南非白人与前面描述过的另一种南非白人不同。

布莱顿巴赫的这种说法可能经不起学术推敲,但借此,他就南非白人先驱的起源问题提出了自己新的修正观点。根据传统看法,这些先驱是白皮肤的农民,他们当年一手拿着《圣经》,一手拿着枪,乘着牛车来到南非内地,建立了共和政体,在此,他们不受英国人的干涉,自己管理自己;而根据布莱顿巴赫的说法,这些人遗传上的起源极为复杂,他们随着自己的牛群和羊群,游牧来到南非内地,他们从科伊游牧民那里学会了过一种游荡的生活。而且,(布莱顿巴赫认为)现代南非白人越早抛弃自己是黑暗非洲中的光明使者这一幻想,越早把自己仅仅看作非洲游牧民的一支——即看作漂泊无根,对非洲没有土地拥有权的人——他们的生存机会就越好。

但布莱顿巴赫也警告说,杂种特性这一命运也并不轻松,它意味着对自我必须加以不断的塑造和改变,这当然会带来一种失落感。"[然而]游荡是惬意的,即使变得贫穷些也算不了什么。"[4]这样一来,布莱顿巴赫就将其伦理哲学的两个主题,即杂种性和游牧性联系了起来。正如杂种摆脱了自我,与别人不期然而然地混杂了起来,游荡者也从旧的、舒适的栖息地走了出来,跟随着动物,追随着风的气味或自己头脑中想象的图景,走进了不可确定的未来。

---

① 宝兰(Boland),南非西开普省一地区名。

393

《狗心》中对发生在新南非乡村攻击白人事件的令人恐怖的报道正应在这一背景上来加以解读。其中的一些故事,读来令人颇感不安,这不仅因为攻击事件本身的暴力程度已到了变态的地步,而且因为这类事件经常发生。恐怖故事的流传恰恰使白人多疑起来,以为自己正被人赶出那片土地,最终只能漂泊海上。布莱顿巴赫为何要这么写呢?

他的回答是:乡村暴力事件绝不是什么新现象。他说这样的事情很早就有。比如,库斯·萨斯、葛特·艾蒲尔和德克·莱特等人,还有"霍屯督人"或"布须曼人"①,都曾像幽灵一样从一个村庄掠过另一个村庄,所到之处,生灵涂炭,一片废墟。当然,他们最终都被逮到,并被斩首。布莱顿巴赫说,在棕色人种的记忆中,这些人并不是十恶不赦的歹徒,而是"勇敢反抗的斗士"。(第136页)换句话说,村庄上的谋杀案以及针对白人的一般犯罪事件,实际上都是更大规模的历史阴谋的一部分,连有人破门而入,到布莱顿巴赫家去搞打砸抢这样的犯罪事件也是。这些事件都与殖民时期白人掠夺土地有关。

布莱顿巴赫说,土地不属于任何人,人们对土地的正确关系应该像游牧民那样:居住其上,撤离,继续前行;要想办法热爱土地,而不能束缚在土地上。他就是这样来教导生于法国的女儿的。他引领女儿在神圣记忆场所漫游时,她显然为该国的荒野和自由不羁而深深吸引。于是,他警告说,千万不要太过依恋。"在此,我们身上着上的颜色终会

---

① 布须曼人,非洲纳米比亚和博茨瓦纳等地的居民。

消失不见。……我们仅仅是过客而已。……所着颜色终会
消退。"(第145页)

《狗心》中充斥的这种忧伤的腔调使作品不同于作者
以前写的回忆录。这种腔调部分的起因是由于布莱顿巴赫
感觉垂垂老矣,该是与世人说再见的时候了,部分的是由于
他的佛家人生观,因为,在佛家看来,对人世的留恋会阻碍
人的灵魂的升华(这是其流浪生活伦理学的宗教的一面)。
当然,其中的原因也可能是由于布莱顿巴赫觉得他所降生
的世界终将毁灭。《狗心》是布莱顿巴赫的第一部散文作
品,在这部作品中,热情洋溢地出现于作者诗歌那更加私密
的世界中的东西,得到了更为明晰的表达:是乡村生活养育
了布莱顿巴赫,这种生活尽管由于殖民统治而带有许多不
公正现象,但毕竟是地地道道的非洲生活;从理智上来说,
这种生活该受到谴责,而且终将消亡,但从情感上来说,这
种生活的消逝又令布莱顿巴赫感到痛心。(由此读者会意
外地发现,布莱顿巴赫和威廉·福克纳是多么相像。)

布莱顿巴赫和前辈南非白人和好是暂时的,含糊不定
的,在很大程度上,改变的是南非白人自己。1983年布莱顿
巴赫与之绝交的那些人,现已失去了政治权力,他们对媒
体的控制权也已失去,南非白人究竟该是个什么样的身份,
是北欧裔"白人",抑或是少数族裔的民族主义者? 是加尔
文教徒,抑或是宗主教徒? 对此,他们也已无权发号施令。
《狗心》为之辩解的是一股逆流,在这股逆流中步调并不整
齐的各种大大小小的社会团体开始以新的方式来界定自
己,乃至为自己的存在辩护。不过,这些团体现在已不再死

抱着某种政治哲学,团体内成员之所以能走到一起,是因为他们有着一种共同语言,这种语言涵盖面更广,更明智,能把讲这种语言的人都团结起来。他们能走到一起,还因为他们有着一段共同的历史,尽管这段历史令人颇感痛心,人们对这段历史的解释,也颇有分歧。

4

布莱顿巴赫把居住在他所谓心脏地带里的人们称为"我的人民"(第60页),他和他们说同一种语言,有着同一种历史,对大地感觉也相同,也许血管里还流淌着同一种血液。他和有着不同生活处境的男男女女交谈,有些谈话使他颇感沮丧。为他装修房屋(棕色皮肤)的人把他看作是外国人(可他是用他们共同的语言从事创作的最著名的诗人!)。他的兄弟在1994年大选时,作为独立候选人参加竞选,并到各地作巡回游说以争取选票,布莱顿巴赫一直陪伴其左右。他亲身体会到了棕色人种对黑人所持偏见之深。(当然,为他提供消息的人也许只是在和他开开玩笑而已:他们和他一样,可说是,也可说不是南非白人。他写道,南非白人"愚蠢而狡猾,我早早晚晚和他们闲聊时,总得随着他们的心意";第175页。)

在这部回忆录中,有件事布莱顿巴赫曾数次提到,但未加以过多解释。大约在七岁时,他的窒息症发作,不省人事。因此,从某种程度上说来,他曾死过一回,并死而复生,算是第二个布莱顿(他曾说,布莱顿这个名字像是回响;作为诗人,他曾用过的笔名中,有一个就叫拉撒路①)。"每当我照镜子时,我心中想到的就是,在此诞生的孩子死了,死后被狗吃了。"(第 1 页)因此,回到那片狗的土地上,某种意义上就是去寻找那死孩子的坟墓,那孩子死在了他的内心中。

在市立博物馆里,1948 年至 1954 年曾任南非总理的D. F. 马兰②的半身塑像已被挪至一库房里。布莱顿巴赫在这博物馆里偶然发现了曾祖母雷切尔·苏珊娜·吉德(1915 年去世)的一张照片。从有关档案材料中,他得知曾祖母原来是个接生婆,蒙太古镇上棕色人种和白色人种家生孩子,大都是由她接生的;布莱顿巴赫和妻子一起,到处寻找曾祖母的坟墓,可就是找不着。于是,他们把墓园中一座既无墓碑又无任何标记的坟,权当作是曾祖母的墓。这使全书结束时颇具一种象征意味。布莱顿巴赫以已故祖先而不是以自己活着的孩子的名义,在非洲大地上立起一块不起眼的家族标记。

5

作为法国公民,作为南非白人诗人中作品最难翻译的

---

① 根据基督教《圣经·约翰福音》,拉撒路是 Mary 和 Martha 的兄弟,死后四日耶稣使他复活。
② 马兰(D. F. Malan,1874—1959),曾任南非总理(1948—1954),1940年任重新统一的国民党党魁,组成南非第一个全由南非白人组成的政府,实行种族隔离政策,致力于实现南非独立。

诗人,布莱顿巴赫努力寻根,并用英语将这一寻根过程记录了下来,予以发表。他的英语如今可谓炉火纯青。在这一方面,他是在仿效其同胞安德烈·布林克及其他小语种作家(包括非洲黑人作家)。

布莱顿巴赫之所以这么做,其原因可说是比较实际的。用南非荷兰语写作的书籍,其市场是很有限的,且销量日见萎缩。布莱顿巴赫用英语写作,这一举动当然不是为了说明自己与其他讲英语的南非白人作家同呼吸、共命运,实际上,他对南非白人作家一向没有好感。然而,我们面对这么一部用英语写成的书时,感觉还是有点怪异。书中盛赞南非荷兰语一些术语所具有的乡土风味,细心捕捉南非荷兰语中不同社群方言所蕴含的细微差别,作者明确表示,南非荷兰语在人们心中所培养的感悟力极为独到,非常适用于描写、表达南非自然界。

布莱顿巴赫似乎还无保留地信奉一种我称之为感伤的正统观念。这种观念好大一部分与当今文化政治学所谓的"初民",与南非民间俗语所谓的"先民",如桑人和科伊人,有很大关系。《卡拉哈里沙漠中消失了的世界》(1958)和《狩猎者的精神》是两部被广为阅读且影响很大的书,作者劳伦斯·范·德·坡斯特认为,桑人是非洲原住民,是远古智慧的传承者,可惜桑人目前正濒临灭绝的危险,因为,桑人特有的温婉平和的文化使其难以适应当今这一世界。布莱顿巴赫在书中也记录了十九世纪桑人在其文化末期所吐露的部分心声,读来让人颇为感动。从这些记录中,我们也可发现,布莱顿巴赫有时和范·德·坡斯特一样,不乏浪漫化的理想情调("个子矮小但体格强壮的男人们,生来就熟谙天上浮动的云彩和巍然耸立的群山";第84页)。不过,布莱顿巴赫的主要目的似乎是为了暗示,古老的桑人和科伊人的神话传说如今仍然活在人们的记忆中,它们会无意识地现身:比如,书中写到一位妇女,她竟把强奸她的男人的阴茎咬下了一截,这是在重复科伊人神话传说中关于螳螂神的故事情节。《狗心》中有些段落写得颇有点拉美魔幻现实主义的味道,其手法简直就像直接取自拉美的魔幻现实主义。此外,所谓新旧棕色人种间的精神传承性表达得也不够清楚,没有什么说服力。再者,有关神话的复述,让人觉得颇为牵强,好像是直接从其他书中抄来的。

布莱顿巴赫在《革命时代有关鸟类的记忆》这部随笔集(1966)中明确表达了目前的政治信仰。作为政治动物,布莱顿巴赫的政治纲领仍可用一句话来表达,即"为革命而战,打倒政治"。[5]然而在《狗心》中,他的政治观点秘而不宣,未予以明确表达。与别人的争论,对别人的反感,都是以随意、旁敲侧击的形式出现的。白人自由人士、非国大党内的共产党分子、栖身于旧的国民党(后更名为新国民党,1999年大选后,如今在像蒙太古这样的地区仍有势力)内部的(首字母大写)有色中产阶级、真理及调解委员会的"神的狗们"(狄斯蒙德·图图和阿莱克斯·鲍兰等人)、其政治正确立场令人感到窒息的新的艺术及学术团体,对所有这些人,布莱顿巴赫都颇有微词。他与纳尔逊·曼德拉也曾有过短暂的不愉快,这在书中也有记述,他对曼德拉的贬抑之意溢于言表。由此看来,布莱顿巴赫兑现了他在

《重返天堂》中许下的诺言:绝不"循规蹈矩",做个独立的持异见者。

布莱顿巴赫的《狗心》与其别的回忆录一样,内容庞杂,结构松散自由。既像日记,又像自传性随笔,既像追忆故旧之作,又像不乏思考的历史叙述。其中既有对记忆中难以表达部分的深刻反省;也有不少写得很有文采的段落,如对一场暴风雨的描写就是如此,读之让人兴奋,并有一种身临非洲之境的感觉。

原注

[1] 《天堂一季》,莱克·沃恩译(纽约:珀西图书出版社,1980),第 156 页。

[2] 《一个患白化病的恐怖分子的坦白》(纽约:法拉尔、斯特劳斯和吉鲁出版社,1985),第 280 页。

[3] 《重返天堂》(纽约:哈考特·布莱斯出版社,1993),第 31、201、215、214 页。该书先出的是荷兰文版,英译本后出。荷兰文版篇幅相对较长。英文本删去的一些段落主要是关于 20 世纪 50 年代作者在开普敦流浪生活的回忆和在非洲的旅行见闻。

[4] 《狗心:一个回忆》(纽约:哈考特·布莱斯出版社,1999),第 180 页。

[5] 《革命时代有关鸟类的记忆》(伦敦:费伯出版公司,1966),第 105 页。

南非自由人士：
阿兰·佩顿和海伦·苏兹曼

1

阿兰·佩顿以《哭吧，亲爱的祖国》一书而成名。该书出版于1948年，这也是执政长达四十五年的国民党上台的头一年。该书是他的第一部小说，也是他出版的第一部书。该书出版时，作者已是人到中年。书出版后很畅销，使作者名利双收。不过，如今看来，一夜之间暴得大名，这对作者来说未必全是好事。书出版后，佩顿从一个默默无闻的公务员摇身一变，成了南非各项事务中的一个德高望重的贤哲之人，这在他本人看来，也未必全是好事。从某种程度说，之后佩顿终其一生为名所困。这使他后来发表自己的思想和观点时，权威人士的腔调日见明显，同时，思考问题、说起话来、动笔写作，都流于浅显；并且，此后他再也未能开辟新的领域，在艺术上也停滞不前。

佩顿1903年生于当时的纳塔尔省。当了十年的中学教师后，他继任第普克鲁夫非洲少年犯管教所所长，在此任上,他打破了强制犯人劳动的做法,施行职业教育,将监狱变成了一所学校。1946年,他离开第普克鲁夫,原本打算到国外去学刑罚学,学成后好回国继续从事监狱管理工作。可是,在瑞典时,一件意外的事情发生了。在一种他后来称之为"强烈情绪"的影响下,他开始根据自己在第普克鲁夫的工作经历写起了小说来。[1] 三个月后,《哭吧,亲爱的祖国》完稿。

其后的四十年中,佩顿(1988年去世)著作颇丰,又写过两部长篇(《迟到的瓣蹼鹬》[1953]和《啊,你那美丽的祖国》[1981],后者写得极差,这使作者颇觉尴尬)和不少短篇小说、回忆录、传记等作品,此外还有两卷本的自传以及发表于报纸杂志的大批文章。但整体说来,他是个靠一本书维持名声的人。后期小说尤为一种感伤情调所累,而《哭吧,亲爱的祖国》则不然,它的思想情操强健而有力,令人振奋。和奥莉芙·施赖纳的《一个非洲农场的故事》一样,他的《哭吧,亲爱的祖国》让人觉得就像是在一个技艺超凡的神灵附体时写成的。但佩顿和施赖纳一样,两人在写出第一部杰作后,虽曾努力找回那不凡的创造力,但终其余生,毫无结果。

并非所有读者都能记得《哭吧,亲爱的祖国》这个奇怪题目的出处。下面是与此有关的几行文字:

> 哭吧,亲爱的祖国,为你那尚未出生的孩子哭吧,他将继承我们的恐惧。让他不要爱这大地太深。……
> 因为如果他给予得太多,那么恐惧将剥夺去他所有的

一切。[2]

尽管这部小说表面上采取一种自信而且自由的立场，提倡更大规模的理想主义，号召人们信奉基督教和民主价值观，但正如研究佩顿的专家托尼·毛菲特所说，在这表面之下，小说所实际处理的东西使人感到困惑得多。佩顿说这部小说产生于一种"强烈的情绪"，这种情绪就是他对自己、对自己身上的人性、对南非的未来以及对南非人民所感到的担忧。他在瑞典、英国和美国的旅馆房间创作这部小说时，正为这忧虑情绪所困扰；小说那令人感到焦虑的结尾表明，作者始终未能摆脱这种情绪。[3]

回到南非后，佩顿并未仅仅从事写作，他在1953年发起成立了自由党。这是他最为实际、最为直接有效的举动。自由党是反对种族歧视的党派，自成立后不断受到官方的骚扰，到政府通过法案，宣布该党为非法组织而被禁，该党前后存在达十三年之久。

尽管佩顿是个虔诚的基督徒，但他承认自己"生活中最深挚的同志情谊"是在自由党同仁中间而不是在教友中间建立的。对他来说，自由主义不仅是政治哲学，而且是一种信条，它"心胸博大，宽以待人，努力理解同情别人，秉公守法，对人的价值和尊严有着崇高的理想，痛恨极权主义，热爱自由"。[4]相对于反对自由主义的宗派主义、种族主义和民族主义等势力而言，佩顿的这一立场，正如毛菲特正确指出的那样，是"一种天真的政治学"。（第8页）然而，尽管信奉这种自由主义政治信念的白人选民人数一直较少，但在种族隔离政策到处竖起森严壁垒的岁月里，自由党仍坚守反对种族主义的理想的星火,使其不致熄灭。

政府迫使自由党解散后,佩顿在南非的政治舞台上变得更加孤独,他和一般自由人士一样,无法同情,实际上也无法理解种族本位主义情绪究竟有多深。这对他来说也许未必是件坏事。对白人民族主义情绪,他始终深表担忧,也非常反感;我们从他身上也可以感觉到,他也不赞成黑人种族主义情绪。他继续保持希望,希望英国裔同胞能从睡梦中警醒,希望他们能奋发有为,为保持传统的英国价值观如法制精神而努力(可遗憾的是,他们并未为此做出任何努力)。岁月流逝,佩顿的这种希望日见渺茫,他对这种希望的信念也日益动摇。

佩顿对非国大所设想的政治前景,如建立一个统一的中央集权政府,并不感到乐观。尽管他承认,如果南非大部分民众乐意的话,建立一个统一的中央集权的政府是个"正确也是避免不了的"选择,但他越来越觉得,这么做将要付出的代价实在是太高,大部分人都将感到"悲哀和不幸"。于是,他建议实行联邦制,给民众以普选权,把实际权力交给地方和公众。他将对未来的希望寄托在曼戈祖图·布特勒齐①身上,他称布特勒齐是"[我们当今]政治舞台上最有能力的人物之一,谈吐不凡,很有见地,出再高的价钱也休想贿赂得了他",他希望布特勒齐能和自己所支持的白人协调好关系。(*SBC*,第 104 页)

---

① 布特勒齐(Mangosuthu Buthelezi,1928—),南非祖鲁族头领,1975年发起成立南非因卡塔自由党(Inkatha Freedom Party)。

至于西方国家究竟该对南非政府施加什么样的压力，以结束种族隔离政策，佩顿的立场是相当审慎的。1979年，他建议当时的美国国务卿赛勒斯·万斯对南非政府施压，不过，施压得"尽量讲究技巧和智慧"，以防南非政府在发现自己与美国合作得不偿失时一意孤行，把南非带向毁灭。但佩顿反对对南非实行经济制裁。他写道："我在此郑重声明，我无论在行动上还是在言行上，将绝不支持任何可能导致大规模南非人失业的举措。"任何再大的政治目标都不应使南非变成一个"饥饿的国家"。另一方面，佩顿在1975年又呼吁国际社会对南非当局施加"最大限度的有效压力"，以对其实行积极有效的"再教育"。（*SBC*，第220、6、9页）

就经济制裁问题，佩顿曾与戴斯蒙德·图图大主教不止一次地交换过意见。"我无法理解，你的基督徒的良知为何竟让你赞成在南非减少投资，"他在一封公开信中这样写道，"我无法理解，你为了坚守一种高尚的道德原则，竟可以让人们失业。"在这同一封信中，他祝贺图图荣获诺贝尔和平奖，他在信中接着说："我本人从未获此殊荣。恐怕我的肤色也是我未能如此的一个原因。"这话说得似乎气量过小，不像是出自佩顿之口。但将心比心，这话说得也情有可原。在自己的祖国，崇拜图图的人并不多，可他在南非以外的世界声名却很显赫，这使佩顿不无妒忌之心。他对自己晚年对公众的吸引力不断下滑也感到极其不悦。（*SBC*，第180、179页）

从其公开发表的言论看，佩顿随着年岁的增长，立场似乎向右发生了转变,然而,确切地说来,他的立场始终如一,没有发生什么改变,只是整个南非的反对党,无论黑人还是白人,变得越来越左。佩顿的政治观点并未发生实质性变化,他在基督教观念的感召下,仍奉行非暴力行动,同时,他又极其痛恨种族隔离政策和强硬派的反共立场,这当然是难能可贵的。到了二十世纪五十年代,他被人指责为右翼自由派分子;而到了二十世纪八十年代,左派又给他扣上"人文主义者"和"自由分子"的帽子。然而,他始终以做自由分子而感到自豪。他清楚地知道,作为一支政治力量,旧式自由主义已经日薄西山,但他认为自由主义信条本身没有什么不光彩的地方。他说,假如黑人对自由分子嗤之以鼻,那不是因为自由分子虚伪或懦弱,而是因为自由分子证明了自己的无能。

然而,当1985年至1986年黑人所居村镇发生大规模暴力事件时,佩顿感到极为震惊。他原本满心希望,随着经济的快速发展,随着南非白人逐渐变得成熟,黑人中产阶级会随之形成,从而使暴力革命变成多余。可是,事与愿违,他的这种希望彻底破产;他称1985年是"我一生中最不幸的一年"。他看到周围人们的立场变得日益强硬。他原以为南非总统P. W. 博塔比起其前任来要好些,他还曾与博塔有过书信往来,他称他们间的"通信是立场坚定但很有礼貌的",可此时的博塔对事件的发生虽表示极其愤怒,但迟迟不采取实际行动。佩顿写道:南非白人民族主义曾经是那样的"傲慢而不可一世",现在却像个"步履蹒跚的巨人,简直不知道自己是在走向何方"。(*SBC*,第292页)

406

在《救救亲爱的祖国》一书中,人们随处可读到思想深刻的警句。关于 1980 年处于半解放状态的南非白人,佩顿写道:"他想采取更加公正的姿态,可又放不下主人的架子,结果事情一如既往。"关于黑人领袖纳尔逊·曼德拉、罗伯特·索布克韦、Z. K. 马太、阿尔伯特·卢图里等人,他写道:"我们不能说[执政]的国民党毁了他们的生活,因为恰恰相反,它使他们得以不朽。"关于斯蒂夫·比科之死,他说:令人苦恼的不是警察的残忍和野蛮,而是政府对待这种历史性灾难的漠视态度。"比科先生的死……将会被人们记住而……英布战争则将会被人遗忘。"(第 183、170 页)

但从整体来看,《救救亲爱的祖国》是一本篇幅不长却很令人失望的书,其中所收的大都是为报刊所写的短篇文章,收入时只字未改。不少文章,写的都是政治上的明争暗斗,如今读来,难免给人时过境迁之感。可是,作者杀鸡动牛刀,写这些小人国式、很容易被人遗忘的政治争斗时,还很吃力地加了不少脚注。从南非荷兰语转译过来的译文也夸张而做作,显得很不自然,有时甚至会使读者产生误解。

由于文章篇幅较短(很少超过五页的,其中有几篇,每篇仅几百字长),佩顿无法充分表达自己的意思。他说,有些题目在当时写作时要是有时间的话(可他为什么没有时间呢?),他原本打算写长些的。这些题目中有关于他过流亡生活时的内心感受的,有的则谈南非秘密警察干迫害人的勾当时如何毁了他们自己的道德生活的。这种原本是很有趣也很实在的话题,因为恰好触及了人性和政治的关系,人们也许正想听听小说家佩顿对这些问题所持的高见。

人们也很想听听他对亨德里克·维沃尔德①这位二十世纪六十年代的南非总理所持的高见。维沃尔德特别仇视佩顿，正是他使佩顿以前在第普克鲁夫教养所苦心经营的事业毁于一旦。对这样一个人，佩顿在事后回忆时，究竟有何看法呢？令人惊讶的是，佩顿竟然谈论起维沃尔德究竟能否算得上伟人的问题。他的结论（这倒使人不感惊讶）如下：维沃尔德不算是伟人，佩顿说："正是由于他狂热地信奉一种狭隘的教条，使他未能臻入伟大的境地。"我倒认为很有必要问以下这一问题：像维沃尔德这样一个十恶不赦的人，到了佩顿的笔下，怎么竟连一点罪名也没有呢？（*SBC*，第21页）

佩顿对维沃尔德的这种论调令人困惑不解，可见他品评人物既有长处也有弱点。弱点在于他对所评人物本身缺乏某种好奇心，长处在于不仓促下结论。他虽相信自己所信的东西，但信得不够明确，不够坚定，不够旗帜鲜明。对他来说，一个问题总有它的两面性。假如佩顿算不上是个伟人，那也比维沃尔德伟大，因为至少他还坚守更宽容、更人道的信条。

佩顿在书的前言中说，在《救救亲爱的祖国》中所涉及的那二十年（1967—1987）里，他提笔写作时，言必谈南非，他曾问过自己，这样是否会使书读上去让人觉得"单调而

① 亨德里克·维沃尔德（Hendrik Verwoerd，1901—1966），南非总理（1958—1966），国民党主席，任内坚持实施种族隔离政策，1961年成立南非共和国，1966年被刺身亡。

乏味"呢？他自己回答说不会：南非不仅仅是个国家,他就像是一个舞台,人类有史以来的善与恶的斗争无时不在此上演着。南非是整个世界的缩影。

然而,不幸的是,和他自己所提问题的正确答案恰恰相反。全书整体看来,不仅乏味,而且单调枯燥。倒不因为它谈的东西仅限于南非,而是因为佩顿的写作和思想有问题。佩顿在书中提到过许多在南非这一舞台上扮演过重要角色的人物之名,可他对他们所做的评论了无新意,见解平庸。人们开始怀疑,他在那许多岁月中对别人可能失去了兴趣,对别人的为人究竟如何,他们脑子里都在想些什么,他并无真正兴趣。在他的小说中,人物往往都是些伦理的而不是心理的存在。和他的小说一样,他的随笔文章中同样有某种单调而沉闷的成分。关于人的活动的动机究竟为何,他的思想也显得极为空洞,并无高见。他无论是写自己的朋友还是写自己的敌人,都写得不够生动。

至于佩顿的写作本身,其中的丘吉尔式的做作风格,让人很快就会感到腻味("有人会问,[抗议]带来了什么好处？带来的好处很多,它使人们能够说,南非既是个让人感到恐惧的地方,又是个给人以勇气的地方")。作为小说家,佩顿并无特殊的叙事天赋。他的小说结构呆板,全靠人物和情感来产生效果。而在《哭吧,亲爱的祖国》中,全靠不可遏止的强烈的激情来产生效果。他的后期作品中,更难见到小说家的艺术的踪影,这是更加致命的弱点。《救救亲爱的祖国》给人印象最深的一篇文字,记述了佩顿1978年到一乡村小镇去参加罗伯特·索布克韦的葬礼的情况。葬礼在他心中激起的悲伤和愤慨之情,都被一一记述在这篇文字中,读来差强人意。有些作家即使咳唾之间留下的片言只语,却值得保存下来,可遗憾的是,佩顿不是这样的作家。

2

海伦·苏兹曼生于南非,父母在十九、二十世纪之交从立陶宛移民来到当时还是英国殖民地的南非。当时的南非,经济蓬勃发展,政治上也较自由,给人一种未来将繁荣而安全的感觉。苏兹曼的父母是随一批犹太移民来到南非的,这批犹太移民的子孙受的却是英国式教育,后来都成了南非自由知识分子的中坚力量,他们后来在商业和一些特殊行业,在艺术以及有进步倾向的政治领域都曾起过领导作用。

海伦·苏兹曼涉足政治之初,干的是最基层的党务工作。她为让·克利斯蒂昂·斯穆茨①的联合党工作。1952年,她被推举为约翰内斯堡一较富裕选区的候选人,结果获胜。以后至1989年退休,她一直是该郊区选区白人选民的代表。不过,1959年她退出了日益僵化、保守的联合党,与人共同发起组建了另一自由民主党

---

① 让·克利斯蒂昂·斯穆茨(Jan Christiaan Smuts,1870—1950),南非联邦总理(1919—1924;1939—1948),在布尔战争中(1899—1902)率游击队对英作战,致力于建立南非联邦,总理任内推行种族主义政策。

派,该党派在二十、二十一世纪之交仍以"民主党"的名义继续存在,大约有百分之十的南非选民支持这一党派。

苏兹曼参加联合党党务工作是在1948年大选危机刚发生过不久。曾经领导南非参加盟军作战度过二战岁月的斯穆茨,在这场危机中被南非白人民族主义的势力击败。南非白人右翼分子仇视英国人及其文化,在种族政策上倒行逆施,骨子里充斥着反犹情绪,他们在大选中获胜,这使苏兹曼夫妇(海伦结婚较早)颇感震惊,他们曾经一度考虑过离开南非。但是,正如她在回忆录《举棋不定》中所坦言的那样,南非"阳光般的舒适生活",还有那些"优秀的家庭生活帮手,他们能干所有我不喜欢干的家务",这些都诱惑着他们继续留在南非。[5]

1952年苏兹曼竞选获胜时的议会,全由白人议员组成,而且议会中的议员绝大多数是中年南非白人男性。可想而知,这一环境足以使一个具有学术工作背景的年纪尚轻的犹太妇女感到不自在。南非下议院模拟宗主国英国设在威斯敏斯特的议会模式,它继承了英国议会的大会辩论传统,允许对发言人进行诘难,发言人发言时,常会被人打断,常能听到幼稚而愚蠢的嘲笑声。苏兹曼发言时常遭到议员们的奚落,他们的那些冷嘲热讽的言论,大都带有反犹和性别歧视的意味。比如每次她发言时,有位敌手老是嘘声嘘气地说她是"新共分子,苍白无力的人文主义者!"。(第113页)说你是"人文主义者"不仅不是抬举你,而且是对你的一种侮辱,当时信奉加尔文教派的南非白人心理偏狭程度,由此可见一斑。

不过,事实证明苏兹曼的议员生涯很成功。她说,她的敌手中,有些人对她"刮目相看。[他们]的妻子体格肥硕但很温驯,都是在加尔文教的环境中长大的,知道尊敬父母和丈夫。可这个身材矮小的女人却敢如此放肆,她的那张嘴像刀子一样,说起话来根本不考虑你的地位高低,是男是女。有些议员听了感到吃惊,有些听了则感到开心,还有一两位听了后,实际上对我产生了好感"。(第114页)

苏兹曼任议员长达三十六年,其中的十三年中,她是其党派在议会里的唯一代表。她的政治贡献巨大,大到很难被人们夸大的程度。她精明而审慎,周旋于一个几乎带有极权味道的政治体制内,她利用议会特权这一体制弱点,揭露政府滥用权力的现象。由于政府禁止人们发表公共演讲,限制新闻报道,这些现象原本是政府可以成功加以掩盖的。在部分同情她的自由报纸的支持下,她在议会内部发起运动,反对警察施用酷刑,反对"强行迁居"——即将黑人居民从一地强行迁入另一地,以保持同一居民区内居住的民族单一。对于这种"强行迁居"的做法,她警告说:"我们的子孙将面临……一个庞大的问题,因为目前南非城区里的黑人所面临的生存条件,将会引发可怕的犯罪和违法行为。"(第79页)她的这些发表于1969年的言论,到了二十世纪九十年代犯罪现象猖獗的南非,无疑让人觉得有一种预言的意味。

苏兹曼利用自己作为议员的权力,走访监狱,倾听犯人

412

的呼声,她敦促政府改善监狱条件。她访问罗宾岛①,纳尔逊·曼德拉及其他反抗运动领袖都曾被监禁于此。她公开谴责那里的恶劣条件(后来条件有所改善)。布莱顿·布赖顿巴赫二十世纪七十年代也被关押在此,他曾写道:"这里的普通犯人和政治犯都把她看作'狱中圣母',对那些生存于黑暗中的人们来说,她真的就像一个活神仙。"(第146页)

国家实行镇压措施的那些黑暗年代臭名昭著,称政府在这些年代里施行的是"恐怖主义法令",甚为贴切。这种"恐怖主义法令"使安全警察有恃无恐,他们任意逮捕、拘押人,既拿不出罪证又不进行审判,人们公布警察的名字也算犯罪。在这些年月里,苏兹曼在议会里遭到蓄谋已久的恶意污蔑和诽谤,污蔑的目的显然是想挫伤她的锐气。她的邮件也遭到检查(后来据一名叛逃国外的官员透露,她在安全警察那儿的档案登记号为:W/V24596,W/V意思是wit vrou,即白人妇女)。(第191页)

苏兹曼坚持不懈,努力追求理想,正是这些理想使她得以度过那些黑暗的年代,使她能为受到迫害的人们奔走呼号。她积极从事社会活动,为"个人自由、民权和法制","为保存民主价值",而不懈努力。"我在议会的工作……就是为那些没打算按照所谓'南非生活方式'行事,且看不惯种种卑劣做法的人当喉舌,为他们说话。""当然,我曾经

---

① 罗宾岛(Robben Island),位于南非开普敦附近,设有囚禁政治犯的监狱,南非前总统曼德拉曾被囚禁于此。

被政治观点和目的与我不同的人所利用过,他们中有的人支持共产党,有的人是激进的黑人民族主义者。但是……只要[政府]还继续不经审判就随意拘禁人,我就别无选择。"(第132、3、73页)她确实是个自由斗士,她为自由的原则而非为某个特定团体而战。

多年的议员经历使苏兹曼成了一个别人无法匹敌的权威,她最有资格来论说那几位建造、驾驶种族隔离这部毁灭之车的南非白人独裁领袖。亨德里克·维沃尔德倡导所谓不同的种族有不同的自由,黑人教育条件之所以那样低劣,他是罪魁祸首。苏兹曼说他是个"狂热分子","世上唯一吓得我呆若木鸡的人"。他和他的接班人约翰·巴尔退则·沃斯特和P.W.博塔是"你在最可怕的梦中所能见到的最卑鄙下流的三个人"。她与博塔简直是不共戴天的敌人。她说他是"一个性情暴躁的恃强凌弱之人","心地刻毒[且]有仇必报"。相形之下,F.W.德克勒克则是个"较为实际,不乏智慧的人"。(第42、65、198、238、267页)

但不幸的是,苏兹曼所做的分析仅限于道德层面。假如有人期望一个局内人发表一些高见,让他谈谈虔诚而可敬的人为何竟然一个十年又一个十年地给民众的日常生活带来痛苦,而且无动于衷,那他一定会感到失望。苏兹曼不是汉娜·阿伦特。她发现,那些制定并施行种族隔离政策的人,道德上冷酷无情、麻木不仁。她甚至提醒人们,说维沃尔德曾写过一篇讨论情感迟钝的博士论文。然而,她对这些人心目中同情心逐渐泯灭之原因,未加以深究。她感觉到,种族隔离政策必将导致无政府状态和恐怖行为,作为政治措施,种族隔离政策毫无创造性可言,施行这种政策的人,其心目中的意图只是想推迟那不可避免的灾难性后果,仅此而已。她引用了一位民族主义政治家所说的一段极其坦诚的话,这段话坦诚得让人感到近乎悲观:"我们这代人,甚至我们的下一代乃至下下一代都可能维持这种现状,可那又能怎么样呢?"(第106页)有些人不明是非,他们自私、眼界狭窄,无法创造性地应对后殖民时代的非洲所提出的各项要求。相反,他们宁愿将问题推给自己的孙子辈去解决。可是,对这些人,苏兹曼发表的也都是些老生常谈,并无什么新意。

此外,苏兹曼在她的回忆录里还错失了一些机会。1966年,维沃尔德在南非众议院开会时被刺身亡,苏兹曼本人亲眼目睹了那一幕。她在回忆录里用了三页的篇幅谈及此事,但就是这三页,也主要是用来描述P.W.博塔当时情急之下对她所做的恶意攻击,用来描述她事后如何坚持要博塔向她道歉,而对维沃尔德被刺事件则未做生动描述,对行刺的人也未做交代。这个行刺的人在南非历史上仅仅是个不入流的无名演员,其行刺目的仅仅是为了吸引公众注意,他并无什么政治图谋,他东闯西荡,头脑中充满了幻影般的邪念。

苏兹曼在叙述自己访问比勒陀利亚中心监狱以及参加罗伯特·索布克韦的葬礼(佩顿也参加了这个葬礼)时,人们又一次期望她把握住机会,期望她能妙笔生花,恰当而生动地描写当时的情形;然而,人们的这一期望和要求又一次落空。人们从中所能看到的仅仅是乏味的记录,看不到一位作家应该具有的才情。结果,苏兹曼的回忆录读来只能让人觉得了无生气,缺乏兴味。其中所述之事,有许多以前不止一次地重复过,读后唤不起读者的情感共鸣。

苏兹曼并不讳言别人对她的褒扬之词。阿尔伯特·卢图礼、阿兰·佩顿、罗伯特·肯尼迪、温妮·曼德拉、卡德莎·布特勒齐等人称赞她的溢美之词,在她的回忆录中随处可见。美国驻联合国大使安德鲁·扬提到苏兹曼时说,他"不在乎别人对他的冷漠和仇恨态度,可……就是受不了有的人所持的独大为王的自由主义立场"。苏兹曼在回忆录中花了不少笔墨叙述了自己如何使扬改变对她的看法,她反驳道:"我并不信奉'独大为王的自由主义',主持公道才是我的一贯动机和立场。"(第181页)

到了二十世纪八十年代中期,这种思想崇高的自由主义立场,使苏兹曼在国际国内越来越成了孤家寡人。在她明确表达自己反对对南非实行经济制裁时,清楚地感觉到了自己为坚持自由主义立场所付出的代价。原本欢迎她的美国大学生,现在在她发表演讲时竟喝倒彩。她所持的观点,表面上看来非常合情合理。她认为,对南非实行经济制裁首先受到伤害的将是南非黑人中的工人,其次才是白人老板;但是,连南非国内的黑人领袖,包括受到人们尊敬的戴斯蒙德·图图,都不领她的情,支持经济制裁,致使她的呼吁没有产生任何影响。"我们这些自由派人士成了名副其实的濒死物种,"她这样写道,"我们以前曾经多年受到来自右派的攻击,可现在又受左派,特别是那些流亡海外、充满仇视心理的人的攻击。"(第162页)

其实,像苏兹曼这样的自由派分子早已开始淡出人们的视野。1976年索韦托暴乱发生时,她就发现年轻黑人拒绝与她交往,白人学生也不接受她。中立的地盘开始缩小,她很快发现自己连得以立足的地方都消失了。只有到了1990年的决议案最终拯救了南非时,她的地位才得到恢复,才使她又成为个人勇气和诚实正直的一盏明灯。

原注

[1]　《走进大山》(开普敦:大卫·菲利普出版社,1980),第272页。

[2]　《哭吧,亲爱的祖国》(纽约:斯克里布纳出版社,1948),第80页。

[3]　《阿兰·佩顿:沉思的荣耀》,载《非洲的英语》10:2(1983),第4页。

[4]　《救救亲爱的祖国》,汉斯·斯屈顿、戴维·琼斯编(麦尔维尔:汉斯·斯屈顿出版社,1987;纽约:斯克里布纳出版社,1989),第255—256页,以下称引此书,简称 *SBC*。佩顿说这段话的时间是1953年。

[5]　《举棋不定:南非忆旧》(纽约:诺普夫出版社,·993),第18页。

诺埃尔·莫斯特德和东开普边陲

1

1797年，一个名叫约翰·巴娄的英国青年从非洲西南角上的开普敦出发，旅行五百英里，来到了开普殖民地东部边陲执行任务，向英王报告英国人已从荷兰人手中获得一眼望不到边的土地。巴娄是欧洲启蒙运动时期的人，一个心中充满热望的业余科学家、博物学家、地理学家。他访问了年仅二十岁的科萨人酋长恩格奇卡统治的土人村社，为自己亲眼所见的一切所深深吸引。他写道："世上没有哪个国家……能繁衍如此完美的人种。"科萨人吃的是最最简单的食物，过的是精力充沛的户外生活，赤身裸体但毫不感到害羞，完全没有文明人所有的伤风败俗的习性。科萨人是高贵的野蛮人的化身；而相形之下，荷兰殖民者在脱离欧洲有几代人的时间之后，则似乎变得日益堕落。获益于他所了解的科学知识，巴娄心中有着这样的憧憬，他觉得科萨人只要能使科萨人的土地不受殖民者的蚕食，那他们就一定能为英王争光添彩。

开普殖民地后被兼并,原因与地缘政治有着很大关系,而与殖民地本身则毫无关系。拿破仑的威胁一旦解除,英国马上觉得在开普敦或其附近地区,只要维持一海军基地即可把守通往东方的海路。然而,如此收缩殖民地的边界,无疑等于将当地土著民族抛弃,任凭荷兰殖民者去宰割,而这是英国公众舆论不可能允许的。结果边界仍予保留;可是英国自毁长城,大大削减了驻守部队的人数,致使边防巡逻都无法正常进行。

巴娄所代表的启蒙精神,是随英国人带进非洲的两大思潮之一,而另一思潮就是福音派教义。传教运动是在反奴役运动中诞生的,它从不信国教的新教狂热和人道主义慈善事业的伦理信念中汲取力量,它以南部非洲为主要活动场所,因为西部非洲的情势发展已不适合在那儿传教。

到开普殖民地去的传教士在处于一片混乱状态的科伊各残余部族中的传教活动进展颇为顺利,然而在科萨部族中的传教情况则刚好相反。诺埃尔·莫斯特德在《边陲》这部殖民地东部边境地区百年冲突史中写道:科萨人"在自己的文化和健全的社会中过着无忧无虑的生活,他们忠于自己祖先的亡灵","以一种严厉、保守的文化观点来看待[基督教]"。[1]传教士在科萨人中的传教活动没什么进展。他们的影响作用有时甚至适得其反。在科萨人中产生了部分略具《圣经》意味的预言家。其中有个叫迈卡纳的,他传言说有两个上帝,一个是白人的上帝,一个是黑人的上帝。要信奉黑人的上帝,不能像狡猾的传教士所教导的那样,而要跳舞、做爱,"这样黑人才能成倍繁殖人口,生生不

息"。(第473页)

然而,随着英国本土福音教派运动的日益壮大,越来越多的传教点在南部非洲的边远地区相继开设,并以基督教的名义,对传统的科萨文化展开了广泛的攻击。随着时间的流逝,促使科萨人大批改宗的前景却日益暗淡,传教士们的传教目标变得渐趋狭窄但心情却日益迫切:必须使科萨人放弃不道德的做法;必须让他们实行一夫一妻制,让他们穿衣服,必须使他们行为有所节制,必须使他们拥有并管理好自己的财产。传播福音运动变成了强行让土著人接受维多利亚道德观的运动,这后一点是传教士们也不讳言的。几十年后,传教士已能和殖民地政府携手共进地合作起来,充当殖民政府的耳目,有时还充当喉舌。在英国,福音派基督教曾帮过大忙,发动躁动不安的广大民众起来反对那些激进的煽动者,而正如莫斯特德所言,殖民地的传教士则成了一种政治力量。

莫斯特德在描述传教士和异教徒接触和交往时,立场显然是站在异教徒一边的。如果说他所描绘的科萨人传统文化并无太过理想主义的色彩的话,那它至少是很光明、很乐观的。尽管科萨人算不上特别温和的民族,但在莫斯特德看来,科萨人完全奉行人性的理想,不会像祖鲁族人和英国人那样,以惨无人道的方式从事战争。他们的酋长统治制度是民主的,酋长必须首先赢得人民的尊敬,这样他才能得到忠心爱戴。科萨人的文化以莫斯特德所谓的多偶制为基础;但确切地说是以一夫多妻制为基础(男人可娶多个妻子,但女人不能嫁多个丈夫)。莫斯特德坚持认为科萨人自由随意的性行为是他们的风俗习惯使然,他对这种风俗坚决予以辩护,认为一夫多妻制是科萨人社会得以稳定的主要力量。

莫斯特德还艰难地为科萨人牺牲替罪羊这一做法辩护。在寻找替罪羊的过程中,先命令占卜者"打探出"该对某不祥之事负责的人,然后把这"巫师"残酷地处决。莫斯特德在为科萨人寻找、处决替罪羊这一做法辩护时,采取的是实用立场,他对是与非等问题不做评判。他认为这一做法是保持社会"平衡"的一种手段,它可以消灭"任何胆敢肆无忌惮地偏离社会公认准则的人"。(第205页)

莫斯特德为科萨人处决替罪羊的做法辩护,不是因为他喜欢这种做法,而是因为这是科萨人文化中最使那些传教士感到深恶痛绝的一个特征。他指出,这些传教士努力设法根除科萨人迫害巫师的做法,但他们忘了,欧洲不久前也曾迫害过女巫,并用私刑,把她们处死。莫斯特德是个世俗的人文主义者,在他看来,传教士不远万里到非洲去拯救那些他们从未见过的人们的灵魂,难免多少有点荒唐可笑。在他的眼里,传教士无异于文化帝国主义侵略的先头部队,他们的行径与经济、军事帝国主义没什么区别。他把嘲笑的锋芒直指狂热的传教分子,说他们"戴着高檐帽,披着长长的黑斗篷,绑着裹腿,脖子下系着领带,在[非洲]炎热的天气中历经千难万险,奋力前进",目的不外乎就是要让科萨人像他们一样穿上衣裳。(第597页)

约翰内斯·范·德尔·肯普和詹姆斯·里德是获得莫斯特德称许的为数不多的传教士中的两位。他们两人后来也像土著人种一样娶了几房妻室,为其掌管的教区里的科萨人的人权而大声呼号(这使他们备受诋毁)。

正如巴娄在其旅行途中所见,在非洲的荷兰裔边远地区的居民已长期与欧洲断绝了联系,他们已变得与非洲人无异。他们中的多数人都是文盲,财产的计算均以牲口的头数为准,他们根据季节的变化,四处迁徙。他们的所谓家庭非常庞大,常娶多个妻、妾,其子孙分布各地。随着时间的消逝,他们当中有些人的遗传特征已经彻底无法辨认,尽管他们讲的仍然是荷兰语,他们称自己"杂种",而且并不因此而感到羞耻。他们向北迁徙,越过殖民地北部边境,在当地交战的各部族中定居下来,从而形成后来的奥兰治自由邦和德兰士瓦省。莫斯特德称这些人是"真正的开拓者",这些人与被南非白人官方史学钦定为先驱者的伏尔屈克尔人①不同。莫斯特德认为,伏尔屈克尔人信奉的是一种心地较为狭窄而排外的加尔文教。(第416页)他的一个较大的目的就是要为"另一种边陲史发展进程"翻案,这种历史就是为南非正史所忽略的杂种史。(第610—612页)在他所写到的那些未必可信的英雄中,有个叫寇恩拉德·拜斯的边民,此人既是族长又是家长,其混血的子孙后代不计其数,以至后来人们称其为拜斯国,拜斯族人在伏尔屈克尔人来到之前很久就在德兰士瓦省最北端定居下来。

拿破仑战争后,英国面临大量失业及由此而引起的社

---

① 伏尔屈克尔人(荷兰语为 Voortrekker)讲荷兰语,他们当中,有一部分人从1836年起乘着大车,由开普殖民地进入非洲内地,以逃离英国人的统治。

会动荡。为了一举两得,英国当局出口多余人口,削减派驻开普殖民地军队的军费,同时向适合移民的英国人无偿提供东开普边境地区的土地。于是,四千志愿者起航来到非洲,其中就有苏格兰诗人托马斯·普林格尔。当普林格尔发现与自己同行的都是些什么人的时候,颇感吃惊。他这样描述与他同行的乘客:"大部分人……不是道德低下就是生活境况极为窘迫……懒散而傲慢无礼,成天酗酒,犯上作乱。"(第529页)政府让这样的英国人去非洲,正好可以让他们当反击布尔人和科萨人侵略骚扰的炮灰。

然而,新来到非洲的人当中,很少有人知道如何种田,也没多少人知道边境地区一触即发的战争形势。于是,他们离开农场,来到市镇。格雷厄姆镇原来只是个军事要塞,现在由于移民云集而繁荣起来;到了十九世纪四十年代,人们呼声一片,要求将殖民地政府由开普敦迁到格雷厄姆镇。

尽管今日的格雷厄姆镇仅仅是个乡下小镇,但它至今仍是英国文化传入非洲的摇篮。正因为如此,该镇号称是联结当今讲英语的南非白人与其祖先世代居住土地上的自由传统(部分是真的,部分则是想象出来的)之纽带。而莫斯特德正是要指出,这一纽带是如何虚构出来的。他写道:"在[格雷厄姆镇]有一股种族仇视的味道,其毒性不亚于,甚至超过了人们以前在南非所经历过的任何东西。"(第776页)《格雷厄姆镇志》上记载的东西,有不少都是诬蔑科萨人及其同情者的谎言,编造这些谎言的目的,就是为了不惜一切代价维护英国人后裔的物质利益;这种宣传鼓动的谎言后又曾被人用来诋毁开普殖民地内部施行的不分肤色的普选政策。

为什么格雷厄姆镇竟会成为反动势力的大本营？部分原因是由于此镇以前易受到科萨人的攻击，因此常处于战争的恐怖之中（1819年该镇几乎被洗劫一空）。但是，莫斯特德提供了另一种解释，听来令人颇感不悦。开拓疆土的布尔人与邻近的科萨人尚能调和纷争，以至他们自己最终也成了拓荒的部族，尽管仍比较好斗，可从英国来的移民仍把自己禁锢在一定的意识形态之中，他们只为自己的社会地位提升着想，这是他们到非洲殖民地去的首要目的。他们以为在殖民地这块地方，可以出人头地，而在英国则不行。他们来非洲时随身所带的东西如服装、书籍、传家宝等，构成他们的社会资本。当其家园在边境冲突和战争中遭到毁灭时，他们从英国带来的东西就会荡然无存，这使他们觉得，自己的社会身份遭到了极大的损害，而布尔人则不会这么想。因此，这些英国移民会感到极大的愤怒，结果导致白人和黑人之间的相互仇视心理，这种仇视心理至今仍是东开普省的一个特征。

2

自1778年以来，科萨人与殖民者在边境地区打过一系列战争，而且一场比一场激烈、血腥。冲突的原因是多方面的：人口增长，科萨人的牲口被偷，白人移民对科萨人土地的觊觎，官方政策的前后不一、表里不一，殖民者宣传机构搞的恶作剧，所有这些都导致了莫斯特德所说的"十九世纪英国和在非洲拥有领土主权的黑人之间最为悲惨、最为不幸、最为肮脏的混乱关系"。(第28页)这种"关系就像鬼影一样,在现代南非这一偌大的鬼屋里不断地出没,阴魂始终不散"。如今我们事后想来,当时殖民地总督本杰明·德班爵士公开宣称,说科萨人是"不可救药的野蛮人",因而将其置于法律保护范围之外,并竭力为对科萨人的全面战争辩护(人们不禁想到康拉德《黑暗的中心》中库尔兹的判词:"彻底消灭这些畜生!"),正是德班爵士的这些言论使当时的种族关系发生了逆转。

1850年,最可怕的一场战争开始了,这是"一场种族战争,大概史无前例"。(第1077页)莫斯特德所引述的传教士日记上的有些言论,证明此时科萨人对白人心怀仇恨的剧烈程度。在这场战争中,英国人不分男女老少,见科萨人就杀,而科萨人也把俘获的英国人残害致死,并把其尸体弄得残缺不全。莫斯特德用了二百页左右的篇幅描述了双方所进行的这场战争,读来让人感到颇不是滋味。

统率当年英国陆军的总司令是威灵顿①公爵,他是个军事思想家,不过他的军事思想在滑铁卢战役后变得日益僵化。威灵顿抵挡住了来自各方要求改革的任何压力,直到1852年去世。在非洲打了一场丛林战后,英军竟仍以编队形式出战,穿的是鲜红的制服,身上背着沉重的装备。他

---

① 威灵顿(the Duke of Wellington, 1769—1852),英国陆军元帅、首相(1828—1830),以在滑铁卢战役(1815)中指挥英、普联军击败拿破仑而闻名,有"铁公爵"之称,曾反对《改革法案》(1831—1832),镇压1848年宪章运动。

们不是在科萨人密集的步枪火力之前纷纷倒下,就是被手持长矛从浓密的掩体里跃身而出的科萨人刺死。然而,英国人并没有吸取教训;他们的战术没有任何改变。(直到1854年,英军在克里米亚战争中蒙受惨痛损失,英军战略决策层过时的思想和无能暴露了出来,情形才最终有了改变。)

当时的开普殖民地总督是哈里·史密斯爵士。他曾在印度阿利瓦之役中获胜,深受威灵顿的器重。他到殖民地边区后做的第一件事,就是强迫一个名叫马柯马的科萨人酋长俯伏在他的面前。他把膝盖抵在马柯马的脖子上,说:"我这么做是为了教训你,教训整个卡菲尔兰①,你听着,现在我是这儿的酋长和主人,对英国女王陛下的敌人,我都将以这种方式来对待。"可后来史密斯作为军事统帅所采取的军事策略差一点使英军输了这场战争。不过,面对强敌,科萨人的一些酋长最终还是要求英军媾和。

几年过后,战败的科萨人通过一个名叫侬伽乌霁的十五岁女孩,听到来自阴间的好消息,这消息要求他们杀掉所有牲口,不要再种田地,把他们库存的粮食分发出去,等待报应时日的到来:新的太阳即将升起,英国人将被大海吞没,科萨人的祖先将辉煌地复活;随后将发生大地震。地震后,一群群新的牛羊,不朽的牛羊,将从地底下升起,新的谷物将在大地上茁壮成长。

---

① 卡菲尔兰(Kaffirland),原指南非开普殖民地和纳塔尔省之间的地区。现亦用来泛称南非。

科萨人对侬伽乌霁的预言有相信的,也有不信的,意见不一。相信的人站到山顶上,向东朝大海眺望,期盼着满载祖先——化身为俄国人——的船只归来,去打败英国人。莫斯特德记载了人们充满激情的回忆。这些人在1857年2月18日焦急地等待着太阳从西边出来。可是,他们失望了。新的太阳并没有出现,地下也没有冒出新的牛群和羊群,没有长出新的谷物。于是,相信预言的人对不信预言的人展开了疯狂的报复行为,他们认为,正是由于那些不信预言的人,才导致了新的千禧年未能如期到来。结果,成千上万的人被饿死,原本健全完善的科萨人文化遭到了毁灭性的重创。

　　这种非理性的自我毁灭行为只能被解释成是一种绝望的反应。在一系列战争中遭到失败,使科萨人士气低落;其传统的社会建制遭到了来自白人的无情打击,科萨人只能做出绝望反应。莫斯特德说,殖民当局,特别是总督乔治·格雷①(此人作为一个开明之士,至今仍享有一定声誉)当时预见到这种灾难性后果,但他们明哲保身,觉得还是不要多事为好。不管莫斯特德此言是否正确,英国人坚持要从中获利则是事实。殖民当局和格雷本人,就是要眼睁睁地看自己统率的军队未能得到的,现在却可不费吹灰之力,尽收囊中。

　　至于侬伽乌霁,她在这件事中的作用只不过是她的一

---

① 格雷(Sir George Grey,1812—1898),英国殖民地总督、新西兰总理,研究毛利文化的学者,致力于缓和南非、南澳大利亚、新西兰土著与欧洲移民间的冲突,支持建立南非联邦。

个伯伯手中的工具而已。这位伯伯在基督教的影响下,一心想成为"福音教主"。依伽乌霁的余生是在孤独寂寞中度过的。莫斯特德在书中收有她当时的一幅照片,看上去面色阴沉。

屠宰牲口事件可说是科萨军事力量崩溃的标志,但科萨民族并未完结。传统解体后,科萨人有的在殖民地经济浪潮中沉没,有的则随波逐流。沉没了的人多,而能随波逐流的人则很少。其后数十年中,兴起了一批黑人农民,他们用从传教士那里学来的新技术,种植新品种的粮食作物,与白人农民竞争,而且做得很成功。从乐福戴尔这所传教士办的高等教育学院产生了一帮新型科萨人精英,他们"信奉基督教,能说会道,具有典型维多利亚时期的绅士风度,虽然保守,但头脑清醒,令人肃然起敬"。(第 1257 页)科萨人被迫西化,而祖鲁人却没有被西化。西化后的科萨人在进入新时代后,给南非黑人造就了一大批政治领袖。1912 年发起成立非国大的人当中,就有许多科萨人。

十九世纪中期,开普殖民地制定的宪法可说是这个大英帝国中最为自由开明的一部宪法,其中规定的公民选举权比有些欧洲国家宪法中所规定的还要广泛、普遍。受启蒙运动的思想影响,这部宪法所憧憬的未来——建立一个人人自由、没有种族歧视的社会——令人神往。但当时人们的期望值未免过高。1910 年,英国为使殖民地境内永远相安无事,决定让其自治,但坚决要求新成立的南非联邦制定的宪法,必须以开普殖民地宪法为蓝本。英国已被布尔战争拖得筋疲力尽,决意不惜一切代价从尴尬局面中抽身出来,于是,英国干了一件令获得普选权的黑人和开普自由人士最为担心的事,它把殖民地完全推给了他们自己的同胞——布尔人和当地的英国人,决意再也不插手已经被弄得一团糟的殖民地事务。"南非二十世纪的政治悲剧导源于威斯敏斯特,"莫斯特德写道,"人们难免会满怀希望地回首过去……开普殖民地当时是独一无二的。……它是完美的典范,是世纪中期正在兴起的非洲的理想,也是当时世界大部分其他地区的理想……其价值是不可估量的。"(第1273、1275 页)

莫斯特德写道:"我向往过去的开普。"他说这话时的态度在当今历史家中非常普遍,充分表明了他的立场。有着"宽厚、慈祥而又神秘特质"的开普(莫斯特德这里所说的开普指的是开普敦及其周边地区)是"一份永不会消逝的精神遗产"。(第 120、121 页)显而易见,莫斯特德和一般开普人一样,倾向于将开普一带在地理和意识形态上与广义上的非洲区别开来,认为它不像其他非洲人那样充满激情和残暴(他说此话与事实未必尽符。实际上,从谋杀和强奸案发案率上看,开普敦长期以来一直是非洲城市中发案率最高的城市。那么,莫斯特德是如何将这一事实与自己说的话调和起来的呢?不得而知)。他的同情显然没有偏见,具有理想主义和世俗的意味,尽管由于他在非洲失去的童年时代而蒙上神秘的怀旧色彩。

作为历史学家,莫斯特德未免显得老派、守旧,这一点他自己也知道。他的书没有图表。他清醒地意识到,自己所讲述的边境冲突故事要是让别人来讲的话,可能会呈现出各种不同的模样,就像雨量分布和牲口热杆菌的暴发流行及消退情况一样,言人人殊。然而,对他来说,历史主要就是人与人斗争的历史;他的兴趣不在经济对历史的影响,而在于人(男人)对历史的影响作用。他承认,自己的主要文献研究领域——传教士的文献记载——未免显得"过时"。(第1288页)他凭吊已是满目青山、杂草的昔日战场,记载了自己心中所感到的忧郁和悲凉。当他与已故的历史人物进行对话时,不采用具有讽刺意味的后现代主义手法。读他的作品有时真让人觉得好像是在读某位有威严、无所不知的维多利亚时期的小说家——比如萨克雷。

我说这话,意思不是说他是个外行。他浏览过莫妮卡·威尔逊和莱奥纳德·汤姆逊两人编的《牛津南非史》第一卷(1969),并从中得到不少启发。他的书前几章讲的是前殖民时代的非洲史,操班图语的各部族的迁徙分布情况,讲到欧洲人早期在好望角周围所做的航海探险,也讲到了开普殖民地边区的生活,从中都不难看出当代人做出的相关历史研究成果对其产生的影响。他讲述科萨人历史的所有那些章节,情形亦复如此。不过,他对传教士的研究倒是开辟了相关研究的新天地。

莫斯特德的散文有时写得很有点浪漫的味道,这倒让人想到劳伦斯·范·戴尔·波斯特。描写非洲大陆及其风景中所包含的"神秘"力量时(第22页),有些段落写得辞藻华丽。有些狂热的赞美之词,哗众取宠,未免落入俗套。他说南非土著各部所操的语言,就像是在"模拟旷野、山川、大地、岩石和茵茵绿草的声音一样",顿挫有致地从嘴里自然流出"。(第 35 页)此外,他还好用过分做作的夸张(科萨人屠杀牛羊"可能是人类历史上最为壮烈的供奉牲礼的行为"),有时出语又有点居高临下而毫不自觉(布须曼人是"可爱的民族")。(第 1187、27 页)全书叙事节奏不很顺畅,没有那种一泻千里、一发而不可收的势头,常常显得犹疑不决。书中充斥着小酋长间摩擦冲突的故事。此外,军事统帅间的私人通信、不很重要的计谋以及政治上的勾心斗角,也占了全书相当的篇幅,这让读者读得很不畅快。《边陲》的篇幅要是删去二百页的话,也许会是一部更好的书。

在当今南非,涉及人种、种族的相关术语,就像一个布满地雷的危险区域。表面看上去相当中性的术语,如"移居者"、"本地人",也会被人误做是极大的污辱。但莫斯特德在使用这些术语时相当审慎,相当聪明。他正确地指出,随着黑人被吸纳进国民经济活动中去,再把黑人加以分别,称他们为科萨人或祖鲁人等,已没有多大意义,而直接称他们为非洲人,可能更好。因此,在历经数十年的强迫性人种分类之后,再称某某人是"一个科萨人",并将其视为某人(他/她)的主要身份特征,这种做法说轻巧点是过时的种族集团划分观念使然,说严重点是种族隔离政策的教条在作祟;就连"操科萨语的人"这一较为谨慎的说法,也可能被看成是闪烁其词的委婉语。

《边陲》一书构思宏阔,表现出作者高超的写作技巧。南非的过去为何会在南非的现在投下如此浓重的阴影?读者读了此书,自可明白其中的许多原因。以前人们往往以为,1780年至1870年间在开普东部边境地带发生的一切,仅仅是一些小规模的冲突而已;而形成现代南非的那些战争,也只是在布尔人和祖鲁人之间、英国人和祖鲁人之间、布尔人和英国人之间进行的。持这种观点的人读了此书后,相信一定会改变看法。那些以为英国人在南非从未干过种族仇视勾当的读者,读了此书后恐怕也会感到浑身不自在。

原注

[1] 诺埃尔·莫斯特德《边陲:一部关于南非的创造和科萨人的悲剧的史诗》(纽约:诺普夫出版社,1992),第358页。

文学的政治和道德(代译后记)

一

　　《异乡人的国度》收录库切 2003 年获诺贝尔文学奖前撰写的批评文字二十六篇,写作时间为 1986 年至 1999 年,其中绝大多数曾在《纽约图书评论》(*The New York Review of Books*)上发表过。在这些解读颇为细腻的文字中,库切广泛涉及与所论作家、作品相关的一系列问题,对文学与社会、历史、政治、文化以及作家个人心理成长之间的关系,皆有深入而有趣的讨论。

　　文集开篇题为"何谓经典?——一场演讲",从中可以看出库切对经典以及经典与批评之间关系的理解。他借用波兰诗人齐别根纽·赫伯特的观点,认为所谓经典就是历经野蛮浩劫而仍能保留下来的东西;经典之所以能幸存下来,是因为世世代代的人们不愿意抛弃它,并且不惜一切代价地保护它。因此,这个意义上的经典,有着不可否认的意识形态成因和价值取向;经典以及经典的序列也不是一次给定的,因为"只要经典在遭受到攻击时还需要人们为之辩护,那它证明自己是否真的是经典的努力就不会有尽头"。库切说:"没有必要担心经典是否能够经得起批评的种种解构行为,恰恰相反,批评不仅不是经典的敌人,而且实际上,最具质疑精神的批评恰恰是经典用以界定自身,从而得以继续存在下去的东西。"正是本着这样一种质疑精神,库切结合自己遭遇经典、踏上文学创作路程的个人经历,以批判的眼光深入分析了艾略特所走过的文学心路历程,并毫不客气地指出:《四个四重奏》的真正目的是要为实现一个极为保守的政治、宗教计划而摇旗呐喊。

也正是由于将批评看作是一种积极的解构行为,库切才得以从理查森的《克拉丽莎》中读出了许多别人读不出的东西,并以有趣的语言表达了自己对这部作品中的主要人物克拉丽莎和勒夫莱斯的理解。在库切看来,克拉丽莎身上的美是勒夫莱斯所谓的"凄迷"之美,正是这种美所具有的神秘性令勒夫莱斯神魂颠倒,以至不能自持,起了奸淫之念。库切分析说:

> 对勒夫莱斯来说,女人身上那看不透的神秘性是理解克拉丽莎的一个关键性概念,抑或只是理解勒夫莱斯心目中的克拉丽莎的关键。对神秘而自我封闭的美,你除了从外部对它加以打量,还能有什么作为呢?在此,我想引用佛罗伦萨的柏拉图主义哲学家马尔西略·费奇诺说过的一段话:"审视打量或者抚摸特定的肉体,并不能浇灭情人心中炽热的欲望之火,因为情人所渴望的并非这个或那个个别的肉体,他所渴望的是穿透肉体的天堂的光辉,正是这光辉使他的心中充

满了好奇。情人们之所以不知道他们所渴望、所追求的究竟为何物,原因正在于此:因为他们不认识上帝。"

库切没有像普通批评家们那样,把勒夫莱斯简单地视为贵族恶少,相反,他诉诸同情的理解,看出了勒夫莱斯性格中较为复杂乃至正面的一面,认为勒夫莱斯的形象比理查森小说中所写的要大得多,丰富得多,是个对"穿透肉体的天堂的光辉"充满好奇的人。正是通过对勒夫莱斯的性格作拨乱反正乃至翻案性质的解读,库切认为"《克拉丽莎》虽不是一部宗教小说,但却具有宗教的感染力"。一切批评都带有自传的成分。库切对《克拉丽莎》的解读,可谓是夫子自道式的文字,他作为男人,大概也希望女性的美能带有几分神秘的意味,以担当起提升男人道德的责任。

二

随笔性的批评文章贵在透过别人的文字和别人的人生,写出批评家自己对生活的理解和感悟。作为思想深刻犀利、深得人生三昧的小说艺术家,库切在评论荷兰作家、诗人马塞卢斯·艾芒兹的《死后的忏悔》时,颇为奇特地将笔锋岔开,提及艾芒兹讨论屠格涅夫哲学思想的一篇文章,并以撮要的笔法概述了艾芒兹对人生的看法:"人从起初靠虚无缥缈的理想而活着,到后来活得有点自知之明,其间充满了幻灭感和人生痛苦。当人发现了在理想和真正的自我之间横亘着一条不可逾越的鸿沟时,痛苦最为难耐。"库切认为,艾芒兹这一说法强调的是人在自己无意识内心冲动面前的无助感以及在成长过程中痛苦的幻灭感,并且认为这两点在《死后的忏悔》中的叙述人威廉·泰米尔身上都可以找到。库切说:在泰米尔身上,"有着作者艾芒兹自己的影子"。其实,在任何一个文学人物身上,都会或多或少地折射着作者自己的人生况味。想必从库切本人所创作的《耻》等作品中,我们不仅可以看到库切对生活所做的观察,更可以寻绎出库切本人所亲历过的一些东西。在现实的人生中,没人是旁观者,目光犀利的作家更不是。文学作品大多可以当作作家的自叙状来读,批评文字也不例外。研究库切创作的系列小说作品的人,读一读库切的这本文学批评文集,想来一定会有不少意外的收获。

库切的批评文字,风格颇受艾略特和伍尔夫的影响,大都是平易近人的书评,而不是高头讲章式的所谓论文,整体风格就是不造作,且能在寥寥数语中点出某一作家创作的整体风格特点和艺术上的优劣。他在论述某一作家在艺术上的得失时,显得较为审慎,不是孤立地讨论个别作品,而是将其放回到作家全部创作背景上加以考察。比如,他在谈论笛福小说创作的优劣时说,"《鲁滨逊漂流记》是笛福长篇散文小说的第一次尝试,但并非他的最好作品:《摩尔·弗兰德斯》写得要更为连贯有序些;而《罗克萨娜》文体虽有失平衡,但成就更高。"但这并未影响他对笛福的小说创作做出整体评价,他说:"激赏笛福的人不计其数,而能与之媲美的人则寥寥无几。"

以不多的语言就能勾勒出一位作家的整体精神风貌,

这是库切的一大本领。比如他在谈论威廉·加斯《解读里尔克》时,就说了如下一段话,读来让人特别感到亲切,从中我们既可了解里尔克的部分性格弱点,又可看出里尔克对诗歌艺术的那份虔敬、认真的态度:

> 里尔克向女人求爱,激起她们的热情后又退避三舍,这在里尔克的生活中是常有的事,加斯认为这表明了里尔克的胆怯,表明他寻求的是母亲而不是情人,表明他是个长不大的孩子。这种病症里尔克本人也清楚。他曾经多年(约 1902—1910 年)深受罗丹(里尔克给他做秘书兼学徒)、塞尚的影响,他为自己未能遵守承诺辩解道,这全是为自己的艺术:让自己沉静下来,断绝社会来往,甚至断绝与情人的来往,这样才能使心灵得到净化,才能以全新的眼光来看世界。后来,他曾以不无怀旧的心情忆及 1907 年,在这一年中,他彻底断绝一切社交,潜心创作《新诗集》。“在我的心中,人、事皆忘,整个世界就像溪流向我流来,就像日渐变大的使命要我去承担,我不辱使命,镇定自若地去完成这一使命。”他引用贝多芬的话说:“我没有朋友,我必须独自一个人活下去,但我清楚地知道,在我的艺术中,神离我比离其他人更近了。”

即使用一般作文法来衡量,以上这段话写得也可说是既有材料又有观点。论材料,那可说是现成的,想必加斯《解读里尔克》中就有许多;论观点,那可说完全是库切自己的。加斯称里尔克为“我那爱吹毛求疵的人”,库切不能容忍加斯以这种讥笑嘲弄的口吻谈论里尔克的人格。他认为,若无真正的艺术使命在召唤,里尔克是绝对写不出《杜伊诺哀歌》《致俄耳甫斯十四行诗》等含义深邃的杰出诗作的。

库切一向认为,写作固然可以自由散淡一些,但当写作的思想前提发生混淆时,写作本身就将成为一项很危险的事业。从库切对里尔克诗作的高度评价看,他对真正的艺术是有着一颗应有的敬畏之心的。这在以游戏文字为主要特征的后现代写作景观里,尤其难能可贵,也是值得爱好文学的人们所大力提倡的。

三

库切在书中所论及的作家、作品,背景不一。从区域看,既有欧美的,也有非洲和中东的;而从文学史发展时段看,则既有经典的,也有所谓后现代、后殖民的。文集内容虽然较为庞杂,但作为国际知名小说家、学者,库切在书中始终对人类未来的政治和道德前景深表关注,对小说写作艺术在当今国际文坛的演变以及文学批评中存在的诸多问题,结合具体作家、作品的细致分析,做了非常精到而又有趣的阐述。谈论里尔克、卡夫卡和博尔赫斯的几篇文章,还深入探讨了这几位作家的作品在被翻译成英文时出现的一些问题,库切就有关问题所发表的意见,有的颇具方法论意义,值得文学翻译家和翻译批评家们的注意。作为一篇简短的译序,这里就不展开讨论了。细心的读者阅读本书时,颇可留意,或许不无启发。

我在翻译库切的这部文集前,只读过他的《耻》和卢丽安、段枫等学者撰写的有关库切的部分学术论文。接受翻译该书的任务后,才把汉译本《男孩》《青春》和《慢人》等找来读了一遍。收获虽不在翻译实践方面,但使我得以近距离地略窥库切的小说艺术。应该说,阅读这些汉译作品对我翻译《异乡人的国度》这部文学评论集帮助是很大的。

最后应该申明的是,库切在文集中所议论到的部分荷兰、南非及中东地区的作家、作品,目前在我国大陆外国文学研究界尚无介绍、研究性文字可供参看。我在翻译时,遇有部分作家、作品名无从查考的,只好自拟译名;文集中涉及的部分作品的情节介绍乃至篇幅较短的作品引文,也只能根据库切的英文表述和转述来理解,并勉强予以翻译,其中一定掺杂不少译者个人臆断的成分,由此造成的不妥及错译之处在所难免,望读者不吝赐教。

汪 洪 章

2010 年元月 5 日

于复旦大学外文学院

DANIEL DEFOE

RAINER MARIA RILKE

FRANZ KAFKA

FYODOR DOSTOEVSKY

JORGE LUIS BORGES

A.S. BYATT

SALMAN RUSHDIE

AMOS OZ

NADINE GORDIMER

DORIS LESSING

JOSEPH BRODSKY